Alexa B.

DARK REVENGE

Du bist mein

(Spanish Mafia Band 1)

ALEXA B.

DARK ROMANCE

SPANISH MAFIA

Dark Revenge

Du bist mein

ROMAN

VAJONA

Dieser Artikel ist auch als E-Book erschienen.

DARK REVENGE – Du bist mein (Spanish Mafia)

Druck und Verarbeitung:
FINIDR, s.r.o.
Lípová 1965
737 01 Český Těšín
Czech republic

Lektorat: Vanessa Lipinski
Korrektorat: Madeleine Seifert und Susann Chemnitzer
Umschlaggestaltung: Julia Gröchel,
unter Verwendung von 123rf
Satz: VAJONA Verlag, Oelsnitz

VAJONA Verlag
Carl-Wilhelm-Koch-Str. 3
08606 Oelsnitz

ISBN: 978-3-98718-242-6

Für alle, die an etwas festhalten.
Es wird Zeit loszulassen.

Hinweis

In diesem Roman werden Themen wie Stalking, explizite sexuelle Handlungen, Gewalt, Missbrauch, Entführung, Waffengebrauch, Mord und Folter behandelt.

Vorwort

Bist du bereit, einem gewissenlosen Stalker zu verfallen, der alle Regeln für seine Geliebte brechen würde? Denn genau das wirst du, wenn du in diese Geschichte eintauchst.

Damian Hernández wird dich für alle echten Männer in dieser Welt verderben und du wirst es wie ein braves Mädchen hinnehmen. Denn das ist es, was wir tun.

Aber sei gewarnt: Diese Geschichte könnte dich um deinen Verstand bringen.

Viel Spaß beim Lesen und noch ein kleiner Tipp: Lies es besser nicht in der Öffentlichkeit ;)

In Liebe,

Alexa

Kapitel 1

Damian

»Du wirst sie zu deiner Ehefrau nehmen! Ob du das willst oder nicht, spielt keine Rolle. Hast du mich verstanden? Die Vereinbarung ist unterzeichnet und damit unsere Stärkung des Bündnisses.«

Ich schüttle den Kopf und kann nicht fassen, dass mein Vater mich wirklich dazu zwingt. Ihm ist die Familie völlig egal, auch wenn er vor allen anderen so tut, als würden wir ihm die Welt bedeuten. Der Ruf unserer Familie und die Macht, die wir haben, sind ihm wichtiger als alles andere. Da ist es egal, was du willst. Hauptsache, es bringt ihm noch mehr Macht.

Mein gnädiger Herr, mein *Padre*, ist eigentlich jetzt schon – mit seinen über siebzig Jahren – viel zu alt, um weiterhin Anführer der mächtigsten Mafia Spaniens zu sein. Da wird sich auch nichts dran ändern, wenn er sich jedes Mal den Bart rasiert, wenn ein graues Haar hervorkommt. Sein markantes Kinn, welches ich eindeutig von ihm habe, lässt ihn zwar etwas fitter wirken, aber jünger wird er dadurch nicht.

Normalerweise ist ein Generationswechsel bereits mit Mitte sechzig vorgesehen, allerdings hält mein alter Herr nicht viel davon. Daher wird es Zeit, seinen Platz zu übernehmen. Und ich werde es gern tun. Es wird Zeit für moderne Strukturen. Mein Leben lang wurde ich auf nichts anderes vorbereitet und mittlerweile bin ich sogar besser im strategischen Denken als er. Nur weiß er das nicht. Doch bevor ich aufsteigen kann, hat er mir eine Aufgabe gegeben, die ich erfüllen muss.

Eine verdammt miese Aufgabe, von der er glaubt, dass ich sie wirklich ausführen muss, wenn ich irgendwann das Ruder übernehmen will.

Heirate Harper de Martel und stärke so unsere Allianz.

Mein Vater will die Tätigkeiten der Mafia stärken und sichern. Denn was nur die Vertrauten wissen, ist, dass uns der König Freiräume schafft. Dafür erhält er Teile der Erlöse von unseren … wie sagt man? Geschäften. Doch um diese Freiheiten zu gewährleisten, erachten es beide Parteien – unsere Väter – als notwendig, unsere Familien zu vereinen, um damit das Vertrauensverhältnis zu stärken.

Da wäre noch Annabelle – meine verräterische Schwester und der Grund für diese absurde Zwangshochzeit. Doch sie entschied sich lieber, etwas Eigenes auf die Beine zu stellen und uns damit zu verraten und den Krieg zu erklären. Warum? Weil sie Macht will. Weil sie sich als Erstgeborene auf dem Thron sieht. Nicht mich. Und weil sie den Mafiaboss der polnischen Mafia nicht heiraten wollte.

Der Plan meines Vaters war es zuerst, sie zu verheiraten, da Polen Kontakte bei Interpol und der Grenze hat, die es uns möglich gemacht hätten, unsere Geschäfte ohne Probleme fortzuführen. Doch meine Schwester ist abgehauen und nun soll ich Harper heiraten, um *La Casa*, unsere Mafiastrukturen, abzusichern.

Sie ist der Grund, dass ich nun das Opfer bringen muss. Um die Chance zu verringern, noch mal solch einen Ausbruch und solch einen Verrat hinzunehmen. Dabei sollte Vater wissen, dass man selbst seinem eigenen Blut nicht trauen kann. Nie.

Annabelle wusste, dass sie uns damit Schaden würde. Und nun sind wir nicht länger eine Familie, sondern Feinde.

Einige unserer wichtigsten Dealer sind nämlich zu meiner Schwester gewandert und das hat ein großes Loch in unsere Einnahmen geschossen. Daher mussten wir uns auf die Suche nach neuen – und vor allem besseren – Lieferanten machen, was nur mit der Unterstützung des Königs möglich war. Er hat uns dabei gedeckt und wir konnten unseren Verlust wieder dreifach einbringen.

Nun liegt es an uns, dem Königshaus etwas zurückzugeben. Die Heirat würde also bedeuten, dass wir weiterhin ohne Probleme handeln können und der König eine sichere Einnahmequelle für den Rest seiner alten Jahre hätte.

Nur wir *kooperieren* mit dem Königreich, doch Annabelles Mafiazusammenschluss will ein Stück unseres Kuchens. Ein Stück unserer Macht. Aber das lassen wir nicht zu.

Nun führt sie den zweitmächtigsten Mafiaclan Spaniens.

Eins muss man meiner Schwester lassen: Im Gegensatz zu mir hat sie nie auf unseren Vater gehört und immer ihr eigenes Ding durchgezogen. Was zwar jetzt dazu geführt hat, dass wir Feinde sind – dennoch Respekt für ihren krankhaften Mut.

Uns als Feinde zu haben kann und wird irgendwann tödlich enden und das weiß sie. Sie weiß, zu was wir fähig sind.

Zurück zu meinem eigentlichen Problem: Es ergibt Sinn, dass ich Harper de Martel heiraten soll.

Fakt 1: Harper kann unser Ansehen stützen. Man wüsste, dass wir keineswegs frauenfeindlich sind.

Fakt 2: Sie ist die Prinzessin Spaniens und damit rechtmäßige Thronfolgerin.

Fakt 3: Harper ist erträglich. Keine dieser Huren, die mit mir vögeln wollen, um einen Funken Macht zu erlangen.

Aber trotzdem will ich es nicht. Ich glaube nicht an die Liebe, die es bei Harper auch nicht sein muss. Dennoch will ich meinem

Vater nicht alles von mir geben. Er hat schon genug Besitz von mir ergriffen und so langsam bekomme ich keine Luft mehr.

Jetzt befiehlt er mir noch, wen ich heiraten soll … Reicht es nicht, dass ich alle Routen für ihn kontrolliere, damit auch ja nichts mit unserem Stoff schiefgeht, und zusammen mit meinen Männern die Drecksarbeit für ihn erledige? Immer wenn es ein Problem gibt und Ware verloren geht oder ein Dealer sich weigert nach unseren Preisen zu gehen, sorgen wir dafür, dass die Person letztlich doch nachgibt. Dafür bin ich auch bereit, zu härteren Mitteln zu greifen – und gerade dann sind ihre Schreie wie Musik in meinen Ohren.

Außerdem weiß ich auch ganz genau, dass Harper diese Heirat ebenfalls nicht möchte. Sie ist bekannt für ihre Vorliebe für Frauen *und* Männer. Worin sie sich nicht einschränken lassen will.

»Natürlich, Vater«, entgegne ich ihm dennoch trocken und mache mich auf den Weg ins *Dark Hollow*. Ich muss mich von meinem Vater und seinen Plänen für mich ablenken. Und was hilft da besser als ein guter Drink? Oder zwei oder drei. Ich werde aufhören, meinem *Padre* zu widersprechen. Er soll sich in Sicherheit wiegen. Dennoch wird er im Dunkeln tappen, wenn er wirklich glaubt, ich nehme Harper de Martel zu meiner Frau.

Ich bin Damian Hernández und nie wieder werde ich vor jemandem niederknien und mich fügen. Auch nicht vor dem mächtigsten Mann des Landes. Er wird sterben. Dieser Bastard wird seine Sünden begleichen.

Meine Blicke sind wie festgekettet. An ihr.

Denn sie ist wunderschön. Und wirkt nicht wie die anderen

Huren, die sich ständig nach mir umdrehen. Ich war keine Stunde hier und schon kam die erste Blondine auf ihren High Heels zu mir stolziert. Sie hat geradezu nach Plastik gestunken und ich wette, wenn sie ins Meer geht, schwimmt sie allein wegen ihrer Titten an der Oberfläche. Für einen durchschnittlichen Blowjob wäre sie vermutlich gut genug gewesen, doch es zieht mich zu dunkleren Dingen und ich bin mir sicher, dass diese Tussi schreiend weggerannt wäre, wenn ich mein Spiel mit der Maske an ihr ausgeübt hätte.

Doch *diese* blonde Schönheit vor mir ist anders. Mit ihrem Haar, das ihr bis zur Hüfte reicht. Ihren Kurven. Ihrem Körper. Alles ist perfekt aufeinander abgestimmt.

Ich stehe auf Blond. Auf zierlich. Auf zerbrechlich.

Fuck!

Ich starre sie schon seit einer guten Stunde an und mir wird absolut nicht langweilig dabei. In meinem Hirn spielt sich zu viel Dunkelheit ab und ich merke selbst, wie ich ihren Hals fixiere. Ihre Kehle.

Wie ich in ihn hineinbeißen will. Fest.

Ich schlucke schwer. Verdammt schwer.

Sie würde zu Wachs in meinen Händen werden.

Wie sie ihre Hüften schwingt und zur Musik tanzt. Einfach unglaublich.

Wer ist diese Frau?

»Ey, Alter, hörst du mir überhaupt zu?«, fragt Grayson, einer meiner engsten Freunde und Verbündeten.

Aufgebracht reibt er sich über seine braunen Haare, die ihm schon ins Gesicht fallen, und fährt mit seinen Fingern über seinen Dreitagebart. Er arbeitet ebenfalls für meinen Vater, obwohl er eigentlich lieber Befehle von mir befolgt. Er ist hauptsächlich für die unschönen Arbeiten zuständig.

Alles, was mit Schmerzen zu tun hat. Und Leichen. Seine Statur passt zu seiner Arbeit. Massiv, groß, breit und vor allem volltätowiert. Wohingegen ich nur vereinzelte Tattoos an den Armen habe, hat er weniger freie Haut als Farbe an seinem Körper. Für andere mag er angsteinflößend aussehen, doch ich weiß auch, dass viele Frauen auf seine dunkle und beängstigende Erscheinung stehen.

Ich löse meinen Blick von der Kleinen und schaue ihn genervt an. Seitdem ich hier angekommen bin, reden wir über die Arbeit, wenn uns die Lautstärke des Raums nicht übertönt. Als ich an Ablenkung gedacht habe, habe ich mir das auf jeden Fall nicht so vorgestellt.

»Können wir nicht einmal über etwas anderes reden als die Arbeit?«, frage ich genervt und dabei nehme ich einen Schluck von meinem Whiskey. Er schmeckt bitter, doch das warme Gefühl, welches sich in meinem Bauch ausbreitet, genieße ich umso mehr.

»Klar, *Boss*.« In Graysons Ton schwingt unüberhörbar viel Sarkasmus mit und er weiß ganz genau, wie sehr ich diesen Spitznamen hasse. Genau aus diesem Grund nennt er mich immer so, wenn er mich provozieren will.

»Die Kleine da drüben scheint dir zu gefallen«, stellt Zade fest, der sich soeben eine Kippe angezündet hat und sich tiefer in die Lehne der Ledercouch drückt. Ihm gehört der Club und als Besitzer des *Dark Hollows* kennt er so gut wie jeden, der hier ein- und ausgeht. Er reibt sich über seine dunkle Jeans und seine nach hinten gegelten, dunkelblonden Haaren unterstreichen sein Clubbesitzer-Image. Die Kleine mit den blonden Haaren gefällt mir und ich kann nicht leugnen, dass ich mehr über sie wissen will.

Eigentlich alles. Ich will alles wissen.

Also lehne ich mich zu Zade vor und mustere sein leicht

geöffnetes, graues Hemd, bevor ich zu Grayson und Dylan blicke, die das Ganze aufmerksam beobachten. Dylan trägt wie so oft ein weißes Shirt, das sich um seine Arme spannt. Seine verwuschelten braunen Haare lassen ihn von uns allen am jüngsten wirken, was er tatsächlich auch ist, und das einzig Auffällige an ihm sind die vielen Ringe, die er trägt. Allgemein hält sich Dylan mehr zurück und gerade deswegen ist sein Handschmuck so ein Hingucker. Auch die Frauen, die immer wieder an unserer VIP-Lounge vorbeilaufen, mustern ihn interessiert.

Meine Gedanken gleiten wieder zurück zu der kleinen, blonden Schönheit auf der Tanzfläche und ich frage mich, was sie hier tut. Wer ist sie, dass sie einfach so Zutritt zu unserem VIP-Bereich hat?

Ich atme hörbar aus und schaue dann wieder Zade an. Im Club ist es angenehm kühl – im Gegensatz zu draußen. In Madrid herrscht nämlich Sommer und nur abends ist es einigermaßen erträglich.

»Wer ist sie?«, frage ich ihn und warte auf eine Antwort.

Zade ist mit seinen neunundzwanzig Jahren der Älteste von uns vieren und arbeitet auch schon seit Jahren an der Seite von *La Casa*. An meiner Seite. Er ist wie meine rechte Hand und informiert mich immer sofort, wenn es etwas Neues gibt. Ohne ihn hätte ich wahrscheinlich keinen Überblick mehr über meine Termine und würde durchdrehen.

»Das ist Liana, die Freundin von Elara. Meiner Stripperin.« Er deutet auf die rothaarige Frau neben der kleinen Zarten und zieht an seiner Kippe. Kurz danach stößt er eine Wolke Rauch aus. Der Geruch steigt mir intensiver als zuvor in die Nase und das bringt mich dazu, an meiner eigenen zu ziehen, die ich seit wenigen Minuten zwischen den Fingern habe.

»Verstehe. Ich habe sie noch nie zuvor hier gesehen.«

Dieses Engelsgesicht wäre mir unter all den unscheinbaren Dingern aufgefallen.

»Sie ist selten hier. Hält sich nur an Elara.«

»Ist sie nur mit ihr hier?« Das erklärt auf jeden Fall, wie sie in den privaten Bereich gekommen ist. Immerhin hat Elara als Stripperin Zugang zur VIP-Tanzfläche und kann auch Begleitung mitnehmen.

»Nie einen Kerl an ihrer Seite bemerkt, wenn du das wissen willst. Ich habe sie mal beobachtet. Sie hält alle gern auf Distanz«, fügt Zade noch hinzu, während er mich aufmerksam mustert. Seine gräulichen Augen brennen sich förmlich in meine Haut. So sehr fixiert er mich.

»Tut sie das?« Ich merke, wie ich eine Augenbraue in die Höhe ziehe. Mir gefällt der Gedanke, dass sie nicht so leicht zu haben ist.

Für die anderen.

Ich wette, dass sie es für mich jedoch ist. Leicht zugänglich.

Und mein Jagdinstinkt treibt mich soeben an, meiner Vermutung nachzugehen. Viele Frauen geben sich mir einfach hin und das hat dazu geführt, dass ich mich immer mehr langweile. Vielleicht hat die Kleine ein wenig mehr Biss. Und selbst wenn nicht … Spaß wird sie machen.

Eine kleine einsame Blume. Daran erinnert sie mich und das, obwohl sie ausgelassen mit ihrer Freundin tanzt. Sie schließt gerade ihre Augen, als wolle sie abschalten.

Ich kann dir helfen, abzuschalten, Kleines.

Sie tanzt weiter und weiter auf der Tanzfläche mit ihrer Freundin, umringt von vielen schwitzenden Menschen und vor allem Männern, die ihr nahekommen wollen.

Fast schon gewandt, dreht sie sich weg und öffnet ihre Augen.

Ihr Blick wirkt vollkommen leer.

Ich fülle ihn dir, meine Kleine.

Bei dem Gedanken, was ich alles mit dieser blonden Schönheit anstellen könnte, regt sich mein Schwanz in meiner dunklen Jeans und ich muss den Blick abwenden, um nicht gleich aufzustehen und sie mir zu schnappen. Sie wird noch früh genug mit meiner dunklen Seite konfrontiert werden.

Ich schaue meine drei Männer an, nehme einen tiefen Zug meiner Zigarette und wende mich dann an einen von ihnen.

»Dylan, ich will alles über diese Frau wissen, verstanden?« Meine Worte sind ein Befehl und das weiß er. Dylan ist mein längster Freund, seit Kindertagen.

Wir sind schon so lange befreundet, dass ich mir mein Leben nicht mehr ohne ihn vorstellen könnte. Wir sind uns ähnlich und doch genauso unterschiedlich. Wie ich hat er dunkle Haare, allerdings haben seine noch einen helleren Touch und auch seine Augen sind braun wie meine. Tatsächlich haben wir auch beinahe den gleichen braunen Hautton. Während er schweigt, spreche ich. Während ich plane, setzt er bereits um. Während ich unachtsam bin, hält er seine Konzentration aufrecht. Er ist wie ein Schatten, der mich ständig begleitet, und er findet alles über eine Person heraus, wenn er es will. Dylan ist unser Mann fürs Hacken und Informationen beschaffen.

Ich vertraue allen – Gray, Dylan und Zade – und ich weiß, keiner meiner Männer würde mir jemals in den Rücken fallen. Sobald mein *Padre* seinen Posten an mich übergibt, ob er will oder nicht, werden wir vier die mächtigsten Männer Spaniens sein und ich kann kaum abwarten, dass es so weit ist.

Das verdammte Land wird uns gehören. Mir!

»Selbstverständlich. Name?«, antwortet mir Dylan mit einem schelmischen Grinsen.

»Liana Marshall«, antwortet Zade.

Gleich darauf macht sich Dylan auf den Weg in die oberen Räume. Er wird sich sofort an die Arbeit machen und das weiß ich zu schätzen.

Ich spüre, wie Grayson Zade intensiv mustert und ich weiß, welche Frage auf seinen Lippen liegt. Und auch Zade weiß es.

»Sieh mich nicht so an, Gray. Ich kenne jeden, der diesen Club betritt. Ist schließlich *mein* Laden.«

Ich spüre das Grinsen auf meinen Lippen und drehe mich zu ihr. Das Gespräch zwischen den beiden ist nämlich nicht mal halb so interessant wie sie.

Was auch immer diese Frau an sich hat, das mich so sehr in ihren Bann zieht – ich kann nicht widerstehen. Genau aus diesem Grund wird es Zeit, dass ich mich um meine Blume kümmere. Ich zerdrücke meine Zigarette und weiß: Sie wird mir gehören. Und wenn es nur für diese eine Nacht ist.

Kapitel 2

Liana

»Sag mal, Lia, siehst du diesen Typen da vorne? Er starrt dich schon die ganze Zeit an.« Elara schreit mir über die tanzende Menschenmenge zu und ich schaue sofort in die Richtung, in die sie deutet. Direkt wird mir klar, wen sie meint.

»Kennst du den Kerl?«

Ella zuckt mit den Schultern. »Nie gesehen.«

Er sitzt mit drei weiteren Männern in der VIP-Lounge auf einem Ledersofa und schaut mich mit dunklen Augen an. Durch die flackernden Lichter über der Tanzfläche scheint er noch mysteriöser als ohnehin schon. Und dass der Club allgemein eher dunkel gehalten und mit vielen Neonlichtern ausgestattet ist, mildert das intensive Gefühl, welches ich gerade empfinde, auf keinen Fall.

Er grinst, als mein Blick seinen trifft. Dann schiebt er breitbeinig sein Becken auf der Couch weiter nach vorne und legt einen seiner Arme auf die Lehne. Vermutlich, um es sich gemütlicher zu machen. In der einen Hand hält er eine Zigarette, an der er im nächsten Augenblick genüsslich zieht.

Der Typ hat dunkle, leicht verwuschelte Haare, als wäre er gerade erst aufgestanden, und sein eindringlicher, starker Blick packt mich ungewollt. Ich bekomme eine Gänsehaut. Drehe mich deswegen weg und wünsche mir innerlich, dass unsere Blicke nicht mehr aufeinandertreffen.

Plötzlich fühlt es sich so furchtbar falsch an, dass ich mit Elara hierhergekommen bin.

Ich bin hier, weil ich vergessen wollte. Ich wollte mich einfach wieder frei fühlen, unbeschwert.

Was zur Hölle habe ich mir nur dabei gedacht?

Seitdem Adam verschwunden ist, fühlt sich mein ganzes Leben so leer an. Und auch die Drinks helfen nicht.

Ich wende mich Ella zu. »Du weißt ganz genau, dass ich kein Interesse an jemandem habe, Ella.«

»Ach, Süße, ist es immer noch wegen Adam? Glaubst du denn wirklich, er wird wiederkommen? Es ist jetzt schon ein Monat vergangen und du hast kein Wort von ihm gehört. Ich finde, es wird Zeit, dass du weiterziehst«, entgegnet mir meine beste Freundin und ich frage mich wirklich, wie sie glauben kann, dass ein Monat reicht, um Adam zu vergessen. Ich kann ihn noch nicht loslassen.

»Ich bin einfach nicht wie du und kann gleich weiterziehen und ein belangloser One-Night-Stand wird daran auch nichts ändern, egal wie heiß der Typ ist.« Dabei würde ich mir wünschen, dass dem so wäre.

»Du findest ihn also heiß?« Sie zwinkert mir grinsend zu.

»Du weißt, dass ich schlecht lügen kann, aber blind bin ich auf keinen Fall. Der Mann ist nicht nur heiß, er schreit geradezu nach gutem Sex«, gebe ich ehrlich zurück.

Vielleicht wäre es schlauer gewesen, einfach *Nein* zu sagen, doch sie hätte so oder so gewusst, dass das gelogen wäre.

»Na dann, worauf wartest du noch? Immerhin hattest du schon lange keinen Sex mehr, nicht wahr?«

Ich schaue sie genervt an und kann nicht glauben, dass sie wirklich denkt, das wäre genau das, was ich jetzt brauche.

Aber was ist, wenn sie recht hat? Was ist, wenn Adam mich

einfach verlassen hat und ich an etwas festhalte, das gar nicht mehr aktuell ist? Ich senke den Blick und gebe mir innerlich einen Tritt. Ich sollte so langsam wieder nach vorne schauen. Aber muss das wirklich heute sein und dazu mit einem anderen Kerl? Mit einem One-Night-Stand, auf den Elara anspielt? Eine einmalige Sache mit einem gut aussehenden Mann wird mein Leben nicht gerade verbessern können. Außerdem hatte ich so etwas noch nie. So was Einmaliges. Als mein Hirn denkt und denkt, berührt mich Ella leicht an der Schulter.

»Ich sehe dir an, wie du mit dir selbst kämpfst, aber es scheint, als müsstest du das gar nicht mehr. Ich bin dann mal an der Bar.« Bevor ich auch nur reagieren kann, ist Elara verschwunden und ich spüre eine starke Präsenz hinter mir.

Ruckartig drehe ich mich um. Und da steht er.

Er steht bei mir. Und damit habe ich die Sicherheit, dass ich mir unsere Blicke nicht eingebildet habe. Und Ella auch nicht.

Ich weiche einen Schritt zurück und habe vor, ihn, ebenso wie die anderen Männer an diesem Abend, auf Distanz zu halten.

Also drehe ich mich wieder um und wende damit dem Fremden den Rücken zu. »Du brauchst keine Angst vor mir zu haben«, haucht mir der Fremde von hinten ins Ohr. Und trotz der lauten Musik höre ich es ganz deutlich.

Verdammt!

Seine Stimme hat etwas Einnehmendes an sich. Der tiefe Unterton verleiht ihm dieses gewisse Etwas und ich würde mich selbst belügen, wenn ich sagen würde, dass mir von seinem rauen Ton nicht heiß wird. Seit wann ist es möglich, dass allein die Stimme eines Mannes – den ich dazu auch gar nicht kenne – so etwas in mir auslöst?

Ich kann seinen Atem an meinem Ohr spüren und das macht viel zu viel mit mir. Etwas, das nicht gut ist.

Schon wieder wird mir ganz warm und ich drehe mich langsam zu ihm um. Sofort schaue ich hoch in seine dunklen Augen. Ein freches Grinsen liegt auf seinem Gesicht und von Nahem sieht er noch viel besser aus. Er hat dunkelbraune Augen, doch es ist nicht dieses typische Braun. Um seine Pupille herum ist es etwas heller und dann verläuft es erst in ein dunkles Braun über, das einen einnimmt.

Doch ich darf mich nicht einnehmen lassen.

Adam.

»Wie kommst du darauf, dass ich Angst vor dir habe?« Ich schaue ihn an und er scheint so vertieft in seine Gedanken zu sein, dass er erst nach ein paar Sekunden antwortet. An was er wohl gedacht hat?

»Zeig mir, dass du keine Angst hast.« Vielleicht liegt er mit seiner Äußerung gar nicht so falsch. Denn unter seinem intensiven Blick fühle ich mich unglaublich nackt und spiele nervös an meinen Ringen herum.

Gerade als ich glaube, die Situation würde sich entspannen, öffnen sich seine Lippen erneut und kommen dichter an mein Ohr.

»Tanz mit mir. Jetzt.«

Sollte ich ablehnen?

Doch diese Wahl lässt er mir nicht. Er nimmt meine Hand und dreht mich mit dem Rücken zu sich.

Seine Hüfte kommt mir verdächtig nahe und ich kann seinen harten Körper an meinem Rücken spüren.

Ich fange an, mich passend zur Musik zu bewegen, und spüre, wie er sich meinen Bewegungen anpasst. Dabei fällt mir auf, dass ich noch nicht einmal seinen Namen kenne.

»Wie heißt du?« Ich drehe mich zu ihm, als ich es ausspreche.

Er lächelt, als wäre die Frage so abwegig zu stellen. »Tja, das wüsstest du gern nicht wahr, *Liana*?«

»Woher weißt du, wie ich heiße?«

Er muss gemerkt haben, wie ich mich in seinen Armen versteift habe, denn er streichelt mir jetzt beruhigend über meine Hüfte. Doch leider bewirkt diese Geste das völlige Gegenteil. Meine Knie werden weich und die Gänsehaut von zuvor kehrt wieder zurück.

»Einem meiner Kumpels gehört der Club.«

Das erklärt es natürlich. Ich wusste ja schon, dass das *Dark Hollow* kein normaler Nachtclub ist, doch jetzt habe ich ein noch viel mulmigeres Gefühl.

»Da du meinen Namen kennst, würde ich es nur fair finden, wenn ich auch deinen Namen erfahre.« Weiterhin bewegen wir uns zur Musik und dabei bleiben seine Hände auf meinen Hüften liegen.

»Damian. Mein Name ist Damian.«

»Damian«, wiederhole ich.

»Genau der bin ich, Kleines. Merk es dir gut.« In seiner Stimme schwingt ein deutliches Grinsen mit und automatisch entspanne ich mich wieder etwas. Elara würde mir raten, ruhig zu bleiben und nicht zu viel nachzudenken oder hineinzuinterpretieren. Also versuche ich, genau das zu tun.

Ich spüre, wie seine Hand von meinen Hüften leicht über meinen Bauch wandert.

Kleines.

Dieser Kosename klingt besonders aus seinem Mund und in Verbindung mit dieser Berührung, seinem herben männlichen Duft, spüre ich, wie es in meinem Unterleib kribbelt.

Ella hatte recht. Ich hatte schon viel zu lange keinen Sex mehr gehabt und genau das wird mir mit seiner Berührung bewusst.

Ich dummes, naives Ding.

Ist das hier falsch? Adam ist seit einem Monat verschwunden, mit einem Teil seiner Klamotten, ohne ein Wort zu sagen, und ich bin gerade kurz davor, die Kontrolle zu verlieren. Dieses Kribbeln, das ich bei dem Fremden spüre, ist intensiver, als ich selbst zulassen will.

Ist das schlecht?

Nicht so viel nachdenken.

Ich habe das Recht zu vergessen, oder? Heute.

Adam ist nicht hier. Er hat mich verlassen.

Das hat er doch, nicht?

Ich lasse mich ein wenig mehr fallen. Vielleicht sollte ich für diesen einen Abend die Kontrolle aufgeben.

Um Damian zu zeigen, dass es okay ist, wie er mich berührt, drücke ich meinen Po gegen seinen Schritt und bewege mich passend im Rhythmus der Musik. Ich kann deutlich seine Erektion spüren, die immer härter gegen meinen Po reibt. Dann ziehe ich scharf die Luft ein.

»Fuck! Pass auf, was du machst, mi flor«, stöhnt er mir von hinten in mein Ohr und mein Herz macht einen Sprung.

Mi flor. Meine Blume. Irgendwie fühlt es sich so an, als würde dieser Name so viel mehr bedeuten und es ist unangenehm vertraulich. Ich darf das hier nicht aus dem Blick verlieren. Es ist und bleibt etwas Einmaliges. Eine Ablenkung.

Warum sollte das Privileg nur Kerlen gelten, wenn auch uns Frauen etwas Einmaliges geboten wird? Etwas, das mich vielleicht kurz vollkommen vergessen lässt?

»Was wenn nicht?« Diese drei Worte haben meinen ganzen Mut gebraucht und ihm scheint meine bissige Antwort ziemlich zu gefallen.

Seine Hand wandert langsam meinen Bauch entlang, den Weg hinunter zu meiner Mitte. Meiner bereits *feuchten* Mitte. Ich atme hörbar aus. Ich kann nicht glauben, dass das hier wirklich passiert.

Auf der Mitte der Tanzfläche.

Er beugt sich zu mir runter und flüstert mir mit rauer Stimme zu: »Dann werde ich mich nicht mehr zurückhalten können und dich so lange ficken, bis du deinen eigenen Namen vergisst, verstanden?«

Ich drehe mich zu ihm um und schaue ihm provokant in die Augen. Seine direkten Worte sollten mich abschrecken, doch auf eine unglaublich dunkle Art und Weise ziehen sie mich an. Wenn ich das jetzt sage, gibt es kein Zurück mehr. Das ist mir bewusst und trotzdem entscheide ich mich genau für das hier. Für diesen einen Funken Dunkelheit in mir.

»Was ist, wenn ich genau das von dir will? Wenn ich das brauche?« Ich lehne mich vor und kann sehen, wie sich etwas in seinem Blick verändert. So, wie er mich nun anschaut, hat es schon fast etwas Animalisches an sich. Nach weiteren Sekunden, in denen selbst die Musik in den Hintergrund gerät, schauen wir uns nur an.

Plötzlich packt er mich wieder ziemlich grob an der Hüfte, zieht mich so nah an sich, dass ich seinen Schwanz durch die Hose spüren kann, und dann passiert es. Er küsst mich.

Kapitel 3

Damian

Die Art und Weise, wie sie meinen Namen ausgesprochen hat, werde ich niemals vergessen. Niemals. Auf ihren Lippen hört er sich noch mal völlig anders an als von irgendjemand anderem. Die Kleine hat mich so verrückt gemacht mit ihrem provozierenden Auftreten und diesem Blick, dass diese Nacht sicher für lange Zeit in meinem Kopf bleiben wird.

Wie kann ein Engel so provokant sein? So dreckig?

Sie ist keine der Huren. Ich sah es ganz deutlich, dass sie vergessen will. Dass sie mich benutzt, obwohl ich derjenige sein sollte, der *sie* benutzt.

Ich weiß nicht, was ich davon halten soll.

Sie wirft sich mir nicht sofort an den Hals und das gefällt mir. Liana entscheidet und ich dämlicher Bastard lasse es mit mir geschehen.

Ich konnte nicht anders, als sie endlich an mich zu ziehen und sie zu küssen. Irgendetwas sollte ich bestimmen. Irgendwelche Zügel sollte ich behalten.

Herrgott.

Ich bin mir bewusst, dass ich sie alles andere als zärtlich berühre und damit den Zwiespalt in mir nach außen katapultiere. Mit einem festen Griff um ihre Hüfte halte ich sie fest und drücke sie an mich. An meinen harten Schwanz, der schon für sie pulsiert. Anhand ihres leisen, aber lustvollen Stöhnens kann ich erkennen, dass sie ganz genau weiß, *was* sich da an ihren unteren Bauch drückt – und sie scheint es ziemlich zu mögen. Ich löse meine Lippen von ihren und schaue sie grinsend an.

»Gefällt dir, was du spürst?« Sie versucht, meiner Frage auszuweichen, und beugt sich wieder nach vorn, um ihre weichen Lippen erneut auf meine zu legen. Doch ich weiche ein Stück zurück.

Mit meiner rechten Hand nehme ich ihr Kinn und hebe es an, damit sie gezwungen ist, mir in die Augen zu schauen. Langsam streiche ich mit meinem Daumen über ihre weichen und leicht feuchten Lippen.

Gott! Sie ist wunderschön.

»Nicht so gierig. Hier habe immer noch ich das Sagen.« Sie schaut mit großen Augen zu mir auf und ihre Wangen haben eine süße, leichte Röte angenommen. Ich grinse schelmisch und warte ihren nächsten Schritt ab.

Zeig mir, wie sehr du mich willst, kleine Blume.

»Ist das so?«

»Ist es.«

Liana weicht einen Schritt zurück. »Dann muss ich dich enttäuschen und hier einen Stopp reinbringen.«

»Bitte was?« Ich ziehe sie wieder an mich.

»Du hast mich die ganze Zeit beobachtet, Damian.«

»Habe ich.«

»Dann solltest du gesehen haben, dass ich jeden habe abblitzen lassen.«

»Das habe ich.«

»Dich aber nicht.«

»Mich nicht«, wiederhole ich.

»Also, entweder du fickst mich und lässt mich damit vergessen, oder …«

Dass sie genau das wirklich ausspricht, habe ich nicht erwartet. In ihren blauen Augen tobt ein Sturm und das sehe ich als mein Zeichen, sie an der Hand zu nehmen.

Sie will vergessen? Ich helfe ihr, zu vergessen.

Vorsichtig führe ich sie von der Tanzfläche. Zusammen steigen wir die Treppe hoch zu den oberen Räumen und ich kann im Augenwinkel sehen, wie sie sich neugierig umschaut. Hier oben stehen mindestens fünf Wachmänner, die die Zimmer bewachen und kontrollieren, sodass niemand Ungewolltes die Räume betritt. Auch hier ist alles eher dunkel gehalten und nur das leuchtende, lilafarbene Licht, welches den Boden erhellt, zeigt uns den Weg.

Wir laufen gemeinsam den Flur entlang und ich halte vor dem Zimmer ganz am Ende. Es ist ein Gästezimmer von Zade, welches uns immer zur freien Verfügung steht.

Mit meiner Schlüsselkarte öffne ich die Tür und laufe, Hand in Hand, mit ihr in den Raum. Die Karte habe ich immer bei mir. Immer. Für *den* Fall. Für solch einen Fall. Sobald ich die Tür wieder hinter uns geschlossen habe, sehe ich ihren verwunderten Blick.

»Warum hast du Zugang zu den oberen Räumen?« Sie schaut mich misstrauisch an und eine tiefe Falte bildet sich auf ihrer Stirn.

Die Kleine ist neugierig.

Ich kann nicht leugnen, dass das nur dazu führt, dass ich sie noch interessanter finde. Doch wer ich wirklich bin und warum ich so einfach Zutritt zu den Zimmern habe, kann ich ihr nicht sagen.

Sie ist immer noch nur ein One-Night-Stand und daran wird sich auch nichts ändern. Sie mag zwar nicht wie die anderen Huren sein, aber trotzdem bleibt sie etwas Einmaliges. Etwas, das in wenigen Wochen schon in Vergessenheit geraten ist.

Also gebe ich ihr die Antwort, die logisch klingt und trotzdem nicht der vollen Wahrheit entspricht. »Ich sagte doch, der Club gehört einem meiner Kumpels.«

Ich gehe einen Schritt auf sie zu und schaue ihr in die Augen. Langsam lege ich meine Hand auf ihren unteren Rücken und ziehe sie mit einem starken Ruck wieder an mich. Ein süßes Quietschen verlässt ihren Mund und sie schaut mit ihren unschuldigen Augen zu mir hoch.

»Aber wir sind doch nicht hier, um zu reden. Oder, mi flor?«

Kurz scheint sie mit sich zu ringen, aber nickt dann.

»Keine Sorge, ich werde dich so gut nehmen, dass du meinen Namen schreien wirst. Du willst vergessen. Du wirst vergessen. Ich bin mir sicher, so eine Nacht hattest du noch nie.« Ich weiß, dass meine Worte ziemlich überheblich rüberkommen, doch das heißt nicht, dass sie nicht stimmen. Mit einer Bewegung hebe ich sie hoch und presse meinen Mund wieder auf ihren. Sie gibt ein zufriedenes Seufzen von sich und krallt ihre Hände in meine Haare.

Diese Frau schmeckt wie purer Zucker und wenn schon ihre normalen Lippen so fantastisch schmecken, will ich gar nicht erst wissen, wie unglaublich gut ihre Perle schmecken muss.

Kurz löse ich mich von ihr, um zum Bett hinüber zu laufen. Ich lege sie darauf ab und sie schaut mich von unten an, als gäbe es jetzt kein Zurück mehr.

Genauso ist es auch, meine Kleine.

Ich packe sie an den Beinen, ziehe sie zu mir an den Rand des Bettes und schaue ihr von oben herab in die blauen Augen.

Ozeanblaue Augen.

Fuck!

Was denke ich denn da? Sie hat ganz normale blaue Augen und ist wie jede andere Frau, die ich flachlege.

»Du hast zu viel an«, stelle ich fest.

Sofort streckt sie die Arme hoch und ich ziehe ihr das T-Shirt über den Kopf. Ein schwarzer Spitzen-BH blitzt auf und ich gehe leicht in die Hocke, um ihren Hals herunter bis zu ihrem Dekolleté zu küssen. Sie legt den Kopf in den Nacken und genießt jede einzelne Berührung von mir.

Als ich bei ihrer linken Brust ankomme, ziehe ich den BH zur Seite und nehme ihre schon harte Knospe in den Mund. Ich sauge und knabbere leicht daran.

Ihr lustvolles Stöhnen macht mich verrückt und mit einem kräftigen Ruck zerreiße ich ihren BH, um auch an ihren anderen Nippel zu kommen.

»Das war mein Lieblings-BH, du Mistkerl.« Ihr Protest kommt stöhnend über ihre Lippen, da ich immer noch ihre vollen Brüste liebkose.

»Geht auf meine Rechnung«, murmle ich zurück, mit ihrem Nippel immer noch in meinem Mund. Ich löse mich von ihr und sie gibt ein protestierendes Geräusch von sich. Ich grinse und fange an, ihr die enge Jeans auszuziehen, in der sie mich schon den ganzen Abend lang verrückt macht. Ich werfe sie weiter hinten in den Raum und schaue die Schönheit an, welche vor mir sitzt. Nur ein dünner schwarzer Stoff trennt mich noch von ihrer Perle.

Auch diesen ziehe ich ihr langsam aus und lege ihn zur Seite. Mit einem schüchternen Blick drückt sie ihre Schenkel zusammen, sodass ich kaum etwas sehen kann. Es ist unglaublich, wie sie auf der einen Seite schüchtern sein kann und mich auf der anderen provoziert.

»Etwas zu spät für Scham, nicht wahr?«

Sie antwortet mir nicht, sondern fixiert mich weiterhin mit ihren Blicken. Sie achtet auf jede meiner Bewegungen. Ich knie mich langsam vor sie. Obwohl ich nie wieder vor jemandem knien wollte.

Aber hier bin ich bereit, eine Ausnahme zu machen. Den Umständen entsprechend bietet es sich auch perfekt an. Ich kann in ihren Augen sehen, wie sehr sie das hier will, und daher beschließe ich auch, den nächsten Schritt zu machen.

»Reden wird sowieso überbewertet.« Ich spreize ihre Beine und lecke mir über die Lippen.

»Muy hermosa.« Die Worte kommen mir einfach so über die Lippen und es ist unglaublich, wie schön Liana an jedem Winkel ihres Körpers ist. Ich betrachte ihre feucht glänzende Mitte und stelle mir vor, was ich am liebsten alles mit ihr tun würde. Ich küsse an ihren Beinen den Weg zu ihren Oberschenkeln hoch und liebkose die Innenseiten.

Kurz schaue ich noch mal zu ihr auf und da es mich interessiert, stelle ich ihr die folgende Frage: »Wurdest du schon mal geleckt, Kleines?«

Sie wirkt überrascht von meiner Frage und schüttelt den Kopf. Wie zur Hölle kann diese schöne Frau noch nie mit einem Mund befriedigt worden sein? Das bestärkt mich nur noch mehr in meinem Vorhaben.

»Dann genieß es jetzt.« Ich fange an, ihren Venushügel zu küssen, und versenke dann meine Zunge zwischen ihren Schamlippen. Vorsichtig sauge ich an ihrer Perle, schaue dabei sehr genau auf ihre Reaktion. Sie stöhnt und wirft ihren Kopf in den Nacken.

»Damian!« *Wie sie meinen Namen ausspricht.*

Ich gleite mit meiner Zunge in sie und verdammt, sie schmeckt wie die schlimmste Sünde. Sie packt meinen Kopf und drückt mich noch stärker an sich. Ich lecke sie schneller und halte mich nicht mehr zurück. Ich nehme ihre Beine, lege sie mir auf die

Schultern und kann sie so noch mehr schmecken. Ich brauche mehr von ihr. Ich will alles.

»Hör nicht auf.« Ich merke, dass sie bald so weit ist, und halte meinen Rhythmus bei. Ich will, dass sie auf meiner Zunge kommt. Ich brauche es.

Und dann kommt sie mit einem gewaltigen Stöhnen an meinem Mund. *Mierda*. Sie schmeckt unglaublich. Ich löse meinen Kopf von ihr und fahre mit meinen Fingern durch ihre nasse Spalte. Sie ist wunderschön.

»So nass für mich.«

Erschöpft lässt sie sich nach hinten fallen. Doch wenn sie denkt, dass ich fertig mit ihr bin, dann irrt sie sich gewaltig. Langsam ziehe ich meinen Gürtel aus und schaue sie dabei an. Mein Hemd folgt und ein Grinsen schleicht sich auf ihr Gesicht. Dann fange ich an, meine Hose aufzuknöpfen, und ziehe sie samt Boxershorts runter.

Ihr Grinsen verschwindet und sie schluckt heftig. Der Anblick von ihr, nackt in diesem Bett, macht mich verrückt und meine Selbstbeherrschung ist dahin. Ich hole ein Kondom aus meiner hinteren Hosentasche, ziehe es mir über und gehe zu ihr aufs Bett.

»Spreiz die Beine weiter, mi flor.«

Sie tut, was ich ihr sage und ich lecke meine Finger ab, um mit ihnen über ihre Pussy zu reiben. Verdammt, sie ist immer noch nass. Langsam beuge ich mich zu ihr herunter und küsse sie. Dieser Kuss ist so völlig anders als die davor. Intimer. Intensiver. Ich gleite mit meiner Zunge in ihren Mund und unsere Zungen kämpfen über die Macht.

Ich liebe es, wie sie versucht, mich zu provozieren. Auch ohne Worte. Das hat sich bisher noch keine getraut.

Schnell löse ich mich von ihr, positioniere mich vor ihrem Eingang und reibe langsam mit meiner Eichel über ihre feuchte Mitte. Fuck! Schon allein das fühlt sich sündhaft gut an.

»Jetzt fick mich endlich, Damian!«

Da kann es jemand kaum noch abwarten – und wenn sie mich so nett darum bittet, werde ich nicht Nein sagen.

»Dein Wunsch ist mir Befehl.« Mit einem Stoß bin ich bis zum Anschlag in ihr und uns beiden entfährt ein lustvolles Stöhnen. Ich nehme sie mit immer schneller werdenden Stößen und sie wird mit jedem lauter. Ich vergesse mich und scheiße …

Genauso sollte sich Sex *nicht* anfühlen. Nicht so verdammt gut. Nicht mit einer unbedeutenden Frau wie ihr.

Ich werde immer schneller und spüre mit der Zeit, wie sie enger um mich wird. Sie wird gleich kommen. Wieder.

Ich weiß es und ihr Schreien bestätigt meine Vermutung. Gleich bin ich auch so weit und mit zwei weiteren tiefen Stößen komme ich in ihr. Erschöpft bleibe ich auf ihr liegen und atme weiterhin schwer aus.

»Das war –«

»Nicht normal«, beende ich ihren Satz.

»Da es für dich sicher nicht das erste Mal etwas Einmaliges war, sollte es das aber sein.«

Ich zische: »Mit mir ist es nie normal.«

»Welch riesiges Ego«, kichert sie.

Vorsichtig ziehe ich mich aus ihr heraus und mache mich auf den Weg in das anliegende Badezimmer. Ich entsorge das Kondom und schaue mich im bodenlangen Spiegel an. Ich kann nicht glauben, dass das gerade eben ein normaler One-Night-Stand gewesen sein soll.

Viel zu locker und doch viel zu offen. Viel zu vertraut.

Noch bevor ich zurück zu ihr gehe, weiß ich, dass sich etwas verändert hat.

Ich kann diese Frau nicht gehen lassen, auch wenn ich es will.

Es tut mir leid kleine Blume, aber du gehörst ab sofort mir. Für immer. Zu jedem Preis. Den du zahlen wirst. Nicht ich.

Ich gehe zurück ins Schlafzimmer und das Erste, was ich höre, ist ihr leises Schnarchen. Sie ist tatsächlich eingeschlafen. Langsam steige ich ebenfalls unter die Decke und lege mich hinter sie. Meine Gedanken fahren Achterbahn und bevor ich Kopfschmerzen bekommen kann, schlafe ich ein.

Was auch immer das gerade war, es ist der Beginn von etwas Gewaltigem.

Wie krank kannst du eigentlich sein, Damian? Du erhebst Anspruch auf sie, ohne zu wissen, wer sie ist.

Kapitel 4

Liana

5 Wochen später

Allein an diesem Tisch zu essen, kann beängstigend sein. Das Haus ist ohne Adam viel zu ruhig und ich kann nicht leugnen, dass ich mir mit jeder Sekunde mehr Sorgen um ihn mache.

Wo steckt er nur?

Habe ich unsere Beziehung mit dem, was ich während unseres Streits gesagt habe, ruiniert?

Es muss so sein, denn es ist bekannt, dass ich alles zerstöre, das ich liebe. Ganz sicher nicht mit Absicht und dennoch glaube ich, treibt es mich regelrecht dazu, alles kaputtzumachen.

Wie ein Fluch, der mir auferlegt wurde.

Dabei dachte ich, es würde alles besser werden. Es würde einfacher werden, wenn ich mein Leben selbst in die Hand nehme.

Die letzten Monate waren zwar nicht ganz so leicht für Adam und mich, doch die Liebe hat dadurch doch nicht nachgelassen, oder? Wiederum: Warum sonst sollte er einfach verschwinden und sich zwei Monate lang nicht bei mir melden?

Mittlerweile ist mir vom ganzen Nachdenken so übel geworden, dass ich keinen Bissen des Toasts vor mir hinunterbekomme. Ich stehe seufzend auf und laufe mit schweren Füßen zur Arbeitsplatte hinüber, lege den Teller darauf ab und greife nach meinem Smartphone.

Sechs ungelesene Nachrichten von Elara.

Seitdem Adam verschwunden ist und ich nur noch daheim meine Zeit verbringe, schreibt Elara mir in jeder freien Minute. Wir kennen uns schon seit über drei Jahren und sind seitdem unzertrennlich. Auch wenn sie das komplette Gegenteil von mir ist – selbstbewusster, wortgewandter und irgendwie auch zu stark von sich selbst überzeugt. Und dass sie die Aufmerksamkeit auf sich zieht, gefällt mir. Denn im Gegensatz zu ihr hasse ich es, angestarrt zu werden. Man starrte mich zu oft, zu lange an und die wütenden Blicke der Menschen um mich herum gehen mir bis heute nicht aus dem Kopf.

Etwas, das Elara deutlich von mir und anderen Frauen abhebt, ist die Tatsache, dass sie eine Stripperin ist. Eine wunderschöne, heiße und einnehmende Stripperin. Mit italienischem Blut. Es ist zwar für mich nicht der Traumjob schlechthin, doch Elara blüht förmlich darin auf, wenn sie zu tanzen beginnt. Wir sind so verschieden wie Katz und Maus.

Sie liebt knappe Klamotten, die nur gerade so über ihren Hintern gehen, während ich mich lieber in eine Leggings und einen Cardigan packe. Elara liebt Partys, während ich mein Haus momentan nur dann verlasse, wenn es nötig ist. Auf dem Sofa *Netflix* zu schauen, ist eine meiner liebsten Beschäftigungen und ich könnte stundenlang nichts anderes tun.

Dabei kommt mir mein Job im Homeoffice als telefonische Kundenberaterin ganz gelegen. Ein recht langweiliger und dennoch annehmbarer Job. Nur nicht gut genug bezahlt, damit ich mir alles hier ohne Probleme leisten könnte. Vor allem jetzt nicht, wo Adam nicht mehr da ist. Daher habe ich mich zwangsweise bei *no está solo* beworben, einer Agentur, die Begleitservices anbieten. Und auch wenn ich ungern fremde Menschen auf Events begleiten würde, bin ich wohl oder übel dazu gezwungen.

Wir leben nicht im Luxus, dennoch haben Adam und ich regelmäßige Kosten zu tragen und den Hauskredit abzubezahlen. Deshalb habe ich keine andere Wahl, als zwei Jobs gleichzeitig auszuüben.

Seit Adam weg ist, ist nicht ein Euro auf unserem gemeinsamen Konto eingegangen.

Kurz verfluche ich mich für meine Gedanken, aber das Wort *Arschloch* schreit mich permanent an.

Wie konnte er das nur tun? Mich einfach so zurücklassen?

Seufzend gehe ich zum Sofa und lasse ich mich darauf fallen. Dann fange ich an, die Nachrichten von Elara zu lesen.

Elara: Hey, Süße, wie geht es dir?

Elara: Hast du bestimmte Pläne für heute? ;-)

Elara: Wahrscheinlich nicht. Ich weiß, dass du nur am Faulenzen bist, aber mal ganz ehrlich, Süße. Dadurch wird er auch nicht zurückkommen.

Ich verdrehe die Augen. Ich weiß, sie meint es nur gut, doch ihre ständigen Versuche, mich aus dem Haus zu bekommen, überfordern mich. Ich verarbeite nun mal am liebsten die aktuelle Situation, indem ich mich in meinem Bett oder auf dem Sofa einkuschle und mich für die nächsten drei Stunden nicht bewege.

Dumm und dennoch irgendwie notwendig. Für mich.

Adam ist schon so viele Wochen weg. Mit nur wenigen Klamotten ist er verschwunden.

Vor knapp einem Monat hat es Ella tatsächlich geschafft, mich zu überreden, gemeinsam in einen Nachtclub zu gehen. In den Club, in dem sie auch arbeitet. Wie dieser Abend letztendlich ausgegangen ist, versuche ich, so gut es geht, zu verdrängen. Eigentlich hat das bis jetzt auch gut funktioniert. Nur manchmal, wenn ich nachts kurz vorm Einschlafen bin und meine Gedanken mich überrollen, denke ich noch an *ihn*.

Wie sich seine Hände auf meiner Haut angefühlt haben und seine harte Erektion, die gegen mich …

Verdammt! Schon wieder!

Jedes Mal, wenn ich an diese Nacht zurückdenke, überflutet mich eine Welle an Schuldgefühlen und ich muss daran denken, wie verletzt Adam wäre, wenn er wüsste, was ich getan habe.

Aber eigentlich ist er doch gegangen, oder?

Meine Gedanken wirbeln hin und her. Versuchen, meine Schuldgefühle zu unterdrücken.

Ich schließe, frustriert über mich selbst, die Augen und fahre mit einer Hand über mein Gesicht. Was habe ich nur getan?

Du hast mit ihm geschlafen, Liana. Mit einem anderen Mann.

Dass ich zu dem Zeitpunkt bereits einen Monat lang nichts von Adam gehört habe, ist keine Entschuldigung. Was bin ich nur für eine Freundin? Ex-Freundin. Jene, die nach wenigen Wochen einfach … Ich weiß nicht, was in dieser Nacht in mich gefahren ist.

Adam war oder ist mein erster Freund. Unsere Beziehung lief schon Wochen vor seinem plötzlichen Abgang nicht wirklich gut. Ständig war er unterwegs und wenn ich abends einen Funken Zuneigung gesucht habe, hat er immer eine neue Ausrede gefunden, um mich nicht berühren zu müssen.

Schwer atme ich aus und lese die Nachrichten von Elara weiter.

Elara: Ich mochte ihn noch nie, aber das weißt du ja.

Und wie ich das wusste! Adam und sie konnten sich noch nie ausstehen und warum, erahne ich bis heute nicht. Immer wenn ich sie darauf angesprochen habe, ist sie dem Thema ausgewichen und irgendwann habe ich auch aufgegeben nachzufragen. Solange sie ihn akzeptiert, ist und war mir der Rest egal.

Elara: Süße, ich bin mir bewusst, dass ich dir auf den Zeiger gehe, aber jetzt bekomm deinen Arsch hoch und mach was!

Wie recht sie eigentlich damit hat.

Elara: Wie wäre es mit Burgern im Jenkins? :)

Sie weiß ganz genau, wie sehr ich die Cheeseburger vom *Jenkins* liebe. Das *Jenkins* ist der Fast-Food-Laden drei Straßen von mir entfernt und wird von einem alten Mann namens Bernardo und seiner Frau Olivia geführt.

Eigentlich genau das, was ich jetzt brauche. Obwohl ich vor wenigen Minuten keinen Bissen des Toasts hinunterbekam, steht mir jetzt der Sinn nach einem ihrer Burger.

Mein Magen brummt bereits protestierend. Vielleicht hat Elara recht und ich sollte mich langsam in den Griff bekommen. Ich verkrieche mich schon viel zu lange und starre rund um die Uhr auf die Tür.

Wie lang will ich das noch tun?

Bei jedem Knarzen habe ich die Hoffnung, dass die Tür auffliegt und Adam im Rahmen steht, er eine gute Erklärung für sein plötzliches Verschwinden hat und alles wieder normal wird. So normal, wie es nun mal geht.

Ich setze mich auf und antworte Elara, dass ich in einer halben Stunde da sein werde. Schleppend laufe ich zum Schlafzimmer, suche mir ein schönes Outfit aus und laufe dann direkt ins Bad.

Schnell nehme ich eine Dusche, kämme mir die Haare und

binde sie mir zu einem Zopf. Dann mache ich mich fertig, ziehe mir Shirt und Rock über, bevor ich meinen Schlüssel schnappe und zur Tür gehe. Kurz bevor ich die Tür schließe, schaue ich mir alles noch mal genau an.

Dann bemerke ich es erneut: Seit Adam weg ist, hat das Haus seinen Glanz verloren – und ich mit. Dafür muss ich kein weiteres Mal in den Spiegel sehen. Denn ich weiß ganz genau, dass ich sonst nur wieder meine blauen Augen erblicken würde, die mit Adams Verschwinden ihren Funken verloren haben.

Ungeduldig stehe ich am Eingang des *Jenkins* und warte auf meine beste Freundin. Wie so oft, wenn ich mich mit Elara treffe. Sie kommt regelmäßig zu spät und tut dann so, als wäre sie vollkommen pünktlich.

Ich rücke mein Shirt zurecht und wedle mir etwas Luft zu. Warum muss es in Madrid auch gleich immer so heiß sein? Der Sommer hat gerade erst begonnen und es sind bereits dreißig Grad im Schatten! Nicht falsch verstehen, ich liebe es, wie die Palmen im Wind wehen, liebe die altertümlichen Gebäude, doch ein etwas kühleres Klima würde nicht schaden.

Nach kurzer Zeit kann ich sie in der Ferne auf ihrem Motorrad sehen. Sie fährt eine schwarze *Kawasaki*, die sie sich vor wenigen Wochen gekauft hat. Obwohl sie auf das Geld ihres Vaters zurückgreifen könnte, wenn sie wollte.

Doch Elara ist, was Geld und ihre Familie betrifft, etwas … kompliziert. Dass sie nicht darüber reden will, akzeptiere ich.

Sie parkt direkt zwischen zwei Autos auf dem Parkplatz des Fast Food Ladens, zieht ihren Helm ab, aus dem ihre roten Haare fallen, und steigt von der *Kawasaki*.

»Na, hast du mich vermisst?«, ruft sie mir zu und ich laufe ihr lächelnd entgegen. Wie immer, wenn wir uns sehen, schließe ich sie fest in meine Arme.

»Natürlich habe ich das, Ella.« Nur ich nenne sie so und es ist zu einer Gewohnheit geworden, die ich nie wieder missen möchte. Sie schaut mir länger als sonst in die Augen und aus irgendeinem Grund bin ich mir ziemlich sicher, dass sie sich versichern will, ob es mir gut geht. Zumindest den Umständen entsprechend.

Wir laufen zusammen zum Eingang des *Jenkins* hinüber und sobald ich über die Türschwelle trete, trifft mich der Geruch von frischem Fett und gebratenem Fleisch.

»Besorg uns den besten Platz und ich kümmere mich um das Essen.« Sofort nachdem Elara zu Ende gesprochen hat, geht sie auch schon zur Theke, die gleichzeitig als Kasse fungiert, und gibt unsere Bestellung auf.

Sie weiß, was ich will. Wie immer.

Lächelnd laufe ich zu unserem Stammplatz und setze mich. Elara und ich waren früher jedes Mal, wenn wir uns gesehen haben, hier.

Nach wenigen Minuten kommt sie mit zwei Tellern und einer Limonade an den Tisch und stellt den duftenden Cheeseburger direkt vor meine Nase.

»Danke.«

»Ist doch selbstverständlich, Lia.«

Jedes Mal, wenn sie mich so nennt, durchfährt mich eine warme Welle.

»Also erzähl, Süße, wie geht es dir mit der ganzen Situation?«

Gleich nachdem sie die Frage ausgesprochen hat, verfliegt das schöne Gefühl von zuvor und ein Klumpen macht sich in meinem Magen breit. Eigentlich würde ich ungern darüber reden, aber ich weiß auch, dass es irgendwie sein muss. Ich kann nicht alles für mich behalten.

»Na ja, wie soll es mir gehen? Adam ist immer noch weg und ich habe nichts von ihm gehört«, antworte ich daher knapp und weiß, dass Elara sich damit nicht zufriedengeben wird.

»Glaubst du denn wirklich, er wird wieder zurückkommen? Ich mein ja nur, es sind jetzt schon über zwei Monate vergangen und niemand hat etwas von ihm gehört.« Bereits drei Tage nach Adams Verschwinden war sie der festen Meinung, dass er nicht mehr zurückkehren wird. Ich glaube, ein Teil von ihr hofft es sogar. So grausam das für mich auch sein mag. Ihr wäre es eindeutig lieber so.

Seufzend beiße ich in meinen Burger und zucke mit den Schultern. Der Geschmack von geschmolzenem Käse macht sich auf meiner Zunge breit und als mir eine blonde Strähne ins Gesicht fällt, stecke ich sie mir hinters Ohr.

»Ich weiß auch nicht, was ich davon halten soll. Aber was soll ich denn machen? Die Hoffnung aufgeben? Er wird wiederkommen. Vielleicht ist es was Geschäftliches oder so.«

»Liana, so naiv bist du nicht. Du glaubst doch nicht wirklich, dass er geschäftlich unterwegs ist. Er ist ein Automechaniker und selbst wenn er deshalb weg wäre, könnte er sich irgendwie bei dir melden.«

Ich weiß, dass sie recht hat, aber ich möchte es einfach nicht wahrhaben. Die Vorstellung, dass er wirklich gegangen ist, ohne auch nur ein Wort zu sagen, bricht mir das Herz. Es ist offensichtlich, dass ich diesen Gedanken verdränge und deshalb schon dumme Ausreden erfinde.

»Es tut mir leid, wenn ich das jetzt so sage, Süße. Aber mit hoher Wahrscheinlichkeit liegt er gerade im Bett einer anderen und bekommt seinen ekligen Schwanz gelutscht, während du hier sitzt und vor dich hin schmollst.« Bei ihrer harten Wortwahl zucke ich zusammen und schaue sie entsetzt an. Das kann sie doch nicht wirklich glauben. *Ich* will es nicht glauben!

»Das würde Adam mir niemals antun«, flüstere ich mehr zu mir selbst als zu Elara, doch sie scheint es trotzdem für wichtig genug zu halten, um etwas dazu zu sagen.

»Bist du dir da so sicher? Schließlich hast du auch …«

Ich sehe abrupt zu ihr auf.

»Was siehst du mich so an? Du hast Trost gesucht. Das ist verständlich«, fügt sie mit großen Augen hinzu.

»Mein Gewissen plagt mich schon genug.« Da brauche ich nicht noch eine Erinnerung an besagte Nacht. Von denen suchen mich abends in meinem Bett schon genug heim …

»Sollte es nicht. Schließlich ist er gegangen«, sagt Ella und beißt in ihren Burger.

»Ja, das stimmt, aber das bedeutet nicht gleich, dass er eine andere hat«, verteidige ich ihn, doch mir ist klar, wie logisch Elaras Erklärung für all das klingt. Vielleicht sollte ich einfach über ihn hinwegkommen und weiterziehen. Aber was, wenn er dann plötzlich wieder auftaucht?

Sie lacht leise und flüstert vor sich hin.

»Wenn du meinst.«

Wenigstens hat sie nun aufgehört, nachzubohren, und das erleichtert mich. Es mag zwar nicht die schlauste Methode sein, mit der Situation umzugehen, doch für mich ist es die angenehmste. Wir plaudern noch eine Stunde lang, bevor wir beide zu den Parkplätzen zurückkehren und uns in die Arme nehmen.

»Musst du heute noch arbeiten?«, frage ich sie.

»Ja, aber wenn du willst, kannst du mitkommen und wir trinken danach noch etwas an der Bar. Ein bisschen Abwechslung würde dir guttun.«

Wir beide wissen, wie das beim letzten Mal ausgegangen ist – und ich kann nicht zulassen, dass mir dieser Fehler erneut passiert.

Ich schüttle den Kopf und lächle sie entschuldigend an. Sie weiß, dass ich nicht sonderlich gern im *Dark Hollow* feiern gehe. Der Nachtclub ist für seine zwielichtigen Geschäfte in den oberen Räumen bekannt.

Ella stört das nicht, aber ich möchte mich lieber von so etwas fernhalten. Und dennoch ist das *Dark Hollow* gut, um … den Kopf zu leeren und alle Gedanken zu vergessen.

Außerdem, wenn ich erneut an den letzten Abend zurückdenke, stellen sich mir die Haare an den Armen auf …

»Okay, schade. Vielleicht ein anderes Mal.«

Ich winke ihr noch zu, während sie auf ihr Motorrad steigt, ihr rotes Haar zurechtlegt und davonfährt. Mit langsamen Schritten laufe ich die leere Straße entlang. Ich genieße es, nur die Palmen im leichten Sommerwind wehen zu hören. Die Ruhe tut mir gut, auch wenn ich die Zeit mit Elara als sehr erholsam empfunden habe, schätze ich diese Minuten. Sobald unser Haus – nein mein Haus – in Sicht kommt, muss ich erst mal tief durchatmen. Elaras Worte gehen mir einfach nicht aus dem Kopf, denn vielleicht hat sie recht und *mein* Adam liegt gerade im Bett einer anderen und vergnügt sich. Bei der Vorstellung wird mir schlecht und ich versuche, das unangenehme Gefühl runterzuschlucken.

Von außen sieht das Haus genauso aus, wie ich es verlassen habe. Immer noch dieselbe alte Tür und dieselben verwelkten Blumen im Vorgarten. Bei der Hitze wundert es mich wirklich nicht, dass sie den Geist aufgegeben haben.

Ich weiß, dass, wenn ich die Tür öffne, wieder die Leere von zuvor zurückkehren wird. Mal wieder werde ich allein sein.

Dennoch öffne ich sie, gehe hinein und schalte das Licht an.

»Hallo?«

Keine Antwort.

Kein Adam.

Warum sollte es heute anders sein, Liana?

Den Schlüssel werfe ich auf den Esstisch und laufe direkt hoch zum Schlafzimmer. Ich will einfach nur ins Bett. Als ich die Tür aufmache und in das Zimmer blicke, bleibe ich wie erstarrt stehen.

Das Fenster ist offen und ein kühler Wind weht hinein. Unter normalen Umständen wäre ich glücklich über den Luftzug, aber eigentlich bin ich mir ziemlich sicher, dass ich das Fenster geschlossen habe, als ich heute Morgen aufgestanden bin.

Eine leichte Gänsehaut bildet sich an meinen Armen und ich werde das Gefühl nicht los, beobachtet zu werden.

Werde ich jetzt auch noch verrückt?

Verängstigt gehe ich zum Fenster und schließe es.

Okay, vielleicht drehe ich gerade auch nur durch und habe tatsächlich vergessen, das Fenster zu schließen.

Meine Müdigkeit ist von jetzt auf gleich verschwunden und eine naive Hoffnung keimt in mir auf, dass Adam hier irgendwo sein könnte. Langsam laufe ich die Treppen hinunter in Richtung Küche und schaue dabei in jeden Winkel des Hauses.

Nichts.

Keine Spur von etwas Ungewöhnlichem.

Du wirst verrückt, Liana. Eindeutig verrückt.

Im Esszimmer angekommen, schnappe ich mir mein Handy und checke meine Nachrichten. Eine ungelesene Nachricht von Elara. Sonst nichts.

Was habe ich auch erwartet?

Außer Adam ist sie die Einzige, die mir schreiben würde. Und da Adam …

Im Kopf berichtige ich mich: Elara ist die Einzige, die mir schreiben würde.

Ohne dass ich es will, gleiten meine Gedanken zu meiner Mutter. Doch warum ausgerechnet *sie* in meinem Kopf herumspukt, erschließt sich mir nicht.

Meine Mutter hat den Kontakt relativ früh zu mir abgebrochen. Als ich achtzehn war und ausziehen konnte. Von diesem Zeitpunkt an war ich für sie gestorben und das nur, weil sie nicht akzeptieren konnte, dass ich einen anderen Lebensweg einschlug, als sie sich für mich vorstellte.

Das wollte meine Mutter nicht akzeptieren und mein Vater ist tot. Als ich sechs Jahre alt war, ist er an Krebs verstorben. Zuvor hat er sein Leben in England extra für Mutter umgestellt …

Also habe ich so gesehen niemand anderen außer Elara und Adam. Jetzt nur noch Elara. Seufzend lese ich ihre Nachricht, als ich mich auf die Couch setze, und bei ihren Worten muss ich lächeln.

Elara: Ich hoffe, du weißt, dass du immer mit mir reden kannst, Lia. Oder wenn du nur jemanden zum Schweigen brauchst, bin ich auch für dich da.

Elara Argent ist die beste Freundin, die man sich wünschen kann.

Ich: Danke, Ella.

Ich weiß es wirklich zu schätzen, dass sie immer für mich da ist. Doch gerade möchte ich einfach allein sein. Die Lücke, die durch das Verschwinden von Adam entstanden ist, ist einfach zu groß, als dass ein paar schöne Gespräche diese schließen könnten.

Immer wieder kreisen meine Gedanken um ihn.

Er ist nicht einfach so verschwunden.

Da kein Verbrechen oder Ähnliches vorliegt und ich so dumm war, der Polizei bei meinem Suchaufgebot zu erzählen, dass wir uns heftig gestritten und an jenem Tag angeschrien haben, kategorisierten sie es als normale Flucht eines Mannes ein. Es gab keine anderen Hinweise. Nachdem er nach zwei Wochen noch immer nicht aufgetaucht war, bin ich erneut zur Polizei gegangen.

»Wir kümmern uns darum und finden ihren Freund«, war alles, was sie nach meiner Aussage hervorbrachten.

Bis heute weiß ich nichts Neues von den Ermittlungen, die betrieben werden. *Hoffentlich betrieben werden.*

Sie behaupten zwar, die Ermittlungen wären am Laufen, doch schon über drei Wochen lang hat sich niemand bei mir gemeldet.

Seufzend laufe ich ins Badezimmer und ziehe mir einen gemütlichen Pyjama an. Danach schmeiße ich mich zurück auf das Sofa und mache es mir gemütlich.

Versuche es zumindest.

Ich brauche nämlich dringend eine Pause. Von allem. Das ständige Grübeln über Adam zerbricht mir sonst noch den Kopf!

Nach zwei Folgen *Gossip Girl* bin ich eingeschlafen und wache erst Stunden später wieder auf. Der Fernseher läuft immer noch. Als ich auf mein Handy schaue, zeigt es mir an, dass es schon zweiundzwanzig Uhr ist. Müde mache ich den Fernseher aus und laufe träge Richtung Schlafzimmer, lege mich in mein Bett und weiß, was mir morgen bevorsteht: Ein weiterer Tag ohne Adam.

Kapitel 5

Liana

Ein weiterer Tag ohne Adam hat begonnen und ich habe noch nichts gemacht. Immer noch liege ich im Bett und schaue meine Serien. Am liebsten würde ich den ganzen Tag so weitermachen, doch das kann ich nicht. Schon seit dieser Nacht im *Dark Hollow* liege ich nur zu Hause rum und mache nichts. Ich werde nie vergessen, wie ich mich an diesem Abend gefühlt habe. Seit Langem mal wieder habe ich mich *schön* gefühlt. So schön, wie schon eine Ewigkeit nicht mehr – und ausgerechnet ein fremder Mann lässt mich so fühlen.

Adam sollte mich so fühlen lassen, doch er ist nicht da und die Chance, dass er wieder zu mir zurückkommt, ist schwindend gering. Was rede ich mir da eigentlich ein? Auch als er noch da war, hat er mich nicht schön fühlen lassen. Immer wenn ich versucht habe, ihn zu verführen, hat er abgeblockt.

»Liana, ich muss arbeiten.«

»Liana, bitte hör auf, ich bin müde.«

Und noch viele andere Ausreden hat er mir aufgetischt. Irgendwann habe ich aufgehört, es zu versuchen, und dann ist er verschwunden. Vielleicht hat Elara wirklich recht. Warum renne ich einem Mann hinterher, der gar nicht mehr bei mir ist und mit hoher Wahrscheinlichkeit einfach gegangen ist, weil er mich nicht mehr wollte? Ich bin mehr wert. Das weiß ich und es wird Zeit, dass ich mich wieder lebendig fühle.

So lebendig wie in dieser einen Nacht mit Damian …

Ich weiß, dass es also geht. Dass ich mich so fühlen kann. Aber das mit ihm war eine einmalige Sache. Aber vielleicht könnte ich … Mit jemand anderem …

Könnte ich den Spaß an One-Night-Stands finden?

Das Kapitel Adam muss endlich abgeschlossen werden und als ich mir darüber den Kopf zerbreche, wie ich das anstellen könnte, klingelt mein Handy.

Eine unbekannte Nummer ruft mich an.

»Miss Marshall?«

»Ja?«

»Hier ist Lucía vom Begleitservice *no está solo*. Sie haben vor kurzer Zeit ein Profil bei uns erstellt.«

Durch die Aufregung der letzten Tage, wegen des offenen Fensters und Adam, habe ich schon fast vergessen, dass ich mich auf der Website beworben hatte. Ich wünschte, der Job wäre überhaupt nicht nötig, allerdings benötige ich das Geld, um überhaupt ein Dach über dem Kopf haben zu können. Also bleibt mir keine andere Wahl.

»Ja, genau, das habe ich. Ich bin Liana Marshall.«

»Wir haben uns Ihr Profil genauer angeschaut und würden Sie gern für die ersten zwei Monate bei uns Probearbeiten lassen. Natürlich werden Sie auch in dieser Zeit ausreichend entlohnt und wenn wir, und vor allem die Kunden, zufrieden sind, stellen wir Sie gern fest bei uns ein.«

Das Angebot klingt wirklich nicht schlecht und ich habe bereits auf der Website gesehen, *wie viel* sie fürs Probearbeiten und dann für die Festanstellung bezahlen. Mit dem Geld könnte ich gut über die Runden kommen und gleichzeitig monatlich noch ein bisschen was zurücklegen. Ich meine, fünfzig Euro pro Stunde ist nicht ohne. Was überlege ich da überhaupt noch?

Und das nur wegen Adam!

Innerlich spreche ich mir zu, dass es nicht richtig sei, so über ihn zu denken, aber der Moment macht es mir unmöglich, ihn noch in Schutz zu nehmen.

Seinetwegen bin ich erst an diesem Punkt angelangt.

Seinetwegen muss ich mich zu einem Job zwingen, den ich gar nicht machen möchte!

»Das klingt gut! Wann könnte ich anfangen?« Je früher ich anfange, desto schneller gewöhne ich mich daran.

»Ihr großes Interesse freut uns sehr und ich würde Ihre Daten gleich an einen unserer Stammkunden weitergeben. Er hat sich bereits Ihr Profil angeschaut und ist überzeugt davon, dass Sie eine tolle Begleitung sein würden. Wenn er mit Ihnen zufrieden ist, sind wir es auch.«

Dass sie mir gleich einen ihrer treusten Kunden übermitteln, muss bedeuten, dass ich bleibenden Eindruck mit meiner Bewerbung hinterlassen habe. Und ich werde mein Bestes geben, um so schnell es geht, Festangestellte zu werden.

»Perfekt, dann wird er sich also telefonisch bei mir melden und wir machen einen Termin aus?«, hake ich nach, da ich mich noch mal versichern möchte, dass ich alles richtig verstanden habe.

»Genau. Wundern Sie sich nicht. Tomás ist sehr engagiert und wird sich vermutlich schneller als gedacht bei Ihnen melden. Ihr Profil können ab sofort auch alle anderen Kunden einsehen und wenn einer von ihnen Interesse haben sollte, wird er sich per Mail bei Ihnen melden. Bei Problemen können Sie auch jederzeit bei mir anrufen. Meine Nummer haben Sie ja jetzt.«

Ich danke der Frau am anderen Ende der Leitung und nachdem wir aufgelegt haben, habe ich mir gleich ihre Nummer abgespeichert. Nun heißt es warten, bis sich dieser Tomás meldet und dann kann ich schon bald mit meinem ersten Gehalt rechnen.

Ich sollte mich darüber freuen, den Job bekommen zu haben, doch für mich ist das jetzt der Beginn einer sehr langen und nervenraubenden Zeit. Aber ich werde es versuchen müssen.

Ich lege mein Smartphone zurück auf den Nachttisch und lege mich frustriert zurück ins Bett, dann schnappe ich mir ein Kissen neben mir, drücke es mir aufs Gesicht und lasse einen Schrei raus.

Wie bin ich nur hier gelandet?

Der Schrei hat mich zwar etwas befreit, aber das beklemmende Gefühl von zuvor ist trotzdem noch nicht komplett verschwunden. Ich werfe das Kissen wieder neben mich und starre die Decke an.

Warum ich? Warum passiert das alles ausgerechnet mir?

Gerade als ich mich wieder zur Seite drehen wollte, um mich erneut hinzulegen, und in der Ruhe meiner Träume zu versinken, klingelt mein Smartphone. Seufzend setze ich mich auf und schnappe es mir.

Erneut eine unbekannte Nummer. Das wird doch nicht schon dieser Typ sein, oder?

»Señora Marshall, hola. Hier ist Tomás.«

Wow. Er ist es tatsächlich! Die Frau hat nicht übertrieben, als sie meinte, er sei *engagiert*.

»Guten Tag.«

»Ich wollte Sie fragen, ob Sie Zeit hätten, mich heute zu einem Theaterstück zu begleiten.«

Seine Stimme klingt nett.

Ich hatte eigentlich nicht vor, heute noch wegzugehen, doch das wäre meine Chance für den ersten Schritt in die richtige Richtung. Und damit zusätzliches Budget. Und außerdem ist ein Theater ein öffentlicher Ort. Mir könnte also nichts passieren, oder? Der Begleitservice ist ebenso seriös und alle Kunden werden laut eigener Angaben und Auszeichnungen stets überprüft.

»Okay, wenn Sie –«

»Nenne mich gern Tomás. Und duze mich bitte.«

»Okay, Tomás. Wenn du willst, komme ich mit. Wir sehen uns dann dort. Schickst du mir die Adresse? Und um welche Uhrzeit soll ich da sein?«

»Um acht. Die Adresse leite ich dir weiter.«

Ich lächle in mich hinein. Vielleicht bekomme ich wirklich wieder mein Leben in den Griff und werde nach Adams Verschwinden nicht in einem Berg Schulden untergehen.

Tomás ist nett, charmant und sehr zuvorkommend. Und ja, ich habe mir den Abend zäher vorgestellt. Aber das ist er nicht. Das Theaterstück ist wirklich wunderschön, auch wenn ich es in meiner Freizeit nicht anschauen würde.

Tomás ist ein Mann mittleren Alters und hat sowohl Frau als auch Kind bei einem schlimmen Autounfall verloren, das hat er mir während des Auftrittes erzählt, da er plötzlich angefangen hat, zu weinen und ich versucht habe, ihn zu trösten. Seitdem sei er allein und gebe sein Geld für schicke Veranstaltungen oder Kleidung aus.

Dass er stinkreich ist, habe ich ihm bereits von Weitem angesehen, da seine *Rolex* im Sonnenlicht buchstäblich geglitzert hat. Auch sein *Ralph-Lauren*-Polohemd hat geradezu nach Reichtum gestunken und alles andere an ihm war mindestens genauso teuer.

Doch die ganze Fassade kann nicht verstecken, dass er ein gebrochener Mann ist, dem man sein Alter eindeutig an den Falten im Gesicht ansieht.

Trotz allem hatte ich Spaß und nachdem Tomás mich wieder

nach Hause gefahren hatte, verabschiedete ich mich freundlich von ihm.

Abrupt bleibe ich vor der Haustür stehen, denn das Licht in der Küche ist an.

Warum zur Hölle ist das Licht in der Küche an? Ich bin mir sicher, alles ausgeschaltet und abgeschlossen zu haben, bevor ich das Haus verlassen habe. Nachdem ich schon wegen des Fensters so verzweifelt war, achte ich seither mehr auf alles.

Mein Herz schlägt schneller und mit zittrigen Händen schiebe ich den Schlüssel ins Schloss. Sobald ich eingetreten bin, lausche ich, doch ich kann nichts hören. Nur absolute Stille.

Zur Sicherheit lasse ich die Eingangstür offen stehen, damit die Chance höher ist, dass mich jemand hört, falls ich Hilfe benötigen sollte. Mit langsamen und vorsichtigen Schritten laufe ich Richtung Küche, dabei schaue ich mich überall aufmerksam um. Doch alles sieht so aus wie vorher. Bis …

»Ach du Scheiße!« Überrascht reiße ich die Augen auf und in der Küche angekommen, bleibe ich sofort wieder stehen. Auf meiner Kücheninsel liegt ein riesiger Strauß Sonnenblumen.

Wer zur Hölle …

Es sind locker hundert Stück und ich frage mich, wer bereit ist, so viel Geld für Sonnenblumen auszugeben. Der Strauß ist wunderschön, doch das ändert nichts daran, dass ich furchtbare Angst habe.

Von wem sind diese Blumen?

Ist dieser Jemand noch im Haus? Panisch schaue ich mich um, doch es ist nichts weiter zu sehen. Mein Herz rast und ich werde panisch.

Ich trete näher und sehe, dass außer den Sonnenblumen nichts weiter dabei liegt, kein Zettel. Nichts. Sofort ziehe ich mein Handy aus der Tasche und schreibe Elara eine Nachricht.

Ich: Ella, sag mir bitte, dass dieser Strauß von dir ist.

Ich schicke ihr ein Bild von den Blumen, doch sie antwortet nicht gleich.

Ich: SOS! Elara! Antworte!

Elara: Süße, nein, diese Blumen sind nicht von mir. Aber vielleicht hast du ja einen heimlichen Verehrer ;-)

Ich: Das ist nicht lustig, Ella. Diese Person war in meinem Haus! IN MEINEM HAUS! Ich fühle mich schon seit Langem beobachtet. Erst das offene Fenster und jetzt das? Irgendetwas stimmt hier ganz gewaltig nicht ...

Gerade als ich die Nachricht abgeschickt habe, höre ich die Eingangstür zuknallen. Ich schreie kurz auf und renne Richtung Badezimmer, in dem ich mich dann einschließe. Mein Herz schlägt mir bis zum Hals und ich atme immer schneller und unregelmäßiger. Wer auch immer das war, ist noch hier.

Oder war es nur ein Luftzug wegen der offen stehenden Haustür?

Ich weiß es nicht, aber das kann kein Zufall sein. Scheiße, ich habe das Gefühl, mein Herz springt mir gleich aus der Brust. Schnell tippe ich wieder eine Nachricht an Elara.

Elara: Wenn das so ist, ruf die Polizei! Und soll ich kommen? Ich will nicht, dass du jetzt allein bist.

Ich: NEIN! Aber ruf die Polizei, bitte! Schnell!

Ich würde mich nicht wohl dabei fühlen, Ella hierherzuholen und einer potenziellen Gefahr auszusetzen. Ich lege mein Handy zur Seite und verbleibe im Badezimmer, bis der Polizist bei mir ankommt.

Als der Beamte endlich bei mir eingetroffen ist, sagt er, dass weder Einbruchsspuren vorhanden sind, noch irgendwelche Fingerabdrücke.

Ich solle mich doch nicht so anstellen. Anscheinend hätte ich einfach nur einen sehr leidenschaftlichen Verehrer.

Als ich diesen aufkläre, dass ein Fremder in meinem Haus war – ungewollt –, animiert es ihn dennoch nicht weiter, der Sache nachzugehen. Er findet nur leere Worte und ich bin kurz davor, ihm an die Gurgel zu gehen.

Wie kann er das einfach so abtun? Es ist jemand in mein Haus eingebrochen!

Den Strauß werfe ich draußen in die Tonne und, bevor ich ins Bett gehe, schaue ich extra noch mal nach, ob ich alles abgeschlossen habe.

Obwohl es keine Chance gibt, ins Haus zu kommen, kann ich dennoch nicht schlafen. Denn irgendetwas sagt mir, dass ich nicht alleine bin. Und vor allem nicht sicher.

Scheiße!

Von wem könnten diese Blumen nur sein? Denn in meinem Leben gibt es eigentlich keinen Mann mehr, der einfach so Geschenke in meiner Küche hinterlassen würde.

Als ich mir das in Gedanken rufe, wird mir die Tragweite der Tatsache bewusst. Jemand ist einfach ungefragt in meinen persönlichen Bereich eingedrungen.

Hat das doch etwas mit Adam zu tun?

Ich habe Angst.

Kapitel 6

Damian

Sie scheint etwas sehr Unanständiges zu träumen, so wie sie sich hin und her rekelt und ihre Beine aneinander reibt. Ich sitze in meiner G-Klasse vor ihrem Haus und beobachte sie durch die Kamera, die ich in ihrem Schlafzimmer installiert habe. Eigentlich nicht nur in ihrem Schlafzimmer.

Sondern im ganzen Haus.

Ich kann jeden Schritt von ihr verfolgen und beobachten. Dylan hat mir geholfen, die Kameras einzurichten, während sie mit ihrer Freundin weg war, und natürlich hat er versucht, es mir auszureden, doch seine Meinung interessiert mich gerade nicht.

Seit dieser einen Nacht bin ich wie besessen von ihr. Sie gehört mir und das muss jeder verstehen. Auch meine Männer.

Zu gern würde ich jetzt zu ihr ins Bett schleichen und all ihre versauten Fantasien wahr machen. Ich schaue auf den Rücksitz, auf dem meine Ghostface-Maske liegt.

Einer der Gründe, der mich, in Kombination mit hartem Sex, gedankenleer macht.

Soll ich damit zu ihr?

Nein. Dafür ist es noch zu früh, aber bald. Schon ganz bald werde ich ihr wieder einen Besuch abstatten und dann werde ich nicht nur Blumen bei ihr ablegen. Die Sonnenblumen hat sie einfach in die Tonne geworfen und zu behaupten, dass mich das nicht gekränkt hätte, wäre gelogen. Doch kann ich es ihr wirklich übel nehmen? Immerhin denkt sie bestimmt, ich wäre ein kranker Stalker.

Und irgendwie bin ich das ja auch.

Ich habe sie vorhin zurückkommen sehen.

Was ich jedoch nicht gutheißen kann, ist, dass sie sich nicht für mich am heutigen Abend so schön gemacht hat. Sondern für einen alten Kerl, der sie in ein Theater ausführte.

In ein Theater …

Ich presse meine Hand zu einer Faust.

Dafür sollte sie bestraft werden.

Meine kleine Blume wird nur den schönen Schmerz erfahren – nicht mehr und nicht weniger. Dafür werde ich sorgen.

Morgen habe ich mein erstes Treffen mit Harper de Martel, um unsere Ehe zu besprechen. Und schon jetzt rufe ich mir hervor: So weit wird es niemals kommen. Mein Vater kann es gar nicht mehr abwarten, dass ich endlich meine Frau kennenlerne, dabei weiß er noch nicht mal, dass ich die Richtige schon gefunden habe. Ohne ihn.

Am nächsten Morgen werde ich von lautem Gepolter geweckt und unser junges Hausmädchen fängt an, die Vorhänge in meinem Zimmer aufzuziehen. Sie weiß ganz genau, dass sie hier nicht rein darf, und trotzdem tut sie es immer wieder.

Ich bin mir bewusst, was sie damit erreichen will: dass ich sie dafür bestrafe. Dass ich sie dafür übers Knie lege und am Ende ficke. Doch das werde ich nicht.

Nicht mehr.

Ich will nur eine Frau maßregeln – und zwar dafür, dass sie mein schönes Geschenk einfach lieblos in den Müll geschmissen hat und sich von einem Mann hat ausführen lassen, der nicht Damian Hernández heißt.

Dafür, dass sie mir nicht mehr aus dem verdammten Schädel geht.

Ich stehe auf und laufe, ohne das Hausmädchen zu beachten, ins Bad, um mich frisch zu machen. Um zwölf kommt Harper und ich habe so gar keinen Bock auf dieses ganze Getue. Meine Zeit könnte ich mit viel sinnvolleren Dingen verbringen. Wie zum Beispiel damit, meine Kleine zu beobachten.

Nachdem ich mir ein schwarzes Hemd angezogen habe, wobei die ersten zwei Knöpfe offen bleiben und die Ärmel hochgekrempelt, greife ich zu meiner schwarzen Anzugshose. Als ich fertig bin, gehe ich in den vorderen Wohnbereich, welcher extra für Meetings gedacht ist, und dort entdecke ich auch schon meinen Vater.

Jetzt geht der Spaß los.

»*Hijo*, da bist du ja endlich! Harper wird jeden Moment da sein.« Als wäre mir das nicht klar.

»Na dann, ich kann es kaum abwarten.« Meine Worte triefen vor Sarkasmus und ich weiß, dass er es gemerkt hat. Ich will, dass er sich aufregt. Damit er damit vielleicht einen Herzinfarkt erleidet. Ich will, dass er sieht, dass sein Sohn das hier nicht will. Ich will, dass er sagt, ich müsse sie nicht heiraten.

Doch das tut mein Vater nicht. Meine Gefühle haben ihn noch nie interessiert. Für ihn bin ich der Erbe von *La Casa*, unserem Mafiaclan, mehr nicht. Er kommt auf mich zu und schaut mich ernst an.

»Benimm dich! Wenn du es versaust, verlierst du dein Erbe, verstanden? Ich meine es ernst.« Das ist seine typische Drohung, als würde mich das auch nur ansatzweise jucken. Er sollte sich weniger Sorgen um mich machen, immerhin sieht er mit seinen

Stressfalten lange nicht so einschüchternd aus, wie er sollte. Und wenn wir jetzt etwas sein müssen, dann stark.

Und überhaupt: Meint er wirklich, das könnte mich unter Druck setzen? Ich werde eines Tages diesen Mafiaclan übernehmen und daran wird auch er nichts ändern können.

Ich bin dazu bestimmt, meine Männer zu führen und Mafiaboss zu werden.

Ich darf ihm nicht zeigen, wie egal mir seine Drohung ist, und nicke ihm einfach nur zu. Wüsste er, dass es mir egal ist, würde es Konsequenzen nach sich ziehen, die schlimmer sind als eine Zwangshochzeit. Viel schlimmer.

Ich habe diese Maßnahmen schon einmal durchgemacht. Dennoch werde ich einen Ausweg finden. Ganz sicher …

Keine zwei Minuten später höre ich hohe Schuhe über den Marmorboden klackern. Sie ist da. Ich sitze am großen Esstisch, der schon voll gedeckt ist, und sehe sie von oben nach unten an, als sie den Raum betritt. Harper de Martel ist auf jeden Fall eine Nummer für sich.

Für mich ist sie eines dieser typisch reichen Mädchen, die zu viel von ihrem Daddy in den Arsch geschoben bekommen. Hinter ihr betritt ihr Vater den Raum und die beiden fangen an, sich mit meinem alten Herrn zu unterhalten. Ich stehe auf und stelle mich neben meinen *Padre*.

Keine Frage, Harper sieht mit ihren langen Beinen, den welligen dunkelbraunen Haaren und ihren grünen Augen fantastisch aus, doch sie ist ein Nichts neben meiner Kleinen. Selbst eine Prinzessin wird Liana in ihrer Schönheit nicht übertreffen können.

Auch ihr Vater hat dieselben moosgrünen Augen und die dunklen Haare, doch etwas, das ihn von allen anderen unterscheidet, ist die kleine Narbe an seiner Braue. Sie macht ihn als König weniger perfekt – und auch wenn sie den meisten gar nicht auffallen würde, sehe ich sie.

Dylan würde sie auch sofort erkennen, denn auch nur die kleinsten Details fallen ihm auf. Doch dazu müssten die drei Idioten erst einmal hier sein!

»Valerio und Harper, endlich seid ihr wieder einmal in unserem Heim. Willkommen.« Es ist nicht zu überhören, wie stolz er ist, obwohl er mir vor nicht mal zwei Minuten gedroht hat. Mein Vater ist der Meister darin, wenn es darum geht, Leuten etwas vorzuspielen. Ohne dieses Können würde er als Mafiaboss ein Nichts sein.

Letztlich entscheidet er über Leben und Tod und er liebt es, anderen weiszumachen sie würden überleben, wenn sie im nächsten Augenblick auf dem Boden verbluten.

Harper streicht sich ihr braunes Haar über die Schulter und schaut mich von oben bis unten an. Wartet wohl darauf, dass ich etwas sage. In dem Moment sind laute Stimmen aus dem Flur zu hören und Grayson, Zade und Dylan treten ein.

Sie sind ausnahmsweise zu spät.

Als sie sehen, dass Harper schon da ist, verstummen die drei abrupt, nicken meinem Vater entschuldigend zu und setzen sich. Außer Dylan. Er steht wie immer am Rand und beobachtet die Situation.

»Ich entschuldige mich für meine Männer, normalerweise sind sie wahre Gentlemen«, versuche ich die Situation weiter zu entschärfen.

Doch es scheint niemanden zu interessieren, dass die drei jetzt erst auftauchen. Wie ich meinen Vater kenne, wird er sie später dafür zurechtweisen.

Ich nehme Harpers Hand in meine und gebe ihr einen Handkuss, begrüße sie aufrichtig. Wie es sich nun mal gehört für einen

Mafia-Erben. Es ist nicht das erste Mal, dass Harper und ich aufeinandertreffen. Aber das erste Mal, dass solch ein Treffen so eine immense Bedeutung für alle Angehörigen hat.

»Freut mich, dich wiederzusehen«, begrüße ich sie und dabei schaut sie mir in die Augen, zwingt sich zu einem Lächeln.

»Die Freude ist ganz meinerseits. Wo kann ich mich setzen?«

Ich führe sie zu einem Stuhl und schiebe diesen zurück, damit sie sich setzen kann. Ihr Vater nimmt neben ihr Platz und mein *Padre* lässt sich neben mir nieder. Dabei streicht er sich über sein dunkles Haar und wirft mir noch einen letzten warnenden Blick zu, der so viel bedeutet wie sein »Benimm dich« von vorhin. Gleichzeitig strahlen seine braunen Augen dabei so ein Feuer aus, dass ich den Blick abwende. Ich weiß, wie wichtig das hier ist, und würde es auch nicht für einen dummen Witz riskieren.

Die Spiele beginnen.

Nachdem wir mehrere Minuten lang nur über Belangloses gesprochen haben, erhebt sich mein Vater und verschwindet dann mit Harpers altem Herrn, um über das Geschäftliche zu reden. In dieser Zeit sollen wir uns um sie kümmern oder eher gesagt: auf sie aufpassen. Na, das kann ja was werden.

Als bräuchte ausgerechnet *sie* Aufpasser. Keiner hier würde es auch nur wagen, in einen Konflikt mit dem spanischen Königreich zu kommen.

»Also, Harper … Schon an den Gedanken gewöhnt, in so jungen Jahren heiraten zu müssen?«, fragt Zade mit einem frechen Grinsen im Gesicht und streicht sich dabei über sein markantes Kinn.

»Du solltest deinen Mund besser geschlossen lassen.« Sie mustert ihn und es ist bemerkenswert, dass sie trotz ihres Standes eine so freche Zunge hat. Ich bin mir sicher, sie verschafft ihrem Vater einige Probleme damit.

»Ganz schön frech, dafür, dass du doch eigentlich eine Prinzessin bist.« Sie sagt nichts weiter zu Zade und ich versuche, die Situation etwas abzukühlen.

»Nimm ihn nicht ernst. Manchmal ist sein Mund schneller als sein Gehirn.«

»Oh, mein Mund ist auf jeden Fall schnell«, erwidert Zade und ich werfe ihm einen bösen Blick zu. Ist das sein Ernst?

»Alter«, lacht Grayson und ich verdrehe die Augen. Hoffentlich ignoriert sie das einfach. Dass Grayson sich nicht beherrschen kann, ist nichts Neues, doch Zade wählt seine Worte meistens weise und denkt nach, bevor er sie ausspricht.

»Warum redet eigentlich euer Kumpel nicht? Ist er stumm?« Sie schaut in die Richtung von Dylan. Er steht in der Ecke und beobachtet uns schon, seitdem Harper hier ist.

»Er ist eher ruhig und redet nur, wenn es nötig ist.«

»Stimmt es eigentlich, dass du zweigleisig fährst? Also, dass du auf Frauen und Männer stehst?«, fragt Grayson und ich vergrabe mein Gesicht in den Händen. Was zur Hölle ist heute mit diesen Idioten los?

»Du musst darauf nicht antworten. Er –«

Sie unterbricht mich mit einem schnaubenden Lachen.

»Ja, das stimmt und ich wette mit dir, ich hatte schon mehr Frauen im Bett als du. Die meistens stehen nämlich auf Köpfchen und davon scheinst *du* nicht viel zu haben.«

Grayson springt auf und ich tu es ihm gleich. Wenn sie sich mit einem nicht anlegen sollte, dann ist er das. Normalerweise fährt Grayson *nicht so schnell* aus seiner Haut, doch heute scheint es anders zu sein.

»Beruhig dich, Gray, und ihr …« Ich schaue alle drei Männer an. »Verlasst den Raum. Sofort.«

Die drei gehen und ich bleibe mit Harper zurück. Sie erhebt

sich ebenfalls und nun stehen wir einander gegenüber. Sie wartet sichtlich auf eine Erklärung von mir.

»Bitte vergiss das einfach, momentan ist es hier sehr stressig und –«

Schon wieder unterbricht sie mich. »Mich interessiert nicht, warum sie so sind. Sondern, wie wir das aufhalten werden. Ich bin mir ziemlich sicher, du willst diese Ehe genauso wenig wie ich und da wäre es nur logisch, wenn wir zusammenarbeiten. Unsere Väter denken altbacken. Viel zu altbacken. Und Damian, wir kennen uns. Das würde niemals gut gehen. Ich würde dich irgendwann umbringen wollen.« Ich schaue sie verwundert an. Das habe ich nun wirklich nicht erwartet. Gehofft ja, aber erwartet?

»Dito.«

Vielleicht habe ich sie falsch eingeschätzt und wir könnten richtige Verbündete werden.

Eigentlich hatte ich nicht vor, jemanden in meinen Plan einzuweihen, außer meine Männer. Doch Harper scheint dasselbe zu wollen wie ich und sie könnte nützlich sein.

»Darüber müssen wir uns keine Gedanken machen. Sobald mein *Padre* tot ist, werde ich das Steuer übernehmen.«

»Und warum bist du dir so sicher, dass er bald sterben wird? Und soweit ich weiß, gibt es eine Vereinbarung, die unsere Väter geschlossen haben.«

Ich antworte ihr nicht, schaue sie nur sehr lange an. Es ist zu gefährlich, die Worte laut auszusprechen. Uns könnte jemand hören, auch wenn es nur ein Angestellter ist.

Sobald ihre Augenbrauen in die Höhe schießen, weiß ich, dass sie verstanden hat.

Ich werde dafür sorgen, dass mein Vater von uns geht, egal, was ich dafür tun muss. Er hat es verdient, für jede seiner erbärmlichen Taten, die er für richtig empfand.

In jener Nacht, in der er mich zu einer dieser Frauen geschickt hat, um aus mir einen *Mann* zu machen, wollte ich ihn bereits töten – und jetzt werde ich es bald tun. Er wollte mich zu einem Mann machen, mich zwingen. Dafür wird er sterben und mir wird es nicht leidtun.

Dabei ist ihm nicht klar, welches Monster er über die Jahre hinweg geformt hat. Nichts und niemand wird mich aufhalten können.

»Und? Dann scheiße ich auf die Vereinbarung. Ich werde etwas anderes mit deinem Vater aushandeln, um das Bündnis zu stärken.«

»Okay, verstehe. Dann könnte ich mir vorstellen, dass mein Vater davon ablassen wird. Denn das ist sowieso alles auf dem Mist deines Vaters gewachsen. Da bin ich mir sicher. Auch wenn für uns etwas dabei rausspringt. Von mir aus töte deinen verfluchten *Padre*. Aber zwing mich nicht, dich heiraten zu müssen. Bitte.«

Anhand ihres Gesichtsausdrucks weiß ich, dass sie es wirklich versteht. Doch das Warum macht mir mehr Gedanken. Niemand würde einfach so verstehen, warum jemand seinen eigenen Vater umbringen will. Doch Harper scheint das egal zu sein. Sie will nicht zu etwas gezwungen werden. Was es auch ist, wir werden auf einer Seite kämpfen müssen, wenn wir nicht zwangsverheiratet werden wollen. Gegen meinen Vater und gegen ihre Eltern. Wenn es sein muss.

»Was bist du? Ein Amateur? Wer lässt sich bitte die Drogen abnehmen?«

Mein Vater schreit den etwa fünfunddreißig Jahre alten Mann

vor uns an. Er ist mit Seilen an einen Stuhl gefesselt und Grayson und Zade sorgen dafür, dass das auch so bleibt. Beide stehen gefährlich nahe hinter ihm, während ich bei meinem *Padre* stehe und auf den Mistkerl vor mir blicke.

Durch Dylan, welcher immer noch in seinem Büro sitzt, ist uns ein Loch in einer der Lieferungen aufgefallen und als wir dann den Namen von dem Typen hatten, der diese Lieferung hätte aushändigen müssen, haben wir ihn sofort herbestellt. Schon als er angekommen ist, sah er fertig aus. Sein linkes Auge ist völlig blau und angeschwollen. So, wie er aussieht, hat er einiges wegstecken müssen von der Person, die ihm die Drogen geklaut hat.

»Wer hat die Drogen genommen?«, fragt mein Vater bedrohlich und geht näher auf den Mann zu. Seine Augen sind ängstlich geweitet und er weiß, was ihm bevorsteht. Wenn es um sein Geschäft geht, macht mein alter Herr keine halben Sachen und dieser Verlust wird diesen Mann das Leben kosten.

Ob er Frau und Kinder hat, die er mit diesem Job ernährt, ist belanglos. Er weiß, worauf er sich eingelassen hat, und hat es versaut.

Ich berühre meinen Vater an der Schulter und trete vor ihn, um den Mann besser ansehen zu können. »Lass mich das übernehmen, Vater.«

Er nickt und klopft mir noch leicht auf die Schulter, bevor er etwas nach hinten tritt.

»Ich habe keine Ahnung, wer diese Männer waren! Ich schwöre es!« Die Angst ist seiner Stimme eindeutig anzuhören, doch das wird ihm jetzt auch nicht mehr helfen.

Ich beuge mich zu ihm vor und fixiere ihn. »Dir muss doch irgendetwas aufgefallen sein.«

»Nein!«

Mit einem Nicken gebe ich Zade ein Zeichen und es braucht

keine zwei Sekunden, bis er seine Waffe gezogen und sie dem Mann über den Schädel geschlagen hat.

Das muss wehgetan haben, doch es war nötig. Er hat nicht einmal richtig nachgedacht, bevor er geantwortet hat. Und dann hat er mich auch noch angeschrien? Das lasse ich mir nicht gefallen. Es würde Schwäche zeigen und genau aus diesem Grund wird dieser Mann auch nicht mehr lebend den Raum verlassen.

Hier im Keller haben wir mehrere Verließe, die aus hartem Stein gebaut sind und wo immer noch Blut alter Gefangener an den Wänden klebt. Trotz der dicken Wände werden die einzelnen Wachen auf dem Flur mitbekommen, was mit Männern passiert, die ihren Job nicht richtig machen, und das wird sie abschrecken.

So werden sie sich gleich viel mehr anstrengen.

Als der Mann seinen Kopf wieder hebt, schaue ich ihn mit einem selbstgefälligen Grinsen an. »Versuchen wir es noch mal. Was ist dir aufgefallen?«

»Das bringt nichts, *Hijo*! Er wird nichts sagen«, wirft mein Vater von weiter hinten ein.

»Doch, das wird er. Nicht wahr?« Die Frage ist an den Mann vor mir gerichtet, der sich einzupissen droht. »Oder soll dir Grayson etwas Motivation zum Nachdenken verleihen?«

Durch einen kurzen Blickwechsel mit mir weiß Gray, was er zu tun hat. Auch er zieht seine Waffe, entlädt sie und hält sie dem Mann vor mir an den Kopf.

»Streng dich an, Großer.« In Graysons Stimme liegt ein belustigter Unterton und ich weiß, dass ihm das hier Freude bereitet. Er hat es schon immer genossen, das Leben aus den Augen der Menschen schwinden zu sehen – und noch lieber mag er das Blut, welches dabei vergossen wird.

Vor allem bei Frauen.

»B-bitte, ich habe einen Sohn.«

»Den habe auch ich und selbst das würde mich nicht zu so einem erbärmlichen Anblick bringen«, spuckt mein Vater ihm entgegen und deutet dabei auf die Pfütze, welche sich unter den Beinen des Mannes bildet.

Der Unterschied ist, dass dieser Mann seinen Sohn wahrscheinlich wirklich liebt, aber darüber nachzudenken, bringt mir jetzt auch nichts.

»Alter, das ist ja widerlich«, würgt Grayson, während er dem Mann weiterhin die Waffe an den Kopf hält.

»I-ich…«

»Spuck es endlich aus!«, zische ich dem Mann entgegen. Auch meine Geduld hat bald ein Ende.

»Ich k-konnte ein Messer sehen.« Das lässt mich aufhorchen.

»Ein Messer? Dein Ernst? Das hat jeder zweite Straßenverbrecher bei sich.« Zade lacht schnaubend auf.

»N-nein, dieses Messer war anders«, erklärt der nach Pisse stinkende Mann.

Ich kann es kaum erwarten, aus diesem Raum rauszukommen. Danach brauche ich erst mal eine Dusche.

»Wie anders?«, hake ich nach, da ich nur eine Person mit einem außergewöhnlichen Messer kenne.

Hat sie es wirklich immer noch?

»Es war schwarz und hatte silberne Blumenranken darauf.«

Sie war es also tatsächlich. Meine beschissene ältere Schwester hat uns Drogen geklaut!

»Annabelle«, ist alles, was ich sage, und als mein Vater versteht, nickt er Grayson zu.

Das war sein Zeichen.

»Darf ich jetzt zu meiner Fami–« Er kommt nicht mehr dazu, die Worte auszusprechen. Grayson hat abgedrückt und der Körper des Mannes hängt nach vorn gekippt im Stuhl.

»Räum die Sauerei auf, Credence«, befehlt mein Vater Grayson und dreht sich um.

»Was machen wir jetzt deswegen?«, fragt Zade, als mein *Padre* an der Tür angekommen ist.

»Ich würde vorschlagen, wir werden die nächste Woche das Doppelte an Dealern ausschicken, um wieder mehr Einnahmen zu bekommen, und wegen Annabelle –«

Mein Alter unterbricht mich: »Um deine Schwester kümmere ich mich. Der Rest wird so umgesetzt, wie mein Sohn gesagt hat.«

Zade nickt und macht sich mit meinem Vater zusammen auf den Weg nach oben.

Was meint er damit, dass *er* sich darum kümmert?

Er hat doch nicht vor, seine eigene Tochter kaltzumachen, oder? Was denke ich da. Diesem Mann würde ich alles zutrauen.

Kapitel 7

Liana

Schon seit zwei Tagen habe ich nichts mehr von meinem ungebetenen *Freund* gehört und ich habe die kleine Hoffnung, dass er nie wiederkommen wird. Vielleicht hat er gemerkt, dass ich die Polizei gerufen habe und dass es sich nicht lohnt, mir nachzugehen.

Sicherheitshalber habe ich dennoch alle Fenster verschlossen und die Rollos heruntergelassen.

An dem Morgen, nachdem der Fremde bei mir war, habe ich von Damian geträumt und seitdem schießt mir unsere Nacht immer wieder durch den Kopf. Ich schäme mich dafür, dass ich noch immer bei dem Gedanken an ihn feucht werde. Aber ich kann nicht anders.

Es ist beschämend, dass er nach all den vergangenen Tagen noch immer in meinem Hirn herumspukt. Vermutlich ist es so, da er mein erster One-Night-Stand war – wie beim ersten Freund. Er bleibt im Kopf. Bis etwas Besseres kommt.

Diese eine Nacht war mehr, als mir Adam in all der Zeit gegeben hat. Und für dieses Wissen verfluche ich mich. So sehr.

Dieser Mann – Damian – hat einen bleibenden Eindruck hinterlassen und es kribbelt mir in den Fingern, nur wegen ihm wieder ins *Dark Hollow* zu gehen. Vielleicht wäre das gar keine schlechte Idee.

Vielleicht könnte er mir erneute Ablenkung schenken?

Nein, Liana. Es war etwas Einmaliges.

Dann vielleicht ein anderer?

So könnte ich mehr Zeit mit Ella verbringen und zeitgleich Adam vergessen. Ich bin so überzeugt von meinem Plan, dass ich direkt eine Nachricht an Elara schreibe.

Ich: Hast du Lust in einer Stunde auszugehen? Vielleicht ins Dark Hollow? Ich schulde dir noch eine Nacht.

Das letzte Mal, als sie gefragt hat, habe ich ihr abgesagt, da ich zu viel Angst vor den Konsequenzen hatte. Doch jetzt ist es anders. Ich lasse mich nicht mehr von Adam kontrollieren. Mittlerweile ist er schon über zwei Monate lang verschwunden und ich glaube, es ist Zeit geworden, loszulassen.

Elara: Wow, Lia, du überraschst mich. Ich hätte nicht gedacht, dass du das Angebot noch annehmen wirst. Aber klar, du weißt, ich bin immer dabei, wenn es um Party geht :-)

Ich: Perfekt! Bist du dann schon im Club?

Elara: Meine Schicht endet um acht. Also können wir uns dann gern dort treffen.

Ich: Alles klar!

Es ist erst achtzehn Uhr. Also habe ich noch genug Zeit, um mich fertigzumachen. Ich freue mich ausnahmsweise auf den Abend. Dass ich an Damian denken muss, lässt sich leider nicht verhindern.

Nachdem ich mir ein etwas gewagtes, beigefarbenes Kleid ausgesucht habe, welches mit Spitze am Dekolleté verziert ist, bin ich losgefahren. Im *Dark Hollow* angekommen, haben Elara und ich uns gleich an die Bar gesetzt mit jeweils einem Drink in der Hand.

Zum Glück sind die Temperaturen abends erträglicher, doch hier im Nachtclub ist es trotzdem noch mal viel angenehmer.

»Darf ich fragen, warum du jetzt so plötzlich feiern gehen willst?«

Es war klar, dass Elara nachfragen würde, und ich kann es ihr nicht verübeln. An ihrer Stelle wäre ich genauso neugierig. Sie weiß über meinem One-Night-Stand ziemlich genau Bescheid, da sie mich regelrecht zwang, ihr jedes kleine Detail zu erzählen. Aber trotzdem möchte ich ihr nicht direkt sagen, dass ich wegen der Hoffnung, Damian wiederzusehen, ins *Dark Hollow* wollte.

Das würde armselig klingen. Als würde ich geradezu nach seinem Schwanz betteln.

Ist das nicht genau das, was ich tue? Ich verdränge meine innere Stimme und antworte Elara: »Einfach so. Warum denn nicht?«

»Na klar, einfach so. Dein beschissener Ernst? Ich weiß, dass du einen bestimmten Grund haben musst, und ich bin mir ziemlich sicher, dass dieser Grund verdammt heiß ist und mit einem D anfängt.« Sie zwinkert mir zu und natürlich hat sie genau ins Schwarze getroffen.

Ein Detail verschwieg ich Ella, als sie alles von Damian wissen wollte. Nämlich, dass Damian ein Freund vom Besitzer des Clubs ist. Ich glaube nicht, dass sie es gutheißen würde, wenn ich mit einem seiner Freunde schlafe.

»Es war eine einmalige Sache. Nach Adam ist es besser, wenn ich mich selbst daran halte. Du weißt, dass ich das sonst schlecht trennen kann. Bei etwas Einmaligem ist es leichter und besser für alle.«

Ich nehme einen Schluck von meinem Drink und halte Ausschau nach Damian, doch bis jetzt habe ich ihn nicht entdeckt. Enttäuschung macht sich in mir breit, die ich gekonnt runterschlucke. Denn enttäuscht werde ich seit Wochen durch Adam.

Ich bereue es, hierhergekommen zu sein.

»Süße, ich verstehe das. Wirklich. Es gibt auch noch genug andere heiße Typen, die du vögeln kannst. Ich mein, schau dich doch mal um.«

Und immer, wenn ich mich umsehe, und wirklich attraktive Kerle ins Visier nehme, erkenne ich mein Problem, das sich hoffentlich bald von selbst löst: Ich habe das Gefühl, dass mich Damian für alle anderen Männer ruiniert hat. Und dass nur wegen dieser wenigen Momente in diesem verdammten Zimmer.

Der Gedanke, einen anderen zu vögeln, macht mich echt nicht an.

»Ich weiß. Du hast ja recht«, seufze ich und vergrabe mein Gesicht in meinen Händen. Hierherzukommen war eine blöde Entscheidung.

»Ich hätte da eine Idee, aber du musst ehrlich sein! Wenn du nicht offen dafür bist, verstehe ich das vollkommen.« Ella schreit mir über die laute Musik hinweg zu.

»Ja?«

»Wir teilen uns zur Abwechslung mal einen Mann.« Sie spricht so schnell, dass ich Probleme habe, sie zu verstehen. Doch es hat gereicht und als ich realisiere, was sie gerade vorgeschlagen hat, schaue ich sie schockiert an. Das kann doch nicht ihr Ernst sein?

Ich hatte noch nie etwas mit zwei Personen gleichzeitig und schon gar nicht mit einer anderen Frau. Natürlich ist Elara absolut attraktiv, und vor allem ihre enge Jeans und das rote Korsett schmeicheln ihren Kurven ungemein, doch ich stehe nicht auf Frauen. Muss ich das für einen flotten Dreier überhaupt?

Ella und ich?

Irgendwie klingt es nach einer Einladung. Eine Einladung, nicht mehr die alte Liana sein zu müssen. Die alte Liana, die sich nichts traut und brav zu Hause bleibt, bis ihr Freund zu ihr zurückkehrt. Obwohl sie weiß, dass er sowieso nicht mehr kommen wird.

Das Angebot von Ella ist eine Einladung, mein altes Ich endlich loszulassen. Also springe ich über meinen Schatten und begehe wahrscheinlich einen sehr großen Fehler. Oder es wird eine wundervolle und gute Erfahrung, die einundzwanzig Jahre warten musste, erlebt zu werden.

Wer weiß das schon.

»Okay, machen wir«, antworte ich und sie schaut mich jetzt genauso schockiert an, wie ich sie vermutlich vor zwei Minuten.

»Ehrlich gesagt hätte ich nicht erwartet, dass du Ja sagst, aber ich freue mich.«

»Ich habe auch schon unser Opfer gefunden.« Sie nickt etwas schräg hinter mich und ich drehe mich so unauffällig, wie es geht, um. Ich sehe sofort, wen sie meint.

Er ist hübsch, zwar nicht so heiß wie Damian, aber auf jeden Fall schön. Er hat blondes kurzes Haar und einen gepflegten Dreitagebart, wobei mir sein Schlangen-Tattoo am rechten Arm am besten gefällt.

Gemeinsam gehen wir zu ihm rüber. Er sitzt ebenfalls an der Bar und trinkt ein Bier. Das Sprechen übernimmt zum Großteil Ella und ich erzähle ihm nur das Nötigste über mich. Nach zehn Minuten, in denen wir nur gequatscht haben, ergreift Elara das Wort.

»Also, Juan.« Sie streichelt ihm verführerisch über den Arm und ich grinse ihm über Elaras Schulter zu, während ich mich mit den Ellenbogen auf der Theke stütze.

»Ich finde, wir kennen uns jetzt schon gut genug, um offen miteinander reden zu können«, gesteht sie und ich weiß ganz genau, was jetzt kommen wird. Ella stellt sich hinter ihn, sodass sie ihm über seinen Rücken streicheln kann. Und ich weiß nicht, woher mich soeben der Mut packt, aber ich gehe langsam vor ihn. So sind wir fast auf Augenhöhe.

»Wir suchen nach einem geeigneten Mann, um etwas Spaß zu haben, wenn du verstehst. Wir müssen auf andere Gedanken kommen und dafür suchen wir Ablenkung«, flüstert sie ihm ins Ohr und gleichzeitig fange ich an, langsam über seine Brust zu streicheln. Gerade fängt das hier an, ein wenig Spaß zu machen, und irgendwie ist es gar nicht so unangenehm, wie ich vermutet habe. Was wahrscheinlich an Ella liegt.

»Ihr beide?«, fragt Juan verwundert und gerade als ich ihm antworten will, werde ich von hinten am Arm gepackt und weggezogen.

Ich zische und mit einem Mal kommt Wut in mir auf. »Verdammt, was soll das?«

Es ist Damian, der soeben vor mir steht und mich mit seinen dunklen Augen anblickt.

Unerwartet zieht mich der Kerl quer durch den ganzen Club. Elara schaut alarmiert in meine Richtung und ich gebe ihr mit einem Nicken zu verstehen, dass alles okay ist und sie sich keine Sorgen machen soll. Zumindest bis jetzt.

In einem gedimmten Raum angekommen, schließt er die Tür hinter uns und funkelt mich wütend an. »Was denkst du eigentlich, was du da machst?«

Ich zucke mit den Schultern und verschränke die Arme vor der Brust. »Spaß haben, was denn sonst?«

Meine Antwort scheint ihm nicht zu gefallen und mir wird schlagartig bewusst, dass etwas anders ist. Er hat mich angeschrien, die Tür nicht nur normal zu gemacht, sondern geradezu aggressiv hinter mir zugeschlagen und nun schaut er mich anders an. *Völlig anders.*

»Es reicht mit den Spielchen! Was hast du mit Torres zu schaffen?«, schreit er mir wieder entgegen und ich schrecke verwundert zurück.

Torres.

Dieser Name ist wie ein Schlag in mein Gesicht und ich kann für einen Moment meine Stimme nicht mehr finden. Ich schlucke heftig, als ich ihm entgegne: »Woher kennst du diesen Namen?«

Meine Stimme hört sich so kratzig an, dass es kaum zu überhören ist.

Damian kommt näher. Und näher.

»Verarsch mit nicht. Wir wissen beide, wieso du hier bist.« Er kommt bedrohlich auf mich zu.

»Nein.«

Er macht mir Angst. Mein Nein scheint ihn nicht davon abzuhalten, auf mich zuzukommen, daher sehe ich keinen Ausweg mehr und schreie ihn ebenfalls an.

»Nein!«

Er bleibt abrupt stehen. Doch dann setzt er erneut einen Schritt auf mich zu, stemmt seine Hände gegen die Wand und damit neben meinen Kopf. Ich spüre nur noch die kalte Wand in meinem Rücken und mein pochendes Herz.

»Was war deine Mission? Den Erben von *La Casa* zu ficken und dich einzuschleichen?«

Ich verstehe kein Wort von dem, was er mir vorwirft. Meine Stimme ist weg und ich muss mich gegen die Wand stützen.

Ich halte das nicht mehr aus.

Tränen laufen über meine Wangen und ich fange an zu zittern. Ich verstehe die Welt einfach nicht.

Erbe von *La Casa*? Wer ist das? Was für ein Erbe?

Wilde Panik überschattet mich.

»Wie konnte ich nur auf dich reinfallen? Ihr seid doch alle gleich! Du arbeitest für meine Schwester, richtig? Du gibst mir deinen Körper, nur um an Informationen zu kommen? Was ist falsch mit dir? Du bist so erbärmlich!« Er schüttet mich mit all diesen verletzenden Worten zu. Hat keine Ahnung, was er damit in mir anrichtet.

Und dann finde ich ein Fünkchen Mut. »Was redest du für einen Bullshit? Du bist doch auf mich zugekommen, Mistkerl!«

»Und das kam dir gelegen, was? Rede. Was hast du mit Torres zu schaffen?« Er scheint keine Geduld mehr zu haben. Gleichzeitig boxt er gegen die Wand, zu nah an meinem Gesicht, sodass ich heftig zusammenzucke.

»Wir hatten nur Sex, Damian. Wirklich geredet haben wir dabei nicht. Also wie zur Hölle kommst du auf diesen Quatsch?« Trotz des unkontrollierten Zitterns meines Körpers schaffe ich es, die Worte auszusprechen.

Damian schaut mich nur an, bevor er leise ausstößt: »Woher. Kennst. Du. Torres?«

Ich schlucke heftig bei dem bedrohlichen Unterton seiner Stimme. »E-es ist … Torres ist mein Ex-Freund. Adam.« Denn ich bin mir sicher, dass er es ist. Mein *Ex*.

Ich schlucke schwer und will, dass das hier so schnell wie möglich endet. Ich muss mich sammeln.

Jetzt schaut mich Damian verwundert und zugleich schuldig an. Er scheint zu wissen, dass ich die Wahrheit gesagt habe. Zumindest hoffe ich das. Seine Blicke sagen es, aber ich habe keine Ahnung, ob ich diesen Menschen vor mir überhaupt lesen sollte.

Ich sehe weg und rutsche an der Wand den Boden hinab.

Zusammengekauert sitze ich da und wische mir die Tränen von den Wangen.

»Fuck, mi flor.« Er bückt sich zu mir runter, um mich in den Arm zu nehmen. Doch ich zucke vor ihm zurück. Denn ich habe Angst. Angst davor, dass er mich erneut für etwas beschuldigt, von dem ich keine Ahnung habe. Davor, dass er glaubt, dass ich lügen würde. Davor, dass er wissen könnte, wo Adam steckt. Davor, dass er so ausrasten wird, wie früher all die Menschen um mich herum.

»Fass mich nicht an! Nie wieder.« Zitternd atme ich aus. Dann renne ich an ihm vorbei und schaffe es schneller als gedacht, die Tür zu öffnen. Dann renne ich.

Kapitel 8

Damian

Scheiße. Was habe ich getan?

Ich war mir so sicher, dass sie mich nur hintergeht, als Dylan rausfand, dass sie mit einem Torres zu tun hat.

Ich weiß nicht, wie ich meine aggressive Reaktion wiedergutmachen soll. Geschweige denn, wie ich es ihr erklären könnte. Sie muss verwirrt sein und bestimmt hat sie keine Ahnung von dem, was ich da eigentlich gefaselt habe.

Wenn ich drei Schritte weitergedacht hätte, wäre mir vielleicht in den Sinn gekommen, dass sie kein weiteres Mal Kontakt zu mir gesucht hat. Und dass ich ihr bei unserem One-Night-Stand keine einzige Information verraten hatte.

Ich hingegen … ich beobachte sie, stehe ungefragt in ihrem Haus.

Würde sie mich ausspionieren wollen, hätte sie doch Kontakt suchen müssen, oder? Ist das alles vielleicht ein verdammtes Spiel, von dem ich die Regeln nicht kenne?

Als sie soeben nach draußen rennt, gehe ich längst hinter ihr her und packe sie am Handgelenk. »Mi flor, bitte hör mir zu.«

Sie sieht auf meinen Griff hinab und entwindet sich ihm. »Fass mich nicht an.«

»Lass es mich erklären. Ich dachte –«

»Du dachtest eindeutig, ich wäre eine Hure, die ihren Körper für irgendwelche für mich belanglosen Informationen verkauft.

Du dachtest, ich wäre eine Schlampe, Damian. Das dachtest du doch, nicht?«

»Mi flor –«, beginne ich.

»Hör auf, mich so zu nennen!«

Fuck! Was auch immer das zwischen uns war, es ist zerstört. Eindeutig. Wenn da jemals etwas gewesen ist. In meinem Wutrausch bin ich nicht auf die Idee gekommen, nachzudenken, sondern einfach wütend auf sie zu gestürmt. Ausgerechnet dann, als mir Dylan wenige Stunden vor ihrem Auftauchen die Informationen zuspielte, und ich sie dann im Club sah, hat sie sich auch noch an dieses Ekelpaket rangeschmissen. Und meine Wut wurde nur noch schlimmer.

Warum macht sie so was?

Und warum frage ich mich das zur Hölle?

Warum stört es mich so sehr?

»Liana«, räuspere ich mich. »Ich tue dir nichts. Lasse es mich erklären.«

»Du bist ein Lügner. Sag nicht, dass du mir nichts tust, wenn ich noch immer den Aufprall deiner Faust neben meinem Kopf spüre.«

»Bitte. Gib mir eine Chance, mich zu erklären.«

Sie fixiert mich. Sekundenlang. »Nur, wenn du mir eine Frage beantwortest.«

»Stell sie mir.«

»Wer zum Teufel bist du?« Die Frage kommt ihr so leise über die Lippen, dass es mir mein Herz zusammenzieht und ich es gerade so hören kann, ohne dass sie von der Musik übertönt wird. Wir stehen mitten auf dem kleinen Flur, der auf direktem Weg wieder zur normalen Tanzfläche führt. Das lilafarbene Neonlicht, welches den Boden und die Decke beleuchtet, lässt Liana noch mal schöner aussehen. So. Verdammt. Schön.

Sie hat es verdient, eine Antwort zu bekommen, und es würde auch nichts bringen, sie anzulügen.

»Mein Name ist Damian Hernández. Ich bin Erbe des Mafia-Imperiums *La Casa*.«

Ich weiß, dass diese Tatsache Angst machen kann. Alle anderen Frauen vor ihr sind meistens schreiend weggerannt, nachdem sie erfahren haben, wer ich bin. Andere wollten es wiederum schamlos ausnutzen. Und ja, ich liebe normalerweise die Macht hinter diesen Worten.

Nur jetzt …

Denn auch Liana ist sich im Klaren, was das bedeutet. Sie schluckt heftig und ich bereue es für einen kurzen Moment, ihr die Wahrheit gesagt zu haben.

Sie nun, ohne weitere Erklärung meinerseits einfach gehen lassen zu können, wird nicht mehr möglich sein. Und vielleicht ahnt sie es.

»Jetzt komm.« Ich umgreife erneut ihr Handgelenk und ziehe sie sanft wieder in den Raum hinein. Sie löst sich von mir und mit verschränkten Armen steht sie vor mir.

»Ich habe mich also auf die Mafia eingelassen.« Sie reibt sich die Stirn.

»Du hast dich irgendwie auf die Mafia eingelassen.«

»Gott, bin ich … Und das nur weil ich … Diese Welt«, murmelt sie. »U-und warum hat der Gedanke dich so aufgewühlt, dass ich etwas mit Torres zu tun haben könnte?« Sie ist verwirrt und es ist wohl besser, wenn sie jetzt gleich alles erfährt.

»Meine Schwester, Annabelle, ist die Anführerin der gegnerischen Mafia. Sie versucht schon seit Jahren, meinen Vater und mich zu stürzen. Nur, um noch mehr Macht zu erlangen. Um Macht geht es immer. Vor allem bei ihr. Doch bis jetzt konnte sie nie die Art von Macht erlangen, die sie wollte. Da sie allein als

Frau nicht genug Kraft ausstrahlen würde. Deshalb hat sie sich einen mächtigen Gefährten gesucht, Adam Torres, Drogenboss der spanischen Unterwelt.«

Statt weiterer Panik im Gesicht grinst Liana. »Du lügst und kannst es einfach nicht lassen, was? Du glaubst wirklich, Adam, mein Ex Adam, sei ein Drogenboss? Wo sind die Kameras?«

Und dann lacht sie.

»Das ist mein verfluchter Ernst, mi flor.«

Sie sieht mich unentwegt an. Mit ihren ozeanblauen Augen.

»Bitte, glaube mir«, setze ich nach.

Ich sehe, wie meine Kleine mit sich unentwegt ringt. Hin- und hergerissen zwischen Lüge und Wahrheit.

Diese Menge an Informationen lasse ich sie erst mal verarbeiten und streichle dabei über ihren Oberarm. Sie lässt es zu. Vielleicht ist das ein Zeichen dafür, dass sie mich nicht vollkommen hasst. Oder sie muss gerade alles verarbeiten und merkt es gar nicht. Als ich denke, sie ist bereit für mehr, rede ich weiter.

»Als Dylan …« Ich räuspere mich. »Ein Freund von mir etwas über dich gelesen hat und dich über deine Social-Media-Accounts mit Torres in Verbindung brachte, da haben direkt all meine Alarmglocken geläutet und ich dachte, du wärst vielleicht eine von ihnen. Weil es Bilder gibt. Von dir und ihm. Deshalb habe ich so reagiert. Es tut mir leid, mi flor. Wirklich.«

Nachdem ich zu Ende gesprochen habe, will ich noch mehr hinzufügen, doch sie lässt es nicht zu.

»Stopp.« Sie hebt ihre Hand und legt sie auf meinen Bauch, um Distanz zu halten.

»Was soll das heißen, dein Freund hat über mich gelesen? Er hat mir hinterherspioniert?« Ihr Blick verengt sich.

»Er hat dir hinterherspioniert. Auf meine Bitte hin.«

Und dann holt sie mit der Faust aus und schlägt mir in den Magen.

»Willst du mich verarschen, Damian? Warum beauftragst du jemanden mit so etwas? Du elender –«

»Mistkerl, ich weiß«, erwidere ich und halte prustend die Stelle, die sie unerwartet traf.

Verdammte, kleine … Mi flor.

Am liebsten würde ich sie dafür …

Ich schließe meine Augen, konzentriere mich, denn mein Verstand versucht, sich auszuknipsen. Dann öffne ich sie wieder.

Liana rauft sich die Haare. »Lass mich aufzählen. Du lässt mir nachspionieren, bist das Kind eines Mafiabosses und mein Ex ist ein Drogendealer. Wow.« Sie atmet tief ein. »Wenn das alles wahr ist, dann vergesse ich mich.«

Ich greife in meine Hosentasche und tippe auf meinem Smartphone herum. Verwirrt mustert sie mich und fixiert dabei meine zwei silbernen Ringe, die ich an der rechten Hand trage.

Selbst in dieser Situation kann meine Kleine es nicht lassen, mich zu mustern.

Ein paar Sekunden später halte ich ihr das Display vor die Nase.

»Siehst du das? Dein Adam vor ein paar Tagen in Sevilla mit einem Päckchen Kokain in der Hand.«

Sie beugt sich vor und schaut sich das Bild genauer an.

Es sieht aus, als wäre es in einer Seitengasse entstanden, Adams Haltung und seine blonden Haare sprechen für ihn, da hilft auch die Sonnenbrille, die er auf dem Bild trägt, nichts. Und genau das scheint sie auch gerade zu realisieren.

Sie atmet hörbar aus und wendet den Blick ab, gleichzeitig stecke ich mein Handy wieder ein.

»Ich kann das alles nicht glauben!«

»Es ist wahr.«

»Ich fasse es nicht. Ich bin seine Ex-Freundin. Er ist vor zwei Monaten verschwunden und ich hatte Angst, ihm könnte etwas passiert sein. Dabei war er wirklich die ganze Zeit über bei einer anderen.« Ihre Stimme ist kühl und es gefällt mir nicht, dass sie so ruhig reagiert. Dann flucht sie.

Keine neuen Tränen sind zu sehen und das macht mir Sorgen.

»Wusstest du etwas von seiner Position in der Unterwelt?«

»Wenn das, was du sagst, wirklich wahr ist, dann nein. Und damit ist er ein größerer Mistkerl als du!«

Ich frage mich, was er ihr erzählt haben muss. Hat er sie die ganze Zeit über angelogen? Wie lange waren sie zusammen? Und warum hat sie nichts gemerkt?

Ich kenne Adam und er ist ein pures Schwein. Mit ihm auf einer Stufe zu stehen und in ihren Augen ebenso ein Mistkerl zu sein wie er, ist … bitter.

Allein der Gedanke, dass er sie berührt hat, macht mich wahnsinnig.

»Für mich war er ein einfacher Automechaniker.« Sie lacht auf und ich schaue sie verwundert an.

Warum lacht sie? Mit jeder weiteren Sekunde mache ich mir mehr Sorgen um sie. Ist es komisch, dass es mir lieber wäre, sie würde weinen? Oder mich anschreien?

»Wie konnte ich nur so dumm sein? Ich meine, ich hätte ihn ja auch mal auf der Arbeit besuchen können, nicht? Habe es jedoch nie getan.« Sie streicht ihre hellen Haare glatt. Ich weiß nicht, was ich sagen soll, und halte mich erst mal zurück. Ich habe keine Ahnung, wie es sich anfühlt, herauszufinden, dass man so hintergangen wurde.

Liebe ist gefährlich.

Mein Vater hat es mir schon so oft gesagt und jetzt verstehe ich noch mal mehr, was er damit gemeint hat. Sie dreht sich zu mir um und schaut mich ernst an.

»Du bist also wirklich in der Mafia?«

»Ich bin nicht *in* der Mafia, mi flor. Ich *bin* die Mafia.«

Sie schluckt. »Vor mir steht also der zukünftige Mafiaboss Spaniens?«

»Ganz genau. Sobald mein *Padre* stirbt, werde ich *La Casa* führen«, antworte ich und bin ziemlich überrascht, wie gut das alles über meine Lippen kommt. Und dabei verrate ich ihr Details, die ich niemals hätte verraten sollen.

»Wirst du mich töten?« Die Frage ist ernst gemeint.

»Was?« Nun trete ich einen Schritt zurück. »Nein.«

»Verstehe.« Sie schaut auf den Boden und windet sich an mir vorbei, um zu gehen. Doch ich halte sie am Arm fest. Sie kann doch jetzt nicht einfach abhauen!

»Wo willst du hin? Was passiert jetzt? Was ist mit uns?« Ich hasse es, wie verzweifelt ich mich anhöre.

»Ich werde nach Hause gehen, Damian, und was meinst du mit *uns*? Es gab nie ein Uns. Das war alles nur eine einmalige Sache, schon vergessen? Wir haben uns einen Monat lang nicht mehr gesehen.«

Wenn sie wüsste …

Etwas in ihrem Blick hat sich verändert. Das vor mir ist nicht mehr die Liana, die sich vor einem Monat in meinen Armen befand. Nein. In ihren Augen brodelt Feuer und ich bin mir sicher, es wird einiges niederbrennen.

»Nein«, ist alles, was ich sage. Ich bin nicht fähig, mehr zustande zu bringen. Meint sie das wirklich ernst? Will sie einfach so gehen? Eigentlich kann ich es ihr nicht übel nehmen. Immerhin habe ich sie völlig ohne Grund angeschrien und für kurze Zeit konnte ich sogar Angst in ihren Augen sehen.

»Doch. Ich brauche Zeit, okay?«, erwidert sie und ich gebe nach. Wenn es das ist, was sie braucht, bekommt sie es. Doch ich werde sie weiterhin beobachten und ab heute auch beschützen.

Jeden. Einzelnen. Tag.

Sie geht aus der Tür und ich schaue ihr noch hinterher. Ich sehe, wie sie sich von Elara verabschiedet, die gerade den ekligen Typen von vorhin ableckt. Sobald ich Liana nicht mehr sehen kann, gehe ich hoch. Ich muss dringend mit den anderen reden. Und vor allem muss ich meine Gedanken und Gefühle in den Griff bekommen.

Es ist bereits eine Stunde später und ich habe sie alle auf den neusten Stand gebracht.

»Scheiße, Mann, das tut mir leid. Dann hat sie im Grunde nichts davon gewusst, richtig?« Zade spricht als Erster und ich nicke ihm zu. Seine sonst so entspannte Miene ziert jetzt ein fassungsloser Blick.

»Wir sollten sie im Auge behalten. Nicht, dass sie auf dumme Gedanken kommt und allen erzählt, wer du bist. Ich kann das übernehmen«, meint Dylan und ich weiß, er würde seinen Job perfekt machen, doch das will ich nicht. Ich werde der Einzige sein, der sie beobachtet.

»Nein, ich mache das. Aber nicht, weil ich Sorge habe, dass sie etwas rumerzählt.« Denn ich habe nicht das Gefühl, dass Liana solch eine Frau ist. »Mal sehen, was die kleine Blume mit ihrem neuen Wissen anfangen wird.«

Später an diesem Abend sitze ich immer noch im *Dark Hollow* und beobachte die schwitzende Menge beim Tanzen. Grayson zu meiner Linken zieht gemütlich an seiner Kippe. Von hier aus haben wir den gesamten Club im Blick, abgesehen vom VIP-Bereich, und auch wenn ich meine Kleine jetzt viel lieber beobachten würde als all diese fremden Menschen, gebe ich ihr die Zeit, die sie braucht.

Ich hätte sie vorhin nicht so anschreien sollen.

Doch ich war so in meinem Rausch, dass ich mich einfach nicht mehr zurückhalten konnte. Wie leicht wäre es, einfach zu ihr zu gehen und sie mit der Maske auf ihrem Esstisch zu ficken …

Als Strafe dafür, dass sie meine Blumen so lieblos weggeschmissen hat und als Entschuldigung meinerseits. Ich würde sie so lange mit meiner Zunge verwöhnen, bis sie meinen kleinen Ausrutscher völlig vergessen hat. Doch das kann ich nicht tun.

Ich muss ihre Entscheidung respektieren und warten. Dass ich sie auch in dieser Zeit beobachten werde, muss sie ja nicht wissen.

»Wie sieht's aus? Teilen wir uns heute noch eine?« Graysons Frage überrascht mich nicht, da es früher Tagesordnung war, dass wir uns eine Frau geteilt haben. Mir gefällt es einfach, eine Frau zwischen uns brechen zu sehen, doch Gray *braucht* es förmlich. Er benötigt diesen gewissen Kick beim Sex und das bekommt er entweder durch einen Dreier oder … schmerzvollere Methoden.

»Nein, sorry.« Er schnaubt und ich schaue ihn genervt von der Seite an.

»Ist es wegen dieser Liana? Ernsthaft?«

Ich schüttle den Kopf und blicke wieder nach vorn auf die mit Neonlichtern beleuchtete Tanzfläche.

Warum kann er es nicht einfach gut sein lassen?

»Du weißt, dass es da draußen noch viel heißere Frauen, als sie gibt, oder? Ich wette mit dir, die können dir sogar besser den Schwanz lutschen.«

Genau hier liegt das Problem. Für mich gibt es jetzt schon keine andere, die ihren Platz einnehmen könnte.

Sie ist die Eine. Die Eine, die ich unter mir stöhnend möchte. Schreiend vor Lust.

»Damian, siehst du das?« Grayson deutet mit seinem Drink in der Hand zur Bar und ich schaue direkt in besagte Richtung. Sofort fällt mir auf, was er meint. Ein schlanker Typ versucht, der Brünetten neben sich etwas ins Getränk zu mischen.

Es ist nicht das erste Mal, dass wir so was im *Dark Hollow* beobachten und daher reicht auch nur ein Blick von mir. Gray weiß, was zu tun ist.

Er steht auf und geht mit bedrohlichen Schritten auf den Typen an der Bar zu. Das Getränk wirft er auf den Boden, bevor er ihn am Arm packt und in Richtung der Treppen zieht. Auch ich erhebe mich nun und begleite die beiden die Treppe nach oben zu unseren privaten Räumen.

»Alter, spinnt ihr? Seid ihr irre?«, protestiert der Mistkerl unter Graysons starkem Griff, doch wir ignorieren ihn. In dem Vorraum zu Zades Büro angekommen, schubst Gray ihn unachtsam auf die Ledercouch.

Mit verschränkten Armen stelle ich mich vor ihn und schaue ihn ernst an. »Du kannst dir denken, warum du hier bist, oder?«

»Nein.«

»Ach, komm schon! Verarsch uns nicht. Rück die K.-o.-Tropfen raus«, knurrt Grayson neben mir, doch der Typ scheint immer noch keine Anstalten zu machen, seine Aufforderung zu befolgen.

»Mal ganz unter uns Männern, manchmal muss man eben etwas nachhelfen. Kann das nicht unter uns bleiben?«, grinsend breitet er die Arme aus, doch damit hat er sein Todesurteil nur noch mal bestätigt.

»Wir dulden so etwas hier nicht, verstanden? Jetzt rück die Scheiße endlich raus«, drohe ich und gehe auf ihn zu.

Er lehnt sich trotzig zurück und schaut mich dabei an, als wäre ich der, der Unsinn von sich gibt.

»Was bist du? Der Boss oder so was?«

»Ja, genau der bin ich, und mein Kumpel hier«, ich deute mit einem Nicken zu Grayson, »ist dafür zuständig, jedem den Kopf wegzupusten, der sich nicht an die Regeln dieses Clubs hält.«

Das scheint nun doch etwas ausgelöst zu haben, da der Kerl ängstlich zwischen uns hin und her blickt.

»Kommt schon. Wir sind doch alle gleich, oder? Ich wollte nur etwas Spaß haben.«

Er wagt es wirklich, uns mit Abschaum wie ihm gleichzusetzen? Wir hätten es nicht nötig, eine Frau unter Drogen zu setzten, damit sie mit uns schläft. Und auch wenn ich nicht immer ganz richtig handle, würde ich niemals so tief sinken, um das zu machen, was er vorhatte. Mit einem Handzeichen gebe ich Grayson zu verstehen, dass er seine Waffe ziehen soll und sobald der Typ vor uns sie entdeckt hat, reißt er die Augen auf.

»I-ihr wollt mich doch nicht für so was kaltmachen?«

»Für so was? Du wolltest diese Frau vergewaltigen!« Wütend schaue ich ihn an, wobei Gray schon seine Waffe auf den Kopf des Bastards vor uns hält.

»B-bitte, ich tue es nie wieder.«

Ich lache auf. Wie oft habe ich diesen Satz schon gehört? Zu oft. Und eine Sache habe ich bei den jahrelangen Aufträgen von meinem Vater gelernt.

Ein Mann wie dieser ändert sich nicht. Er würde alles sagen, um nicht sterben zu müssen, und das macht mich nur noch wütender.

»Schieß«, ist das Letzte, was ich sage, und gleich danach zischt ein lauter Knall durch die Luft. Der Typ sackt zusammen und verteilt sein ekliges Blut auf unserer geliebten Couch.

Zade hasst es, wenn wir so was hier erledigen. Gut, dass er heute anderweitig beschäftigt ist.

»Gut gemacht. Mach sauber, bevor Zade kommt.«

»Alles klar, *Boss*.« Ich schüttle belustigt den Kopf und mache mich auf den Weg nach draußen. Es wird Zeit, dass ich etwas Schlaf finde. Mein Kopf dröhnt bereits und nach dem, was heute alles passiert ist, wundert mich das auch nicht.

Kapitel 9

Liana

Als ich zu Hause angekommen bin, habe ich mich direkt in mein Bett geschmissen. Ich fühle mich schrecklich. Obwohl, um ehrlich zu sein, fühle ich gar nichts. Das betäubende Gefühl bebt noch nach und ich bin noch nicht an dem Punkt angelangt, an dem ich so richtig realisiere, was ich alles erfahren habe.

Ich werde nie aus solch einer Welt verschwinden können, oder? Irgendwie ist es kaum überraschend, dass Damian ein Mafiaboss-Kind ist. An was für einen Typ sollte ich sonst geraten? Verfluchte Scheiße.

Ich bin froh, dass Damian mir die Wahrheit gesagt hat, und ich weiß, wer er wirklich ist. Doch das Ganze hat mich ziemlich überfahren. Ich liege immer noch mit meiner Ausgehkleidung im Bett, obwohl schon der nächste Tag ist. Meine Gedanken überschlagen sich weiterhin.

Adam hat mich die ganzen Jahre lang angelogen und irgendwie verletzt es mich nicht so sehr, wie erwartet. Ich hatte geglaubt, ihn zu kennen, doch da habe ich mich wohl getäuscht und das Schlimmste ist, dass ich die ganze Zeit über gedacht habe, mich würde dieser Mann lieben. Ich könnte ihm glauben.

Macht mich das naiv? Kann sich Liebe so anfühlen? So vollkommen leer?

Zu wissen, dass er eine andere hat, hat mich schockiert. Aber das stechende Gefühl von Herzschmerz ist ausgeblieben. Dank

Damian habe ich realisiert, dass ich Adam schon lange nicht mehr geliebt habe – und ich bin froh darüber, dass er diesen Funken Wahrheit in mein Leben gebracht hat.

Allerdings schleicht sich unter diese andauernde Leere auch ein Gefühl von Wut. Wut auf Damian, weil er mir hinterherspionieren lässt. Wut auf Adam, wegen all seiner Lügen. Ich habe es satt, mich von anderen emotional abhängig zu machen und am Ende enttäuscht zu werden. Es wird Zeit, einen neuen Weg einzuschlagen und der einzig richtige Weg für mich ist Kälte.

Adam verdient es, genauso wie ich verletzt zu werden. Dafür, dass er mich so lange hintergangen und hinters Licht geführt hat. Für ihn habe ich mich monatelang mit Schuldgefühlen geplagt.

Am liebsten würde ich … mich an ihm rächen. So wütend bin ich auf Adam. Doch wie soll ich das anstellen? Ich habe keinerlei Macht gegen einen Drogenboss und dazu kommt auch noch seine neue Freundin, Damians Schwester. Sofort wandern meine Gedanken weg von meinem teuflischen Ex-Freund und zu *ihm*. Damian.

Das kann doch alles nur ein absoluter Albtraum sein, in dem ich festhänge.

Mittlerweile sind ein paar Stunden vergangen und in der Zeit habe ich Adams restliche Sachen in die Tonne geworfen. Es hat sich erstaunlich befreiend angefühlt und ich habe es regelrecht genossen. Möglicherweise ist das der erste Schritt auf meinem Rachefeldzug gewesen, von dem ich nicht weiß, wie ich ihn umsetzen soll.

Wie konnte mir entgehen, dass er ein Drogenboss ist? Ist das wirklich wahr? Und wie lange läuft das mit Damians Schwester schon?

Er sollte lieber gar nicht erst versuchen, hier wieder aufzutauchen. Ich könnte nicht dafür garantieren, dass ich ihn nicht auf der Stelle erwürge!

Eines muss man ihm lassen, er hat mich in keine Scheiße mit reingezogen. Zumindest hoffe ich das.

Schon seltsam, wie mich dieses Wissen von meinen anderen Problemen ablenkt. Noch immer habe ich keine Ahnung, wer mir die Blumen dagelassen hat. Irgendwer da draußen scheint mich zu beobachten und das Verlangen zu haben, mich zu beschenken. Warum passiert das alles mir?

Ich schmeiße mich aufs Sofa und krame mein Handy hervor. Mal wieder hat Elara mir geschrieben und bei ihren Nachrichten lächle ich.

Elara: Hey, meine Süße, wie war es gestern noch? Du musst mir unbedingt alles erzählen! Also du hast auf jeden Fall nichts verpasst. Der Typ, den wir aufreißen wollten, hat keinen hochbekommen ...

Elara: Er meinte, er sei zu überfordert mit mir.

Es ist nicht das erste Mal, dass Ella mir von einem misslungenen One-Night-Stand erzählt und die Geschichten bringen mich immer wieder zum Lachen. Wenn der Typ von gestern schon mit ihr allein überfordert war, wie wäre es dann mit uns beiden gewesen? Ich schmunzle und lese weiter.

Elara: Er hat mir von seiner Ex erzählt, die es eher weicher mochte, und dann hat er angefangen zu weinen ...

Oh, Mann, das klingt nach einer völligen Katastrophe und wahrscheinlich wäre es einfach besser gewesen, wenn wir zusammen das *Dark Hollow* verlassen hätten. Ich lese mir schnell die letzte Nachricht von Ella durch und tippe dann eine Antwort.

Elara: Ich hoffe, bei dir lief es wenigstens besser <3

Ich: Na ja, ich erzähle dir wann anders davon.

Ich habe noch keine Kraft, um ihr zu erzählen, was passiert ist. Erst mal muss ich selbst das Ganze verarbeiten und dann bringe ich sie auf den neusten Stand. Bevor ich mich weiter mit den Gedanken an den gestrigen Abend quäle, starte ich meine Serie. Ausgerechnet kurz danach klingelt es an der Tür. Dann klingelt es noch mal und noch mal.

»Ich komme ja schon!«

Doch als ich die Tür öffne, ist keiner da.

Was zur Hölle?

»Hallo?« Ich bekomme keine Antwort. Ich schaue um die Ecken, doch ich kann niemanden sehen.

Alles, was ich vor mir erblicke, sind die Palmen, welche leicht im Abendwind wehen. Das Wetter in Madrid ist schon immer sehr wechselhaft gewesen. An einem Tag sind es fünfundzwanzig Grad und am nächsten dreißig, doch am Abend haben wir immer das Glück, dass es relativ gut abkühlt. So lässt es sich eindeutig besser schlafen.

Als ich runter zum Boden blicke, muss ich schlucken. Noch ein Sonnenblumenstrauß. Ich hebe ihn auf und untersuche ihn auf eine Karte. Doch es ist wieder nichts dabei.

An meinem gesamten Körper bildet sich eine Gänsehaut und ich gehe zusammen mit dem Strauß wieder ins Haus. Wer ist der Kerl? Und warum macht er mir mein Leben noch schwerer als ohnehin schon? Die Polizei zu rufen, erspare ich mir.

Vielleicht handelt es sich *nur* um meinen verrückten Liebhaber, aber keiner kann wissen, wozu diese Person bereit ist. Oder ist es vielleicht nur Tomás, der sich somit bei mir für das Treffen bedanken will? Aber dann würde er doch seinen Namen dazuschreiben, oder?

Genervt lege ich die Blumen auf dem Esstisch ab. Normalerweise würde ich sie wieder wegschmeißen. Was soll ich bitte mit ihnen anfangen? Dennoch tue ich es nicht.

Ich setze mich an den Tisch und fahre mir erschöpft durch die Haare. Was ist nur mit meinem Leben passiert? Seit wann ist alles so kompliziert geworden?

Ich schaue auf meinen Laptop, der vor mir auf dem Tisch liegt, und da kommt mir eine spontane Idee. Ich könnte Damians Namen googeln. Das ist bestimmt kein guter Einfall, aber ich muss einfach wissen, was über ihn im Internet steht.

Ebenso frage ich mich, warum ich ihn vorher noch nie gesehen habe? Oder warum Ella nicht weiß, wer Damian ist. Spricht sich so was nicht rum? Immerhin arbeitet sie ja im *Dark Hollow* ...

Also schnappe ich mir meinen Laptop und schlage ihn auf. Als ich seinen Namen eingebe, kommen viele Artikel über ihn, als beliebtester Junggeselle einer reichen Familie.

Gott, ich habe mit einem der reichsten Männer Spaniens geschlafen!

Zu seiner Tätigkeit in der Mafia steht natürlich nichts im Internet. Es wird nur beschrieben, dass seine Familie viele schlaue Investitionen getätigt hat und so von einem auf den nächsten Tag stinkreich wurde.

Ich sehe viele Bilder von ihm und seinem Vater, doch ein Foto spricht mich besonders an. Als ich darauf klicke, werde ich zu einem Artikel weitergeleitet, der erst vor drei Tagen erschienen ist.

Es ist offiziell: Damian Hernández und Harper de Martel werden heiraten!

Mein Herz rutscht mir in die Hose. Heiraten? Er wird heiraten? Ich lese mir den Artikel durch, auch wenn ich weiß, dass das, was darin steht, mich nur noch mehr verwirren wird. Und so kommt es auch.

Angeblich heiraten die beiden aus Liebe. Aha. Wann ist die Liebe gewachsen? Vor oder nachdem er mit mir geschlafen hatte?

Sie kennen sich, seitdem sie klein sind, und hatten schon immer Gefühle füreinander.

Ich kann es nicht glauben.

Wütend schließe ich meinen Laptop und schnaube. So ein Arsch! Er schläft mit mir, obwohl er bald eine andere heiratet? In die er angeblich seit Jahren verliebt sei? Eigentlich sollte mich das kalt lassen, aber das tut es ganz sicher nicht. Habe ich »Hintergeht mich alle« auf meiner fucking Stirn stehen?

Ich nehme mein Handy aus der Hosentasche und google jetzt ihren Namen.

Harper de Martel. Prinzessin Spaniens. Natürlich! Daher kommt mir ihr Nachname so bekannt vor. War ja klar, dass er jemanden aus hohem Stand heiraten wird. Der zukünftige Mafiaboss und die baldige Königin Spaniens. Dieses Paar würde somit fast die ganze Welt regieren. Die Unterwelt und das gesamte Volk. Ein wirklich schlauer Plan.

Und dann erinnere ich mich an Damian und seine Augen. Sein Blick, als er mich geküsst hat, war unbeschreiblich.

Da war keine andere in seinem Kopf. Oder?

Nein! Ich habe es gesehen und gespürt.

Noch zehn Minuten länger scrolle ich mich durch unterschiedlichste Berichte und entdecke dann eine Anzeige.

Harper de Martel beschenkt am 10. Juli dieses Jahres das größte Kinderkrankenhaus Spaniens!

Eine gute Seele ist sie schon mal.

Wenn man das von ihrem Bald-Mann nur auch sagen könnte. Denn er bumst willige Frauen und bittet sie dann auch noch, zu bleiben.

So ein Mistkerl!

Kapitel 10

Liana

Am nächsten Morgen sitze ich in meinem Auto auf dem Parkplatz des *Dark Hollows*. Gestern Nacht habe ich noch über zwei Stunden lang mit Elara geredet und dabei habe ich mir alles von der Seele gesprochen. Also *wirklich alles*. Als ich ihr gesagt habe, dass Damian der zukünftige Mafiaboss Spaniens sein wird, hat sie irgendwie komisch reagiert. Auf einmal wurde es ganz still in der Leitung und ich habe im Hintergrund gehört, wie sie etwas auf ihrem Laptop getippt hat. Vielleicht ist es eine normale Reaktion. Immerhin bekommt man nicht jeden Tag gesagt, dass man die beste Freundin dazu ermutigt hat, mit einem der gefürchtetsten Männer Spaniens zu schlafen.

Gute zehn Minuten lang starre ich den Club nur von außen an. Ich kann mich nicht dazu überwinden, hinein zu gehen. Ich sollte den Mut zusammennehmen und fragen, warum er solch ein Theater gemacht hat, wenn er doch eine völlig andere heiratet. Für einen kurzen Moment dachte ich darüber nach, was wäre, wenn Damian und ich …

Mir ist bewusst, dass es nichts bringt sich, über das Was-wäre wenn Gedanken zu machen, und genau deshalb springe ich über meinen Schatten.

Als ich den Nachtclub betrete, ist es ganz still, die Einzigen, die schon da sind, sind die Angestellten. Ich laufe auf direktem Weg nach oben, in Richtung der *verbotenen* Räume. Die Neonlichter, welche nachts dem Club seinen gewissen Charme verleihen, sind aus und es ist ungewohnt hell. Wenn ich Damian finde, dann in diesen Zimmern. Gerade als ich die Tür aufstoßen will, öffnet sie jemand von innen.

»Na, wen haben wir denn da?« Der große Mann vor mir strahlt eine dunkle Aura aus und ich fühle mich sofort unwohl. Er ist breit gebaut und sieht aus, als würde er jeden Tag an seinen Muskeln arbeiten. Ihm fallen braune Strähnen ins Gesicht, doch das Eigentliche, was ihn so dunkel wirken lässt, sind seine Tattoos. Sie beginnen an seinem unteren Hals und bahnen sich dann einen Weg in sein schwarzes Hemd.

Ich versuche, mich nicht von seiner Ausstrahlung beirren zu lassen, und spreche mir innerlich zu: *Bleib stark, Liana!* Doch die Versuche bringen nur sehr wenig. So viel zu meiner neuen Einstellung.

»Ich suche Damian«, ist alles, was ich sage, und mein Gegenüber begutachtet nun meinen ganzen Körper, von oben bis unten. Eine Gänsehaut bildet sich in meinem Nacken. Wer ist dieser Mann?

»Liana, richtig? Ich bin Grayson. Endlich habe ich mal das Vergnügen mit dir! Komm doch rein.« Er macht die Tür so weit auf, dass ich in den großen, dunklen Raum sehen kann, und irgendetwas sagt mir, dass es ein Fehler wäre, mit ihm allein in dieses Zimmer zu gehen.

»Ich weiß nicht, ob ich das sollte. Wo ist Damian denn?«

»Geh schon. Dir passiert nichts.«

Ich schlucke schwer. Aber ich lasse mich nicht kleinkriegen. Langsam trete ich in den großen Raum und nachdem er die Tür hinter mir geschlossen hat, drehe ich mich sofort wieder zu ihm um.

»Wo ist Damian?« Die Frage, woher er meinen Namen kennt,

spare ich mir. Ich nehme mal an, er kennt ihn von Damian. Vermutlich sind die beiden so was wie Geschäftspartner oder Freunde.

»Er müsste gleich kommen. Setz dich.« Während er das sagt, macht er es sich in einem der schwarzen Sessel gemütlich und ich tue es ihm gleich, auf der anderen Seite des ovalen Tisches. Auch dieser Raum ist eher mattschwarz gehalten und zwei weitere Türen führen zu anliegenden Zimmern. Auf der einen ist ein kleines Schild befestigt mit der Aufschrift *Büro*. Das wird vermutlich dem Inhaber gehören und sonst ist alles eher schlicht gehalten. Wie eine Art Wartezimmer oder Versammlungsraum.

Außerdem stinkt es hier geradezu nach Putzmitteln, daher nehme ich an, dass es nicht lange her ist, dass eine Reinigungskraft da war.

»Vielleicht kann ich dir auch behilflich sein. Was möchtest du denn von Damian?«, fragt der Mann vor mir mit einem Grinsen im Gesicht. Er sitzt breitbeinig da, sodass ich ganz klar sehen kann, dass er hart ist.

Was mache ich hier nur? Er muss meine Angst bemerkt haben, denn genau diese scheint ihn auch noch anzumachen.

Psychos und Mistkerle. Allesamt.

»Nein, das glaube ich nicht, aber –« Ich werde durch das Aufstoßen einer weiteren Tür unterbrochen und Damian und ein weiterer Mann betreten den Raum.

»Liana? Was machst du hier?« Damian schaut fragend von mir zu Grayson und sein Blick verdunkelt sich.

Sollte ich Angst vor diesem Grayson haben? Auf mich macht er auf jeden Fall den Eindruck. Doch es bringt jetzt nichts, darüber nachzudenken. Ich bin wegen etwas völlig anderem hier.

»Ich wollte mit dir reden«, antworte ich Damian und erhebe mich. Er scheint mich gar nicht zu beachten und hat seine Augen weiterhin auf Grayson gerichtet.

»Keine Sorge, Mann! Ich habe deine Kleine nicht angefasst.« Grayson hebt abwehrend die Hände und grinst Damian abfällig entgegen. Er provoziert ihn. Ich kann es gerade wirklich nicht gebrauchen, dass diese Situation eskaliert – und abgesehen davon, bin ich nicht Damians *Kleine*.

»Ich bin Zade, Besitzer des Clubs.« Ein ziemlich breit gebauter Mann reicht mir die Hand. Jetzt weiß ich, warum Elara ständig über ihn redet. Er sieht verdammt gut aus und tatsächlich erinnert er mich stark an Henry Cavill. Nur mit etwas helleren Haaren.

»Liana Marshall«, gebe ich zurück und lächle ihn an, was Damian nicht zu gefallen scheint. Er nimmt mich am Arm und zieht mich von Zade weg, sodass unsere Hände sich trennen müssen.

Was ist sein Problem?

Zade war bis jetzt der Netteste von allen gewesen.

»Das reicht jetzt mit Kennenlernen. Verschwindet. Beide!« Aus Damians Ton ist zu entnehmen, dass er keinen Spaß macht. Er will die anderen loswerden und ich werde mich darüber nicht beschweren. Immerhin will ich mit ihm über ein Thema reden, das nicht jeden etwas angeht.

»Schade. Der Spaß hat doch gerade erst begonnen.« Grayson steht auf und lächelt Damian noch einmal provokant zu, bevor er sich an mich wendet und mir etwas ins Ohr flüstert: »Du würdest wunderschön zwischen uns dreien aussehen.«

Wärme steigt mir spürbar in die Wangen und ich wende das Gesicht ab. Zwischen allen dreien? Was zur Hölle redet er da?

»Es. Reicht. Gray.« Damian scheint gehört zu haben, was er gesagt hat, und knurrt ihn an. Sowohl Zade als auch Grayson verlassen grinsend das Zimmer und als die Tür zufliegt, atme ich erleichtert auf.

Da fällt mir auf, dass Damian mich immer noch festhält. Ich ziehe meinen Arm weg und schaue ihm in die Augen.

»Ich entschuldige mich für das Verhalten von Grayson. Er ist ein bisschen … anders.«

Das braucht er mir nicht zu sagen. Immerhin ist mir das schon direkt am Anfang aufgefallen, als er mir die Tür geöffnet hat. Allerdings kann ich das, was Grayson mir ins Ohr geflüstert hat, nicht vergessen und eine Frage kommt in mir auf, die ich Damian stelle, ohne dass ich es unbedingt möchte.

»Teilt ihr euch oft Frauen?«

»Gelegentlich.«

Den Stich in meinem Herzen versuche ich gekonnt zu ignorieren. Warum zur Hölle interessiert es mich überhaupt, was dieser Mann macht? Wir kennen uns doch überhaupt nicht. Vielleicht sollte ich einfach umdrehen und das alles hier sein lassen.

»Warum bist du hier, Liana?« Damians Stimme bringt mich wieder ins Hier und Jetzt.

»Hab den Artikel gelesen. Von dir und deiner Prinzessin.« Der Schock auf seinem Gesicht ist ihm anzusehen und ich sehe ebenfalls die vielen Fragezeichen in seinem Kopf. »Wann ist diese Liebe entstanden? Bevor du mich gevögelt hast oder danach? Ich hoffe doch danach.«

»Diese Hochzeit ist nichts wert. Sie wird nicht stattfinden.«

»Diese Hochzeit wird nicht stattfinden?« Ich weiß, wie verzweifelt ich mich anhöre.

»Nein, diese Heirat wird nicht stattfinden. Nicht, wenn ich es verhindern kann und –« Er zögert. »Ich habe auch keinerlei Gefühle für Harper.« Er schaut mich an und ich weiß, dass er hofft, dass ich mich mit dieser Antwort zufriedengebe.

»Wie viele Geliebte hast du neben deiner Prinzessin, Damian?« Ich streife mit dem Zeigefinger über den Tisch, ehe ich zu ihm aufschaue.

»Du bist eifersüchtig, mi flor.« Grinsend schaut er mich an und ich verdrehe nur die Augen, anstatt ihm zu widersprechen. Wenn er meint, dass das stimmt, lasse ich ihn gern in dem Glauben. »Ja, ich hatte mehr als zwei oder drei Frauen in meinem Bett. Aber das hat sich jetzt geändert.«

Mein Atem stockt und ich weiß nicht, was ich darauf antworten soll. Er kommt näher und nimmt mein Kinn zwischen zwei Finger, sodass er es anheben kann und ich ihm ins Gesicht schauen muss.

Was passiert hier?

»Seit dieser einen Nacht bin ich völlig verrückt im Kopf, Liana. Ich will keine andere. Nur dich. Seit dieser einen verdammten Nacht spukst du in meinem Hirn herum.« Er schaut mich für mehrere Sekunden nur an, um seiner Aussage Nachdruck zu verleihen, und ich kann sehen, wie viel Überwindung ihn diese Worte kosten. Ich muss schlucken.

»Schau mich an und antworte, mi flor!« Er packt mich am Hals, sanft und dennoch bestimmt, und drückt mich mit dem Rücken an die nächste Wand. Ich spüre, wie sich seine Härte an meinen unteren Bauch drückt, und kann nicht leugnen, dass ich nicht auch Lust auf ihn habe. Doch sein fester Griff lässt mir für einen Moment einen kalten Schauer über den Rücken laufen. Ich bin es nicht gewohnt, dass mich jemand so fest anfasst, doch seine Berührung ist alles andere als angsteinflößend. Ich kann spüren, wie er ein wenig die Finger lockert, um mir zu versichern, dass er mir niemals etwas antun würde. Komischerweise haben sein harter Griff und sein Körper an meinem eine viel zu heftige Wirkung auf mich und am liebsten hätte ich mehr.

Mehr von ihm. Mehr von uns.

»I-ich weiß nicht, ob ich das will.« Das ist die Wahrheit und ich sehe, wie in ihm bei diesen Worten etwas zerbricht. Er lässt mich sofort los und geht einen Schritt zurück. Die Hitze zwischen uns ist erloschen und ich spüre immer noch das leichte Kribbeln in meinem Unterleib.

»Na, wenn das so ist, musst du dir auch keine Gedanken darüber machen, ob ich heiraten werde oder nicht.« Er hat recht, doch leider mache ich mir genau darüber viel zu viele Gedanken. Das ist der Grund, warum ich überhaupt hier bin. *Er kann doch nicht von mir verlangen, dass ich nach einem Monat, in dem ich ihn kenne, und wenigen Treffen, in die nächste Beziehung springe.*

Und dass nur wegen seinem Geständnis.

»Damian, ich brauche einfach etwas Zeit, das ist alles so viel auf einmal.« Ich versuche, ihn zu besänftigen, indem ich leicht über seine Brust streichle. »Aber ich muss auch oft an die Nacht denken. Nur dachte ich bisher, dass es daran liegt, dass es mein erster One-Night-Stand war.«

»Spürst du das?« Er nimmt meine Hand und legt sie auf seine Brust. Ich kann spüren, wie schnell sein Herz unter meiner Hand schlägt. Er senkt den Blick und schaut auf meine Hand, die ihn berührt.

»Ich kann mich schlecht zusammennehmen, wenn du in meiner Nähe bist. Meine Emotionen drehen durch.«

»Habe ich gemerkt.«

»Wenn du nicht willst, dass ich dich jetzt ficke und die anderen nebenan deine Schreie hören, dann solltest du jetzt besser den Raum verlassen.«

Genau diesen Damian mag ich. Das ist der Damian, den ich vor einem Monat in diesem Club kennengelernt habe und den ich bis dahin nicht vergessen konnte. Seine dunkle und mysteriöse Seite zieht mich auf eine magische Weise an und vor allem, wenn er ist wie jetzt – kurz davor, mich einfach zu packen –, nimmt mein Verlangen überhand. Wenn seine Maske fällt und mit ihr seine Beherrschung, könnte ich vor ihm auf die Knie fallen, doch das tue ich nicht. Es ist noch nicht der richtige Zeitpunkt – und das wissen wir beide. Stattdessen gehe ich auf die Zehenspitzen, gebe ihm einen leichten Kuss auf die Wange und wende mich von ihm ab.

»Du hast keine Ahnung, wie dunkel es mit mir sein kann, Liana.«

»Du hast keine Ahnung, wie dunkel ich es brauche, Damian.«

»Wie dunkel?«

»Im schlimmsten Fall mehr, als du mir geben kannst.«

Denn Damian verdirbt mich. Mit jeder Sekunde mehr, die ich in seiner Nähe bin.

»Deine Welt ist nicht so neu für mich, wie du vielleicht glaubst, Damian.«

Mit diesen Worten gehe ich aus dem *Dark Hollow* und das helle Strahlen der Sonne tut mir in den Augen weh, als ich nach draußen trete. Ich hätte schwören können, dass, als ich in den Club gegangen bin, die Sonne noch nicht so penetrant war.

Auf dem Weg zu meinem Auto wedle ich mir Luft zu. Warum habe ich mir ausgerechnet Madrid ausgesucht, um meinen eigenen Weg zu gehen? Na ja … obwohl die Temperaturen manchmal wirklich ätzend sein können, liebe ich es hier. Die Palmen und die altmodischen Häuser verleihen der Hauptstadt ihren gewissen Charme. Ich schnappe mir mein Handy aus der Hosentasche und laufe weiter.

»Entschuldigen Sie? Señora?« Ein alter Herr spricht mich an und ich schaue in seine Richtung. »Könnte ich Ihnen diese Bestellung für Damian Hernández übergeben?« Er ist Paketbote und denkt, ich wäre eine Angestellte, die Lieferungen für Damian annimmt. Doch das ist nicht das, was mich in so eine Starre versetzt.

Nein.

Es ist die Lieferung.

Ein gigantischer Strauß Sonnenblumen. So viele Sonnenblumen.

Ich schließe die Augen und mit einem Schlag wird mir klar, wann das mit den seltsamen Dingen rund um mein Haus begonnen hat.

Damian.

Er war ungebeten in meinem Haus.

Er hat mir Angst bereitet.

Angst, die soeben verfliegt.

Ich drehe mich, ohne dem alten Mann zu antworten, um und gehe in Richtung meines Autos weiter.

Warum nur tut er das? Ich hoffe, mich zu irren, doch auf der anderen Seite sind diese Blumen Beweis genug. Denn der Strauß hatte genau dasselbe Band wie all die anderen Sträuße. Und das kann einfach kein Zufall sein …

Warum kann er mir nicht, wie ein normaler Kerl, die Blumen einfach überreichen?

Ich weiß nicht, was ich davon halten soll. Auf der einen Seite bin ich erleichtert, dass es Damian ist, auf der anderen Seite fühle ich mich … hintergangen. Erneut.

Kapitel 11

Damian

Ich weiß, dass das hier falsch ist. Sie braucht Zeit für sich, doch ich kann meine Augen einfach nicht von ihr lassen.

Ich sitze in meinem Auto und bewundere sie stundenlang. Wie sie ihr Wohnzimmer aufräumt oder in der Küche kocht. Das alles fasziniert mich so sehr an ihr. Dafür, dass sie nun weiß, was um sie herum passiert, wirkt Liana gelassen. Andere Frauen wären schon längst durchgedreht, doch sie scheint das ganze Chaos gut meistern zu können und die Wahrheit über Adam hat sie auch ziemlich gut weggesteckt. Zumindest scheint es so.

Gestern Nacht war ich ebenfalls schon hier und habe sie beobachtet, dabei konnte ich sehen, wie sie sich im Schlafzimmer umgezogen hat. Immerhin hat das dazu geführt, dass ich es mir wie ein liebeskranker Teenager in meinem Auto gemacht habe. Vor meinem Handy, mit dem ich jederzeit Zugriff auf die Kameras in ihrem Haus habe. Ich habe meinen harten Schwanz so lange gepumpt, bis ich durch meine Hand gekommen bin. Noch nie hat eine Frau es geschafft, mich so verrückt zu machen, dass ich es mir selbst machen musste, um Erleichterung zu finden.

Meistens haben das die Frauen für mich übernommen und jetzt sitze ich schon wieder hier. Habe seit Wochen keine Frau mehr angefasst. Ihretwegen.

Ob ihr bewusst ist, wie heiß sie ist?

Dunkler, als du es mir vielleicht geben kannst …

Ihre Worte hallen in mir nach und ich will, dass sie sich nicht nach etwas sehnt, wovon sie glaubt, dass ich es ihr nicht geben kann. Denn ich kann ihr alles geben.

Selbst einen Tag später pocht mein Schwanz schon wieder verlangend nach Liana. Frustriert fahre ich mit meiner Hand über meinen Schaft.

»Fuck«, stöhne ich gequält.

Noch einmal werde ich es mir nicht allein in meinem Wagen machen. Auch wenn es für den Moment gut war, ist es deprimierend. Ich schaue auf den Rücksitz, auf dem noch immer die Ghostface-Maske liegt.

Soll ich damit zu ihr gehen? Letztes Mal konnte ich mich noch beherrschen, doch jetzt?

Es wird schlimmer.

Langsam kann ich nicht mehr.

Ich brauche sie.

Allerdings will ich sie auch nicht zu Tode erschrecken, da sie keine Ahnung haben wird, wer darunter ist. Dabei würde ich es wollen, dass sie zurückschreckt.

Dunkler, als du es mir vielleicht geben kannst ...

Was geht in meinem kranken Hirn ab? Aber ich brauche das. Das Kranke. Mein Vater hat mich krank gemacht und ich tätige mit meiner gewissen Lust nur Schadensbegrenzung.

Wenn ich mit der Maske zu ihr gehe, bleibt es nicht nur beim Beobachten. Nein. Ich weiß, dass ich mich nicht werde beherrschen können. Auch wenn der Gedanke mich anmacht, zu ihr zu gehen und sie zu ficken, will ich ihr keine Angst machen. Erst zwei andere Male habe ich meine Vorliebe mit der Maske ausgelebt. Einmal hat es ganz gut geklappt, bis die Schlampe mich am Ende doch angefleht hat, die Maske auszuziehen, damit sie mich küssen könne. Das hat es mir dann irgendwie verdorben.

Und beim anderen Mal ist es gar nicht erst so weit gekommen, da die Hure schreiend weggerannt ist und mich für ihren kranken Ex-Freund gehalten hat. Also war ich bisher nie wirklich erfolgreich damit, doch ich habe das Gefühl, bei Liana wird es besser laufen.

Die Maske verleiht mir einen Kick und ich habe nicht dieses zwanghafte Gefühl, die Frauen ständig küssen zu müssen, damit sie mir ihre Pussy geben. Wenn ich die Maske trage, dann ficke ich hart. Hart und gnadenlos. Ich werde kein langes Vorspiel machen und auch keine Küsse verteilen. Das Einzige, was ich in diesem Moment erreichen möchte, ist Erlösung. Sowohl für mich als auch für meine Auserwählte.

Meine oberste Regel lautet: Tue nichts, was sie nicht möchte. Deshalb hat mich der Typ vor einigen Tagen auch so aufgeregt und dass Grayson ihn erschossen hat, war das einzig Richtige.

Aber wie finde ich heraus, ob Liana das mit der Maske möchte? Und wenn sie es genauso geil findet wie ich, weiß ich, dass ich nicht aufhören kann.

Wiederum, wenn sie mich anschreien sollte und von mir verlangt, zu gehen, dann tue ich das auch. Meine Befriedigung ist nichts wert, wenn meine kleine Blume sich dabei vor mir fürchtet.

Noch nie war ich so im Twist mit mir selbst. Ich will, dass sie es genießt. Mich mit Maske. In meinem Spiel. Unter meiner Führung. Ich brauche es derb und vielleicht härter, als sie es mir geben kann …

Dennoch schnappe ich sie mir, die Maske, ziehe sie auf und gleichzeitig schiebe ich mir die Kapuze meines Hoodies über den Kopf. Das hier könnte jetzt gewaltig schiefgehen, doch ich will es probieren. Ich will wissen, ob sie mit meiner dunklen Seite mithalten kann oder ob sie zusammenbricht, wie all die anderen Frauen vor ihr.

Wie dunkel ist meine kleine Blume wirklich?

Noch nie war ich zwischen Macht und Begehren so hin und hergerissen.

Neben meiner Maske greife ich auch noch zu einem der kleinen Seile, die ich für Notfälle dabeihabe. Immer mal wieder kommt es vor, dass ich damit einen betrügerischen Dealer oder sonstige Arschlöcher fesseln muss. Doch heute wird dieses Seil für viel schönere Zwecke eingesetzt.

Das hoffe ich zumindest.

Ich weiß, dass sie auf ihrem Sofa sitzt und *Netflix* schaut. Also gehe ich um das Haus herum und schleiche mich durch die Hintertür rein. Vorsichtig, und so leise es geht, knacke ich das Schloss. Das hat mir mein *Padre* beigebracht. Das ist die einzig nützliche Sache, die er mir je gezeigt hat. Sobald die Tür zu ist, steige ich vorsichtig die Treppen in Richtung ihres Schlafzimmers hoch. Dabei achte ich darauf, dass die Treppe bei der obersten Stufe ordentlich knarzt. Sie soll wissen, dass sie nicht allein ist.

Ich muss einfach erfahren, ob in Liana auch dieses dunkle Verlangen schlummert, welches in mir immer wieder auszubrechen versucht.

Ich muss wissen, ob sie genauso kaputt ist wie ich.

Diese Frau lässt mich alle Grenzen für sie überschreiten und ich würde wirklich *alles* für sie tun. Und das nach nur der kurzen Zeit.

Wie krank bist du eigentlich, Damian?

Als ich an ihrem Schlafzimmer angekommen bin, schließe ich die Tür hinter mir so laut, dass sie spätestens jetzt bemerken muss, dass noch jemand außer ihr im Haus ist. Entspannt setze ich mich aufs Bett und warte auf sie. Jetzt ist sie an der Reihe.

Wirst du mit mir spielen, meine Kleine?

»Hallo? Ist da jemand?«, höre ich sie von unten rufen und muss grinsen. Ich hole mein Handy heraus, unterdrücke meine Nummer und schreibe ihr eine Nachricht. Schon am ersten Tag hat Dylan ihre Nummer für mich herausgesucht. Was für ein Stalker wäre ich, wenn ich nicht ihre Nummer hätte?

Ich: Finde mich.

Ich lächle, als sie die Nachricht gelesen hat, und warte auf eine Antwort. Wird sie sich auf mich einlassen? Oder eher die Polizei rufen?

Liana: Wer bist du? Und was willst du von mir?

Ich: Komm hoch und finde es heraus.

Ich will unser Spiel noch etwas länger spielen. Ich liebe es, meine Kleine um den Verstand zu bringen. Besonders, wenn es mit mir *in ihr* endet.

Liana: Ich rufe die Polizei!

Wird sie das wirklich tun? Ich glaube nicht daran und provoziere sie etwas weiter. Wie weit ich wohl mit ihr gehen kann?

Ich: Das wirst du nicht. Sonst werde ich runterkommen und dich bestrafen müssen.

Bei dem Wort *bestrafen* zuckt mein Schwanz in meiner Hose und ich stelle mir alle möglichen Szenarien mit Liana vor, in denen sie stöhnend unter mir liegt.

Liana: Wie bestrafen?

Ist da jemand neugierig? Ich grinse und tippe eine Antwort.

Ich: Ich glaube, mein Gürtel würde sich wunderbar auf deinem prallen Hintern anfühlen.

Die Vorstellung sorgt nur dafür, dass ich noch härter werde. Wenn das überhaupt möglich ist.

Liana: Verschwinde, sonst ... Warum verschwindest du nicht einfach?

Mir war klar, dass sie nicht so schnell nachgeben wird, und genau das liebe ich an ihr. Doch bei ihrer Frage wird mir erst so richtig bewusst, was sie eigentlich mit mir gemacht hat. Noch nie bin ich einer Frau hinterhergerannt oder war so besessen von ihr, wie ich es von Liana bin.

Ich: Du hast mich für alle anderen Frauen ruiniert.

Eigentlich könnte sie sich jetzt schon so ein wenig denken, wer ich bin. Außer sie hat noch andere Typen, denen sie den Kopf verdreht. Ich werde sie umbringen lassen, wenn dem so sein sollte. *Liana gehört mir.*

Liana: Tut mir leid?

Sie testet meine Geduld und ich kann es nicht mehr abwarten, sie endlich bei mir zu haben. Deshalb lasse ich ihr die eine Entscheidungsgewalt. Wird sie sich auf mein Spiel einlassen?

Ich: Entweder du kommst jetzt hoch oder ich komme runter.

Ich höre, wie sich leise Schritte nähern, und meine Vorfreude steigt immer mehr. Sitzend warte ich darauf, dass sich die Tür öffnet, doch es passiert nichts.

Liana: Bist du in meinem Schlafzimmer?

Sie will also auf Nummer sichergehen. Gleich wird sie den Raum betreten und entweder wird sie schreiend wegrennen oder sie bleibt bei mir und dann werde ich für nichts garantieren können.

Ihr Bett ist wirklich bequem und auch wenn es mit der Blümchen-Bettwäsche absolut nicht meinem Geschmack entspricht, hätte ich nichts dagegen, sie hier zu vögeln. Als ich zur Seite blicke erkenne ich ein Bild von ihr und Elara, ihrer rothaarigen Freundin, auf dem Nachttisch. Die beiden sind wie Sonne und Mond, das kann man schon von Weitem erkennen, und trotzdem scheinen sie sich zu lieben.

Gern hätte ich etwas mehr in ihrem Schlafzimmer rumgeschnüffelt, aber mein pochender Schwanz macht es mir gerade nicht leicht. Deshalb schalte ich erneut mein Handy ein und antworte meiner kleinen Blume.

Ich: Komm hoch und schau nach.

Es ist so weit. Vorsichtig öffnet sich die Tür und ich lege mein Handy beiseite. Sobald die Tür vollständig geöffnet ist, keucht sie bei meinem Anblick. Anstatt wegzurennen, mustert sie mich neugierig und ich erhebe mich, um ihr entgegenzukommen.

Warum rennst du nicht weg, kleine Blume?

»Hast du Angst vor mir?«

Sie schluckt und öffnet leicht den Mund, als wollte sie etwas sagen, doch es kommt nichts heraus.

»Mache ich dich nervös, kleine Blume?« Ich gehe näher auf sie zu und nehme ihr Kinn zwischen meine Finger. Ich kann spüren, wie sie unter meiner Berührung zusammenzuckt.

Ich weiß, dass sie mehr will. Sie scheint nichts weiter zu sagen und das sehe ich als meine Chance, meinen Kopf an ihrem Hals zu bewegen und ihren Duft in mich aufzunehmen. Kein Mensch auf dieser beschissenen Erde riecht so verdammt gut wie Liana. Ich kann ihren Geruch nicht beschreiben, aber er bringt mich um den Verstand.

»Riechst du etwa gerade an mir?«, fragt sie verwirrt und ich merke, wie sie unter meiner Berührung zittert, denn ich habe, nachdem sie ihre Frage ausgesprochen hat, eine Hand auf ihren Mund gepresst. Sie darf nicht zu viele Fragen stellen, sonst bin ich gezwungen, ihr zu antworten und gerade habe ich viel schönere Dinge im Kopf, die wir machen könnten.

Sie schluckt und ich beginne, mit meiner anderen Hand langsam ihren Oberschenkel abzufahren. Immer höher gleite ich mit meinen Fingern und ich spüre, wie sie ihre Beine extra zusammenpressen will, damit ich nicht noch höher kommen kann. Ihr rosafarbenes Nachtkleid gibt mir den perfekten Zugang zu ihren glatten Beinen und ihrer zarten Haut.

»Spürst du das?« Ich packe sie an der Hüfte, um sie gegen die Wand hinter sich zu drücken und dann presse ich meinen Unterleib an ihren. Sofort entweicht ihr ein Stöhnen und das bestätigt mir nur noch mal mehr, dass sie mich will. Sie will das hier.

»Das stellst du mit mir an.« Langsam massiere ich mit einer Hand ihre Brust durch ihr Kleid und spiele mit ihrer Knospe, welche sofort unter meiner Berührung hart wird. Sie keucht.

Wieder fahre ich, mit der anderen Hand vorsichtig ihren Oberschenkel entlang und kurz bevor ich an ihrer Pussy angekommen bin, spüre ich schon ihre Feuchte.

»So feucht für mich«, flüstere ich ihr ins Ohr und fange an, ihren Slip zur Seite zu schieben, damit ich leicht über ihre Spalte streicheln kann. Sie ist so nass – und das nur für mich. Sie keucht wieder und das bestätigt mir, dass ich weitermachen soll. Ich reibe mit etwas mehr Druck über ihre Perle und merke, wie ihre Beine anfangen zu zucken.

»Scheiße, ja«, stöhnt sie und ich gleite mit zwei Fingern in sie. Mit langsamen Bewegungen starte ich sie mit ihnen zu ficken. Immer schneller, härter und das glitschige Geräusch, das ihre Pussy von sich gibt, ist wie Musik in meinen Ohren. Sie stöhnt und krallt sich an meine Arme.

»Gott, so krank das hier gerade ist, aber hör nicht auf!«, schreit sie und ich ficke sie weiterhin tief. Bis ich spüre, wie ihre Pussy sich um meine Finger zusammenzieht und sie einen weiteren Schrei von sich gibt. Schlapp lässt sie sich gegen die Wand fallen und ich ziehe meine beiden Finger aus ihr.

Ich trage Liana zu ihrem Bett und greife nach dem kurzen Seil in meiner Hosentasche. Dann ziehe ich ein Kondom heraus. »Ich habe etwas, mit dem du spielen kannst.«

Mit diesen Worten lege ich ihre Hand auf meine Erektion und da sie keine Widerworte gibt, ziehe ich meine Hose samt Boxershorts so weit herunter, dass ich meinen Schwanz herausholen kann, bevor ich mir das Gummi überziehe. Dann fessle ich sie und winkle ihre Beine an. »Was wird das?«, fragt sie etwas verunsichert, aber mit Begierde in ihrer Stimme.

»Runde zwei. Wenn du das willst.« Ich werde nichts machen, was sie nicht möchte und das muss sie wissen. Ich will, dass sie weiß, dass sie immer Stopp sagen kann.

»Ich will.« Das nehme ich als mein Stichwort. Langsam reibe

ich meine Eichel über ihren noch feuchten Eingang und ich bin so froh darüber, dass sie nur ein Nachtkleid trägt. So kann ich ihren Slip einfach zur Seite schieben und muss sie nicht vollständig entkleiden. Sie stöhnt lustvoll auf und bevor ich in sie eindringe, muss ich mich noch mal versichern, dass alles okay ist.

»Du willst das immer noch?«

»Ja, bitte. Bitte fick mich«, stöhnt sie und ich tue, was sie von mir verlangt. Mit einem heftigen Stoß bin ich bis zum Anschlag in ihr und nehme sie schnell. Ich war schon vorhin im Auto so hart, dass es nicht lange dauern wird, bis ich komme. Doch das ist egal.

Sie stöhnt lustvoll und ich nehme sie weiterhin kräftig. Ich ficke sie immer schneller und härter, bis sich ihre Pussy um meinen Schwanz zusammenzieht. Immer enger.

»Ah, fuck!«, stöhne ich und ergieße mich in ihr. Gemeinsam keuchen wir erschöpft und kommen von unserem Orgasmus runter.

»Das nächste Mal übergib mir die Blumen persönlich«, haucht sie und ich lasse von ihr ab. Liana richtet ihren Slip wieder.

»Okay«, ist alles, was ich erwidere, ziehe dabei meine Hose wieder hoch und lockere die Fesseln. Als ich fertig angezogen bin, stehen wir uns schweigend gegenüber, nachdem ich sie auf die Beine gezogen habe. Jetzt wäre ein guter Zeitpunkt, ihr zu sagen, dass ich ihr Stalker bin, aber sie weiß es doch schon längst. Also warum mit überflüssigen Worten den Moment kaputtmachen?

»Keine Sorge. Ich werde wiederkommen.« Mit diesen Worten versuche ich, meinen Abgang so angenehm, wie nur möglich zu machen, doch es funktioniert nicht wie erhofft. Denn sie straft mich mit Schweigen.

Ich suche das Auto auf, das ich einige Querstraßen weiter geparkt habe. Doch bevor ich einsteige, brauche ich erst mal eine

Kippe. Meine Maske ziehe ich ab und sobald ich die Zigarette angezündet habe, fange ich an, den Rauch tief zu inhalieren.

Das war mal ein verdammt heißer und … *außergewöhnlicher* Fick.

Kapitel 12

Damian

Das war nur der Anfang.

Liana hat keine Ahnung, wie dunkel meine Vorstellungen mit ihr wirklich sind.

Ich sitze noch immer in meinem Auto und beobachte sie. Liana ist so wunderschön. Wie eine zarte Blume, die man vor allen Menschen, die sie zertrampeln wollen, beschützen muss. Dass sie weiß, wer sich unter der Maske versteckt, macht es nicht unbedingt leichter. Obwohl ich es vor wenigen Stunden noch annahm. Bald wird sie meine krankhaften Neigungen mit mir, dem echten Damian, in Verbindung bringen.

Doch wenn sie sich, wie heute, auf so viel mehr mit mir einlässt, dann …

Dann wird bald jeder wissen, dass sie zu mir gehört, und daran kann auch keiner mehr etwas ändern. *Sie ist mein.*

Ich weiß, dass es nicht normal ist, einer Frau so nachzustellen, wie ich es bei meiner Kleinen mache. Doch wer will schon normal sein? Was hat sie vorhin so angemacht, dass sie solch eine extreme Feuchte zwischen ihren Beinen hatte? War ich es? Die Maske? Das kurze, dezente Spiel? Den Beweis dafür kann ich immer noch an meinen Fingern riechen.

Zu leugnen, dass diese Frau mir etwas bedeutet, bringt nichts. Immerhin verfolge ich sie schon, seitdem ich sie das erste Mal im *Dark Hollow* gesehen habe. Etwas an ihr lässt mich nicht mehr los. Sie ist wie Gift und Segen zugleich. Mehr Segen als Gift und dennoch mein Untergang.

Sie ist mein.

Und ich habe ihr angesehen, dass sie mein sein will.

Während ich sie betrachte, schiebe ich die Spitze meines Zeigefingers in den Mund und grinse dabei. Ich weiß schon ganz genau, wer in wenigen Wochen, wenigen Monaten, an meiner Seite steht und mit mir regiert.

Meine Königin.

Liana Marshall.

Natürlich erst, wenn sie sich ganz offiziell und aus freien Stücken in mich verliebt hat.

Ich kann sehen, wie meine kleine Blume auf ihrem Bett sitzt und Löcher in die Decke starrt, wahrscheinlich bereut sie, was sie gerade zugelassen hat, und ich muss grinsen. Es ist gut, dass sie weiß oder ahnt, wer unter der Maske schlummert. Denn das bedeutet, dass sie sich für mich – und ganz bewusst für mich – entschieden hat. Ich greife nach meinem Handy und rufe unseren Chat von vorhin auf.

Ich: Schau doch nicht so traurig, kleine Blume.

Ich: Ich komme bald wieder, versprochen.

Ich schaue wieder auf den Bildschirm vor mir und kann sehen, wie sie nach ihrem Handy greift. Sie verdreht die Augen und ich bekomme umso mehr Lust, wieder zu ihr reinzugehen und dafür zu sorgen, dass sie aus ganz anderen Gründen die Augen verdreht.

Liana: Verschwinde endlich!

Ich weiß, dass dieser kleine Funken Verdorbenheit in ihr es genau so sehr wiederholen will wie ich.

Komm zu mir auf die dunkle Seite, kleine Blume.

Ich grinse mein Handydisplay an und warte auf eine Antwort von ihr.

Ich: Das willst du nicht.

Ich: Morgen komme ich wieder.

Ich: Und dann nehme ich dich nicht nur gegen die Wand, sondern überall in deinem verdammten Haus.

Ihre Antwort lässt auf sich warten und durch die Kameras kann ich sehen, dass sie sich auf ihre Lippe beißt.

Dir gefällt das nicht wahr, mi flor?

Liana: Wieder mit Maske?

Ich: Ja, meine Kleine. Mit Maske.

Liana: Mit Maske.

Ich: Du bist verdorben.

Ich kann sehen, wie sie mit einem stolzen Grinsen die nächste Nachricht tippt, und ich bin gespannt, was jetzt kommen wird.

Liana: Mag sein. Verdorbene Gedanken für noch besseren Sex.

Ich: Als bräuchtest du diese Gedanken ...

Liana: Und wie. Es war nicht dunkel genug.

Sie fühlt sich stark mit ihrer Antwort, doch da irrt sie sich. So leicht lasse ich mich nicht aus der Bahn werfen und sie hat ja keine Ahnung, wozu ich noch fähig bin.

Ich: Ich stehe noch draußen.

Ich: Also sei vorsichtig.

Jetzt kann ich sehen, wie ihr das Grinsen aus dem Gesicht weicht und das wiederum bringt mich zum Lachen. Dachte sie wirklich, wegen so einer kleinen Beleidigung werde ich wütend?

Ich: Wer hat vorhin noch nach mehr gebettelt?

Ich: Du. Und weißt du was?

Liana: Was?

Bei meinem nächsten Satz wird ihr wieder die Röte ins Gesicht steigen und genau das will ich auch erreichen.

Ich: Meine Finger riechen immer noch nach dir.

Sie schaut entsetzt auf ihr Handy und ich lache auf. Genau diese Reaktion habe ich mir erhofft.

Liana: Geh einfach!

Ich: Niemals.

Bevor ich mein Handy zur Seite lege, sehe ich drei verpasste Anrufe von Grayson. Was will der denn jetzt? Hat er zufällig gerade keine Schlampe, die ihm den Schwanz lutscht? Was auch immer er will, es kann warten.

Ich sehe Liana ein letztes Mal durch die Kamera an. Sie schaut mit gerunzelter Stirn auf ihr Display. Ich liebe es, sie auf die Palme zu bringen, und werde nie mehr damit aufhören. Mit einem Lächeln auf dem Gesicht fahre ich die Straße entlang.

Nach zwanzig Minuten Fahrt bin ich angekommen und sehe zwei Autos vor dem großen Eingangstor. Ein steiniger Weg durch ein kleines Waldstück führt zu meinem Anwesen. Beziehungsweise dem meines Vaters, bis jetzt. Und bevor man auch nur in die Nähe des Eingangs kommt, muss man durch das gigantische Tor. Nicht jeder hat Zutritt und es wird rund um die Uhr videoüberwacht. Meine Männer parken meistens davor, da sonst nicht genug Platz für all die Wagen wäre.

Doch warum sind sie alle hier? Ich steige aus und schaue mir das eine Auto genauer an.

Harper? Warum zur Hölle steht ihr *Mercedes* hier? Zades Wagen habe ich sofort erkannt und es ist auch nicht unüblich, dass er manchmal einfach so vorbeischaut. Immerhin hat er hier sein zweites Büro.

Doch Harper? Ich bekomme ein mulmiges Gefühl im Bauch und mache mich auf den Weg nach drinnen. Ich lasse die steinige und etwas urig gehaltene Außenfassade des Anwesens hinter mir und nehme die Treppen hoch zum Wohnraum. Der Aufzug hätte mir zu lange gebraucht. Nachdem ich oben angekommen bin, mache ich schon von Weitem auf mich aufmerksam. Ich laufe den langen dunklen Flur entlang, von dem viele verschiedene Türen abgehen.

»Was ist hier los?«

»Damian.« Zade kommt mir entgegen.

»Es tut mir leid«, flüstert er mir noch zu und ich schaue ihn verwirrt an. Zade entschuldigt sich nur, wenn es nötig ist – und das kommt selten vor. Ich laufe weiter und bleibe abrupt stehen, als ich im Wohnzimmer ankomme. Sie alle stehen in einem Kreis um *ihn* herum.

Dylan, Grayson und Harper.

Und mein Vater.

Letzterer tot auf dem Boden. Er liegt auf dem Rücken und trägt nichts weiter als eine Boxershorts. Seine Beine sind von Blutergüssen übersät, die Art von Verletzung, die man nur durch massive Misshandlung erlangt.

Er wurde gefoltert.

An der linken Seite seines Bauches ist eine tiefe Schnittwunde, die nur durch jemand Erfahrenes zustande kommen konnte. Wer auch immer das zu verantworten hat – die Person wusste, was sie macht. Zwischen den Beinen meines *Padres* ist ein nasser Fleck zu erkennen.

Der Bastard hat sich tatsächlich eingepisst. Wenigstens bedeutet das vermutlich, dass er Angst hatte. Todesangst.

Zu gern wäre ich dafür verantwortlich gewesen. Also wer hat mir diese Chance genommen?

Angewidert von dem Gestank schnaube ich und halte mir die Hand kurzzeitig an die Nase.

Sein Körper liegt leblos in einer riesigen Blutlache auf dem Teppich und es ist schwer zu sagen, welche Verletzung ihn letztendlich umgebracht hat. Ich weiß nicht, was ich davon halten soll. Kein Funken Trauer kommt in mir auf.

Es sieht nach einem schmerzvollen Tod aus und in meinem Kopf drehen sich die Gedanken.

Wer war das? Warum?

»Wirklich schade. Ich hätte zu gern gesehen, wie du ihn erschießt. Aber wie es aussieht, hat das jemand anderes übernommen. Ich habe ihn gehasst. Dennoch hat er gut bezahlt.« Grayson ist der Erste, der zu Wort kommt, und ich schaue ihn mit einem verwunderten Blick an.

»Haben wir alle und ich werde euch um einiges besser bezahlen.«

»Wie? Du warst das nicht?«, fragt Harper und schaut Grayson geschockt an. Es gefällt mir nicht, dass sie das mitansehen muss.

»Prinzessin, ich töte zwar, wenn es sein muss. Aber das hier trägt nicht meine Handschrift«, antwortet er ihr und Harper muss sichtlich schlucken.

Ich blicke wieder zu meinem Vater auf den Boden und sehe direkt, was Gray meint. Er wurde durch einen einzigen Schuss ins Herz getötet und dazu kommt noch, dass nichts aufgeräumt wurde. Der ganze Teppich ist voller Blut und ich kenne Gray. Er räumt seine Sauerei immer selbst auf und das gleich nach dem Geschehen.

Wer hat diese Drecksarbeit übernommen und meinen eigentlichen Plan vollendet? Wer zur Hölle?

»Wenn es keiner von uns war … Wer war es dann?«, frage ich in die Runde und alle schauen mich an. »Wer kommt hier einfach so leicht rein und erschießt ihn?« Ich kann in ihren Gesichtern sehen, dass sie sich nicht wundern, warum ich keinerlei Emotionen zeige. »Kein Alarm, keine Sirenen.«

Keiner hat eine plausible Antwort auf meine Fragen.

Aber ich muss wissen, wer dafür verantwortlich ist. Wer diese Drecksarbeit übernommen hat. Wer hier einfach in das Haus eingedrungen ist und meinen Vater ermordet hat.

Schon morgen wird jeder wissen, dass mein Vater tot ist und ich an der Spitze stehe.

Ich werde der neue Mafiaboss sein.

Sobald ich diesen Gedanken zu Ende gedacht habe, legen all meine Männer eine Hand auf ihr Herz und neigen ihren Kopf. Das ist unser Zeichen für Loyalität und es beweist noch mal mehr, dass anerkannt wird, wer jetzt der Anführer von *La Casa* ist.

Früher oder später, wäre es genauso gekommen, sage ich mir. *Der Tod. Die Spitze.*

Ich grinse in Zades Richtung, der mir mit einem Nicken zu verstehen gibt, dass er weiterhin an meiner Seite steht. Ich schaue wieder zu meinem Vater und mir fällt beim nochmaligen Hinschauen auf, dass es zu viel Blut ist für einen einzigen Schuss ins Herz und der Schnittwunde am Bauch. Da stimmt etwas nicht.

»Gray, dreh ihn um, auf den Bauch.« Er kommt meinem Befehl nach und schon bevor er ganz auf dem Bauch liegt, kann ich es sehen.

»Alter, dein Vater hätte mal lieber weniger Kuchen essen sollen, mierda«, stöhnt Grayson und ich lache in mich hinein. Ja, das hätte er wohl besser. Doch jetzt ist es zu spät. Auf seinem Rücken springt uns ein großes, in seine Haut geritztes »A« entgegen. Das war auf keinen Fall ein schmerzloser Tod. Sie haben ihn gefoltert. Auf brutalste Weise. Erst jetzt wird mir das Ausmaß bewusst.

»Annabelle«, haucht Harper und Dylan fügt hinzu: »Oder Adam.«

»Das spielt keine Rolle. Sie stehen auf derselben Seite und wir wissen alle, was das hier«, ich deute auf meinen Vater, »bedeutet.« Ich schaue meine Männer und Harper an.

Mein toter Vater bedeutet, dass meine Schwester sich nicht mehr zurückhalten wird. Sie geht aufs Ganze und das bedeutet nichts Gutes. Sie wird über Leichen gehen.

»Es bedeutet Krieg.« Zade und Grayson sprechen es gleichzeitig aus und Harper keucht erschrocken auf.

Mein Vater hat versucht, den Krieg zu vermeiden, indem er alle möglichen Deals geschlossen hat und letzten Endes sogar seinen Sohn zwangsverheiraten wollte. Und nun hat ihm sein friedvoller Ansatz den Tod gebracht. Er ist vor dem Unvermeidbaren weggerannt, doch ich werde nicht wegrennen. Ich hingegen werde für meine Männer und mein Erbe kämpfen. Es werden Köpfe rollen.

Allerdings beantwortet das noch nicht die Frage, was Harper eigentlich hier tut. Grayson und Dylan wohnen mit mir hier und Zade kommt öfter vorbei, aber Harper?

»Was wolltest du hier?«, wende ich mich an sie.

»Mein Vater hat mich geschickt, um den endgültigen Ehevertrag abzuholen. Ich habe schon gedacht, du hättest versagt. Aber so, wie es aussieht, kommen wir beide doch noch davon.«

Damit hat sie vollkommen recht. Harper de Martel und ich werden nicht heiraten, denn ab jetzt entscheide allein ich, wie ich mein Leben führe, und für diesen Preis ist die Leiche meines *Padres* nur ein kleines Übel.

»Wie geht es nun weiter?«, hakt sie nach.

»Ich werde mit deinem Vater ein neues Bündnis ausmachen, aber das lass mal meine Sorge sein.«

»Ich kann mir vorstellen, dass mein Vater dir den Umständen entsprechend etwas Zeit geben wird, aber warte nicht zu lange. Sonst geht es vielleicht nach hinten los.«

Ich nicke und weiß, dass sie recht hat. Mir zu viel Zeit zu lassen, ist keine gute Idee, doch etwas zu finden, das den König zufriedenstellen wird, ist noch schwieriger.

Aber wir brauchen diese Vorteile. Ohne die Hilfe des Königreichs sind Geschäfte mittlerweile unmöglich zu tätigen.

Ich richte meinen Blick wieder auf den leblosen Körper meines *Padres*. Die Schnittwunde hätte für sich sprechen müssen. Nur meine Schwester kann so präzise mit einem Messer umgehen und das auch nur dank mir.

Damian, 11 Jahre alt

Gerade als ich meine Nachttischlampe ausschalten möchte, öffnet sich quietschend meine Zimmertür. Meine Schwester Annabelle schaut mit glasigen Augen zu mir.

»Kannst du schon wieder nicht schlafen?«, frage ich und sie nickt eilig, bevor sie vollständig eintritt und die Tür hinter sich schließt. Sie trägt ihren schwarzen Pyjama und kommt mit gesenktem Kopf auf mich zu.

»Du brauchst keine Angst im Dunklen zu haben, Belle. Hier bist du sicher.«

Meine ein Jahr ältere Schwester hat seit Jahren mit Albträumen zu kämpfen. Jede Woche kommt sie mindestens einmal nachts zu mir, da sie nicht schlafen kann, und bleibt dann auch die Nacht über bei mir im Bett.

Anfangs meinte sie, dass sie nur Angst im Dunkeln hätte, dann behauptete sie, ein Monster würde sie nachts heimsuchen und jetzt kommen immer öfter die Albträume zum Vorschein.

Ich konnte sie nicht wirklich ernst nehmen, da ich nicht an Monster und so einen Unsinn glaube, aber nachdem ihre nächtlichen Besuche immer häufiger wurden, glaube ich ihr.

Sie hat wirklich Angst. Nur vor was?

Schon so oft habe ich für sie unter ihrem Bett nachgeschaut, um zu beweisen, dass da nichts ist, doch trotzdem hat sich nichts geändert. Daher habe ich ihr vor einer Woche ein Nachtlicht geschenkt und ich hatte schon geglaubt, dass die Albträume aufgehört haben, aber anscheinend habe ich mich da geirrt.

»Du verstehst mich nicht«, flüstert sie und setzt sich auf die andere Seite meines Bettes.

»Jeder hat Angst vor etwas.«

»So, wie du vor *abuelos* Hund?«

Ich lache auf. »Genau.«

»Du wirkst aber nie so … ängstlich.« Sie knabbert nervös an ihren Fingernägeln und schaut mich nicht an.

»Das ist gespielt, Belle.«

»Gespielt?«

»Ja.«

»Warum?« Nun schaut sie mich interessiert an.

»Du kennst Papá. Er würde es nicht gutheißen, wenn ich Schwäche zeige.«

»Verstehe.« Sie atmet hörbar aus und lehnt sich tiefer in die Kissen. Vor ein paar Tagen habe ich mir heimlich die Waffenkammer unten im Keller angeschaut, da ich unbedingt all die Gewehre sehen wollte und unser Papá mich dort nie allein hineinlässt. Jedes Mal, wenn ich dort bin, darf ich nichts anfassen, doch als ich allein da war, konnte ich mich frei bewegen und dabei habe ich etwas mitgehen lassen.

Etwas, das mir sofort ins Auge gesprungen ist.

Ich lehne mich erneut zu meinem Nachttisch und öffne die unterste Schublade. Eigentlich wollte ich es für mich haben, aber vielleicht braucht es meine Schwester dringender, um sich sicherer zu fühlen. Ich greife nach dem schwarzen Messer mit den silbernen Blumen darauf und drehe mich wieder zu Belle um.

Als sie auf meine Hände schaut und entdeckt, was ich da gerade hervorgeholt habe, reißt sie die Augen auf. »Woher –«

»Das spielt keine Rolle, es ist für dich.«

»Für mich? Warum?«

Ich lächle sie an und lege das Messer in ihre Hand. »Vielleicht fühlst du dich so sicherer.«

»Aber ich habe doch keine Ahnung, wie man damit umgeht.«

»Das musst du auch noch nicht. Es ist nur für Notfälle da und wenn du älter bist, kannst du lernen, dich damit zu verteidigen.«

Sie lächelt leicht und ich schaue sie ernst an.

»Vor den Monstern. Vor denen kannst du dich nun schützen.«

»Danke, Damian.« Kurz herrscht Stille, doch dann fragt sie schlussendlich trotzdem: »Darf ich die Nacht noch hier schlafen?«

»Klar.«

Kann es sein, dass sie das Messer immer noch besitzt und damit unseren Vater getötet hat? Ein Funke Stolz macht sich in mir breit, da ich mich noch ganz genau daran erinnern kann, wie ich ihr mit achtzehn all die Techniken beigebracht habe, um damit zu kämpfen.

Allerdings ändert das nichts an unserer Situation.

Sie hat meinen Mafiaclan mehrfach sabotiert, indem sie uns Dealer weggeschnappt hat, und jetzt hat sie auch noch das gemacht, was ich eigentlich tun wollte.

Sie hat mir meine Rache genommen. Und sie weiß ganz genau, was sie damit angerichtet hat.

Kapitel 13

Damian

Wir haben Krieg und der Mord an meinen Vater war erst der Anfang. Annabelle wird keine Ruhe mehr geben. Das war ihr persönlicher Rachefeldzug gegen uns. Weil sie niemals an die Macht gekommen wäre. Weil ich der erstgeborene Mann bin. Sie wird alles tun, um an die Spitze von *La Casa* zu kommen oder uns auszuradieren, damit sie mit ihrem Mafiazusammenschluss an die Spitze im Land kommt.

Und wir werden jeden umbringen, der ihr dabei hilft. *La Casa* gehört jetzt mir und ich werde nicht zulassen, dass sie mir in die Quere kommt, indem sie erneut versucht, an unsere Dealer zu gelangen, oder es wagen sollte, mir meine Macht auf andere Weise zu rauben. Wir starren alle noch weitere fünf Minuten lang auf die Leiche meines *Padres* herunter, bis ich das Wort ergreife.

»Bringt ihn in den Keller«, befehle ich und Zade macht sich direkt mit Grayson auf den Weg. Wir haben unter dem Anwesen ein riesiges Gewölbe mit vielen verschiedenen Räumen. Auch eine Leichenhalle befindet sich dort ebenso wie eine Waffenkammer. Und selbst wenn ich meinen Vater nicht mochte, möchte ich, dass er eine anständige Beerdigung erhält. »Die Angestellten wissen, was zu tun ist. Auch wenn er ein Arschloch war, war er Teil von *La Casa*.«

Ich setze mich auf das Sofa und zünde mir eine Kippe an. Ich muss mich erst mal entspannen, bevor ich darüber nachdenken kann, wie es ab jetzt weitergehen wird.

Und fuck. Nach dem heutigen Abend mit Liana bin ich viel zu entspannt.

»Was hast du jetzt vor?«, fragt Dylan, der sich neben mich gesetzt hat und mich mit einem matten Gesichtsausdruck anschaut.

»Erst mal müssen wir die Sauerei aufräumen, dann besprechen wir, wie es weitergeht. Annabelle ist zu weit gegangen. Oder Adam«, antworte ich ihm und plötzlich fällt mir auf, wie leise es eigentlich ist. Normalerweise hört man zumindest immer irgendwelche Stimmen von den Angestellten.

»Ist dir auch aufgefallen, dass alle Wachleute verschwunden sind? Das Anwesen ist so still, wie lange nicht mehr.«

»Deine Mutter ist bei Harper, um Dinge für die Hochzeit zu besprechen, und alle Angestellten sind schon weg, seit wir hier angekommen sind«, erklärt Dylan.

Mir läuft ein Schauer über den Rücken, da ich meiner *Madre* den Tod meines Vaters erklären muss. Denn sie weiß davon noch nichts.

Es wird ihr das Herz brechen. Hoffentlich hat es sich nicht bereits herumgesprochen.

Vater war zwar ein Arschloch, doch meine Mutter hat er immer von ganzem Herzen geliebt. Nur seine Kinder konnte er nicht in sein kaltes Herz schließen, und zu gern hätte ich ihm all das vor seinem Tod noch an den Kopf geworfen.

»Du glaubst doch nicht wirklich, dass die Angestellten alle weggerannt sind, oder? Dass sie mit dem Tod meines Vaters das Weite gesucht haben.« Ich frage ihn das, um auf das Thema von gerade eben zurückzukommen.

Es ist unmöglich, dass wirklich niemand mehr da ist. Dass sie alle ihre Schwänze eingezogen haben. Loyalität ist alles im Hause *La Casa*. Immer.

Was zur Hölle ist hier passiert? Anstatt mir eine richtige Antwort zu geben, nickt Dylan nur zustimmend und für einen kurzen Moment herrscht Stille. Ich genieße diese Sekunden, in denen niemand etwas sagt. Mit Dylan kehrt öfter Ruhe ein und sie ist alles andere als unangenehm.

»Zade und Gray brauchen ziemlich lange da unten. Ich glaube, wir sollten mal schauen, ob alles okay ist«, schlägt Dylan vor und wir stehen gemeinsam auf, um uns auf den Weg nach unten zu machen.

Wir gehen zu den schwarzen Treppen, die nach unten führen. Denn auch wenn das Anwesen von außen eher unauffällig und mit Moos befleckt aussieht, ist es drinnen umso moderner. Uns war es wichtig, von außen nicht gleich aufzufallen und drinnen dann alles so zu gestalten, wie wir möchten. Luxuriös. Angriffssicher.

Instinktiv greife ich nach meiner Waffe, die ich, nachdem ich aus dem Auto gestiegen bin, wieder in meine hintere Hosentasche gesteckt habe.

»Immer ausgestattet«, schmunzelt Dylan und greift gleich danach auch zu seiner Waffe.

»Natürlich.« Sobald wir unten angekommen sind, steigt mir der typische Kellergeruch in die Nase. Hier ist so gut wie alles aus grauem Stein und an den Wänden sind noch Kratzspuren von anderen Gefangenen zu sehen.

Wir gehen weiter und nach wenigen Metern höre ich Zade und Grayson diskutieren.

»Alter, was sagen wir Damian?«, fragt Gray und ich höre aufmerksam zu, da die beiden Dylan und mich noch nicht sehen können.

»Ich habe keine Ahnung«, antwortet Zade und ich komme hinter ihnen in den Raum. »Er wird ausrasten.«

»Mir was sag–« Meinen Satz kann ich nicht zu Ende führen, da ich erst mal verarbeiten muss, was ich vor mir sehe.

Ein Massaker. Oder schlimmer. Ein Berg aus Leichen.

Die meisten unserer Angestellten. Die, die heute Dienst hatten. Tot. Auf einen Haufen geschmissen wie Tiere.

Fuck! Fuck! Fuck!

Dafür wird sie büßen. War es wirklich nötig, so viele Leben zu nehmen? Ich schaue mich im Raum um und auf dem Boden sitzt zitternd unser Hausmädchen.

»Sie haben alle unsere Leute umgebracht, außer die da.« Zade deutet auf die Frau. Ich gehe vor ihr auf die Knie und schaue sie mitfühlend an.

»Was ist passiert?«

»S-sie h-haben alle umgebracht«, erwidert sie stotternd. Ihre Antwort bringt mich kein Stückchen weiter. Immerhin sehe ich das selbst. Ich kneife mir in die Nasenwurzel und auch wenn ich kaum Geduld bisher gezeigt habe, neigt sie sich dem Ende.

Das sind zu viele Tote für einen Tag. Mit dem Tod meines Vaters habe ich das Gefühl, ebenso meine Kontrolle zu verlieren.

Ich brauche wieder die Kontrolle zurück.

»Hör mir mal zu, okay? Du wirst mir jetzt alles ganz genau erklären und dann werde ich dich gehen lassen, verstanden?«

Sie nickt und ich konnte schon von Anfang an in ihren Augen sehen, dass sie nicht länger hierbleiben will. Bedauerlich, dass ich mich nicht mal mehr an ihren Namen erinnere.

»Señor, ihre Schwester u-und ein Mann haben das Gebäude mit vielen bewaffneten Leuten gestürmt. Sie haben jeden niedergeschossen, der ihnen in die Quere kam, und auch mich wollten sie umbringen, d-doch …«

»Doch was?«

»Doch sie wollten, dass ich eine Botschaft überbringe«, antwortet sie mir ängstlich und ich schaue sie abwartend an.

»Das Spiel hat begonnen, lieber Bruder. Entweder du gibst mir das Recht an *La Casa* oder ich töte jeden, der dir wichtig ist. Küsschen, deine Schwester.«

Die Worte fühlen sich wie Messerstiche in meinen Magen an. Sie hat die Botschaft nicht genauso rübergebracht, wie es meine Schwester tun würde und doch baut sich Wut in mir auf.

Ich schlage gegen die steinerne Wand hinter dem Hausmädchen und stoße einen wütenden Schrei aus. Meine Knöchel brennen und bluten gewaltig, doch das ist mir egal. Ich kann nicht glauben, dass sie mir das antut. Wenn sie wirklich denkt, ich werde so leicht nachgeben, liegt sie gewaltig daneben.

Jetzt wird sie mich erst richtig kennenlernen.

Scheiß auf Blut!

»Zade, durchsuch das Haus mit Dylan und schau, dass keiner mehr da ist. Dann geht ihr zu meiner Mutter, um sie über den neusten Stand zu informieren.« Es tut mir leid, dass ich es ihr nicht selbst sagen kann. Aber ich werde hier gebraucht und muss mir eine verdammt gute Strategie ausdenken, um meine Schwester endlich aus dem Weg zu räumen.

»Grayson, du kommst mit mir«, befehle ich. Meine Männer folgen sofort meinen Anweisungen. Bevor Gray und ich uns wieder auf den Weg nach oben machen können, zieht er seine Waffe.

»Was –« Meine Frage wird durch einen Knall unterbrochen und das Hausmädchen sackt auf dem Boden zusammen. Nicht, weil es tot ist, sondern aus Schreck. Denn neben ihr in der Wand steckt eine Kugel – aus Grays Waffe.

»Musste das sein?«, schimpfe ich.

Gray geht auf das ängstliche Hausmädchen zu und packt sie an der Kehle.

»Wenn du ein Wort nach außen trägst, nur eins, treffe ich. Und nicht nur dein Schädel wird dann bluten, sondern alle, werden hingerichtet werden, die du liebst. Haben wir uns verstanden?«

Sie zittert am ganzen Körper.

»Hast du verstanden?« Gray hält die Knarre an ihre Schläfe, was sie zu einem fast unmerklichen Nicken zwingt.

»Ich habe dich nicht verstanden.«

»Ja. Ja«, stöhnt sie. Aus Angst.

Er lässt sie auf den Boden gleiten und wendet ihr den Rücken zu. »Verschwinde.«

Wir sehen ihr nach, wie sie an uns vorbeirennt. Um ihr Leben.

»Dein Ernst?«, frage ich.

»Sie hätte uns sonst sicher verraten«, ist alles, was Gray noch sagt, und dann steigen wir zusammen wieder die Treppen nach oben hoch.

Leichen und Blut lassen Grayson völlig kalt. Er schreckt vor nichts zurück. Doch mir weiter Gedanken über seinen mentalen Zustand zu machen, bringt mir auch nichts.

Klar, seine Reaktion kam plötzlich, doch sie hat durchaus Sinn gemacht. Und auch wenn es vielleicht nicht richtig war, ihr mit dem Tod ihrer Familie zu drohen, war es nötig. Ich würde alles tun, um meinen Ruf zu schützen, selbst wenn es bedeutet, eine gesamte Familie nieder zu schlachten. Allerdings bin ich mir sicher, dass sie nach Graysons Ansprache den Mund halten wird. Daher mache ich mir keine Gedanken mehr darüber und fange einfach an, meinen Plan umzusetzen. Einen Plan, der sich die letzten Minuten in meinen Kopf zusammengebraut hat. Wir dürfen keine Zeit verlieren.

»Wir werden unsere Verbündeten anrufen.«

Grayson gibt ein zustimmendes Brummen von sich. Seitdem meine Schwester *La Casa* verlassen hat, haben wir einen Konflikt mehr. Mit dem polnischen Mafiaclan, den Annabelle verschmäht hat. Sie sollte eigentlich den Mafiaboss heiraten, doch stattdessen hat sie mal eben ihre eigene Organisation gegründet.

Wir haben somit nur noch einen Freund. Dieser Freund ist allerdings sehr mächtig und er schuldet mir einen Gefallen. *Diabolo dei santi* – ein Clan der italienischen Mafia. Ich wähle die Nummer von Giuliano und warte, bis er abnimmt.

Nach wenigen Freizeichen nimmt er ab. »Damian, amigo! Lange nichts mehr von dir gehört«, antwortet er mir und im Hintergrund kann ich eine Frau kichern hören.

»Störe ich dich gerade bei etwas?«

»Nicht doch, mein Freund. Wie kann ich dir helfen? Ich bin mir sicher, du rufst nicht nur an, um ein bisschen zu plaudern.«

Im Hintergrund höre ich jemanden stöhnen.

»Annabelle macht uns Probleme und hat viele meiner Leute umgebracht. Ich könnte ein paar Männer gebrauchen.« Ich sage ihm nicht, wie viele starben, das würde zu viel Schwäche zeigen.

»Du solltest deine große Schwester endlich mal zügeln, Damian. Oder soll ich das für dich übernehmen?« Ein weiteres Stöhnen ist zu hören und ich weiß ganz genau, was er mit *zügeln* meint.

»Nein, ich kümmere mich persönlich um sie. Ein paar Männer von dir würden mir reichen.«

»Schhh, Baby«, flüstert er und ich verdrehe die Augen.

»Von wie vielen Männern sprechen wir hier, Damian?«

»Fünfzig wären nicht schlecht für den Anfang. Vater ist ebenso draufgegangen. Dieser Vollidiot«, gebe ich zurück und ich sehe Grays überraschten Blick. Ich weiß, das ist eine Menge, doch wir brauchen so viele wie nur möglich. Das Anwesen darf nicht noch mal angegriffen werden und so, wie es jetzt ist, ist es viel zu gefährlich.

»Wow, sollte ich dir mein Beileid aussprechen?«

»Nicht nötig.«

»Fünfzig sind nicht nur ein paar«, lacht Giuliano.

»Ich weiß, aber du schuldest mir noch einen Gefallen.«

Vor einem Jahr war nämlich noch Giulianos Vater an der Macht in seinem Mafiaclan, doch Sergio hat es zu nichts gebracht und ich wusste von Anfang an, dass Giuliano *Diabolo dei santi* besser führen könnte. Also haben Giuliano und ich einen Deal gemacht: Da mein *Padre* einen guten Draht zu Sergio hatte, hat er ihn überredet, Giuliano das Steuer zu übergeben und im Gegenzug haben wir einen Gefallen bekommen.

Sergio hat dafür Drogen erhalten. Da er selbst abhängig geworden ist, will er nur den besten Stoff und den hat er von uns gekriegt. Somit war er glücklich und ich wusste, dass der Gefallen uns noch zugutekommen wird.

Italien mag, was den illegalen Handel betrifft, nicht an der Spitze stehen, aber sie führen eindeutig, wenn es um Soldaten geht. Sie trainieren nur die Besten und kommen in einem Kampf unglaublich tödlich.

»Du bekommst die Männer, aber ich hätte da auch einen Wunsch«, entgegnet er mir und eigentlich könnte mir das völlig egal sein.

»Ich weiß nicht, ob du in der Position dafür bist.«

Immerhin schulde ich ihm rein gar nichts.

»Soeben bin ich in einer wunderbaren Position.« Wieder ein Stöhnen.

»Ich höre.«

»Diego, Noah und ich werden auf die Gästeliste zu deiner Party gesetzt. Da du jetzt der Mafiaboss von *La Casa* bist, wirst du doch feiern, oder? Ich war schon lange nicht mehr zu Besuch bei euch.«

Im Moment mache ich mir zwar völlig andere Gedanken als über eine beschissene Party, aber eine kleine Feier unter Freunden kann nicht schaden. Um unser Bündnis zu stärken.

»Natürlich werde ich feiern und ihr seid herzlich eingeladen.«

»Perfekt! Dann bis bald, amigo, und die Männer werden morgen bei dir eintreffen«, gibt er zurück und dann legt er auf. Jetzt kann er wenigstens das, was er vor dem Telefonat angefangen hat, zu Ende bringen.

»Tja. Es sieht wohl so aus, als müssten wir eine Party planen.« Grayson grinst und ich nicke.

»Ja, aber zuerst kümmerst du dich um die Leichen im Keller«, beauftrage ich ihn und er folgt lachend meiner Anweisung.

»Alles klar, *Boss*.«

»Nenn mich nicht so!« Er provoziert mich absichtlich und trotzdem reagiere ich jedes Mal darauf. Gray lacht und macht sich an die Arbeit. Ich muss jetzt etwas viel Wichtigeres erledigen.

Liana.

Sie ist in Gefahr.

Wenn Annabelle alle töten wird, die mir etwas bedeuten, ist auch sie dabei. Und wie ich meine Schwester kenne, wird sie es herausfinden. Sie wird alles herausfinden. Deshalb wird es am besten sein, wenn sie bei mir ist. So kann ich sie beschützen. Es wird zu ihrem eigenen Schutz sein. Nicht mehr und nicht weniger. Zumindest werde ich ihr das so sagen.

Denn sie ist mein und keiner wird sie mir nehmen. Nie!

Kapitel 14

Liana

Mitten in der Nacht werde ich von einem Klopfen an der Tür geweckt. Es ist schon lange nach Mitternacht und ich frage mich ernsthaft, wer um diese Uhrzeit noch etwas von mir will. Genervt gehe ich nur in meinem Nachtkleid und mit zerzausten Haaren die Treppen runter zur Haustür.

Als ich unten ankomme, öffne ich die Tür und sehe Damian.

»Was zur Hölle willst hier?«, zische ich ihn an und durch die kalte Luft von draußen fange ich an, am ganzen Körper zu zittern.

»Auch schön, dich zu sehen, mi flor. Darf ich reinkommen?« Er mustert mich von oben bis unten und ein anzügliches Grinsen legt sich auf sein Gesicht.

»Du fragst doch sonst auch nicht.« Ich trete zur Seite und schließe die Tür hinter ihm.

»Von wem sind denn die schönen Blumen?«, fragt er und am liebsten hätte ich ihm dafür eine verpasst.

Von dir, du Idiot!

Doch stattdessen antworte ich etwas völlig anderes. Ich will, dass *er* es mir sagt und nicht, dass ich auf ihn zukommen muss.

»Von einem Typen, der es wohl einfach nicht lassen kann. Ziemlich hartnäckig.« Er sagt nichts weiter dazu und setzt sich breitbeinig auf mein Sofa. Er scheint es sich bequem zu machen und ich hoffe, er ist hier, um mir zu gestehen, dass er es war. Mein

Blick wandert weiter runter an ihm und mir fallen seine verletzten Knöchel an seiner Hand auf.

»Was ist passiert?«, frage ich ihn und deute darauf.

»Ich glaube, dafür solltest du dich erst mal hinsetzen, Kleine«, gibt er zurück und ich möchte mich gerade neben ihm niederlassen, als er mich mit einem Ruck auf seinen Schoß zieht. Er kann es einfach nicht lassen.

»Ich sagte ja, hartnäckig.«

Ich will zuerst, dass er mir die Wahrheit sagt, doch sein Griff ist so fest, dass ich keine Chance habe, mich zu bewegen. Also entscheide ich mich dafür, mich zu entspannen und abzuwarten. In meinem kurzen Nachtkleid auf seinen harten Oberschenkeln zu sitzen, ist die reinste Folter und ich versuche, mir nicht anmerken zu lassen, wie nervös er mich macht.

»Ich weiß, du liebst es, auf mir zu sitzen.« Er grinst schelmisch und ich verdrehe die Augen. Kann er nicht einfach anfangen zu erzählen?

»Dein Nachtkleid sieht heiß an dir aus, Kleines«, flüstert er mir ins Ohr und ich werde rot. Kein Wunder, dass er es so heiß findet. Immerhin hat man durch den dünnen Stoff einen perfekten Blick auf meine Nippel.

Meine harten Nippel. Mein Körper ist ein verdammter Verräter!

»Jetzt sag mir, was passiert ist, Damian«, fordere ich ihn auf und er kommt meiner Bitte nach.

»Meine Familie wurde angegriffen von meiner Schwester und Adam.«

Schockiert schaue ich ihn an und gebe ihm zu verstehen, dass er weiterreden soll.

»O mein Gott. Wie geht es –«

»Tot.«

»O mein Gott«, spreche ich erneut. »Hast du ihn gesehen? Adam?«

»Nein, aber wie du bereits weißt, sind meine Schwester und ich nicht gut aufeinander zu sprechen. Doch jetzt hat sie eine Grenze überschritten.«

Ich schlucke. Das hört sich absolut nicht gut an.

»Welche Grenze?«

»Sie hat meinen Padre gefoltert und ermordet. Und auch noch viele andere Menschen sind gestorben.« Er atmet schwer aus, als wäre eine Last von ihm gefallen, nachdem er das Geschehene ausgesprochen hat. Im ersten Moment fällt es mir schwer, zu realisieren, was er mir da gerade gesagt hat. Doch schon nach ein paar Sekunden verstehe ich und mir wird übel. Ich schlucke die aufkeimende Galle herunter.

»Tot?«

»Tot. Fast alle.«

»O mein Gott.« Ich kralle mich in Damians Shirt. »Das ist furchtbar. Es … tut mir leid, Damian.«

»So ist leider der Job«, raunt er emotionslos.

Und damit wird mir klar: Er ist jetzt der Mafiaboss Spaniens, da ist es doch wirklich üblich, dass solche Kämpfe stattfinden, oder?

»Warum tut sie das?«, frage ich mit brüchiger Stimme und schaue ihn aufmerksam an. Es ist mir ein Rätsel, wie man seiner eigenen Familie so etwas antun kann.

»Annabelle will nur eines und das ist Macht. So viel sie nur haben kann. Dazu gehört auch das Recht an *La Casa.*«

Er ist jetzt also wirklich der Anführer.

»Ich verstehe. Wie geht es dir mit dem Tod deines Vaters?«, frage ich mitfühlend und vergesse für den Moment, was alles zwischen mir und Damian vorgefallen ist.

»Wir waren nie besonders eng miteinander. Doch meiner *Madre* geht es miserabel. Dylan hat mich angerufen, nachdem er es ihr gesagt hat. Sie ist zusammengebrochen und wird zu ihrer Schwester nach England fliegen, um da fürs Erste zu bleiben«, antwortet er und ich kann in seinen Augen sehen, dass ihn das plötzliche Aufbrechen seiner Mutter mehr trifft als der Tod seines Vaters. Ich würde zu gern wissen, was dahintersteckt, doch das ist jetzt nicht der passende Moment dafür.

»Das tut mir alles so schrecklich leid, Damian.« Ich nehme sein Gesicht in meine Hände und schaue ihm in die braunen Augen. Sein schwarzes Haar sieht zerzaust aus. Als wäre er hierhergekommen, um vor dem zu flüchten, was nun auf ihn zukommt.

»Du bist nicht allein, okay? Du hast ja deine Freunde und … mich. Irgendwie.« Ich weiß, angesichts dessen, dass wir uns nicht annähernd so lange kennen, scheint diese Aussage wertlos. Doch Damian bedeutet mir etwas, das kann ich nicht leugnen. Auch wenn ich noch nicht sagen kann, was für Gefühle das sind.

»Du bist gerade alles, was ich brauche, mi flor.« Er presst mich gegen sich. »Bedeutet das, du vergibst mir? Das, was im Club geschehen ist und –«

Hoffnungsvoll sieht er mich an und ich steige von ihm. Wäre ich weiterhin auf ihm sitzen geblieben, dann wäre ich ihm höchstwahrscheinlich verfallen und deswegen ist es besser, wenn ich ab jetzt stehen bleibe. Also hieve ich mich auf.

Das im *Dark Hollow* habe ich ihm längst verziehen. Sein Wutausbruch war nicht richtig, doch es ist nun mal passiert.

Also antworte ich gar nicht.

»Warum bist du noch hier, Damian?« Ich kann ihm nicht glauben, dass er nur hier ist, um seine Trauer mit jemandem teilen zu können. Er steht auf und überragt mich. Ich schaue zu ihm hoch, während er immer näher zu mir kommt.

»Du wirst zu mir ziehen.« Es klingt eher nach einer Feststellung als nach einer Frage. Nach einem Befehl.

»Was? Nein!«

»Doch. Nur so kann ich dich vor Annabelle beschützen.« Ich sehe ihm an, dass er keinen Widerspruch gelten lassen wird.

»Warum solltest du mich vor ihr beschützen müssen?« Scheinbar verwirrt schaue ich ihn an. Annabelle kennt mich doch gar nicht und es macht mich wütend, dass er denkt, er könne einfach so über mich bestimmen.

»Sie wird jeden umbringen, der mir etwas bedeutet. Auch dich.« Er schaut mich so intensiv an, dass meine Knie weich werden.

Ich bedeute ihm etwas. Ich bin ihm wichtig.

»Aber Adam. Er würde doch nicht zulassen, dass …«

Das ergibt keinen Sinn!

»Du weißt nicht, zu was dein Ex imstande ist. Ich will, dass dir nichts geschieht. Punkt. Es gibt hier auch keine Diskussionsgrundlage.«

Die Tatsache, dass er so unauffällig gesagt hat, dass er etwas für mich empfindet, berührt mich zehnmal mehr und ein kleiner Teil meines Widerstandes zerbricht. Nach dem, was er mir erzählt hat, weiß ich, dass es kein Spaß ist. Seine Schwester wird auch mich töten, wenn sie merkt, dass ich ihm etwas *bedeute*. Vielleicht nicht gleich morgen, aber sie wird es versuchen und Damian hat eindeutig ein sichereres Umfeld als ich. Aber würde Adam das zulassen?

Wenn alles, was Damian sagt, wirklich wahr ist?

Wo wäre ich sicherer? In meinem Haus, allein? Oder bei ihm? Meine Entscheidung spricht zwar gegen meinen Stolz, doch ich weiß, dass es richtig ist.

»Okay, ich komme mit dir.« Er lächelt mich an und ich weiß, dass er eigentlich mit mehr Ablehnung meinerseits gerechnet hat.

»Na dann, pack das Wichtigste ein, mi flor. Zade wartet schon draußen.«

Er hat ernsthaft schon alles geplant? Obwohl er noch nicht einmal wusste, ob ich Ja sagen werde? Er sieht mir meine Überraschung an.

»Früher oder später wärst du sowieso bei mir eingezogen.« Er nimmt mein Kinn zwischen seine Finger und kommt meinem Mund gefährlich nahe.

»Du gehörst nämlich mir. Ganz allein.«

»Dein Ego ist riesig, oder?«

»Nicht nur das.«

Kapitel 15

Liana

Auf der Autofahrt reden wir kein Wort miteinander. Es ist keine unangenehme Stille, doch den Umständen entsprechend, fühlt es sich einfach richtig an, nichts zu sagen. Die Fahrt geht knappe zwanzig Minuten und als wir das Ende des endlosen Waldstückes hinter uns lassen, ragt ein riesiges Anwesen vor uns auf. Dass eine kleine Abzweigung durch den *Parque del Retiro* uns hierherführen würde, hatte ich nicht erwartet.

Mir war schon vorher bewusst, dass Damian wohlhabend sein muss. Immerhin weiß ich aus Filmen und Serien, wie es in der Mafia so läuft, aber das übersteigt noch mal alles.

Von außen könnte man denken, es wäre eine kleine, verlassene Burg, an der sich das Grüne schon breitgemacht hat, doch als wir dann reingehen, sieht es mehr nach einer modernen und dunklen Villa aus. Zwar eher im altertümlichen Stil, aber trotzdem luxuriös.

Es stehen sechs schwarze Wagen im Hof und sonst kann ich nur noch die vielen Kameras in jeder Ecke erkennen. Wie seine Schwester es wohl geschafft hat, an denen vorbei zu kommen?

Beim Betreten des Anwesens sind mir sofort die großen Fenster aufgefallen, die die Eingangshalle zieren. Sogar ein Fahrstuhl führt nach oben. Allerdings nehmen Damian und ich die Treppen ins obere Stockwerk.

Nun beginnt er damit, mir das Anwesen zu zeigen – und es ist bereits auf den ersten Metern gigantisch. Noch nie habe ich so ein riesiges Gebäude von innen gesehen und der Gedanke daran, dass ich ab sofort hier wohnen werde, fühlt sich surreal an. Wir laufen erst durch viele dunkle Gänge und dabei betrachte ich jedes einzelne Gemälde im Flur. Allesamt scheinen sehr teuer zu sein.

»Gefällt es dir, mi flor?«, fragt Damian und dabei lächelt er mich stolz an. Die Decken sind so weit oben, dass es sich anfühlt, als wäre ich in einem Palast. Da ich aus Sicherheitsgründen hier bin, nicht aus … Liebe, weiß ich nicht, ob mir das alles gefallen sollte.

»Es ist wunderschön«, antworte ich und sage damit die Wahrheit. Ich schaue hinauf zu einem funkelnden Kronleuchter.

»Ja, wirklich wunderschön«, flüstert Damian und als ich zu ihm schaue, sehe ich seine intensiven braunen Augen, die direkt auf mir liegen. Er meint nicht das Anwesen, sondern mich. Mir wird heiß und ich muss schnell den Blick abwenden, bevor er sehen kann, wie rot ich werde.

»Komm, ich zeige dir dein Zimmer.« Damian läuft weiter den Flur entlang und ich folge ihm.

»Schlafen wir in getrennten Zimmern?« Ich hasse es, wie verzweifelt sich diese Frage anhört. Ich möchte mein eigenes Zimmer, doch irgendwie hätte ich erwartet, dass Damian das nicht zulassen wird. Dass er in meiner Nähe sein wird.

Immer.

»Ja. Ich werde dir aber zeigen, wo mein Zimmer ist und wenn dir danach ist, kannst du zu mir kommen. Okay?«

Jedes Mal, wenn er mich anschaut, fängt mein Bauch an zu kribbeln und ich habe das Gefühl, wegschauen zu müssen.

»Okay.« Er lässt mir Freiraum. »Sind wir allein hier? Also mit Zade?«

Mir ist schon, seitdem ich hier angekommen bin, aufgefallen, dass hier keinerlei Bedienstete oder Wachmänner sind. Auf welche Art und Weise soll es hier für mich sicherer sein, wenn niemand da ist, um mich zu beschützen?

Damian hatte mir zwar gesagt, dass seine Schwester viele von ihnen umgebracht hätte, aber dennoch nicht alle, oder?

»Die Bediensteten kommen morgen, meine Kleine«, gibt er zurück. Doch damit ist meine Frage noch nicht beantwortet.

»Wer passt dann die Nacht über auf mich auf?« Ich weiß, wegen einer Nacht ohne Leibwächter vor der Tür werde ich wahrscheinlich nicht gleich ermordet werden, doch ich möchte auf Nummer sichergehen.

Denn die Angst in meinen Adern ist präsent. Damian bleibt abrupt vor einer Tür stehen und dreht sich zu mir um.

»Wenn du willst, halte ich vor deiner Tür Wache.« Er schaut mir so intensiv in die Augen, dass es nicht zur Debatte steht, ob er das ernst meint. Eigentlich hatte ich mir etwas anderes vorgestellt. Also nicke ich ihm als Bestätigung zu. »Etwas Sicherheit wäre schön. Deswegen bin ich hier nicht?«

Im nächsten Moment öffnet er auch schon die Tür zu meinem Zimmer. »Deswegen bist du hier. Herzlich willkommen in Ihrem neuen Zuhause, Señorita Hernández.« Er hält mir die Tür auf und folgt mir ins Zimmer.

»Vorübergehend«, murmle ich. »Und ich heiße nicht Hernández.«

»Ja, aber ich«, erwidert er und schaut mich frech an. Gott! Wenn er wirklich denkt, ich würde ihn jemals heiraten, dann ist er verrückt. Ein Leben als Damians Frau wäre ein Leben voller Angst und vermutlich auch eine reine Katastrophe. Angst davor, dass mein Mann während eines Kampfes sterben könnte oder dass jemand kommt und uns bedroht. Eine Katastrophe, weil er mich verrückt macht.

Eigentlich macht das keinen Unterschied.

»Vergiss es. Ich werde dich niemals heiraten.« Ich verziehe absichtlich angewidert das Gesicht und er lacht dabei amüsiert auf. Er sieht es als Witz.

»Das werden wir noch sehen, mi flor.« Er schaut mich so selbstgefällig an, dass ich ihm am liebsten schon wieder eine reinhauen würde, doch ich ignoriere ihn einfach. In der Ecke des Zimmers kann ich auch schon mein Gepäck sehen, das Zade hier hochgetragen haben muss. Er hat darauf bestanden, es zu tun, obwohl ich es hätte selbst machen können.

»Ruhe dich aus und geh schlafen. Morgen wird ein anstrengender Tag. Mein Zimmer ist den Flur runter, Graysons Zimmer ist gegenüber und Dylans ist ein Stockwerk weiter oben. Falls etwas ist, weißt du, wo du uns findest.«

Ich bin ihm dankbar, dass er mir das alles erklärt, damit ich mich hier sicher fühlen kann. Doch dass Graysons Zimmer direkt gegenüber von meinem liegt, verunsichert mich eher, als dass es mich beruhigt.

»Okay, danke. Und er tut mir nichts?« Ich schlucke schwer. Das letzte Mal hat er mir nicht das Gefühl gegeben, als könnte ich ihm vertrauen. Allein der Anblick seiner vielen Tattoos und seines frechen Grinsens hat mich unwohl fühlen lassen. Und seine dunklen Augen, die geradezu nach Gefahr geschrien haben, haben dabei auch nicht wirklich geholfen.

»Wer?« Damian zieht eine Augenbraue in die Höhe.

»Grayson.«

»Niemand wird dir etwas tun. Grayson mag zwar etwas … düster wirken, aber er weiß, wann er sich zurückzuhalten hat. Vor allem, wenn es um etwas geht, das mir gehört.« Damian umschließt mit seiner Hand mein Kinn. »Niemand wird dir auch nur ein Haar krümmen. Hörst du?«

Ich nicke vorsichtig.

Damian lässt von mir ab und öffnet seine Lippen. »Schlaf jetzt ein wenig.«

Es ist schon zwei Uhr morgens und ich bin wirklich müde.

Damian schließt die Tür hinter sich, als er in den Flur tritt, und damit stehe ich allein hier. In einem fremden Raum. Für ein Gästezimmer ist es wirklich schön eingerichtet und vor allem das große Himmelbett spricht mich gerade sehr an. Doch auch das anliegende Badezimmer hat einen gewissen Charme. Zwei große Waschbecken hängen an der rechten Seite und gegenüber davon kann man eine riesige Regenwalddusche entdecken. Ich bin mir sicher, hier zu duschen, fühlt sich an wie im Urlaub. Allgemein gibt das dunkel gehaltene Zimmer einem ein gemütliches Gefühl und das Bücherregal gegenüber vom Bett verleiht dem Ganzen dann noch den gewissen Funken.

Am liebsten würde ich mir die Bücher darin etwas genauer anschauen, doch meine Augen werden jetzt schon schwer und ich weiß, dass es am besten ist, wenn ich so schnell wie möglich schlafen gehe. Sonst sehe ich später oder morgen aus wie ein wandelnder Zombie.

Sobald ich mich umgezogen habe, lege ich mich ins Bett und stöhne laut auf. Dieses Bett fühlt sich an wie eine weiche, kuschlige, warme Wolke. Einfach fantastisch. Hier kann mir nichts passieren, auch wenn ich diese Menschen kaum kenne. Zumindest rede ich mir das ein, damit ich ein wenig Schlaf finde.

Als ich aufwache, ist es immer noch nicht ganz hell draußen. Wie lange habe ich geschlafen?

Ich drehe mich zum Nachttisch um und schaue die Uhrzeit auf meinem Handy an. Meine Augen werden groß, denn es ist erst fünf Uhr morgens. Ich fühle mich so ausgeschlafen wie lange nicht mehr, obwohl ich gerade mal drei Stunden Schlaf hatte. Ich liege noch etwas länger im Bett und schaue zur Decke hoch, an die der Mond wenige Schatten schlägt.

Seitdem ich auf Damian getroffen bin, hat sich so viel in meinem Leben geändert – und das nicht nur ins Positive. Immerhin verstecke ich mich hier bei ihm vor seiner Schwester, die mich – wenn sie weiß, wer ich bin – am liebsten tot sehen würde, nur um ihm zu schaden. Weil er … mich mag.

Vielleicht wäre es besser, ihn zu vergessen und woanders von Neuem anzufangen. Ohne Probleme.

Ich schiebe meine Bettdecke beiseite, stehe auf und bahne mir einen Weg zur Tür. Ich öffne sie langsam und strecke meinen Kopf heraus.

Damian hat die Arme vor seinem Oberkörper verschränkt.

»Stehst du wirklich schon die ganze Zeit lang vor meiner Tür?«

»Ich habe es doch gesagt.«

»Hast du niemanden, der das für dich übernimmt? Bist du nicht der offizielle Boss, oder so?«

»Es gibt Dinge, die ich gern in meiner eigenen Hand habe.«

»Ist das so?«

»Auf jeden Fall.«

»Wie kommt es, dass du schon wach bist, meine Kleine?«

Ich ziehe scharf die Luft ein. »Willst du reinkommen?«

Damian dreht sich zu mir und steckt seine Hände in die Hosentaschen. »Ob ich das will? Ich habe die ganze Zeit darauf gehofft.«

»Dann komm. Aber wir reden nur, ja?«, frage ich ihn mit noch verschlafener Stimme und er nickt mir zu.

»Alles, was du willst.« Zusammen gehen wir zurück zum Bett und setzen uns darauf. Gegenüber von ihm mache ich es mir bequem und überlege, wie ich das Gespräch am besten anfange.

»Unser Streit im *Dark Hollow* hat mich ziemlich aus der Bahn geworfen und ich kann nicht so gut mit Streit umgehen. Mit…« Ich schlucke schwer. »Angst.«

»Mi flor, du glaubst nicht, wie unglaublich leid es mir tut, dich so angeschrien zu haben. Ich hasse mich selbst dafür und seit dieser Nacht kriege ich das Bild von dir, wie du vor mir geweint hast, und vor allem *wegen mir*, nicht mehr aus meinem Kopf.« Er fährt sich verzweifelt durch die schwarzen Haare. Ich bedeute ihm wirklich etwas, obwohl wir uns erst seit wenige Wochen kennen.

»Ich glaube dir und ich würde es schön finden, wenn wir ab sofort ehrlich zueinander sind, okay? Keine Geheimnisse mehr.«

Er legt seine Hand an meine Wange, dabei blickt er mir tief in die Augen. »Ja, versprochen.«

»Dann leg mal los.«

»Wovon redest du?«

»Damian.« Meine Stimme klingt nach einem Flüstern und verrät dahinter so viel mehr. Ich stehe auf und entferne mich wenige Schritte von ihm und dem Bett.

»Ich will wissen, was in deinem Kopf vor sich geht. Es wird noch mehr geben als das, was ich wirklich weiß.«

»Was weißt du denn?«, raunt er und erhebt sich ebenso.

Aber ich verstumme.

»Sag es mir, meine Kleine. Was genau weißt du?«, wiederholt er.

Ich schlucke schwer und spüre, wie sich eine intensive Spannung um uns legt. »Blumen«, stammle ich. »Wunderschöne Blumen.«

Er nähert sich mir einen Schritt. »Was noch?«

»Überraschtes Eindringen in fremde vier Wände. Für Blumen.«

Er nähert sich weiter. »Was noch?«

»Die Maske.«

Dann packt er mich am Nacken und zieht mich weiter an sich, gefährlich nah an seine Lippen heran. »Und dir hat es gefallen.«

»Hat es.«

Damians warmer Atem streift die sensible Haut in meinem Gesicht und mir wird warm. Nein, mir wird heiß.

»Du hast mich nach unserer ersten Nacht nicht mehr losgelassen! Noch nie hat eine Frau sich so dermaßen in mein Gehirn gefickt.«

»Wir hätten uns wie normale Menschen einfach kennenlernen können«, flüstere ich und weiß, dass er mich vermutlich niemals im Kopf in Frieden gelassen hätte, wenn es unter normalen Umständen geschehen wäre. Ich muss schon so immer an ihn denken.

»Aber ich bin kein normaler Mensch, Liana! Jede Frau, die weiß, wer ich bin, will entweder meine Kohle und meine Macht, oder rennt schreiend davon. Keine hat je mehr in mir gesehen als einen guten Fick, Geld und Macht.«

Nun hört sich seine Stimme traurig an und ich kann mir denken, dass sein Leben nicht immer leicht ist. Dass auch er Sehnsüchte hat. Nach Ehrlichkeit.

»Wer sagt, dass ich nicht auch so bin?«

Nun ist er es, der schwer schluckt und dann schmunzelt. »Schon vergessen, dass du eigentlich nicht hierher wolltest?« Dieser Mann ist eindeutig verrückt nach mir und hinter seiner soeben abgeklärten Fassade scheint noch so viel mehr zu stecken.

Seufzend atme ich aus und nehme seine Hand in meine.

»Für mich warst du nicht nur ein guter Fick.« In seinen Augen kann ich diesen einen Funken Hoffnung sehen. »Und ich hoffe, ich bin es für dich ebenso nicht.«

»Dennoch sollst du wissen, dass in mir einige Monster einen Kampf führen. Sie wollen freigelassen werden.«

Ich lächle ihn beruhigend an und drücke seine Hand, die immer noch in meiner liegt.

»Dann lass sie frei, Damian.« Er lehnt seinen Kopf an meine Stirn und atmet hörbar ein und aus. Ich streichle ihm über seinen Nacken.

»Also keine Geheimnisse mehr«, stelle ich klar.

Sein Kopf entfernt sich von meinem und ich starre auf seine Lippen, die sich öffnen. »Eine Sache wäre da noch.«

Abwartend schaue ich ihn an.

»Bitte dreh nicht durch«, murmelt er.

»Damian?« Ich klinge schroffer als beabsichtigt.

»Ich habe in deinem ganzen Haus Kameras installiert, um dich beobachten zu können.«

Ich spüre, wie ich automatisch meine Hand zu einer Faust balle. Und dann …

Sie prallt gegen seinen Magen. So fest ich konnte, habe ich zugeschlagen.

Er hält sich die Stelle und raunt: »Okay, das habe ich verdient.«

»Ja! Hast du! Du bist der, der bestraft werden sollte!«, erneut möchte ich ausholen, doch er fängt meine Hand in der Luft ab, bevor sie seinen Körper treffen kann.

»Ich habe es lieber, wenn du nach mehr bettelst.«

»Außerdem würde sich mein Gürtelabdruck viel besser auf deiner Haut machen als auf meiner.«

Ich reiße meine Hand aus seinem festen Griff und schaue ihn wütend an. Er muss auch wirklich aus allem etwas Sexuelles machen.

»Ich werde sie gleich heute alle abschalten und dann morgen abbauen lassen«, fügt er noch hinzu.

»Und dann hier einbauen lassen, oder was?«

Ihm entflieht ein dämliches Grinsen. »Nein.«

»Was nein? Sind hier schon welche installiert, ohne dass ich es weiß? Damian, ich schwöre, ich …«

»Hier sind keine Kameras und es werden keine mehr auf dich gerichtet sein. Zumindest nicht, wenn du das nicht möchtest.« Er würde doch nicht wirklich so ein Video …

Ich würde ihm so gern in sein Gesicht …

»Aber unsere Flure sind überwacht. Das kann ich nicht abstellen.« Er kommt näher und streicht mir leicht über den Unterarm.

Ich sollte seine Berührung jetzt nicht genießen, aber ich kann nicht anders. Ich raufe mir die Haare. »Wie konnte ich das nicht merken?«

»Ich bin gut. Und nicht nur darin.«

»Ach, halt die Fresse«, schimpfe ich und entziehe mich seiner Berührung.

»Du weißt, dass ich in dieser Hinsicht nicht übertreibe, mi flor. Du hast bereits gespürt, *wie* gut ich bin.«

»Du bist unmöglich, Damian.«

»Und du bist heiß, wenn du nicht weißt, dass du beobachtet wirst. Obwohl …« Damian versucht erneut, nach meiner Hand zu greifen. »Du bist immer heiß.«

»Damian, ich schwöre«, drohe ich.

»Ich auch.« Dann zieht er mich fest an seine Brust und hebt mein Kinn an.

»Ich schlag dich gleich noch mal, wenn du mich nicht loslässt.«

»Ich bitte darum.«

»Du machst mich wahnsinnig.«

Und mit einem Mal verdunkelt sich seine Miene. »Hat er das auch mit dir gemacht? Dich wahnsinnig werden lassen?«

Ich schüttle mit dem Kopf. »Wen meinst du?«

»Torres.«

»Adam? Du willst jetzt wirklich über ihn reden?«

»Will ich. Warum ist das mit dir und diesem Wichser zu Ende gegangen?«

Ich hätte mit jeder Frage gerechnet, doch nicht mit dieser. »Na ja, so richtig Schluss gemacht haben wir nie.«

In seinen Augen kann ich sehen, dass diese Aussage ihm ganz und gar nicht gefällt. Also versuche ich, es besser zu erklären.

»Adam war mein erster Freund und wir haben immer viel Zeit miteinander verbracht, bis er sich schlagartig verändert hat.« Ich muss schlucken und schätze es, dass Damian mir Zeit dafür gibt, mich kurz zu sammeln. »Er hat immer weniger mit mir gemacht und …« Ich nehme mir eine kleine Pause, um tief einzuatmen. »Egal. Jedenfalls hat er mich dann irgendwann nicht mehr angefasst.«

In seine Augen tritt etwas Dunkles und ich kann sehen, dass er etwas sagen möchte.

Doch ich rede schnell weiter: »Dann ist er vor über zwei Monaten einfach verschwunden. Mit wenigen Klamotten. Seitdem habe ich ihn nicht wiedergesehen und nach dem, was ich jetzt weiß, will ich das auch nicht mehr.«

Ich atme tief aus und es fühlt sich an, als wäre ein Stein von meinem Herzen gefallen.

»Liebst du ihn noch?« Er braucht meine Antwort. Das weiß ich und es kostet ihn eine Menge Geduld, so lange auf sie zu warten. Die Frage habe ich mir selbst schon oft gestellt und immer wieder bin ich zu demselben Entschluss gekommen.

»Ich habe mit ihm abgeschlossen. Also nein, ich liebe ihn nicht. Sonst wäre ich nicht hier.« Das ist die Wahrheit und Damian wirkt … erleichtert.

Für einen kurzen Moment ist es still und ich bin froh darüber, dass er nicht noch weiter nachfragt. Ich mag zwar mit Adam abgeschlossen haben, aber trotzdem ist es nicht gerade das angenehmste Gesprächsthema.

Dann formt sich ein schelmisches Grinsen auf seinen Lippen,

verbunden mit einem Kopfschütteln. »Ich verstehe nicht, wie er dich nicht jeden Tag ficken wollte. Ich will es jede einzelne Minute und kann nicht aufhören, daran zu denken.«

Sein Blick gleitet über meinen ganzen Körper und ich muss schlucken. Ich habe keine Ahnung, was ich darauf antworten soll.

»War er gut?«, fragt er mit rauer Stimme und ich glaube, mich verhört zu haben.

»Was?«

»Hat er es dir besser besorgt als ich?« Er kommt mir immer näher und drängt mich wieder aufs Bett zurück.

Ich setze mich darauf ab und antworte ihm: »N-nein, er wusste nicht, was ich wollte. Hat nie danach gefragt.«

Er beugt sich über mich, sodass ich gezwungen bin, in den Kissen zu liegen. Dabei ist er mir so nahe, dass ich seinen Atem auf meinen Lippen spüren kann. Es ist die Wahrheit, dass Adam nicht wusste, was ich im Bett brauche.

Langsam streicht Damian mein Bein entlang und dabei kann ich das kalte Metall seiner Ringe auf meiner nackten Haut spüren. Es bildet sich eine Gänsehaut und ich ziehe scharf die Luft ein. Wie kann eine einzige Berührung so viel in mir auslösen?

»Ich weiß, wie du es willst und was du brauchst. Du stehst nicht auf den weichen Sex, auch wenn du den Eindruck machst.«

Es überrascht mich, wie goldrichtig er damit liegt. Er kennt mich eigentlich kaum und trotzdem scheint er mehr über mich zu wissen als manch andere, die schon länger in meinem Leben sind.

»Ja«, hauche ich gegen seine Lippen und hoffe heimlich, dass er mich endlich küsst. Ich kann schon spüren, wie meine Mitte pulsiert und mein Slip feucht wird. Ich kann nicht mehr klar denken und das Einzige, was ich will, ist, diesen Mann endlich wieder zu spüren. In mir. Seine Hand bewegt sich immer weiter nach oben. Er quält mich und dessen ist er sich bewusst.

»Sag mir, mi flor. Willst du mich jetzt in dir?« Er weiß ganz genau, dass ich es will. Doch er will es von mir hören.

»Bitte, Damian.«

»Sprich es aus!«, befiehlt er und blickt auf mich herunter.

»Ich brauche dich. Also fick mich«, bettle ich und nach dem, was heute passiert ist, bin ich absolut bereit, mich ihm hinzugeben.

»Ich werde dich so hart nehmen, dass du morgen nicht mehr richtig sitzen kannst, mi flor.«

»Das ist ein großes Versprechen.«

»Eines, das sich öfter bewahrheiten wird. Oder hättest du lieber Lust auf ein dunkleres Spiel?« Er fährt mit seinem Daumen über meine Unterlippe und fixiert dabei meine Augen.

»Wie lauten denn die Spielregeln?«, frage ich mit brüchiger Stimme, und nachdem ich die Worte ausgesprochen habe, lässt er seinen Daumen langsam in meinen Mund gleiten.

Ich nehme ihn bereitwillig auf und sauge daran. Damian gibt dabei ein tiefes Knurren von sich.

»Ich jage dich durch den Wald und wenn ich dich finde, ficke ich dich, wie ich es will. So hart und schnell ich möchte.« Er zieht seinen jetzt nassen Daumen aus meinem Mund und nimmt mein Kinn in seine Hand. »Wie klingt das, meine Kleine?«

Ich schlucke heftig. Der Gedanke, von ihm durch dieses dunkle Waldstück gejagt zu werden, erfüllt mich mit Aufregung und unstillbarer Begierde.

»Das klingt nach etwas, das wir in näherer Zukunft ausprobieren müssen.«

Er umfasst meinen Hals und zieht mich so nah an sich, dass unsere Lippen leicht übereinander streifen. »Alles zu seiner Zeit«, haucht er gegen meine Lippen.

Also steht es fest: Er wird mich durch den Wald jagen und

schlussendlich ficken. Aber vorerst treiben wir es hier. Und wenn der richtige Zeitpunkt gekommen ist, gehen wir in den Wald. Vielleicht ist dieses Spiel auch gar nicht mehr so weit entfernt …

Er presst seine Lippen hart auf meine und hält dabei seine Hand weiterhin fest um meinen Hals geschlossen. Dann löst er sich von mir, um sein T-Shirt über den Kopf zu ziehen.

»Du wirst Stopp sagen, wenn es zu weit geht, klar?«

Zu weit? Niemals.

Kapitel 16

Damian

Ich knie zwischen ihren Beinen und ziehe mir mein Oberteil über den Kopf. Ihre Haare, die ausgebreitet auf dem Kissen unter ihr liegen, und ihr unschuldiger, aber aufmerksamer Blick machen mich fertig. Sie sieht aus wie eine Göttin. Meine Göttin. Langsam streicht sie mit ihren warmen Händen über meine Bauchmuskeln und ich liebe es, zu sehen, wie das Feuer in ihrem Blick immer größer wird. Sie hat ja keine Ahnung, wie sehr ich sie will. Sie hat noch keine Ahnung, was ich mit ihr vorhabe. Sie will keine Geheimnisse mehr. Also bekommt sie sie. Die volle Wahrheit.

»Gefällt dir, was du siehst, Kleine?«, frage ich sie neckend und ziehe ihr T-Shirt aus. Mein Glück, dass sie nur in diesem Fummel geschlafen hat und mich somit nur noch ihr Slip von meiner Erlösung trennt.

»Ja.« Sie greift am Bund meiner Hose und alles in ihren Augen schreit danach, dass ich sie sofort nehmen soll. Ich helfe ihr dabei, meine Hose loszuwerden, und lasse sie samt Boxershorts zu Boden fallen. Mein Schwanz ist bereits steinhart und sehnt sich nach ihrer Berührung.

Doch noch nicht. Wir müssen geduldig sein.

Vorsichtig setzt sie sich auf, ohne dass ich in sie dringe. Damit sind wir nun fast auf Augenhöhe und dann küsst sie mich. Ihre Lippen streichen über meine und ihre süße Zunge bittet um Einlass.

Wild küsse ich sie zurück und massiere dabei ihre prallen Brüste.

Sie hat wundervolle weibliche Kurven, von denen jeder Mann nur träumen kann. Ich spüre, wie ihre Nippel unter meiner Berührung hart werden und wie sie zwischen uns nach meinem Schwanz greift. Ein Seufzen entfährt mir. Sie beginnt, schnell meinen schon erregten Schaft zu reiben.

»Du bringst mich noch um«, hauche ich zwischen unseren Küssen und fange an, mein hartes Glied selbst in ihre Hand zu stoßen.

Ich brauche mehr.

Sofort.

Ich löse mich von ihren Lippen und drücke sie an der Schulter nach unten. Sie versteht direkt, was ich jetzt brauche, und legt sich vor mir auf den Bauch, um meinen Schwanz in die Hand zu nehmen und über ihre Lippen gleiten zu lassen.

»Du willst, dass ich ihn in den Mund nehme, nicht wahr?«, flüstert sie herausfordernd und leckt spielerisch über meine Eichel.

Verdammt! Diese Frau wird meinen Tod bedeuten.

»Stell mich nicht auf die Probe, mi flor! Nimm ihn in den Mund. Jetzt!« Ich habe keine Geduld mehr für ihre Spielereien und packe ihren Kopf. »Mund auf.«

Sie gehorcht mir und ich stoße mich hinein, sobald sie ihn geöffnet hat. Am liebsten würde ich mich sofort in ihren Rachen schieben, doch ich gebe ihr etwas Zeit, um sich an meine Größe zu gewöhnen.

»Bin ich zu viel für dich, meine Kleine?«, frage ich provozierend und ich weiß, dass sie das nicht auf sich sitzen lassen wird. Ihre Hand umschließt meinen harten Schwanz, während sie ihn mit ihrem Mund im passenden Rhythmus zu ihrer Handbewegung immer tiefer in ihren Rachen nimmt.

»Fuck! Genau so«, stöhne ich und stoße mein hartes Glied immer schneller in ihren Mund. Wenn ich so weitermache, werde ich noch auf ihrer Zunge kommen. Das darf nicht …

Deshalb entziehe ich mich ihr, packe sie am Hals und ziehe sie zu mir hoch, um sie zu küssen. Dann gewähre ich uns minimalen Abstand. »Du bleibst hier. Bewegst dich nicht. Verstanden?«

Sie kichert. »Verstanden.«

Dann stehe ich auf, gehe ins angrenzende Badezimmer und sehe mich routiniert um.

Bademantel.

Ich ziehe das Seidenband des Mantels raus und gehe damit in der Hand zurück.

»Sag Stopp!«

»Okay«, nickt sie und fixiert den Stoff in meiner Hand.

»Nein. Ich will es hören. Sag Stopp.«

Liana schluckt schwer und bringt ein leises *Stopp* heraus.

»Lauter.«

Sie reagiert und sagt es. Lauter.

»Gut so. Keine Geheimnisse mehr, richtig?«

»Richtig«, haucht sie und ich erkenne keinen Funken Unsicherheit in ihren Augen.

Also fordere ich: »Auf alle viere. Und halt dich an der Bettkante fest, mi flor.«

Ich liebe es, wie sie mir sofort gehorcht.

»Braves Mädchen.« Ich gehe hinter sie und ziehe ihr langsam den Slip über die Beine und küsse mich an ihren Oberschenkeln entlang zu ihrer Mitte. Dabei lass ich den Stoff des Bandes über ihre nackte Haut gleiten.

Liana ist überall wunderschön und ich kann mir nichts Besseres vorstellen, als sie für mich zu haben.

»Bitte«, bettelt sie.

»Bitte was?«

»Nimm mich«, keucht sie, doch leider wird sie darauf noch etwas warten müssen. Vorher möchte ich sie schmecken. Ich knie mich hinter sie und fange an, durch ihre schon nasse Spalte zu lecken. Sie schmeckt wie das Paradies auf Erden. Leicht beiße ich in ihre Perle und umspiele sie schneller mit meiner Zunge.

»Damian«, stöhnt sie und ja, ich liebe es, wenn sie meinen Namen stöhnt. Nur meinen verfickten Namen. Den eines Goldjungen. Den eines Bosses. Den eines Verdorbenen, der ihr unwiderruflich verfallen ist.

Kurz bevor sie kommen kann, löse ich meinen Mund von ihrer nass glänzenden Pussy und klatsche ihr auf den Arsch. Ein Zischen ist zu hören und ein kleiner Schrei entrinnt ihr.

»Jetzt fängt der Spaß doch erst an«, flüstere ich ihr von hinten ins Ohr und greife nach ihrem Slip.

»Nimm ihn in den Mund. Wir wollen doch nicht, dass Gray nebenan deine Schreie hört.«

Unsicher macht sie den Mund auf und ich drücke den Slip in ihre Mundhöhle. Ihre Beine sind schon so weit gespreizt, dass ich einen perfekten Blick habe auf das, was mir gehört. Dann binde ich das Satinband um ihre Augen. Ich nehme meinen harten Schwanz in die Hand und reibe ihn noch ein paarmal über ihre Schamlippen. Dann nehme ich mir ein Gummi aus ihrer Nachttischschublade, die dort immer für solche Fälle vorhanden sind. Als Nächstes stülpe ich es mir über und lege meine Hand um ihre Kehle. Und dann wage ich es. Ich drücke fester zu und stoße mich in sie.

Sie stöhnt in ihren Slip und mit weiteren Stößen nehme ich sie, so hart ich kann.

»So schön.« Mein Schwanz ist so tief in ihr, dass man nichts mehr von ihm sieht. Mit drei weiteren harten Stößen kommt sie.

Sie schreit in den Slip und ihre Pussy zieht sich eng um meinen Schwanz zusammen. Ich halte es auch nicht mehr aus, mich zu beherrschen, und komme ebenfalls. Dabei bemerke ich, wie meine Hand um ihre Kehle nur noch fester zudrückt.

»Liana.« Ich ergieße mich in ihr. Langsam ziehe ich meinen Schwanz aus ihr heraus und der Anblick, wie sie vor mir zusammensackt, ist köstlich. Ich nehme ihr den Slip aus dem Mund und sie legt ihren Kopf erschöpft auf ihre Arme, als ich ihr auch die Augenbinde abnehme.

Meine Blicke gleiten an ihren Hals, an dem meine Fingerabdrücke in roter Form eindeutig zu sehen sind. Ich streichle darüber, nachdem ich mich neben sie gelegt habe.

»Alles okay?« Ich muss einfach wissen, dass der Sex gerade eben nicht zu hart für sie war. Sie lächelt mich an und ich kann an ihrem Blick sehen, dass es ein echtes Lächeln ist.

»Auf jeden Fall. Dass können nur noch nicht all deine Geheimnisse gewesen sein, oder?«, erwidert sie zwinkernd und ich verliebe mich noch ein Stücken mehr in diese Frau.

Ich verdränge meine Gedanken.

Das waren sie *noch* nicht. Aber es war ein guter Anfang.

Werde ich meine Gedanken wirklich mit Liana ausleben können? Oder wird sie mich stoppen wollen?

Immerhin war sie von dem Waldspiel nicht ganz abgeneigt. Schon nach ein paar Minuten ist sie auf meiner Brust eingeschlafen und ich streichle ihr sanft durchs Haar. Sie weiß, wer ich bin, und trotzdem ist sie bei mir, das muss doch etwas bedeuten. Auch wenn ich nicht viel von Liebe halte und ich nie jemanden auf diese Weise mögen wollte, kann ich nicht leugnen, dass diese Frau mehr für mich ist.

So viel mehr.

Kapitel 17

Liana

Nachdem ich aufgewacht bin, war Damian schon weg. Ich weiß nicht, wann er gegangen ist, aber mein Bett riecht immer noch nach ihm und seine Seite ist immer noch ganz warm.

Minuten später habe ich mich endlich dazu aufgerafft, ins Bad zu gehen und mich frisch zu machen. Lange stehe ich vor dem Spiegel und mache meine Haare, dabei höre ich immer wieder meinen Magen knurren.

Als ich Zähne geputzt und mir ein luftiges Sommerkleid übergeworfen habe, gehe ich Richtung Tür und mache mich auf den Weg, um etwas Essbares zu finden. Nachdem ich den langen Flur durchquert habe, höre ich Stimmen näher kommen und als ich dann um die Ecke biege, sehe ich zum ersten Mal einen großen Wohnbereich. Davor war ebenfalls ein riesiger Raum, allerdings war dieser verschlossen.

Der Raum ist so groß wie mein ganzes Haus in einem und ist mit wunderschönen bodentiefen Fenstern ausgestattet. An einem großen Tisch, welcher schon reichlich mit Essen gedeckt ist, sitzen die vier Männer.

Als ich Damian erblicke, muss ich sofort an gestern Nacht denken und mir wird unglaublich heiß. Wie er mich genommen hat, von hinten, tief, bis er gekommen ist. Schnell versuche ich, die Gedanken zu verdrängen, und bewege mich langsam Richtung Esstisch.

»Mi flor, setz dich! Wir haben uns schon gefragt, wo du bleibst.« Damian grinst mich an.

Langsam lasse ich mich auf dem Stuhl neben ihm nieder und dabei kann ich die brennenden Blicke aller Männer auf mir spüren. Ich bin mir zu einhundert Prozent sicher, dass alle wissen, was wir heute Morgen getan haben.

»Willst du etwas trinken, Liana? Wasser oder eher warme Milch?«, fragt Grayson mit einem anzüglichen Blick und ich laufe rot an.

Zade neben ihm muss sich sichtlich ein Lachen verkneifen. Der andere Mann, der, mit dem ich noch nie ein Wort gewechselt habe, sitzt nur mit einem leichten Schmunzeln da und tut so, als wäre nichts.

»Ich wusste gar nicht, dass du das neue Hausmädchen bist«, entgegne ich Grayson provokant und versuche, mir meine Unsicherheit nicht ansehen zu lassen. Keine Ahnung, woher das soeben kommt. Jetzt kann sich Zade nicht mehr zurückhalten und lacht lautstark drauflos. Selbst Dylan lässt ein kurzes Schnauben raus.

»Hier, trink und beachte Grayson gar nicht. Er ist nur neidisch, da er schon lange keine Pussy mehr hatte.« Damian reicht mir ein Glas Wasser und streichelt mit seiner anderen Hand leicht über meinen Oberschenkel. Ihm ist nicht bewusst, was er nur mit dieser einzigen Berührung auslöst. Ich schaue ihn an und bei dem Anblick seiner wunderschönen braunen Augen muss ich erst mal schlucken.

Wie kann ein Mann nur so schön sein?

»Das glaubst auch nur du. Im Gegensatz zu dir vögle ich nicht nur eine.« Er hat gerade offenbart, dass Damian mit keinen anderen Frauen schläft. Gerade als dieser etwas sagen möchte, kommt Dylan ihm zuvor.

»Das ist nichts, worauf du stolz sein solltest.« Seine Stimme ist so leise, dass es uns allen die Sprache verschlägt.

Selbst Damian weiß darauf wohl nichts zu sagen und schaut einfach nur in Dylans Richtung. In der Stille greife ich nach einem Brötchen, schneide es auf und bestreiche es mit Marmelade. Als ich denke, die Stille kann nicht noch unangenehmer werden, fängt mein Magen laut an zu knurren und alle Blicke landen auf mir.

»Iss, meine Kleine. Du musst heute fit für den Tag sein.« Damian fährt langsam mit seiner Hand meinen Oberschenkel höher. Fast verschlucke ich mich an meinem Brötchen und spüre, wie mein Unterleib nach mehr verlangt. Er hält kurz vor meiner Mitte inne und grinst amüsiert.

»Lass das«, hauche ich, nehme seine Hand und lege sie auf sein eigenes Bein.

»Ich finde, wir sollten über die Ereignisse des heutigen Tages sprechen«, unterbricht Zade die Hitze zwischen Damian und mir.

»Welche Ereignisse?«, frage ich und schaue zu Damian.

»Heute müssen wir ein neues Hausmädchen einstellen, da unser altes *abgehauen* ist«, antwortet er und ich nicke.

»Auch wenn Grayson wirklich eine tolle Alternative ist, brauchen wir jemand Qualifizierten für diesen Job«, erwidert Zade und ein Lächeln schleicht sich auf alle Gesichter.

»Ich finde Grayson, Damian und ich sollten die Bewerberinnen heute sprechen. Dylan ist anderweitig beschäftigt«, erklärt Zade und ich blicke sofort zu Dylan.

Mich würde wirklich interessieren, was hinter diesem *In-den-Schatten-Mann* steckt, doch ich bin mir sicher, es zu bereuen, wenn ich eine Antwort darauf erhielte. Langsam schaue ich weg von ihm und widme mich wieder meinem Brötchen.

»Liana wird uns ebenfalls zur Seite stehen, auch sie hat ein Recht darauf, zu entscheiden, wer uns in Zukunft unser Essen macht«, fügt Damian hinzu und ich schaue verwundert in die Runde.

»Warum sollte ich mitentscheiden?«

»Ich habe nicht vor, dich so schnell wieder gehen zu lassen.« Schon wieder weiß ich nicht, was ich darauf sagen soll. Seine Hand bahnt sich auf meinen Schoß zurück, einen Weg unter mein kurzes Kleid und er streicht über meinen Slip.

Gott, was macht er nur?

Die anderen könnten jeden Moment bemerken, was er da mit mir anstellt. Wenn sie es nicht schon längst erahnen.

In kreisenden Bewegungen fährt er über meinen Kitzler und ich versuche, mich unauffällig an der Tischkante festzuhalten.

Fuck! Das tut so gut, dass ich noch mehr will.

»Um ein Uhr kommen die Bewerberinnen. Wir treffen uns dann in der Trainingshalle«, informiert uns Zade, doch ich kann mich nur auf die Finger konzentrieren, die gerade in mich gleiten.

Scheiße.

Er fingert mich langsam, beinah schon unauffällig und doch muss ich ein Stöhnen unterdrücken. Ich beiße in mein Marmeladenbrötchen und schließe die Augen.

»Okay, wir werden da sein. Bis dahin gebt bitte den neuen Wachleuten ihre Aufgaben und lasst sie alles für heute Abend vorbereiten«, befiehlt Damian, woraufhin alle drei aufstehen und sich an ihre Aufgaben machen. Jetzt sind wir allein in dem großen Wohnraum am Tisch, und seine Finger hören nicht auf, sich in mir zu bewegen.

»Damian, i-ich komme gleich«, stöhne ich, lehne mich zurück und schließe die Augen. Dann kralle ich mich an seinem Arm fest. Genau in diesem Moment zieht er seine Finger aus mir und hebt mich auf den Esstisch.

»Du kommst erst, wenn ich es dir erlaube, mi flor.« Er küsst mich langsam und innig. Dann zieht er mir mein kurzes Kleid hoch und streift mir langsam den Slip von den Beinen. Er fängt an, da weiterzumachen, wo er aufgehört hat. Zwei Finger gleiten immer wieder in mich und ich bin mir sicher, die anderen hören mein Gestöhne.

»Bitte«, flehe ich ihn an. Ich brauche Erlösung. Ich muss kommen. Er küsst meinen Hals entlang und hinterlässt sicher einige Bissspuren.

»Du bist so wunderschön, wie du vor mir sitzt. Meine persönliche Folter«, flüstert er mir ins Ohr und daraufhin verlässt ein noch viel lauteres Stöhnen meinen Mund.

»Jetzt, meine Kleine. Komm für mich«, knurrt er mir ins Ohr und kurz danach bekomme ich meine wohlersehnte Erlösung. Zitternd komme ich um seine Finger zum Orgasmus und nachdem er sie aus mir gezogen hat, nimmt er sie in den Mund.

»So köstlich«, schnurrt er. Mein Blick wandert an ihm herunter und ich sehe einen dunkleren Fleck an seinem Schritt. Ist er …?

»Bist du in deiner Hose gekommen?«, frage ich mit zittriger Stimme.

»Jetzt weißt du, was du mit mir anstellst, Kleine.« Er nimmt mein Gesicht in seine Hände und gibt mir noch einen leidenschaftlichen Kuss. Ich lächle ihn an und wage den ersten Schritt.

»Damian, du machst mich verrückt.«

Das ist zwar nicht ganz das, was ich eigentlich sagen wollte, doch mehr habe ich mich dann doch nicht getraut. Bestimmt klinge ich wie ein Kleinkind, das versucht, neue Freunde zu finden.

»Dito, Liana«, antwortet er mit einem Grinsen im Gesicht. Er nennt mich selten bei meinem Namen und immer, wenn er es tut, fühlt es sich nach so viel mehr an. Wir schauen uns an und genießen einfach den Anblick des jeweils anderen.

»Komm, ich habe noch ein Geschenk für dich.« Er nimmt meine Hand und zieht mich in Richtung Flur.

»Ein Geschenk?«, frage ich und folge ihm. Er erwidert nichts.

»Ich brauche keine Geschenke von dir. Du lässt mich schon bei dir wohnen und das Essen und –« Er stoppt und schaut mich ernst an.

Dabei habe ich vollkommen recht. Er lässt mich bei sich wohnen, gibt mir sein Essen und ich bezahle ihm keinen Euro dafür. Bei meinem richtigen Job als telefonische Kundenberaterin habe ich mich bereits krankgemeldet und bei dem Begleitservice, welchen ich vor Kurzem angefangen habe, mache ich momentan nur noch Begleit-Telefonate. Tatsächlich reicht die 100 Euro Pauschale gerade so, dass ich, während ich bei Damian wohne, mein Haus weiterhin abbezahlen kann. Allerdings nur in sehr kleinen Schritten …

»Du hast so viel mehr verdient als nur das, mi flor.« Das, was ich nun in seinen Augen sehe, als er die Worte ausspricht, macht mir Angst. In seinen Augen kann ich nämlich einen Schmerz sehen. Einen Schmerz, den ich keinem Menschen auf dieser Welt wünsche. Dabei klingen seine Worte eigentlich gut. Sehr gut sogar.

Kapitel 18

Liana

Als wir in seinem Zimmer angekommen sind und ich mich umschaue, muss ich lachen. Damian dreht sich zu mir um und schaut mich irritiert an.

»Was ist so lustig?«

»Dein Zimmer sieht genauso aus, wie ich es mir vorgestellt habe«, gebe ich zurück.

»Wie hast du es dir denn vorgestellt?« Er kommt mit einer roten Kiste in meine Richtung.

»Na ja, dass nur das Nötigste drinsteht und es insgesamt sehr unpersönlich ist.« Ich lächle ihn an, da ich richtig mit meiner Vermutung liege. Sein Zimmer sieht fast so aus, als würde keiner darin wohnen. Er hat ein riesiges Bett in der Mitte stehen, welches locker für drei Personen reichen würde, einen Schreibtisch, eine Couch und ein überfülltes Bücherregal. Zu gern würde ich wissen, was Damian so liest, aber dafür bin ich nicht hier. Als Letztes grenzt dann noch ein Badezimmer an der linken Seite an und bei genauerem Hinschauen kann ich sehen, dass es komplett mit schwarzen Fliesen bedeckt ist.

»Die meiste Zeit verbringe ich nicht hier. Also warum sollte ich mir Mühe beim Einrichten geben?«, erwidert er und ich bleibe still. Das einzige Persönliche, was ich entdecken kann, ist ein Bild auf einer Kommode neben seinem Schreibtisch. Ich trete näher heran und als Damian sieht, was ich im Visier habe, nimmt er den

Bilderrahmen sofort in seine freie Hand, sodass ich keine Chance habe, genau sehen zu können, wer sich darauf befindet.

»Keine Geheimnisse mehr, schon vergessen?« Schmunzelnd schaue ich ihn an. Er blickt hinunter auf das Bild in seiner rechten Hand und atmet hörbar aus, bevor er es umdreht, sodass ich erkennen kann, dass es sich bei dem Foto um einen kleinen Jungen handelt, der ein etwas größeres Mädchen umarmt.

»Das ist ein Bild von … meiner Schwester und mir.« Verwundert schaue ich ihn an. Er hat es immer noch? Nach allem, was passiert ist?

»Schau nicht so. Ich weiß, es macht keinen Sinn, es zu behalten, aber …« Er stellt den Rahmen wieder zurück auf das Regal und fährt sich seufzend übers Gesicht. »Irgendwie kann ich mich nicht davon trennen.«

»Das ist okay, Damian. Sie ist immer noch ein Teil von dir.« Auch wenn ich sie nicht kenne und bis jetzt ein ziemlich schlechtes Bild von ihr habe, bin ich mir sicher, dass die beiden irgendwann mal eine tiefere Verbindung miteinander teilten. Zumindest sieht es auf dem Bild danach aus.

»Ein sehr schmerzhafter Teil«, flüstert er und dreht sich weg von dem Bild. Langsam begibt er sich zu dem Sofa im hinteren Teil seines Zimmers und lässt sich darauf nieder.

Ich merke, dass er nicht länger darüber reden will, und belasse es deshalb auch dabei. Vorsichtig setze ich mich neben ihn und schaue auf die rote Kiste mit Schlaufe in seinen Händen.

»Was ist das?« Die Box ist nicht wirklich groß.

»Dein Geschenk.« Er hält es mir hin und ich greife danach. Mit meinen Füßen reibe ich nervös über den schwarzen Teppich am Boden.

»Du weißt, das wäre nicht nötig gewesen, oder?«

»Jetzt öffne es endlich und hör auf, so was zu sagen.« Sobald ich den Deckel entfernt habe, springt mir ein schwarzes Unterwäscheset entgegen. Es ist wunderschön und … verdammt teuer. Ich räume es wieder zurück in die Box und drücke sie ihm auf den Schoß.

»Das kann ich nicht annehmen, Damian.«

»Doch, das kannst du – und du wirst! Weißt du noch, unser erstes Treffen im *Dark Hollow*?«, fragt er und natürlich kann ich mich an diese Nacht erinnern. Wie könnte ich das nicht?

»Ja.«

»Ich habe im Rausch deinen Lieblings-BH zerstört und dafür möchte ich mich hiermit revanchieren.« Er drückt mir die Box auf den Schoß.

»Ziehe es an. Für mich. Heute.«

Ich presse meine Lippen aufeinander. »Danke.«

»Du kannst dich bei mir bedanken, indem du es heute Abend anziehst.« Er grinst und ich erinnere mich augenblicklich an das Gespräch von vorhin. Er meinte, die Wachleute sollen Vorbereitungen für später treffen.

»Was ist heute Abend?«

»Wir feiern meinen Aufstieg mit ein paar Freunden aus Italien«, antwortet er und ich weiß nicht, was ich davon halten soll. Erst vor zwei Tagen sind viele Menschen in diesem Haus gestorben und jetzt will er eine Party organisieren?

»Ich hatte gehofft, du wärst meine Begleitung.« Welch Ironie. »Ich weiß, normalerweise nimmst du Geld dafür, dass –«

»Du Mistkerl, davon weißt du also auch, ja?«

»Ich behaupte, ich weiß so einiges. Nur die Gründe verstehe ich nicht.«

»Geld, Damian. Es ist doch immer das Geld, nicht wahr? Es ist nicht so, als würde ich das freiwillig machen. Und ich würde aufhören, wenn ich könnte.«

»Aber du kannst nicht, weil?«

»Weil mich Adam mit einem Berg Schulden sitzen gelassen hat. Das Haus, in dem ich wohne, muss bezahlt werden. Ich will täglich etwas im Kühlschrank vorfinden, das nicht schimmelt.«

»Er hat dich mit Schulden sitzen lassen?«

»Du kannst doch nicht ernsthaft glauben, dass ich den Begleitservice freiwillig anbiete. Es war eine dumme Überlegung, die ich umgesetzt habe, um schnell an Geld zu kommen. Vermutlich bin ich hübsch genug, dass ein Typ drauf anspringt und mich dafür bezahlt.«

»Du bist wunderschön, Liana.«

Ich zucke mit den Schultern. »Noch besser fürs Geschäft, nicht?«

»Du bist zu gut für so etwas. Also nicht, dass ich es schlecht reden will, aber –«

»Lassen wir das Thema bitte sein, Damian. Ich bin zu stolz, meine Schulden nicht selbst zu begleichen.«

»Liana –«

»Aber das hier«, ich hebe den Karton in die Höhe, »nehme ich an. Sind schließlich Schulden, die du begleichst.«

Damian nickt nur.

»Und ja, ich begleite dich heute Abend. Mistkerl«, grinse ich. »Unter einer Bedingung.«

»Die da wäre, Kleine?«

»Elara darf auch kommen.« Er schaut mich ernst an.

»Das geht nicht. Sie weiß nicht, wer ich wirklich bin und –«

Ich unterbreche ihn. »Sie weiß es.« Ich kann ihm ansehen, dass er das überhaupt nicht gutheißt. Ein Sturm breitet sich in seinen Augen aus und ich erwarte, dass er mich gleich zurechtweisen wird. Anschreien wird. Wie im Club.

Doch er atmet tief ein. »Okay, sie kann kommen.«

Damian steht auf und gibt mir einen Kuss auf die Stirn.

»Was? Mehr nicht?«

»Ich finde es leichtsinnig, dass du es ihr erzählt hast, aber ich vertraue dir. Solche Entscheidungen wirst du auch später treffen müssen«, antwortet er.

»Später?«

»Wenn du irgendwann meine Frau bist, ja. Dann wirst du solche –«

»Wer hat denn gesagt, dass wir irgendwann heiraten?«

»Noch bist du vielleicht nicht meine Frau, aber irgendwann wirst du es sein.« Er grinst mich an und öffnet die Tür, um zu gehen. »Vergiss nicht unser Meeting später mit den Bewerberinnen.«

Nach einer ziemlich langen Suche nach dem richtigen Raum habe ich es endlich geschafft und bin angekommen.

»Du bist zu spät, Lia«, sagt Zade und bei dem Spitznamen breitet sich ein wohliges Gefühl in mir aus. Er scheint bemerkt zu haben, wie er mich genannt hat, und wendet den Blick ab. Zade war bis jetzt immer nett zu mir und dass er mich so nennt, zeigt mir, dass er mich hier akzeptiert hat. Oder? Ich lächle und setze mich neben ihn.

»Wo sind Damian und Grayson?«

»Die beiden sollten gleich kommen.« Dann bin ich also nicht die Einzige, die zu spät ist. Wir sitzen auf einem großen Ledersofa und vor uns ist genug Fläche, um eine ganze Basketballmannschaft trainieren zu lassen. Keine zwei Sekunden später betreten Grayson und Damian den Raum.

»Hallo meine, Kleine.« Damian setzt sich zu mir. Er legt eine

Hand auf mein Bein und streichelt beruhigend darüber. Dass Damian Hernández vor anderen zu so sanften Berührungen imstande ist, hätte ich anfangs nicht erwartet. Grayson setzt sich genervt zu uns und seufzt.

»Ich weiß echt nicht, warum ich hier sein soll.«

»Weil du die schwierigste Person in diesem Haushalt bist und wenn du nicht mit dem neuen Hausmädchen klarkommst, wird es keiner, denn dann ist sie schnell nicht mehr unter den Lebenden«, antwortet Damian und Grayson gibt ein Schnauben von sich.

»Die Erste kann reinkommen«, ruft Zade Richtung Tür und daraufhin betritt auch gleich die erste Bewerberin den Raum.

»Und wenn jeder seinen eigenen Dreck wegräumt?«, murmle ich und fange Graysons ungläubigen Blick ab. »Nur so eine Frage.«

Damian und Zade schmunzeln in ihre Fäuste. Geben mir nur keine Antwort auf meine Frage. Ist diese Vorstellung wirklich so abwegig?

Nach acht weiteren Frauen ist immer noch keiner der Männer zufrieden.

»Also, ich finde Nummer drei war eigentlich gar nicht schlecht«, verkündet Zade und wir schauen ihn alle genervt an.

»Ja, weil sie freiwillig vor dir auf die Knie gegangen wäre, nur um den Job zu bekommen«, gebe ich zurück und alle lachen auf.

»Sie hat recht, wir brauchen ein Hausmädchen, das sich nicht für einen von uns prostituiert«, stellt Damian klar und es erleichtert mich, dass er so denkt.

»Warum? Ist doch ein schöner Nebeneffekt«, bemerkt Grayson und mit einem direkten Blick bringt Damian ihn zum Schweigen.

»Die Nächste, bitte!«, ruft Zade und ein braunhaariges Mädchen mit einer großen Brille auf der Nase betritt den Raum. Ich beuge mich vor, um sie besser betrachten zu können. Etwas an ihr ist anders, als bei den anderen Bewerberinnen.

Sie kommt mit ihrer Akte nach vorn und stellt sich kurz als Emilia Sophie Grave vor. Sie lächelt mich an. Zade durchblättert ihre Akte und schaut die Liste ihrer Stärken und früheren Jobs an. »Wie ich sehe, Señorita Grave, sind Sie ziemlich erfahren mit den Tätigkeiten, die dieser Job mit sich bringt.«

»Ja, ich habe eine Zeit lang in unterschiedlichen Unis Hausarbeiten erledigt, in einem japanischen Restaurant gekocht und Babys gesittet.«

»Das hört sich alles sehr gut an, doch eine Sache macht mir Gedanken und das ist Ihr Alter.«

Ich brenne darauf, zu erfahren, wie alt sie ist, denn mir ist schon am Anfang aufgefallen, dass sie ziemlich jung aussieht.

»Auch wenn ich erst neunzehn bin, ändert das nichts an meinen Fähigkeiten. Ich bin jung und motiviert«, gibt sie zurück und ein Nicken geht durch die Menge. Grayson lehnt sich vor und ich kann sehen, wie er sie hungrig mustert.

»Junge neunzehn, also«, wiederholt Grayson und die beiden schauen sich an. Ich bin anscheinend nicht die Einzige, die die Spannung zwischen den beiden spürt. Damian und Zade nicken sich alarmiert zu.

»Erzählen Sie mir eine Sache über sich, die nicht in diesen Dokumenten steht«, fordert Grayson und der Augenkontakt zwischen den beiden wird keine Sekunde lang unterbrochen.

»I-ich …« Sie schluckt und ein zynisches Grinsen schleicht sich auf Graysons Gesicht.

»Wusste ich 's doch.« Grayson wendet den Blick ab und lehnt sich wieder zurück.

»Nächs–« Gerade als Zade die nächste Bewerberin hereinrufen möchte, unterbricht Emilia ihn.

»Ich kann mich wehren«, stellt sie selbstbewusst klar und strafft die Schultern. Ein Lächeln schleicht sich auf Grays Gesicht und er steht auf.

»Ist das so?« Er legt den Kopf schief und scannt ihren Körper von oben bis unten.

»Setz dich wieder, Gray«, befiehlt Damian, doch Grayson bewegt sich keinen Zentimeter.

»Warum denn, *Boss*? Ich finde, wir sollten überprüfen, ob sie die Wahrheit sagt«, gibt Grayson zurück und die Spannung, die in der Luft liegt, ist erdrückend.

»Das ist keine gute Idee«, versucht Zade ihn zurückzuhalten.

»Nein, schon okay, Señor. Er hat recht. Sie sollten wissen, ob ich wirklich die Wahrheit sage und mich wehren kann. Ob ich kämpfen kann, wenn es darauf ankommt«, gibt Emilia zurück und obwohl sie mit Zade redet, schaut sie nur Grayson an.

»Na dann.« Grayson stellt sich vor sie.

»Zeig mir, was du kannst«, fordert er sie auf und ich schaue alarmiert zu Damian. Das kann er doch nicht zulassen!

Durch ein leichtes Drücken meines Oberschenkels gibt er mir zu verstehen, dass er alles unter Kontrolle hat, und ich glaube ihm. Emilia tritt näher an Grayson heran, welcher den ersten Versuch macht, sie zu schlagen, doch sie wirbelt herum und tritt ihm von hinten in die Beine, sodass er kurz nach vorn knickt.

»Nicht schlecht für den Anfang«, stellt Grayson fest und wird daraufhin von ihr attackiert. Ihre Schläge sitzen gut, doch er wehrt sie immer wieder ab. Es ist ein Hin-und-her, bis ich es knacken höre. Als ich wieder aufschaue, sehe ich, dass Grayson einen Treffer gelandet hat. Mitten in ihr Gesicht. Ich keuche auf und will aufstehen, um zu ihr zu gehen, doch Damian hält mich zurück.

»Warte«, flüstert er mir zu, sodass nur ich es hören kann.

Sie blutet aus der Nase und sieht Grayson wütend an. Etwas in ihren Augen verändert sich und sie sprintet auf ihn zu. Sie landet anfangs keinen Treffer, doch dann tritt sie ihm das Bein weg, Grayson fällt auf den Boden und sie steigt auf ihn.

»Das ist für den Schlag in mein Gesicht. Egal, was ist, man sollte keine Frau in ihr Gesicht schlagen. Hat dir niemand Anstand beigebracht?« Mit einer schnellen Faust schlägt sie ihm ebenfalls auf die Nase.

Damian und Zade grinsen neben mir.

»Ernsthaft? Ihr findet das lustig?«, rufe ich entsetzt und schaue die beiden an.

»Ist schon lange her, dass Grayson aus der Nase geblutet hat«, antwortet mir Damian.

»Das Mädchen ist echt der Hammer«, lacht Zade und schaut die beiden an. Als sie erneut für einen Schlag ausholen will, hält Grayson ihren Arm fest und wendet das Ruder. Schnell hat er sie unter sich gedreht und drückt ihre Arme über sie auf den Boden. Er flüstert ihr etwas ins Ohr, das nur die beiden hören können. Von hier aus kann ich sehen, wie er seinen Schritt an sie drückt, und schnell wende ich den Blick ab.

»Das reicht!«, befiehlt Damian und steht auf. Emilia und Grayson fahren schnell auseinander und richten sich auf.

»Du bist eingestellt. Morgen ist dein erster Tag«, erklärt Damian und sie nickt ihm zu.

»Danke Señor und Señorita Hernández.«

»Was, ich –«

Zade unterbricht mich. »Bis morgen dann.«

Emilia verlässt den Raum und ich schaue Damian an. Er grinst in meine Richtung und mit meinem Blick gebe ich ihm zu verstehen, dass er sich ja nicht daran gewöhnen soll, dass Leute mich so nennen. Gerade als Grayson den Raum verlassen möchte, hält Damian ihn auf.

»Pass auf, was du tust, okay? Ich respektiere dich, aber wenn du unser neues Hausmädchen terrorisierst, werde ich nicht davor zurückschrecken, dich rauszuschmeißen, verstanden?«

Grayson nickt und öffnet die Tür.

Sobald wir allein sind, zieht mich Damian an sich.

»Das war ziemlich verrückt gerade, oder?«, frage ich und er nickt.

»Vergiss später nicht, mein Geschenk anzuziehen.« Er zwinkert mir zu und küsst mich innig.

»Wie könnte ich nur?«

Wir kennen uns zwar noch nicht in- und auswendig, aber trotzdem genießen wir die Stimme und die Berührungen des jeweils anderen. Bin ich verrückt, weil ich glaube, mich in einen Mann zu verlieben, dessen Status mich permanent in Gefahr bringen kann?

Kapitel 19

Liana

Nach dem Nachmittag in der Trainingshalle habe ich mich erst mal schlafen gelegt und danach habe ich mit Elara am Telefon gequatscht. Es wurde mal wieder Zeit, dass ich sie über all das Geschehene informiere, und natürlich findet sie das alles ziemlich verrückt und … krank.

Als sie erfahren hat, dass Damian ein Kumpel von ihrem Boss Zade ist, hat sie zuerst abgeneigt gewirkt und wollte gar nicht kommen. Die beiden haben kein besonders gutes Verhältnis und hätte sie gewusst, dass die beiden miteinander befreundet sind, hätte sie mir einen anderen Kerl zum Vögeln gesucht.

Letztendlich konnte ich sie aber doch überreden zu kommen, nachdem sie erfahren hat, dass es kostenlosen Alkohol gibt, war sie dabei. Und ich habe ihr klargemacht, wie sehr ich sie vermisse. Ihrer Meinung nach sollte ich aber immer noch so schnell es geht von hier verschwinden und das Weite suchen, doch das kann ich nicht. Auch wenn auf diesem Anwesen schon viele verrückte Sachen passiert sind, fühle ich mich hier wohl und noch viel wichtiger: sicher.

Ich habe nicht damit gerechnet, aber ich glaube, das alles liegt an einer bestimmten Person. Damian. Meine Gedanken werden durch ein lautes Klopfen an meiner Zimmertür unterbrochen.

»Ja?«, rufe ich die Person davor herein und als ich Zade erblicke, bin ich leicht verwundert. Was will er denn hier?

»Ich wollte dich nicht stören, Liana, aber wir müssen über etwas sprechen.« Er läuft mit großen Schritten auf das Sofa gegenüber von meinem Bett zu und lässt sich darauf nieder.

»Ich bin ganz Ohr«, gebe ich zurück und warte gespannt auf seine Antwort.

»Damian hat mir erzählt, dass Elara heute Abend ebenfalls anwesend sein wird und auch, dass sie weiß, wer er ist.« Er holt tief Luft, bevor er fortfährt. »Ich muss dir, glaube ich, nicht sagen, wie ich das finde. Je mehr Leute davon erfahren, desto mehr sind in Gefahr und heute Abend werden wichtige Verbündete da sein. Ich bitte dich darum, aufzupassen, dass Elara uns nicht blamiert. Wir wissen beide, wie sie manchmal sein kann, und es wäre eine Schande, sie rausschmeißen zu müssen. Sie in Gefahr bringen zu müssen.« Er schaut mich ernst an und doch kann ich mir ein leichtes Grinsen nicht verkneifen.

»Was ist daran so amüsant?«

»Was ist das zwischen dir und Elara? Ist das irgendwie ein komisches Machtspiel? Ich habe mit Ella schon über alles geredet und sie weiß sich zu verhalten. Aber ganz sicherlich werde ich ihr keine Leine für heute Abend anlegen«, antworte ich ihm mit genauso ernster Stimme.

»Die würde ihr bestimmt fantastisch stehen.« Er steht auf und bahnt sich den Weg zur Tür.

»In zwei Stunden geht es los. Sei pünktlich, Lia.« Er verlässt das Zimmer. Auf meine Fragen habe ich nicht wirklich eine Antwort bekommen, doch das kann jetzt warten. Ich muss mich fertigmachen. Immerhin möchte ich unsere Gäste nicht in meinem gelben Blumen-Schlaflook erschrecken.

Als ich umgezogen bin und auf den Flur trete, informiert mich einer der Wachmänner, dass Elara eingetroffen sei und in der Eingangshalle warte. Mit meinen hohen Schuhen und dem engen, weißen Kleid stolziere ich die Treppen in die besagte Halle herunter.

»Na, wen haben wir denn da?« Ich grinse Ella an und mein Blick bleibt an dem roten Kleid mit dem tiefen Ausschnitt hängen.

»Du siehst Hammer aus, Süße.« Elara kommt auf mich zu.

»Du auch, meine Liebe.« Wir umarmen uns und laufen zusammen Richtung Wohnraum, in welchem die heutige Party stattfinden wird.

»Zade werden die Augen aus dem Kopf fallen, wenn er dich so sieht.« Ich grinse sie an und sehe ihr verkniffenes Gesicht.

»Dann hätte ich wohl lieber einen Kartoffelsack anziehen sollen«, gibt sie schnaubend zurück.

Ich antworte ihr nicht, da sie vor mir nicht leugnen kann, dass zwischen allem ein Funke Verlangen brennt. Nachdem wir oben angekommen sind, läuft Damian auf uns zu und sein Blick klebt förmlich an mir.

»*Dios mio*! Du siehst traumhaft aus, mi flor.« Er zieht mich an der Hüfte zu sich und küsst mich innig. Gott! Diese Lippen machen mich verrückt und dabei vergesse ich völlig, dass Elara immer noch neben uns steht. Nur schwer kann ich mich von ihm lösen.

»Das ist ja ekelhaft.« Ella schaut von Damian zu mir.

»Elara«, begrüßt Damian sie.

»Damian«, gibt Ella ebenfalls neutral zurück.

»Unsere Gäste werden gleich eintreffen und es wird nur eine kleine Feier sein. Nichts Großes, eher im engen Kreis. Wenn ihr möchtet, könnt ihr euch jederzeit an der Bar und am Buffet bedienen. Ich werde dann gleich dazu stoßen.« Damian gibt mir einen Kuss auf die Stirn. »Und heute Nacht gehörst du ganz mir«, flüstert er mir ins Ohr. Dann leckt er sich über die Lippen und läuft in die andere Richtung.

Obwohl wir nie geklärt haben, was das zwischen uns eigentlich ist, benehmen wir uns wie ein Paar. Dabei weiß ich selbst noch nicht mal, ob ich überhaupt für eine Beziehung bereit bin. Immerhin ist meine letzte nicht besonders gut ausgegangen. Doch ich kann auch nicht leugnen, dass Damian mir ein besonderes Gefühl beschert und fürs Erste reicht es mir, dieses nur zu erkunden.

»Er scheint ja ganz nett zu sein«, flüstert Ella und zusammen laufen wir an die Bar.

»Er ist nett.« Ich lächle sie an und sie lacht amüsiert.

Wir bestellen uns an der Bar zwei Gläser Wein. Gemeinsam trinken wir unser erstes Glas leer und bestellen danach gleich zwei weitere.

Aus dem Flur sehe ich Dylan und Zade näher kommen. Beide sehen heute wirklich sehr gut aus. Zade trägt einen schwarzen Anzug, wohingegen Dylan nur mit einem weißen Hemd und Anzugshose herein stolziert.

»Warum grinst du so?«, fragt Elara verwirrt und dreht sich um. Als sie Zade erblickt, kommt ein genervtes »Bitte nicht« von ihren Lippen.

»Da ist aber jemand begeistert, seinen Boss zu sehen«, schnaubt Zade provozierend. Dylan nickt mir nur zur Begrüßung zu und sagt vorerst nichts weiter. Er steht am Rand und greift nach einem Whiskey an der Bar.

»Boss, ich dachte, Ihr Anblick bleibt mir etwas länger erspart«, antwortet Elara ebenso provokant. Ich muss mir ein Lachen verkneifen und beobachte weiterhin das Wortgefecht zwischen den beiden.

»So kenne ich ihn gar nicht«, flüstert mir Dylan zu und ich muss mich erst mal sammeln und realisieren, dass er mich gerade wirklich angesprochen hat. Das hat er noch nie. Nie so offensiv.

»Was meinst du?«

»Dieses Feuer in seinen Augen, hinter welchem noch so viel mehr steckt. So ist Zade nicht. Er ist kein Mann für diese Art von Frauen. Meistens sucht er nach jemand Einfachen für die Nacht, damit keine Schwierigkeiten entstehen, aber Elara ist das genaue Gegenteil.« Gerade als Dylan seinen Satz beendet hat, betritt Grayson den Raum. Vom Kampf am Vormittag ist ihm nichts mehr anzusehen und als er sich auf dem Ledersofa niederlässt, zwinkert er jemandem im Flur zu. Dylans und mein Blick wandern sofort zu dieser Person und wir beide sehen Harper. Da Dylan noch nah genug an meinem Ohr ist, kann ich ihn scharf einatmen hören, gleich danach entfernt er sich von mir und gesellt sich ebenfalls zu Grayson auf die Couch. Harper kommt auf uns zu.

»Harper de Martel?«, fragt Elara, welche sich somit von ihrer Diskussion mit Zade abwendet. Die Prinzessin gesellt sich zu uns und lächelt uns an. »Was macht sie hier, Lia?«

»Ich weiß es nicht.« In mir krümmt sich nur ein dicker Ball. Was wird das heute? Eine erneute Ansage, dass Damian und sie heiraten werden? Mit einem Mal fühle ich … nichts.

Vielleicht Wut.

Wie konnte Damian sie hierher einladen? Sie ist offiziell noch seine Verlobte, was ich gut die letzten Tage verdrängen konnte.

»Elara? Du hier?«, fragt die Prinzessin verwundert und meine Verwirrung muss mir anzusehen sein. Die beiden kennen sich? Woher kennt sie Elara?

»Ihr kennt euch?« Ich schaue zwischen den beiden hin und her.

»Wir sind alte Freunde«, antwortet mir Harper und Elara nickt. Die beiden umarmen sich und etwas an dieser Situation scheint nicht nur mir komisch vorzukommen. Auch Zade schaut mich verwundert an und ich nehme mir fest vor, Ella zu fragen, wie das sein kann.

»Auch schön, dich zu sehen, Liana.«

Sie kennt auch mich?

Nachdem ich beschließe, kurz Abstand von der Situation zu nehmen und den Raum eigentlich zu verlassen, kommt Damian rein. Ich drehe mich zu ihm und sein Blick wendet sich abwechselnd zu mir und Harper.

Ich habe keine Ahnung, was er in meinem Gesicht liest, aber es scheint ihn sichtlich zu amüsieren. Also gehe ich. An ihm vorbei. Will auf mein Zimmer, doch er umgreift mein Handgelenk.

»Warte.«

»Warum? Soll ich zusehen, wie du und deine Verlobte –«

»Das ist sie nicht. War sie nie.«

»Halte mich nicht für dumm. Und lass mich los.«

»Ich habe dir schon einmal gesagt, Liana, ich werde dir nicht wehtun. Nie wieder. Weder seelisch noch körperlich. Verstanden?«

Und dann zieht mich Damian weiter an sich.

»Warum hast du sie dann eingeladen?« Meine Eifersucht ist kaum zu überhören und ich hasse mich selbst für diese Reaktion. Seit wann bin ich so besitzergreifend gegenüber Damian?

»Mi flor, dadurch, dass unsere Ehe nicht zustande kommt, muss ich eine andere Lösung finden, um den König zufriedenzustellen. Harper will dasselbe und deswegen arbeiten wir zusammen daran.«

»Das heißt, ihr werdet öfter miteinander reden müssen?«

Damian grinst und nimmt mein Kinn zwischen seine Finger. »Das hat noch Zeit, aber ja.«

Er muss mir ansehen, dass mir seine Antwort nicht sonderlich gefällt, und fügt noch hinzu: »Ich will nur dich. Soll ich es dir beweisen?«

Ich sage nichts weiter und Damian lässt mein Kinn los, um sich zu all den anderen zu drehen.

»Darf ich vorstellen, Männer? Liana. Hoffentlich irgendwann meine Frau.«

»Du definierst also, was wir sein werden, ja?«

Ich schiebe mich etwas von ihm.

»Nein«, lacht Damian. »Nur, was ich hoffe, was du sein wirst.«

Mein Blick gleitet zu den zwei Männern, die sich langsam Damian nähern. Das kann nicht wahr sein! Ich erstarre, als mich ihre Blicke treffen und ich die Augen erkenne.

Keiner sagt etwas und ich bin mir sicher, dass ich genauso geschockt aussehe, wie ich mich fühle.

»Das ist Giuliano, Mafiaboss Italiens, und seine Männer Noah und Diego«, stellt uns Damian nacheinander vor, ohne zu wissen, dass es nicht nötig ist.

»Liana.« Giuliano küsst meinen Handrücken und Damian beobachtet dabei jede seiner Bewegungen. Giuliano ist groß und wirkt mit seinen dunkelbraunen Haaren und dem ebenso dunklen kurzen Bart älter als wir. Doch ich bekomme gar nicht mit, wie mich alle begrüßen, da meine Gedanken ausgeknipst sind. Erneut geht mein Blick zurück in ihre Gesichter.

Zu meinen ...

Meinem Cousin.

Und ... meinem Onkel.

Diego ist der Erste, welcher aus seiner Starre kommt, und er öffnet seine Lippen. Sein Blick wirkt wütend und wenn er sich keineswegs verändert hat, wird er …

»Du fickst meine Nichte?«

… schreien.

Alle drehen sich zu uns.

Damian sieht ebenso überrascht aus und am liebsten würde ich im Erdboden versinken. Das kann doch nicht wirklich wahr sein. »Bitte was?«

»Liana ist meine Cousine und Diegos Nichte«, fasst Noah noch mal zusammen, was mittlerweile jeder verstanden haben muss. Wie lange ist es bitte her, dass ich die beiden gesehen habe?

»Ja, das habe ich auch gecheckt«, antwortet Damian schnippisch und hinter uns höre ich Grayson lachen. »Wie kann das bitte sein?«

»Ihre Mutter ist Anführerin der *Macinis*«, erklärt mein Onkel und fixiert mich dabei mit seinem Blick.

Jetzt ist es wohl raus. Ich bin Tochter einer bekannten italienischen Mafiaanführerin.

»Du bist was?« Damian schaut mich entsetzt an. Er sucht in meinem Gesicht nach einer Erklärung, doch da wird er nichts finden. Das Ganze ist etwas komplizierter, als es scheint. Und wie Damian mich jetzt anschaut, gefällt mir ganz und gar nicht. Er sieht so aus, als würde er sich fragen, wer ich bin.

»Ich wusste, an ihr ist etwas faul«, fügt Grayson von weiter hinten hinzu. Kann er nicht einmal seine vorlaute Klappe halten?

»Sie ist vor drei Jahren ausgestiegen«, erklärt Noah, mein Cousin, und wir alle warten sichtlich auf Damians Reaktion. Bestimmt fühlt er sich von mir hintergangen, obwohl das alles gar nicht so ist, wie es gerade aussieht.

»Ausgestiegen?«, hakt Damian nach und sein Blick liegt dabei allein auf mir. Er will es von mir hören.

»Ich wollte kein Teil mehr von der Mafia sein und bin gegangen. Seitdem ist es zwischen meiner Mutter und mir … schwierig.« Mehr möchte ich vor all den anderen nicht sagen und das versuche ich Damian mit meinem Blick zu zeigen. Gern erkläre ich mich ihm allein noch ausführlicher, aber hier ist nicht der richtige Ort dafür. Ich wollte es Damian schon früher sagen, aber irgendwie hatte ich gehofft, dass es nie einen Grund dazu geben wird.

Ich weiß, sehr naiv von mir …

Ich strecke mich, um Damian etwas zuflüstern zu können, sodass nur er es hören kann. »Lass uns später darüber reden, okay? Ich werde dir alle Fragen beantworten.«

Er nickt und nimmt meine Hand mit einem leichten Druck in seine. Dann ist das wohl fürs Erste geklärt …

»Lange nicht mehr gesehen«, begrüße ich nun meine Verwandten und versuche so, die Stimmung zu lockern. Keiner sagt mehr etwas, bis Diego zu Wort kommt.

»Tja, dann ist das hier wohl nicht nur eine Party, sondern auch eine Familienfeier. Meine liebe Nichte. Du hast dich also bei unseren Freunden herumgetrieben, was?« Er klopft Damian auf die Schulter und sowohl Noah als auch Diego nicken Damian zu. Mein Blick wandert zu Giuliano, dem Mafiaboss Italiens, er ist groß und breit gebaut und vor allem seine braune Haut zeigt, woher er stammt. Ich bin mir sicher, für viele Frauen ist er der wahr gewordene Traum.

»Giuliano«, murmle ich, um ihn auch noch mal zu begrüßen.

»Man sucht sich immer seinesgleichen, meine Liebe. Immer seinesgleichen. Du kannst deine Familie verleugnen und doch suchst du sie wieder auf«, spricht Giuliano und grinst. »Mit diesem Zuhause könnten alle drei Mafiaclans leben. Der deiner Mutter, Damians und meiner. Seite an Seite.«

Als er *Mutter* sagt, läuft es mir eiskalt den Rücken hinunter. Das würde bedeuten, dass ich für immer an Damians Seite bliebe. Jetzt eine Entscheidung zu treffen, ist unmöglich, und ich senke unentschlossen den Blick.

»Lasst uns nun feiern. Es gibt genügend Gründe«, ruft Damian neben mir und zieht mich an seine Seite. Wenigstens scheint er nicht ganz so wütend zu sein. Oder ist das nur Fassade und ich bekomme später das volle Ausmaß seiner Dunkelheit zu spüren?

Mein Cousin, mein Onkel und Giuliano ziehen an mir vorbei. Irgendwie habe ich das Gefühl, dass zwischen den dreien eine stumme Unterhaltung stattfindet, die ich nicht verstehe.

»Ich fasse es nicht«, murmelt Damian.

Er wendet sich mir zu und umgreift mein Handgelenk. »Wann wolltest du mir sagen, dass du mit Leuten aus der italienischen Mafia verwandt bist?«

»Ich … Ich habe dir gesagt, dass deine Welt nicht so neu für mich ist. Und eigentlich wollte ich nie wieder in solch eine Welt hinein.« Wahrscheinlich war er zu ungeduldig, um auf später zu warten, und will jetzt gleich eine Erklärung von mir.

Er schaut mich an und beugt sich vor. »Bestehst du nicht auf die Wahrheit?«

Ein verbaler Schlag ins Gesicht und Damian hat recht.

»Lass es mich erklären.«

»Jetzt.«

»Okay.«

Ich ziehe ihn an seinem Arm raus aus dem Raum. In den Flur, der bis auf zwei Wachen leer ist. Das ist zwar nicht der beste Ort, um dieses Gespräch zu führen, aber es muss jetzt nun mal sein.

»Also, ich komme ursprünglich aus Italien. Sizilien, um genau zu sein. Seit ich ein kleines Mädchen war, bin ich Teil des Mafiaclans meiner Mutter, den *Macinis*.«

»Du bist also Italienerin? Warum bin ich nicht eher darauf gekommen?«

»Weil ich nicht typisch italienisch aussehe? Mein

Vater war Engländer und kam aus einer sehr wohlhabenden Familie. Die beiden haben sich vor langer Zeit unsterblich verliebt. Hab wohl mehr von ihm.«

»So oder so, bist du wunderschön.«

Ich lächle Damian an und er wirft mir einen beruhigenden

Blick zu. Also erzähle ich weiter: »Ein Leben als Mafia-Kind war nicht besonders leicht für mich und als ich mit dem Alter immer mehr mitbekommen habe, was meine Mutter da eigentlich macht, welches brutale Verhalten täglich stattgefunden hat, war für mich klar, dass ich gehen muss. Ich will niemals so leben müssen, auch jetzt nicht, und bin dann letzten Endes nach Spanien ausgewandert. Ich musste einfach meinen eigenen Weg gehen.«

Damian tritt näher an mich heran und berührt leicht meinen Arm. Sachte streichelt er darüber.

»Du hast ja keine Ahnung, wie gut ich dich verstehe, mi flor.« Aufrichtig schaut er mir in die Augen und ich habe das Gefühl, mich in seinen zu verlieren.

Doch ich bin noch nicht fertig.

»Natürlich war meine Mutter nicht wirklich begeistert von meiner Entscheidung und verabscheut mich bis heute dafür, daher haben wir auch keinen Kontakt mehr.«

»Und dein Vater? Was ist mit ihm passiert?«, fragt er leise und ich lächle ihn traurig an.

»Als ich klein war, ist er an Krebs gestorben.«

»Das tut mir leid, meine Kleine.« Sanft liebkost er meine Wange und ich lehne mich seiner Berührung entgegen.

»Zu Diego und Noah hatte ich schon immer ein gutes Verhältnis, die beiden sind etwas feinfühliger als meine Mutter.«

»So oder so bist du jetzt nicht mehr allein, Liana. Du hast mich. Ich bleibe an deiner Seite.« Ich liebe es, wie mein Name aus seinem Mund klingt, und nehme seine Hand von meiner Wange, um sie an meine Lippen zu führen und einen Kuss darauf zu hauchen.

»Danke.«

»Wenn du bei mir bleiben willst, denn ein Leben mit mir gibt es nur mit der Mafia. Ohne ist keine Option.«

Für kurze Zeit herrscht Stille und ich brauche etwas, bis ich letztendlich antworte: »Mal sehen, wohin uns das alles führt.«

Damian scheint sehr zufrieden mit meiner Antwort zu sein und grinst mich breit an.

»Du bist meine Königin, Liana.«

»Hör auf, sag das nicht.«

»Damit werde ich ab heute nie aufhören. Denn ich glaube nicht, dass du ahnst, was es für ein Wink vom Schicksal ist. Wir sollten aufeinandertreffen.«

Kapitel 20

Liana

Ein Wink des Schicksals, dass Damian und ich aufeinandergetroffen sind? Ich weiß nicht …

Eine Stunde später sehe ich, wie Harper Elara immer wieder verstohlene Blicke zuwirft. Mein ungutes Gefühl von vorhin verstärkt sich dadurch nur und ich kann nicht aufhören, darüber nachzudenken, woher die beiden sich kennen könnten. Ich weiß, dass Harper auch auf Frauen steht und Ella auch nicht sonderlich abgeneigt davon ist. Ob die Bekanntschaft daher rührt?

Das hätte sie mir gesagt, oder? Spätestens, nachdem ich ihr das mit Damian und der Prinzessin erzählt hatte. Nach wenigen weiteren Minuten verschwindet Elara und ich vermute, dass sie die Toilette aufsuchen wird. Das ist meine Gelegenheit, sie abzufangen und Antworten aus ihr zu quetschen. Ich bin nämlich zu neugierig, um noch länger zu warten.

»Ich gehe mal kurz auf die Toilette«, verabschiede ich mich von den anderen und verschwinde den Flur hinunter. Dabei treffe ich auf Zade, der gerade aus seinem Büro kommt.

Die Musik kann man auch noch bis hierher hören und trotzdem scheint Zade keine Pause von der Arbeit zu nehmen. Das laute Jubeln der anderen ist zu hören und ich vermute, dass irgendwer etwas Lustiges angestellt hat. Warum er sich wohl keine Pause gönnt, um mit den anderen zu feiern?

»Wohin geht's, Lia?«, fragt er grinsend und schon wieder verwendet er meinen Spitznamen. Ich weiß nicht warum, aber irgendwie gefällt es mir, dass er mich so nennt.

»Eigentlich muss ich nur auf die Toilette. Ich suche aber auch Elara. Hast du sie gesehen?«, antworte ich ihm und hoffe, mit meiner Suche so schneller voranzukommen.

»Ja, sie ist mit Giuliano in einem der Zimmer. Wundert mich ehrlich gesagt nicht. An deiner Stelle würde ich die beiden nicht stören.«

»Mit Giuliano? Dem Mafiaboss?«

»Sí.«

Spürbar hebe ich eine Augenbraue.

»Stör sie einfach nicht.« Seine Stimme ist plötzlich viel kälter geworden. Er dreht mir den Rücken zu und geht den Weg zu den anderen in die Partyhöhle.

Meine Neugier packt mich.

Was hat Ella mit dem Mafiaboss Italiens am Hut? Ich gehe weiter und als ich um die Ecke biegen will, sehe ich sie. Sie und Giuliano sind am Flüstern. Ich kann nicht wirklich hören, über was die beiden reden, aber er hat Elara grob am Arm gepackt und scheint sie über irgendetwas zurechtzuweisen. Die beiden machen einen sehr vertrauten Eindruck und das ungute Bauchgefühl, das ich habe, wird immer größer. Als ich einen Schritt nach vorn gehe, knarzt der Boden unter mir.

»Scheiße«, fluche ich leise und trete direkt wieder hinter die Wand. Hoffentlich haben sie mich nicht gehört.

»Ich weiß, was ich tue«, höre ich Elara flüstern, doch was Giuliano darauf antwortet, kann ich nicht verstehen.

Langsam höre ich, wie Schritte näher kommen und da wird mir klar, dass die beiden den Weg zurückgehen und damit in meine Nähe kommen. Schnell verschwinde ich im Raum neben mir und warte, bis die Schritte an mir vorbeigezogen sind. Ich lasse mir extra noch ein paar Minuten länger Zeit und suche dann die Toilette auf.

Was zur Hölle war das?

Ich kenne Elara schon, seitdem ich in Madrid bin, und kein einziges Mal hat sie erwähnt, dass sie etwas mit diesen Menschen am Hut hätte. Nachdem ich mein Geschäft verrichtet habe, gehe ich an das weiße kleine Waschbecken, wasche mir die Hände und fahre mir durchs blonde Haar.

Elara würde mir doch sagen, wenn sie etwas mit dem italienischen Mafiaclan zu tun hat, oder? So was machen beste Freundinnen doch.

Einige Minuten lang starre ich mich einfach nur im Spiegel an. Geht hier irgendetwas vor sich, das ich nicht kapiere? Oder interpretiere ich da gerade viel zu viel hinein?

Seufzend greife ich nach meinem Lipgloss, den ich immer für Notfälle dabeihabe, und ziehe mir die Lippen nach.

Ich werde Elara auf jeden Fall auf das, was ich beobachtet habe, ansprechen müssen. Aber am besten wäre, wenn sie dafür nüchtern ist und so, wie sie vorhin schon getorkelt ist, kann das noch auf sich warten lassen.

Ich stecke den Lipgloss wieder ein und schaue mich ein letztes Mal im Spiegel an, bevor ich das Badezimmer verlasse.

Ich atme die Luft schwer aus und begebe mich dann wieder zu den anderen.

»Mi flor, komm, setz dich zu mir!«, fordert mich Damian auf und ich lasse mich neben ihm nieder.

»Wir müssen reden«, flüstere ich ihm ins Ohr und er grinst schelmisch. Er denkt wahrscheinlich, dass ich etwas Anzügliches mit ihm besprechen möchte, doch da muss ich ihn leider enttäuschen. Noch nie hatte ich das Gefühl, dass Elara etwas vor mir verheimlicht. Doch jetzt weiß ich nicht mehr, was ich denken soll.

»Wir müssen heute noch einiges machen, Kleine«, flüstert er mit rauer Stimme zurück und schaut dabei auf seinen Schritt, was mich ebenfalls dazu bringt, hinzuschauen. Das, was ich sehe, ist ziemlich selbsterklärend. Er ist hart.

Ich versuche, mich wieder auf das zu konzentrieren, was ich eigentlich sagen wollte.

»Nein, das meine ich nicht. Ich habe im Moment irgendwie das Gefühl …«, erkläre ich ihm.

»Ja?«

»Dass du der Einzige bist, dem ich trauen kann. So richtig, meine ich.«

Er sieht mich verwundert an und dann öffnen sich seine Lippen. »Was ist los?«

»Es ist seltsam … irgendwas ist komisch.«

»An was?«

»An Ella und Giuliano. Ich weiß, es klingt absurd, aber –« Damians Miene verändert sich schlagartig. Kurz schaut er beide flüchtig an und wendet dann den Blick ab.

»Berichte mir später alles.«

»Du glaubst mir?«

»Wenn ich eins weiß, dann, dass man die Intuition seiner Frau niemals unterschätzen sollte.«

Auch wenn ich über seine Aussage leicht irritiert bin, nicke ich und wir beide wenden uns wieder an die laufenden Gespräche. Wir stoßen alle gemeinsam auf Damian und seine neue Position als Mafiaboss Spaniens an und doch behalte ich meine Umgebung im Auge. Hinterfrage alles. Denn das ist es, was ich gelernt habe. Achtzehn Jahre lang.

Um ein Uhr morgens verabschieden sich alle und auch Elara geht nach Hause. Sie wird von Zade gefahren und darüber war sie nicht besonders erfreut.

»Bis dann, Cousinchen. Es ist immer noch unglaublich, dich heute gesehen zu haben. Als sollte es so sein, was?«

»Scheint so.«

»Damian.« Noah schaut ihn ernst an.

Zum Abschied umarme ich noch meinen Onkel, meinen Cousin und auch Harper, die von ihrem Bodyguard abgeholt wird.

»Ich freue mich wirklich für Damian. Dass er dich hat und ich diesen Penner nicht heiraten muss. Nicht mehr.«

Ich lächle.

Auch wenn ich noch nicht viel mit ihr geredet habe, habe ich sie in mein Herz geschlossen. Nachdem alle gegangen sind, bin ich in mein Zimmer verschwunden und habe mich umgezogen.

Jetzt bin ich in meinem Schlafanzug auf dem Weg zu Damians Zimmer. Es ist zwar schon zwei Uhr morgens, doch das hindert mich nicht. Ich klopfe an seine Tür und ein oberkörperfreier Damian öffnet mir.

Sein schelmisches Grinsen zeigt, dass er bereits mit mir gerechnet hat, und ich kann nichts dagegen tun, dass mein Blick weiter runter wandert. Allein schon sein leicht verwuscheltes Haar macht mich verrückt, aber seine harten Bauchmuskeln in Kombination mit dieser grauen Jogginghose …

»Kommen Sie rein, Señorita Hernández«, begrüßt er mich und ich laufe an ihm vorbei ins Zimmer. Ich wusste, dass er noch wach sein würde, und es wunderte mich, dass er nicht mir folgte, sondern ich ihn aufsuchen musste.

»Nenn mich nicht so«, gebe ich genervt zurück und er lächelt nur noch breiter.

»Setz dich, mi flor.« Er zeigt auf sein Bett und wir lassen uns darauf nieder. Ich erzähle ihm von dem Vorfall mit Elara und Giuliano und auch er scheint genauso verwirrt zu sein wie ich.

»Vielleicht wollte er sie einfach abschleppen, das würde Giuliano ähnlichsehen.«

»Nein. Dieses Gespräch war sehr vertraulich und zwischen den beiden war keinerlei sexuelle Spannung«, antworte ich ihm und er scheint weiterhin darüber nachzudenken, über was die beiden sonst geredet haben könnten.

»Wir sollten dem Ganzen auf den Grund gehen, Damian«, stelle ich fest und er schaut mich mit einem breiten Lächeln an. »Da stimmt was nicht. Ella verschweigt irgendetwas.«

»Wir?«, fragt er grinsend und ich weiß ganz genau, wie viel er jetzt da reininterpretieren wird.

»Ja, wir.«

»Dann gehören wir jetzt also zusammen, mi flor?« Genau auf so eine Frage habe ich gewartet, denn jetzt werde ich ihm sagen, dass ich so nicht weitermachen kann. Ich brauche Gewissheit.

»Wenn du mich willst, darfst du nicht ohne mein Einverständnis vor allen so tun, als wären wir schon ein Paar«, gestehe ich ihm ernst und in seiner Miene kann ich sehen, dass er ganz genau weiß, was ich meine.

»Aber du gehörst schon mir, *mein Mafiamädchen.*« Er antwortet mit einem Lächeln auf den Lippen und ich bin so wütend, dass ich auf ihn steige, um ihm mit flacher Hand eine zu klatschen. Ich habe es satt, dass Männer mich behandeln, als wäre ich ein Objekt, das man besitzen kann. Genau das dachte meine Mutter. Sie dachte, ich würde nach ihrer Pfeife tanzen. Als ich zuschlagen will, wehrt er meine Hand ab und umfasst meinen Arm.

Er schließt seine Augen. »Fuck! Beweg dich nicht.«

»Was? Warum?«, frage ich wütend und verwirrt. Dabei wandern mir meine blonden Haare über die Schultern.

»Weil ich dich sonst hier und jetzt von hinten nehme.« Selbst jetzt denkt er nur an Sex und am liebsten würde ich ihm dafür …

»Vorher werde ich dich umbringen!«, schreie ich ihn an und schlage wütend auf seine Brust ein.

Warum kann er mich nicht ernst nehmen? Ich habe auch ein Recht dazu, entscheiden zu können, ab wann das mit uns einer richtigen Beziehung gleicht.

»Das ist eine Lüge, Kleines. Ich kann spüren, wie deine Pussy pocht«, flüstert er mir ins Ohr und ich brauche einen Moment, um mich wieder zu sammeln.

»Ist das dein beschissener Ernst, Damian? Ich versuche, hier mit dir über ein ernstes Thema zu reden, und du tust so, als wäre es schon längst geklärt!«

Natürlich macht mich Damian an. Das ist ja das Schlimme an allem. Ich kann mich so schlecht auf das Wesentliche konzentrieren, wenn er da ist. Also überkommen mich brennende Tränen.

Ich schlage auf seine Brust ein und abrupt hält er meine Arme fest, sodass ich meine Wut nicht weiter an ihm auslassen kann. Nun bin ich gezwungen, ihm in seine Augen zu schauen, und er kann in meinen sicherlich erkennen, dass ich sehr verletzt bin.

»Für mich bist du doch schon längst ein Teil von mir.« Er spricht so leise, dass ich ihn kaum hören kann.

»Das gibt dir nicht das Recht, über meinen Kopf hinweg zu entscheiden.« Ich sitze ruhig auf ihm und schaue ihn abwartend an.

»Verdammt, ich weiß! Ich bin es einfach nicht gewohnt, für eine Frau kämpfen zu müssen, aber für dich werde ich es tun, mi flor. Ich werde mich zügeln, verdammt. Ich dachte nur, du willst es auch.«

»Natürlich will ich. Ich will dich.«

Verständnisvoll schaut er zu mir hoch und im nächsten Moment legt er seine Hände um mein Gesicht. Dann lächelt er.

»Wo ist dann das Problem?«

»Dass du nicht einfach bestimmen sollst, was kommen wird oder was wir sind. Dass ich mitentscheiden darf.«

»Natürlich darfst du das und vielleicht … bin ich ziemlich direkt und gehe davon aus, dass es dir so passt, wie ich es sage. Nimm dir so viel Zeit, wie du brauchst, meine Kleine. Ich werde warten, bis wir offiziell *Wir* sind, egal wie lange es dauert. Ich werde auf dich warten. Ich werde auf uns warten.«

Mit diesen Worten beugt er sich zu mir vor und küsst mich. Ich genieße seinen Geschmack nach leichter Minze und seiner ganz persönlichen Note und vertiefe den Kuss. Nichts ist schöner, als von Damians Geruch und Geschmack eingenommen zu werden.

Ich löse mich kurz von ihm und schaue ihn an. Dabei schwirrt mir immer noch eine Frage im Kopf herum, die ich ihm schon lange stellen wollte. Irgendwie habe ich sie immer wieder vergessen.

»Warum Sonnenblumen, Damian?« Die Frage kommt zwar unerwartet, aber es interessiert mich.

»Weil du Licht in meine Dunkelheit gebracht hast, mi flor.« In seinen Augen sehe ich, wie ernst er es meint, und für einen Moment lang bin ich wie gelähmt.

Ich weiß nicht, was ich darauf antworten soll.

»Bevor du in mein Leben gekommen bist, war alles schlecht und ich hatte nichts Gutes mehr, an dem ich mich festhalten konnte. Doch jetzt habe ich dich, meine Kleine«, gesteht er mir und weiterhin sitze ich stumm auf ihm. Seine Worte berühren mich sehr und doch überfordern sie mich gleichzeitig.

»Wenn du noch mein sein willst«, flüstert er unsicher und ich schaue ihn ernst an.

»Natürlich will ich. Ich bin aber immer noch wütend«, antworte ich ihm leicht beleidigt, doch trotzdem habe ich ein kleines Lächeln auf den Lippen.

»Damit kann ich leben. Sehr gut sogar. Außerdem hast du auch jedes Recht dazu. Doch ich verspreche dir, dich nie wieder zu belügen oder etwas ohne deine Zustimmung zu tun. Du bist alles, was ich will. Alles, was ich brauche.«

»Alles, was du brauchst, mhm?« Meine Worte bringen ihn zum Lächeln und er beugt sich zu mir vor, um mich zu küssen, doch ich drücke ihn zurück aufs Bett.

»Alles, was ich brauche.«

»Wenn das so ist –« Ich steige von ihm runter.

»Was? Was tust du da?«

»Na ja, wenn *ich* alles bin, was du brauchst, ist es doch völlig irrelevant, was ich hier drunter trage. Dann könnte unser Zusammensein doch auf die inneren Werte beruhen, statt uns nur dem heißen Äußeren hinzugeben, nicht?« Ich zwinkere ihm zu und stehe vom Bett auf.

»Du bist ein Biest, Liana.«

»Und doch alles, was du brauchst. Welch böse Kombi.«

»Eine schreckliche Kombi«, scherzt er und ergreift meine Hand. Dann setzt er sich auf.

»Komm her.« Damian zieht mich weiter zu sich heran. »Zeig mir, was du anhast. Mein Geschenk, oder?«

»Deine Wiedergutmachung, genau.«

Damian zieht seine Lippe ein und zischt. »Zieh dich aus, Liana.«

»Sicher? Du weißt, wir sollten unsere Beziehung nicht auf eine Oberflächlichkeit aufbauen«, provoziere ich.

»Tun wir nicht.« Und dann nimmt er den Saum meines Schlafshirts und zieht es nach oben. Ohne überhaupt weiter nachzufragen. »Ich nehme mir nur, was mir gehört.«

Kapitel 21

Damian

Sie bringt mich in die Hölle. Eindeutig.

Der schwarze BH sieht himmlisch an ihr aus und ich lasse mir genug Zeit, in Ruhe die Wölbung ihrer Brüste zu betrachten. Wie der Stoff sich sanft an ihre Rundungen schmiegt, ist wunderschön. Am liebsten würde ich ihr dieses Stück Stoff auch gleich wieder vom Körper reißen, doch dafür genieße ich ihren Anblick viel zu sehr.

»Gefällt dir, was du siehst?«, fragt sie mit großen Augen und sie wird nie verstehen, *wie gut* sie mir wirklich gefällt. Anstatt ihr zu antworten, ziehe ich sie noch näher ran. Direkt an meinen Schritt.

Meine Lippen legen sich an ihr Ohr. »Ich finde, du siehst zum Anbeißen aus.«

In ihrem Oberteil, welches jetzt auf dem Boden liegt, sah sie auch schon unglaublich aus. Doch jetzt ist es um meine Beherrschung endgültig geschehen. Ich küsse mich ihren Bauch entlang und greife dann zum Saum ihrer Hose. Ich streife ihr die Schlafhose von den Beinen und ziehe sie auf das Bett zurück. Sie legt sich vor mich und ich beuge mich über sie. Nur, damit ich sie küssen kann. Überall. Langsam nähere ich mich dem zum BH passenden Slip, doch anstatt ihn auszuziehen, schiebe ich ihn nur auf die Seite und betrachte ihre Feuchte zwischen den Beinen.

»*Mía*«, hauche ich gegen ihre glänzenden Schamlippen und möchte gerade beginnen, sie zu berühren.

Da ich langsam die Geduld verliere, packe ich ihre Hüften und führe zwei Finger in sie. Ich warte nicht erst ab, bis sie sich daran gewöhnt hat und fange direkt an, sie etwas schneller mit meinen Fingern zu ficken und gleichzeitig über ihren Kitzler zu lecken. Sie wirft den Kopf nach hinten und stöhnt meinen Namen.

»So ist es gut. Jeder soll wissen, wer es dir gerade besorgt«, hauche ich mit rauer Stimme und beiße leicht in ihre Perle, was mir ein kurzes Zischen von ihr bringt.

»Hör auf, zu reden, und mach weiter«, murmelt sie erregt und packt mich an den Haaren, um mich noch näher an ihre Pussy zu drücken. Innerhalb von zwei Sekunden habe ich mich von ihr gelöst und drücke ihre Hände hinter ihr auf die Decke.

»Nicht so frech, mi flor. Hier habe immer noch ich das Sagen.«

»Heute nicht. Du hast heute zu oft das Sagen gehabt.« Sie greift nach meinem Gürtel und öffnet ihn, nur um keine Minute später auch meine Hose samt Boxershorts herunterzuziehen. Sekunden später sitzen wir uns auf den Knien ruhend gegenüber und küssen uns hemmungslos. Ich merke, dass sie heute nicht nachgeben wird und die Kontrolle haben will. Unsere Zungen duellieren, um die Führung und um unserem Spiel ein Ende zu setzen, schnappe ich sie mir an der Hüfte und schmeiße sie, wie zuvor, unter mich.

»Ich gebe nie die Kontrolle ab. Auch nicht bei dir.«

In meinen Augen muss sie erkennen, wie ernst ich es meine und dass mehr dahintersteckt. Seitdem ich mit vierzehn nie die Kontrolle darüber hatte, was die unterschiedlichsten Frauen mit mir machten, möchte ich diesen Kontrollverlust nie wieder verspüren, auch wenn mich der Gedanke, von Liana geritten zu werden, anmacht.

»Zeig mir, dass du mir vertraust, und ich vertraue dir.« Auf einmal ist dieser Moment zu so viel mehr geworden als nur Sex.

Ich sehe sie an. Zu lange. Ich kann in ihren Augen sehen, dass sie immer noch sauer ist. Weil ich so getan habe, als hätte sie kein Mitspracherecht. Ich schlucke und kämpfe gegen meinen Drang.

Sie schubst mich auf das Bett und krabbelt zwischen meine Beine. Sie nimmt meinen bereits harten Schwanz in eine Hand und streicht mit ihren Lippen über ihn.

»Schau mir zu, wie ich dir einen blase«, befiehlt sie und schon im nächsten Moment nimmt sie ihn, so weit es geht, in den Mund. Nicht alles passt hinein, doch sie hat eine Technik, die es trotzdem unglaublich geil macht. Mit einer Hand reibt sie meinen Schaft und gleichzeitig saugt sie an meiner Eichel, als würde ihr Leben davon abhängen.

»Fuck, ja«, stöhne ich und möchte ihren Kopf packen, um sie weiter runter zu drücken, doch so weit komme ich erst gar nicht. Sie nimmt meine Hand und drückt sie zurück auf meinen Bauch.

Erneut nimmt sie ihn kurz in den Mund, leckt meine ganze Länge entlang und löst sich dann von mir. Sie steigt über mich und möchte sich gerade auf mich sinken lassen, als mir einfällt, dass ich kein Kondom in greifbarer Nähe habe.

»Warte –«, möchte ich sie aufhalten, doch da ist es schon zu spät. Sie nimmt meinen ganzen Schwanz in sich auf und bewegt langsam die Hüften. Dabei schaue ich ihr in die Augen und sehe die Gefühle, welche hinter ihnen wirbeln.

»Wir wissen beide, dass wir uns keiner Gefahr aussetzen würden.«

Sie bewegt sich weiter auf mir und ich knete dabei ihre prallen Brüste. Sie wird immer schneller und ihr Stöhnen hallt von den Wänden. Bei allen anderen Frauen hätten mich schon längst die Schatten meiner Vergangenheit eingeholt, doch mit Liana ist es, als wäre da niemand außer uns. In diesem Moment gibt es nur sie und mich. Nur Damian und Liana.

»Gott, mi flor. Was machst du nur mit mir?« Ich packe sie an der Hüfte, um von unten in sie zu stoßen, doch auch diesen Spaß verwehrt sie mir. Kurz hält sie inne und greift nach meinem Gürtel.

»Was hast du vor?«, frage ich außer Atem.

»Streck die Arme aus«, befiehlt sie und ich tue, was sie sagt, auch wenn alles in mir dagegenspricht. Mit sicheren Griffen bindet sie meine Hände mit dem Gürtel zusammen, sodass ich nicht mehr nach ihr greifen kann. Auch wenn diese Situation unmöglich für mich erscheint, bleiben meine Alarmglocken still.

Schnell reitet sie mich weiter und berührt sich dabei selbst an ihrer Klitoris. Unsere Körper klatschen aneinander und ich spüre, dass sie gleich kommen wird.

»Damian, ich …« Sie bringt den Satz nicht mehr zu Ende und kommt mit einem lauten Schrei auf mir. Auch ich bin fast so weit und wenn sie noch zwei Sekunden länger auf mir geblieben wäre, hätte ich mich in ihr ergossen. Doch sie ist von mir gestiegen und kniet wieder zwischen meinen Beinen.

»Was soll das?«, frage ich verärgert und möchte nach ihr greifen, doch der Gürtel hindert mich daran.

»Ich möchte, dass du in meinem Mund kommst.« Sie nimmt meinen Schwanz in ihren süßen Mund und reibt ihn parallel mit der anderen Hand auf und ab. Es fühlt sich himmlisch an und ich komme ihr mit leichten Stößen entgegen, sodass sie leicht würgen muss.

»Liana. Ich komme. Geh weg, wenn du nicht willst, dass ich in deinen schönen Mund spritze«, warne ich sie, doch anscheinend ist es *genau* das, was sie will. Denn sie hört nicht auf und saugt nur noch fester an meiner Eichel.

»Ah, scheiße!«, stöhne ich und komme. Dabei zittere ich am ganzen Körper und kann kaum glauben, dass ich tatsächlich die

Kontrolle aufgegeben habe. Diese Frau wird mich noch umbringen. Ich schaue ihr in die Augen und als sie sich von meinem Schwanz löst und er aus ihrem Mund rutscht, sehe ich, wie sie jeden einzelnen Tropfen meines Spermas schluckt.

»Das hättest du nicht tun müssen, mi flor.«

»Aber ich wollte.« Sie leckt jeden einzelnen ihrer Finger ab, mit denen sie mich berührt hat.

»Du bist unglaublich, mi flor.« Ich grinse sie an und strecke ihr meine Arme entgegen, damit sie den Gürtel lösen kann.

Nach allem liegen wir Arm in Arm im Bett und eine große unausgesprochene Frage steht zwischen uns.

»Frag schon. Irgendwas möchtest du doch wissen, oder?« Ich atme tief ein, bevor ich die Frage stellen kann, die ich unbedingt stellen möchte.

»Ich weiß nicht, ob es als Frage gilt, aber ich will dich, Liana. Ganz und für immer. Ohne ein Hin-und-her.«

»Du bist der größte Mafiaboss Spaniens, Damian. Nimmt sich solch einer nicht das, was er will?«

»Ja und ich will *nur dich*.«

»Dann kommt es dir vielleicht ganz gelegen, dass ich ebenso *nur dich* will. Mit all deinen Facetten. Wenn du bereit bist, ebenso meine zu ertragen.«

»Das wird die beste Folter meines Lebens werden. Denn ich bin dir ausgeliefert. War ich in unserer ersten Nacht bereits«, gestehe ich und sie beugt sich zu mir, um mir einen leidenschaftlichen Kuss zu geben.

Als ich aufwache, liegt Liana neben mir und schlummert vor sich hin. Sie sieht wunderschön aus, wenn sie schläft. Küssend bahne ich mir einen Weg von ihrem Hals hoch zu ihren Lippen und nach ein paar Minuten erwidert sie meinen Kuss.

»Guten Morgen, mi flor.«

»Wie spät ist es?«, fragt sie verschlafen und macht langsam die Augen auf.

»Kurz nach elf«, antworte ich und schlinge meine Arme um ihre Mitte.

»Schon so spät«, stellt sie fest. »Sollten wir nicht aufstehen?«

Ich will gerade vieles, aber auf keinen Fall will ich aufstehen. So würde ich nur den Traum zerstören, in dem ich gerade lebe.

»Nein das hier gefällt mir viel besser.« Ich ziehe sie auf mich. Verlangend küssen wir uns weiter und es ist verdammt schwer, mich wieder von ihr zu lösen.

»Heute ist Emilias erster Arbeitstag. Wir wollen doch nicht, dass Grayson sie schon jetzt verscheucht«, spricht sie müde und schaut mir in die Augen. Sie hat ja keine Ahnung, wie egal mir gerade alle anderen sind.

»Zade und Dylan kümmern sich schon darum, Kleine.« Wir liegen ein paar weitere Minuten so da und genießen einfach die Wärme des jeweils anderen.

»Damian. Ich habe eine Frage.« Sie liegt auf meiner Brust und malt Kreise mit dem Finger auf meiner Haut.

»Ja?«

»Wieso musstest du mir solche Angst einjagen, als du mich beobachtet hast? Das Zuknallen der Tür, als ich die Blumen gefunden habe, oder beim ersten Mal das offene Fenster? Hat es dir Spaß gemacht, mich verängstigt zu sehen?«, fragt sie und mein ganzer Körper wird steif. Was hat sie da gerade gesagt?

»Welches offene Fenster?«

Ihr Kopf fährt ruckartig zu mir herum. »Na, das in meinem Schlafzimmer.«

Ich habe keine Ahnung, wovon sie spricht.

»Ich bin nie durchs Fenster zu dir ins Haus geklettert. Bist du dir sicher, dass du nicht vergessen hast, es zuzumachen?« Ich bete dafür, dass das die Erklärung ist.

»Ja, ganz sicher. Glaube ich.« Sie richtet sich auf und schaut mich ernst an. »Soll das heißen …«

»Es gibt noch jemand anderen, der dich beobachtet hat und der mir nicht aufgefallen ist. Verfluchte Scheiße!«, beende ich ihren Gedanken und schaue sie ebenso ernst an.

Beobachte deine Umgebung. Eine der wichtigsten Regeln.

Und ich habe es vergeigt.

»A-aber w-wer? Warum sollte noch jemand außer dir das tun?«

Es gibt nur eine Erklärung, wer es sein könnte. »Ich glaube, wir beide wissen, wem es einen Vorteil verschaffen würde, dich im Auge zu behalten«, antworte ich und sehe, wie es in ihrem Kopf *Klick* macht.

Gleichzeitig sagen wir es.

»Annabelle.« Meine verdammte Schwester!

»Wenn sie mich hat beobachten lassen, dann wusste sie schon die ganze Zeit von dir.« Ich war so versessen darauf, Liana zu beobachten, dass ich nicht darauf geachtet habe, ob mir jemand folgt oder das Gleiche mit ihr tut.

»Wir hätten es beide merken müssen. Ich glaube nicht, dass es Annabelle persönlich war, die mich beobachtet hat.«

»Jemand anderes hat es für sie getan«, schlussfolgere ich.

»Wir müssen herausfinden, wer«, gibt Liana selbstsicher zurück und zusammen machen wir uns, nachdem wir uns angezogen haben, auf den Weg zu Dylan. Wenn uns jemand diese Informationen besorgen kann, dann er.

Kapitel 22

Liana

Wir sitzen jetzt schon über drei Stunden lang in Dylans Büro und haben noch nichts herausgefunden. So langsam gebe ich die Hoffnung auf, auch wenn Damian versprochen hat, dass er spätestens am Ende des Tages Antworten für uns hat.

Seit gestern überschlagen sich meine Gedanken und ich schaue jeder Person zweimal ins Gesicht, da ich einfach nicht weiß, wem ich tatsächlich trauen kann.

Damian kann ich vertrauen, doch was ist mit Elara? Ich hätte niemals gedacht, dass ich mir diese Frage überhaupt stellen muss. Wir waren immer ehrlich zueinander und jetzt sitze ich hier, Panik überschattet mich, und ich habe keine Ahnung, wer eigentlich wirklich auf meiner Seite steht.

Ich sitze hinter Dylan auf einem Ledersofa und wackle mit meinem rechten Bein nervös auf und ab. Was ist, wenn die Person, die mich beobachtet hat, ganz in meiner Nähe ist?

Angst macht sich in mir breit und mein Zittern lässt nicht nach.

Wer zur Hölle verfolgt mich? Oder hat es zumindest getan?

»Damian?«

»Mi flor.«

»Ich bin hier sicher, oder?«

»Natürlich. Nur hier.«

»Dann sollte ich alles, was ich noch gebrauchen könnte, aus

meinem Haus holen. Ich werde hier länger bleiben müssen, bis das geklärt ist.«

»Hoffentlich bleibst du danach auch. Freiwillig.«

Ich schmunzle, doch darüber genauer nachzudenken … Dafür fehlt mir mein klarer Verstand. Es klopft an der Tür und ich sehe Emilia davorstehen.

»Entschuldigen Sie. Ich hätte hier Wasser für jeden. Ich glaube, eine Abkühlung würde guttun.« Sie lächelt uns an und stellt die Getränke auf dem kleinen Tisch vor mir ab.

»Vielen Dank, Emilia«, bedanke ich mich bei ihr und auch Damian nickt ihr zu. Nur Dylan sagt kein Wort.

»Geht es ihm gut?«, fragt Emilia und dabei schaut sie zu Dylan.

»Ja, er ist immer so, wenn er arbeitet«, antwortet Damian und Emilia nickt.

»Kann ich noch etwas für Sie tun?«

Als Damian antworten will, kommt Zade in den Raum.

»Deine Dienste werden gerade nicht länger benötigt, Emilia.« Zades schroffe Stimme sorgt dafür, dass Emilia schnell das Weite sucht.

»Das hätte man auch netter sagen können«, erwidere ich und blicke zu Zade.

Was ist denn mit ihm passiert? Ein langer Kratzer macht sich auf seiner linken Wange breit und zerstört somit sein perfekt kantiges Gesicht.

»Was zur Hölle ist mit deinem Gesicht passiert? Ist dir das nicht aufgefallen, mi flor?«, fragt Damian und ich muss ein Lachen unterdrücken. Ich wollte es nur nicht so offensichtlich ansprechen …

»Doch, aber ich habe versucht, es zu ignorieren.«

»So was kann man nicht ignorieren. Du siehst aus, als hätte dir jemand ins Gesicht getreten«, gibt Damian zurück und schaut dabei Zade an.

»Das«, Zade deutet auf den Kratzer in seinem Gesicht, »kommt von deiner rothaarigen besten Freundin. Als ich sie nach der Party nach Hause fahren wollte, sind wir in eine unschöne *Auseinandersetzung* geraten«, erklärt er und ich kann mein Lachen nicht mehr unterdrücken. Nur zu gern wüsste ich, was genau passiert ist. Der Kratzer zeigt nämlich, dass Elara etwas ganz und gar nicht gepasst haben muss.

»Ich hoffe, diese *Auseinandersetzung* endete mit dir in ihr. Damit es sich wenigstens gelohnt hat.« In Damians Stimme ist Belustigung zu hören.

Ich schlage ihm mit meinem Ellenbogen in die Rippen. »Hör auf!«

»Ich würde lieber nie wieder Sex haben, als mit Elara zu schlafen. Sie würde mich währenddessen zerfleischen«, gibt Zade schroff zurück und es herrscht Stille im Raum.

Dylan scheint nichts von unserer Konversation mitbekommen zu haben und auch sein Wasser hat er nicht angerührt. Zade setzt sich gegenüber von uns in den Sessel und schaut auf sein Handy.

»Vielleicht sollten wir ihn zu einer Pause zwingen«, schlage ich Damian vor und schaue dabei in Dylans Richtung.

»Nein, mit den Konsequenzen würdest du nicht leben können«, antwortet Damian und ich denke auch zehn Minuten später noch darüber nach, was er damit meint. Ich kenne Dylan nicht wirklich und wie es scheint, hat er auch kein besonders großes Interesse daran, mich besser kennenzulernen.

Plötzlich dreht er sich um und schaut uns an. »Ich habe es!«

Sofort richten wir alle unsere vollkommene Aufmerksamkeit auf ihn und warten auf eine Erklärung, wer mir neben Damian noch hinterherspioniert hat.

»Spuck es schon aus, Darling«, knurrt Damian und für einen Moment bin ich verwirrt, da ich keine Ahnung habe, warum er ihn Darling nennt.

»Das ist sein Nachname«, erklärt er mir auf meinen fragenden Blick hin.

»Ihr werdet es nicht glauben, aber ich kann nicht zu einhundert Prozent sagen, ob es diese Person ist«, gibt uns Dylan zu verstehen und anhand von Zades und Dylans Blicken kann ich mir ausmalen, dass es selten vorkommt, dass Dylan mal nicht zu hundert Prozent sicher ist.

»Jetzt sag schon«, seufzt jetzt auch Zade.

»Annabelle und Harper waren, bevor Annabelle sich von deiner Familie abgewandt hat, heimlich zusammen.« Er schaut nur Damian an und die beiden scheinen ein stilles Gespräch zu führen.

Was hat das mit meinem offenen Fenster zu tun?

»Wusstest du das?«, frage ich Damian.

»Nein, ich hatte keine Ahnung.«

»Ich habe keine Informationen darüber gefunden, ob die beiden sich jemals getrennt haben. Deshalb …« Dylan beendet seinen Satz nicht und Damian führt ihn zu Ende.

»Deshalb könnte es die ganze Zeit über Harper gewesen sein, die dich beobachtet hat. Ein Mitglied meines inneren Kreises. Meine Fast-Ehefrau.«

Es wäre gelogen, wenn ich sagen würde, dass ich Harper am Anfang nicht gehasst habe, weil sie Damian heiraten sollte. Doch jetzt … hasse ich sie erneut. Wenn sie es wirklich war.

Und doch ergibt es keinen Sinn. Harper scheint mir keine Person zu sein, die ihre Freunde und Verbündeten hintergeht.

»Das kann nicht sein. Harper wird den ganzen Tag über von Leibwächtern überwacht. Wie soll sie mich beobachten können, ohne dabei selbst beobachtet zu werden?«, stelle ich fest und gerade als Dylan etwas sagen möchte, schwingt die Tür kraftvoll auf und knallt gegen die Wand dahinter.

Alle Männer springen alarmiert auf und ziehen ihre Waffen. Ich habe gar nicht bemerkt, dass Damian die ganze Zeit über eine bei sich trug.

Mit einer kraftvollen Bewegung drängt er mich hinter sich und schirmt mich mit seinem Körper ab. Keine fünf Sekunden später senken sie ihre Waffen wieder und als ich neben Damian vorbei spähe, um zu sehen, wer so brutal hereingestürmt ist, sehe ich Elara.

»Nicht du schon wieder«, seufzt Zade.

»Na, hast mich bestimmt schon vermisst, Boss«, antwortet sie ihm daraufhin sarkastisch. Die Wachen müssen sie reingelassen haben, da sie wissen, dass Elara meine beste Freundin ist. Wenn das überhaupt stimmt …

»Warum platzt du hier einfach so rein, Elara? Wie eine Gestörte«, fragt Damian streng und ihm ist anzusehen, dass er nicht spaßt. Ich frage mich auch, was sie hier zu suchen hat. Wir waren nicht verabredet.

»Eigentlich bin ich gekommen, um mit Liana allein zu reden, doch auf dem Weg in ihr Zimmer habe ich euch reden hören und«, sie zögert, »euer Gespräch belauscht.«

»Was? Warum?«, frage ich und komme nun vollständig hinter Damian hervor.

»Liana«, flüstert sie und schaut auf den Boden. Ich merke direkt, dass etwas nicht stimmt. Elara kann mir nur nicht in die Augen schauen, wenn etwas wirklich Schlimmes passiert ist. »Ich muss dir etwas erzählen, das längst überfällig ist. Und eigentlich betrifft es euch alle.«

»Was hast du getan, Ella?«, frage ich und gehe auf sie zu.

»Du sagst uns jetzt sofort, was hier los ist, Elara. Oder ich werde Grayson holen und er wird das für uns übernehmen«, droht Damian und ich schaue ihn streng an, da sie immer noch meine beste Freundin ist, auch wenn wir einiges klären müssen. Er hat kein Recht dazu, ihr mit Folter zu drohen.

»Ich habe nicht nur dieses Gespräch belauscht. Ich habe *viele Gespräche* von euch belauscht.« Sofort bleibe ich wie angewurzelt stehen. Was hat sie da gerade gesagt?

»W-wie meinst du das, Ella?«, frage ich mit zittriger Stimme.

»Ich bin Giulianos Schwester und wurde dazu beauftragt, euch im Auge zu behalten. Ich sollte auf euch aufpassen. Auf dich, Liana. Und dann auf Damian. Damit ihm nichts passiert und so die Allianz zwischen der italienischen und spanischen Mafia nicht zerstört wird. Damit dir nichts passiert, Liana.«

»Giuliano hat dich beauftragt? Wann?«, hakt Damian nach.

»Nachdem Liana entschieden hat, die *Macinis* zu verlassen.«

Und dann fällt es mir wie Schuppen von den Augen. Ella war die Erste, die ich hier in Spanien kennenlernte. Die sich zu Anfang regelrecht aufdrängte, um in Kontakt mit mir zu bleiben. Jene, die irgendwie immer bei mir war. Dabei dachte ich, sie wäre bei mir gewesen, weil … Sie meine Freundin ist.

Lüge! Es war alles eine dumme Lüge!

»Ich bin also dein verdammter Auftrag, ja? In all den Jahren? Von wegen Freundschaft«, spucke ich.

Sie hat all das getan, damit mein Onkel und mein Cousin wissen, wie es mir geht? Was ich so treibe? Ihr Bruder und sie scheinen sich gut mit Diego und Noah zu verstehen, immerhin sind sie alle Teil eines Mafiaclans, den *Diablo dei santi.* Da ist es nur logisch, dass sie sich gegenseitig unterstützen.

»Lia.«

»Unterstehe dich!«

Noch nie habe ich Elara so reumütig gesehen und, nachdem sie mir jetzt die Wahrheit gesagt hat, weiche ich zurück. Meine *beste Freundin*, die ich seit Jahren kenne und die alles von mir weiß – fast alles –, soll mir die ganze Zeit nur etwas vorgespielt haben? Wegen einer Allianz?

»Wie gut hat dich Giuliano bezahlt? Und hast du ihm all meine Geheimnisse und Sehnsüchte, die ich mit dir teilte, weitergetragen? Was war wirklich sicher bei dir? Welches Geheimnis blieb bei dir, Elara?«

»Jedes.«

»Lüge!«, schreie ich.

»Ich sollte nur sichergehen, dass du sicher bist. Dass *ihr* sicher seid.«

Zade packt sie an den Armen und hält sie hinter ihrem Rücken fest, so als würde er sie verhaften.

»Liana, glaub mir, ich wollte es dir sagen, a-aber Giuliano hat es mir auf der Party letztens untersagt und ich wusste nicht, was ich tun sollte.« Endlich schaut sie mir direkt in die Augen. Das hatte es also mit diesem komischen Geflüster auf sich.

»Warum jetzt?«

»Weil ich nicht mehr lügen kann.«

»Das ist dir ja früh aufgefallen. Nach drei verdammten Jahren«, zische ich.

Dann bleibe ich still. Ich weiß, wenn ich ein weiteres Wort sage, werde ich mich nicht mehr beherrschen können.

»Lass sie los, Zade«, befiehlt Damian und er folgt sofort seiner Anweisung. Langsam geht Damian auf Elara zu.

»Giuliano hat meine Stärke infrage gestellt? Meine Loyalität?«

»Mein Bruder zweifelt keineswegs deine Stärke an, Damian. Nicht mehr. Am Abend der Party hat er mir gesagt, ich müsse ihm keine Informationen mehr liefern, da er dir voll und ganz vertraue.«

Das heißt, Giuliano wollte nur nicht, dass sie es mir erzählt, da er wusste, wie es für ihn und Elara ausgehen würde.

»Also wusstest du immer, wer Damian war, oder nicht? Als ich das erste Mal auf ihn traf …«

»Ich wusste es immer. Und ich übertrug es Giuliano. Er nannte es Schicksal.«

»Also war es für ihn keine Überraschung, dass ich auf der Party war.«

»Für deinen Cousin und Onkel schon. Für ihn nicht.«

Plötzlich kommt mir ein Gedanke, der so abwegig zu seinen scheint, dass ich schon sarkastisch auflache, als ich nur daran denke.

»Wusstest du dann auch schon immer, wer Adam war?« Die Frage kommt leise über meine Lippen. Das würde bedeuten, sie wusste die gesamte Zeit über, dass er mich belügt. Mich hintergeht.

Sie schweigt und schaut auf den Boden, da sie mich wohl nicht länger anschauen kann. Also ja. Sie wusste es.

Blanke Wut überschattet mich.

»Wie konntest du nur? All die Jahre hättest du es mir sagen können, mich vor so vielem bewahren können!«

»Lia, es tut mir leid. Es hätte dir das Herz gebrochen und ich wusste, dass du mit dieser ganzen Welt nichts mehr zu tun haben wolltest. Deswegen …«

Ich gehe mit erhobenem Finger bedrohlich auf sie zu und kann dabei Damians Hand an meinem Ellenbogen spüren. Er versucht, mich davon abzuhalten, auf sie loszugehen.

Warum? Sie hat es verdient!

»Deswegen mochtest du ihn schon von Anfang an nicht! Was bist du nur für ein Mensch … Hast du es jemals bereut?«

»Jeden fucking Tag, Lia! Du bedeutest mir mehr als –«

Und dann platzt es aus mir heraus. »Ich hasse dich, Elara. Ich hasse dich!«

Wütend wende ich mich ab und fahre mir durchs Haar. Ich bin rasend vor Wut.

All die Lügen.

»Lia, bitte. Lass mich alles erklären. Alles.«

»Was gibt es denn noch zu erklären?« Ich weiß nicht, ob ich für noch mehr in der Lage bin.

»Ich habe deinen Blick gesehen. Die Unwissenheit. Woher solltest du es auch wissen … Harper und ich.« Ich sehe sie an. »Harper und ich kennen uns, weil ich früher für ihre Eltern als Agentin gearbeitet habe. In dieser Zeit haben wir uns gut angefreundet. Auf der Party hat Harper gemerkt, dass ihr nichts von meiner Verbindung zu Giuliano wisst, und hat mich darauf angesprochen. Sie meinte, wenn ich es euch nicht sage, wird sie es tun. Harper ist loyal dir gegenüber, Damian.« Elara schaut mich verzweifelt an.

Ich weiß nicht, was ich denken oder geschweige denn fühlen soll. Wer ist diese Frau vor mir? Und warum dachte ich, sie jemals gekannt zu haben?

Wie soll ich ihr je wieder vertrauen können? Sie hat mir verheimlicht, wer sie wirklich ist. Dass sie aus ganz anderen Gründen an meiner Seite war als gedacht. Und sie wusste von Anfang an, was für ein Mistkerl Adam ist.

»Ich kenne dich nicht.«

In ihren Augen kann ich den Schmerz sehen, den ich ihr mit meinen Worten zugefügt habe. Doch die Schuld liegt bei ihr.

Doch dann murmelt sie etwas, das alles auf eine völlig andere Ebene hebt. »Ich weiß, wer dich beobachtet hat.«

»Wer?«, knurrt Damian.

»An dem Abend wollte ich bei dir vorbeischauen, um zu sehen, ob du noch in Kontakt mit Damian stehst – und dabei habe ich

Adam in dein Fenster einsteigen sehen. Ich dachte, dass er dich vielleicht überrascht und wieder zurückgekehrt ist, doch als du mir dann nie davon erzählt hast, dass Adam zurück sei, wusste ich, etwas stimmt nicht.«

»Adam?« Sie wartet auf eine weitere Antwort, doch die wird sie nicht bekommen. Ich brauche erst mal Zeit für mich, um das Ganze zu verarbeiten.

»Bringt sie weg«, sagt Damian fest und Elaras Blick findet Zade.

Die beiden schauen sich an, als würden sie sich das erste Mal richtig sehen.

»Du wirst mich einfach so gehen lassen?«, fragt Elara.

»Ja, die Allianz ist mir wichtig und wenn ich die Schwester meines Verbündeten festhalten würde, wäre das eine Kriegserklärung. Doch wenn ich durch irgendwen erfahre, dass du mich immer noch beschattest oder uns belügst, werde ich nicht davor zurückschrecken, einen Krieg zu führen, den wir gewinnen werden, verstanden?«

»Ich werde sie raus begleiten«, informiert uns Zade. Dann geht er zusammen mit Elara aus dem Zimmer.

»Mi flor, komm her.« Damian nimmt mich in den Arm und ich drücke meinen Kopf an seine Brust. Im Augenwinkel sehe ich, wie auch Dylan den Raum verlässt und die Tür hinter sich schließt. Tief atme ich Damians männlichen Duft ein. Er riecht nach Sandelholz und einer Prise Minze. Meine kleine Welt scheint einen weiteren Riss zu bekommen, doch in Damians Armen fühlt sich das alles nur halb so schlimm an.

»Ich wusste es.«

Ich sehe zu ihm auf. »Was?«

»Dass man auf den Instinkt seiner Frau bauen sollte. Du hast vermutet, dass etwas nicht stimmt zwischen Elara und Giuliano.

Du hattest recht. Auch wenn sie sich nicht als Feind herausstellt, hattest du recht.«

Ich zische. »Nur bringt mir das einen Scheiß.«

»Es bringt dir die Wahrheit. Hör immer auf deinen Instinkt, mi flor.«

»Ich habe einundzwanzig Jahre lang nichts anderes gelernt.«

Damian lächelt und schiebt mir mit dem Finger eine Strähne aus dem Gesicht. »Gut so, mein *Mafiamädchen*.«

Damian, 16 Jahre alt

Leise klopft es an meine Zimmertür und ich stöhne genervt auf. Da will ich mich nach einem anstrengenden Tag einfach nur hinlegen und nicht mal das kann ich.

»Was?«, frage ich streng die Person hinter der Tür.

»Ich bin es.« Belles Stimme ist leise. Das Einzige, was ich noch hören kann, ist das Schließen meiner Zimmertür.

Ich richte mich im Bett auf und schaue Annabelle fragend an. Es ist mitten in der Nacht und ich bin gerade von … einem Ausflug mit meinem Vater zurückgekommen, deshalb bin ich überhaupt noch wach, aber es erklärt nicht, warum sie noch wach ist und nicht in ihrem Bett. »Was willst du, Belle?«

»Können wir reden?«, fragt sie leise und setzt sich ans Bettende.

»Ist es so dringend? Kann es nicht bis morgen warten?« Ich fahre mir müde übers Gesicht und schaue sie dann wieder an. »Ich bin echt am Ende.«

»Warum? Wo warst du mit *Padre*?« Jedes Mal fragt sie dasselbe, wenn ich so spät nach Hause komme und jedes Mal tische ich ihr eine neue Lüge auf.

Die Wahrheit ist nicht für ihre Ohren bestimmt.

»Trainieren. Über was willst du reden?«, versuche ich daher das Thema zu wechseln.

Sie atmet tief ein und aus, bevor sie anfängt zu erzählen. »Ich habe ein Mädchen geküsst und ich weiß, es ist falsch und verboten, a-aber ich mag sie wirklich, Damian.«

Nun hat sie meine volle Aufmerksamkeit. Mir ist schon vorher aufgefallen, dass Annabelle kein Interesse an irgendwelchen Typen zeigt. Liegt es vielleicht daran, dass sie gar nicht auf Männer steht?

»Kenne ich sie?«

»Das kann ich nicht sagen.« Sie senkt den Blick. Es muss also jemand sein, von dem ich zumindest schon mal etwas gehört habe.

»Hör zu, Vater kann dir nicht vorschreiben, wen du zu lieben hast und wen nicht.«

»Aber wenn es rauskommen würde, d-dann gäbe es einen riesigen Skandal.«

»Wegen Vater oder wegen des anderen Mädchens?«, hake ich nach.

»Wegen beidem. In Kombination miteinander.« Das hört sich ziemlich ernst an und umso mehr würde ich gern erfahren, wer dieses andere Mädel ist, doch ich gebe meiner Schwester diesen Raum, wenn sie ihn braucht.

»Versteck deine Gefühle für sie nicht. Und wenn es so schlimm ist, wie du sagst, dann müsst ihr zusammen entscheiden, ob ihr das Risiko eingehen wollt.« Sie nickt und schaut mich dankbar an.

»Ich werde ihr sagen, was ich empfinde.«

»Steht sie denn auf Frauen?«

»Ja, zumindest hat sie bei unserem Kuss nicht abgeneigt reagiert.«

Ich lächle.

»Und was ist mit dir? Stehst du auf Frauen?« Schon früher wollte ich sie das fragen, doch jetzt scheint es mir ein perfekter Zeitpunkt zu sein.

Sie errötet und streicht sich eine schwarze Strähne hinters Ohr. »Ja, nur auf Frauen.«

»Keine Männer?«

»Keine Männer. Bloß nicht!«, scherzt sie und ich lache auf.

»Ich bin stolz auf dich, Belle.«

Sie lächelt mich an und steht auf, um zur Tür zu gehen.

»Danke, Damian.« Mit diesen Worten schließt sie die Tür hinter sich und ich bleibe allein zurück.

Kapitel 23

Damian

Die Steine knirschen unter unseren Schritten, als Liana und ich zusammen den Waldweg rund um das Anwesen ablaufen. Nach dem, was heute Morgen mit Elara passiert ist, braucht meine Kleine etwas Ablenkung. Und auch wenn es vielleicht nicht das Ausgefallenste ist, habe ich mich dafür entschieden, ihr das Anwesen endlich auch von außen mehr zu zeigen.

Natürlich nicht ganz ohne Hintergedanken.

Sobald wir alles in der Nähe vom Anwesen angesehen haben, gehen wir weiter in das kleine Waldstück hinein. Um uns herum sind viele Tannen zu sehen, die weit in den Himmel ragen und außer unseren Schritten ist nichts weiter zu hören. Diese Ruhe hat etwas Angenehmes und ich hoffe, dass sie auch etwas mehr Klarheit in Lianas Köpfchen bringt. Ich kann mir vorstellen, wie es ihr gerade geht und mit was sie zu kämpfen hat. Da wird ihr das hier hoffentlich zugutekommen.

Ich greife nach ihrer weichen Hand und zusammen laufen wir weiter ins Grüne. Der Geruch von trockenem Gras steigt mir in die Nase und ich wende meinen Blick zu der blonden Schönheit an meiner Seite.

Endlich ist sie mein. Seitdem ich sie im *Dark Hollow* gesehen habe, habe ich auf diesen Moment gewartet und jetzt, da ich sie habe, kann ich es nicht leiden, sie so zu sehen.

So verloren. So traurig.

»Willst du darüber reden?«

»Nein.« Sie lächelt mich entschuldigend an. »Aber danke, dass du das hier tust. Mit mir spazieren gehen.«

»Alles, was du brauchst, mi flor.« Sie bleibt stehen und schaut mit einem kleinen Lächeln zu mir auf. Ich kann den Sturm erkennen, welcher hinter ihren strahlend blauen Augen lodert, und würde am liebsten etwas dagegen tun.

»Das hier hilft wirklich, Damian.« Sanft streiche ich ihr eine blonde Strähne aus dem Gesicht, welche aus ihrem Zopf gerutscht sein muss.

»Wir schaffen das, Liana. Gemeinsam. Alles wird gut.«

»Glaubst du das wirklich?«

»Ja.«

»Warum?«

»Weil ich alles dafür tun werde, damit es dir wieder besser geht. Ich mache alles, was nötig ist.« In Momenten wie diesen merke ich noch einmal mehr, wie sehr diese Frau mich in ihrem Griff hat. Sie so zu sehen wie jetzt, macht mich fertig. Und ich würde die ganze Welt niederbrennen, wenn es bedeuten würde, dass es ihr besser geht.

Der alte Damian würde mir, wenn er mich so sehen könnte, den Kopf wegpusten. Doch der neue Damian weiß, dass es Dinge gibt, für die es sich lohnt, weich zu werden – und dazu gehört Liana. Sie lässt mich weich werden.

Nachdenklich schaut sie zu mir auf. »Alles? Wirklich alles?«

»Ja.« Nun schaut sie schelmisch grinsend zu mir auf, während sie meine Arme entlangfährt. Was hat dieses kleine Biest nun vor?

»Dann lass mich vergessen.«

»Wie bei unserem ersten Mal?«

»Genau so, Damian. Sorg dafür, dass ich an nichts anderes denken kann als an deinen Schwanz tief in mir.« Ihre Worte sorgen dafür, dass sich genannter Körperpart bemerkbar macht, und ich nehme ihr Kinn zwischen meine Finger, um ihr tief in die Augen zu schauen.

»Dann dreh dich um.« Nun runzelt sie die Stirn.

»Umdrehen?«

»Ja, erinnerst du dich an das Spiel im Wald, welches ich erwähnt habe?«

Sie nickt und ich gehe so nah an ihre Lippen, dass ich schon leicht mit meinen über ihre streichen kann.

»Dann halte dich an die Regeln und laufe davon. Ich gebe dir eine Minute Vorsprung und wenn ich dich fange, weißt du was passiert, oder?«

»Du nimmst mich«, haucht sie gegen meine Lippen.

»Genau, ich werde dich ficken. Auf dem Waldboden.« Ich entferne mich wieder etwas von ihr, obwohl es mir schwerfällt, und gebe ihr ein Zeichen sich umzudrehen.

Sie kommt meinem Befehl nach und kehrt mir den Rücken zu.

Ich nähere mich ihrem Ohr und flüstere: »Lauf.«

Sofort rennt sie los und ich schließe meine Augen, damit es auch fair ist und ich nicht sofort weiß, wo ich sie finden werde. Nachdem ich das Gefühl habe, dass eine Minute vergangen ist, öffne ich meine Augen und schaue die Bäume in meiner Umgebung alle ganz genau an.

Wo steckt meine kleine Blume nur?

Die Bäume wehen leicht durch die warme Abendluft im Wind und es gibt der Situation den perfekten Funken. Es fühlt sich fast so an, als wäre das hier eine richtige Jagd. Dabei ist es nur ein kleines verdorbenes Spiel zwischen meiner Kleinen und mir.

Ich liebe es, mit ihr meine kranken Spiele zu treiben.

Ich laufe etwas weiter in den Wald hinein und lausche aufmerksam. »Wo steckst du nur, mi flor?«

Meine Stimme klingt rau und als ich stehen bleibe, kann ich einen Ast hinter mir knacken hören. Sofort drehe ich mich in besagte Richtung und entdecke einen blonden Haarschopf, der hinter den Bäumen verschwindet.

Da bist du also.

Ich renne auf die andere Seite und bevor ich an besagtem Baum ankomme, an dem ich meine Kleine zu wissen glaube, höre ich es links neben mir knarzen. Das kleine Biest ist wirklich flink.

»Brauchst du etwas Hilfe oder verlierst du lieber dein eigenes Spiel?« Sie klingt außer Puste und etwas weiter entfernt. Wenn ich mich nicht täusche, müsste sie im hinteren Waldstück sein, welches vielleicht fünf Meter von mir entfernt ist. Mit schnellen Schritten mache ich mich auf den Weg dorthin.

»Ich verliere nie, mi flor. Das solltest du wissen.«

Leise höre ich sie auf meine Worte hin kichern und bin mir somit sicher, ganz in ihrer Nähe zu sein.

Abrupt bleibe ich stehen und horche in den Wald hinein. Nach mehreren Sekunden, in denen ich mit geschlossenen Augen meine Umgebung abgehört habe, höre ich es ganz leise knirschen.

Rechts von mir. Da muss sie sein.

Sofort öffne ich meine Augen wieder und laufe in besagte Richtung und, wie erwartet, treffe ich da auf meine kleine Blume. Allerdings ist sie noch etwas entfernt und als sie mich sieht, macht sie kehrt und rennt in die entgegengesetzte Richtung.

»Gleich habe ich dich, Kleines.« Ich laufe ihr, so schnell ich kann, hinterher und als sie ihren Kopf zu mir dreht, um zu sehen, wie weit entfernt ich bin, bremst es sie aus.

Das ist meine Chance, noch mal alles zu geben und sie mit einem festen Griff um ihre Taille zu schnappen.

»Hab ich dich.«

Sie kichert, doch wehrt sich nicht. Sie will nicht aus meinen

Fängen und als ich sie mit einer schnellen Bewegung zu mir umdrehe, schaut sie mich lächelnd an.

»Das hat Spaß gemacht.«

»Der richtige Spaß kommt erst noch.« Es ist das Letzte, was ich sage, bevor ich fest in ihr Haar greife und meine Lippen hart auf ihre lege. Sie stöhnt genüsslich, als sich unsere Lippen berühren und gibt sich mir hin.

»Auf den Boden«, hauche ich gegen ihre Lippen und sie weiß, es ist ein Befehl. Sofort kommt sie dem nach und kniet vor mir. Dieser Anblick …

Er brennt sich in diesem Moment in mein fucking Hirn.

»Zieh dich aus«, befehle ich ihr als Nächstes und sie fängt an, ihr kurzes bauchfreies Oberteil über ihren Kopf zu ziehen. Ich tue es ihr gleich und ziehe mein schwarzes T-Shirt über den Kopf. Sofort gleitet ihr Blick über meine definierten Bauchmuskeln und ich muss grinsen.

»Ich gehöre dir. Das ist alles deins, Kleine.«

»Dann gib mir endlich, was mir gehört«, flüstert sie besitzergreifend und schnappt sich meinen Gürtel. Mit schnellen Griffen hat sie mir meine Hose samt Boxershorts bis zu den Knien hinuntergezogen und lächelt mich von unten an.

Im nächsten Moment knie ich mich zu ihr auf den Boden und nehme ihr Gesicht in beide Hände. Wir küssen uns gierig, wobei ich ihr auf die Lippe beiße.

»Dreh dich um und geh auf alle viere.«

Sie tut, was ich sage, und als sie in besagter Position ist, ziehe ich ihr die kurzen Leggings über die Knie. Sobald sie nur noch ihren Slip anhat, schiebe ich diesen zur Seite und fahre mit zwei Finger durch ihre Nässe.

»Unser Spiel hat dich ziemlich angemacht, nicht wahr?«

»Ja, bitte erlöse mich.«

Sie erlösen? Nichts lieber als das. Ich nehme meinen bereits harten Schwanz in die Hand und pumpe ihn ein paarmal, bevor ich mit meiner feuchten Eichel über ihre Pussy reibe.

Allein das fühlt sich schon viel zu gut an.

»Sorg dafür, dass ich vergesse, Damian.«

Mehr brauche ich nicht und schiebe mich mit einem kräftigen Stoß in sie. Sofort stöhnt sie auf und ich packe ihren Arsch fester, um sie härter und schneller zu nehmen.

»Fuck, du bist so eng!«, stöhne ich und vögle sie weiterhin gnadenlos. Ich drücke sie an ihrem Rücken runter, sodass sie mit ihrem Bauch fast vollständig auf dem Waldboden liegt, und stoße mich weiter kräftig in sie.

»So … tief«, keucht sie und ich kann bereits spüren, wie ihre Beine nachzugeben versuchen. Sie zittert, was bedeutet, dass sie gleich kommen wird, und ich will nichts mehr als das.

Mit einem festen Griff in ihr Haar zwinge ich ihren Kopf zu mir hoch und stöhne: »Komm mit mir, mi flor.«

Keine Minute später zieht sich ihre Pussy schmerzvoll um mich zusammen und wir beide schreien unseren Orgasmus hinaus in den Wald.

Durch unser Spiel habe ich völlig vergessen, mir ein Kondom überzustreifen, doch es ist nicht das erste Mal, dass wir es ohne machen und Liana scheint es auch nicht weiter zu stören.

Also gleite ich mit meinem Schwanz aus ihr und schlage ihr zum Abschluss noch mal spielerisch auf den Hintern.

»Du bist unmöglich«, lacht sie und dreht sich zu mir um. Ich helfe ihr dabei, Oberteil und Leggings anzuziehen, und kleide schlussendlich auch mich wieder an.

»Aber du liebst es«, gebe ich zurück und sie grinst schelmisch, als wir uns wieder hergerichtet und erhoben haben.

»Das tue ich.« Sie legt ihre Arme um meinen Hals und gibt mir einen zarten Kuss. »Du bist die einzige Person, die mich alles Schlechte auf dieser Welt vergessen lässt.«

Ihre Worte berühren mich und ich greife ihr fest in den Arsch, um sie nochmals an mich zu drücken.

»Dann lass uns dafür sorgen, dass du für immer nur noch das Gute siehst.«

Kapitel 24

Liana

Heute ist es nicht zu warm, aber auch nicht zu kühl. Es sind schöne zwanzig Grad in der sonnigen Hauptstadt Spaniens und ich habe mir ein passendes schwarzes Kleid angezogen mit Spitzenausschnitt. Es passt zu dem heutigen Anlass und ich fühle mich unglaublich wohl darin.

Es sind bereits ein paar Tage vergangen und draußen höre ich schon all die Angestellten, die umher rennen. Denn heute ist die offizielle Beerdigung von Damians Vater. Damian ist schon seit zwei Stunden wach und hilft bei der Organisation. Ich mache mich ebenso langsam fertig, ziehe noch eine leichte Strumpfhose unter mein Kleid und kämme mir meine langen blonden Haare vor dem Frisiertisch in meinem Zimmer.

Mein Make-up besteht aus einem leichten schwarzen Lidschatten und etwas Wimperntusche. Mehr brauche ich heute nicht und ich bin mir sicher, Damian wird es gefallen.

Er bat mich, ihn heute zu begleiten, was mir angesichts der Tatsache, dass ich seinen Vater nicht kannte, nicht einmal seltsam vorkommt.

Meine Gedanken schwenken ab: Die Ereignisse von vor ein paar Tagen haben mich mehr getroffen, als erwartet.

Wie konnte Elara mich die ganze Zeit über so hintergehen? Sie hat mir unsere ganze Freundschaft über etwas vorgespielt. So getan, als wäre sie jemand anderes, dabei wusste ich nie, wer sie wirklich war. All die schönen Momente, die wir miteinander teilten, fühlen sich an wie ein vorgespieltes Theater. War irgendetwas an ihr echt? Sie hatte viele Jahre lang Zeit gehabt, mir zu sagen, wer sie wirklich ist, und wer Adam war, doch sie hat es nie getan. Zu spät hat sie es ausgesprochen.

Aber ich muss heute stark sein. Für Damian. Es geht in keiner Weise um mich. Ich werde mich nicht länger von meinem Kummer überrollen lassen. Außerdem hat Damians kleines Spiel letztens im Wald wirklich dafür gesorgt, dass ich ein paar Tage lang an nichts anderes denken konnte, doch auch diese Wirkung lässt mit der Zeit nach.

Die Beerdigung findet hinter dem Anwesen statt, auf dem die Familiengräber sind. Viele Generationen von *La Casa* liegen dort unter der Erde, wie mir Damian erzählt hat.

Wenn du willst, werden wir beide dort unseren Frieden finden. Seine Worte hallen in mir nach.

Aus einem unerklärlichen Grund fühle ich mich bereit, eine engere Beziehung mit ihm einzugehen, auch wenn es bedeutet, dass ich ein Teil des Mafiaclans werden muss. Ein Teil von etwas, vor dem ich vor Jahren geflüchtet bin. Aber für Damian … Für ihn würde ich es tun. Seinem Mafiaclan beitreten, wenn das bedeutet, dass er an meiner Seite ist.

Um kurz nach vier holt Damian mich ab und zusammen laufen wir den steinernen Weg nach draußen zur Grabstätte.

Der Garten ist mit vielen Palmen verziert, die ihn schmücken und im leichten Sommerwind wehen. Überall kann man Angestellte herumlaufen sehen, die ihren Aufgaben nachgehen, und als ich die urige kleine Kapelle in der Ferne entdecke, reiße ich die Augen auf. Ich hatte mir das Ganze schon schön vorgestellt, aber das hier übertrifft noch mal alles. Der Anblick hat zwar nicht wirklich etwas Außergewöhnliches an sich, aber es fühlt sich unglaublich Respekt einflößend an hier zu sein und daran zu denken, wie viele Generationen vor Damian genau an diesem Punkt gestanden haben, an dem wir heute stehen.

Am Rande des Gartens steht noch ein kleines Blumenhäuschen, welches ich bereits ein paar Tage zuvor entdeckt habe. Es ist mit wunderschönen Blumen geschmückt und ich habe es schon als meinen neuen Lieblingsort auserkoren.

Die Grabstätte an sich ist eher klein gehalten und alles ist mit schwarzem edlem Stein verziert. Anders als bei den anderen Gräbern liegen keine Blumen dabei und ich glaube, angesichts der Tatsache, was für ein Mensch Damians Vater gewesen sein soll, ist das auch nicht so schlimm.

Eine Frau mittleren Alters mit dunkelbraunen Haaren kommt uns entgegen und lächelt uns dabei breit an. Ihre Frisur ist streng zu einem Zopf geflochten. Als sie bei uns ankommt, stellt Damian uns einander vor.

»Mi flor, das ist meine Tante Melissa.«

»Es ist mir eine Freude, Sie kennenzulernen. Nur unter den falschen Umständen.« Ich reiche seiner Tante die Hand und anstatt sie, wie erwartet, zu schütteln, nimmt sie mich fest in die Arme.

»Ach, keine Scheu, Liebes! Wir sind doch jetzt eine Familie.«

Sind wir das? Habe ich keine Wahl mehr?

Damian wirft mir einen entschuldigenden Blick zu und ich versuche, ihm mit einem Lächeln klarzumachen, dass es okay ist.

»Kommt, ihr beiden, die Zeremonie beginnt gleich.«

Ich hake mich bei Damian unter und seine Tante folgt uns. Zusammen gehen wir die letzten Meter vor die Kapelle, wo die ganzen anderen Familiengräber sind, und kommen letztendlich an dem Grab von Damians Vater an. Ich konnte es ja schon bereits von Weitem sehen und auf dem kahlen, schwarzen Stein steht nichts außer sein Name und seine Lebensspanne.

Enzo Hernández, 08.11.1954 – 23.06.2023

Alle anderen Familienmitglieder gesellen sich im Stillen zu uns und es wundert mich gar nicht, dass nicht viele Leute anwesend sind. Von den Erzählungen her hat sich dieser Mann nicht gerade Freunde gemacht. Alle sind schwarz gekleidet und stehen mit verschränkten Händen vor dem Grab.

Im Hintergrund sind leise Violinen-Klänge zu hören und selbst die bewaffneten Männer, welche am Rand stehen und aufpassen, dass keine bösen Überraschungen passieren, halten ihre Waffen für einen kurzen Moment gesenkt, um der Situation Respekt zu erweisen.

Ich greife nach Damians Hand und er streicht leicht über meinen Handrücken. Er soll wissen, dass ich bei ihm bin und ihn in dieser Situation halte, falls er fallen sollte.

Als ich in die Mienen der anderen wenigen Menschen sehe, die auf Enzos Grab hinab starren, wirken sie emotionslos.

Ist das normal?

Auch wenn ich in solch einer Familie großgeworden bin, habe ich nie an solch einer Art Beerdigung teilgenommen. Allerdings hält auch niemand eine Rede. Wahrscheinlich hat so oder so niemand schöne Worte für ihn übrig.

Nachdem die stillen Minuten vorbei sind und viele Gäste wieder anfangen, miteinander zu reden, trennt sich Melissa von uns. Sie sagte, sie würde ihren Mann suchen gehen. So kommt es, dass ich mit Damian allein an Ort und Stelle verweile.

»Du siehst wunderschön aus, Kleine.«

Ich lächle ihn an und schaue an mir herunter. Auch wenn es kein spektakuläres Outfit ist, freut es mich, dass es ihm gefällt.

»Das war das Einzige, was beerdigungstauglich ist.«

Er zieht mich an der Hüfte zu sich.

»Solch mieser Anlass für das schöne Teil.« Er funkelt mich an.

»Mi hombre.« Ich sehe ihm die Überraschung an, als ich die beiden Worte ausspreche, und freue mich darüber, ihm trotz der Umstände ein Lächeln aufs Gesicht zaubern zu können.

»W-warum?«

Ja, der Mafiaboss stammelt.

»Ich habe für dich angefangen, meine Spanisch-Kenntnisse zu erweitern«, erwidere ich sarkastisch, obwohl ich fließend Spanisch spreche, nahm ich die beiden Worte noch nie zuvor zusammen in den Mund.

»Fuck, mi flor. Du bringst mich noch um!« Er küsst mich voller Leidenschaft und ich bin mir der Blicke der Gäste nur allzu bewusst. Weshalb ich mich auch von ihm löse.

»Wir werden beobachtet.«

»Na und? Ich habe nichts gegen Publikum.«

»Natürlich hast du das nicht.«

Sein Blick fixiert etwas hinter mir und ich schaue ihn sofort fragend an. Doch er scheint nur Augen für die Person hinter mir zu haben, also drehe ich mich um und blicke direkt in dunkle braune Augen. Augen, die Damians so verdammt ähnlich sehen.

»Du musst Liana sein. Ich bin Valeria, Damians Mutter«, stellt sie sich vor und ich reiche ihr sofort die Hand, um sie ebenfalls zu begrüßen. Das erklärt die Augen und doch hat sie etwas helleres Haar als Damian.

»Es freut mich, dass ich hier sein darf, Señora Hernández. Die Zeremonie war wirklich schön.«

»Sie war angemessen, aber ich muss schon sagen, mein Junge hat Geschmack.« Sie mustert mich nach ihrer Aussage und ich fühle mich wie in einem Bewerbungsgespräch, als würde sie abschätzen, ob ich ihrer würdig bin.

Ihr Blick wandert wieder nach oben und sie lächelt mich offen an. Den Test habe ich wohl bestanden.

»Schön, dass du hier bist, Mutter.«

»Natürlich bin ich auf der Beerdigung meines Mannes, Hijo. Aber ich reise schon heute wieder ab.«

Damian nickt nur und ich sehe ihm an, dass er sich vielleicht doch ein Gespräch mit ihr allein gewünscht hätte. Vermutlich will er das nicht zugeben, aber ich sehe es ihm an.

»Na dann, es war schön, dich kennenzulernen, Liana. Man sieht sich.«

»Die Freude war ganz meinerseits«, rufe ich ihr noch hinterher und drehe mich dann zu Damian. »Lief doch ganz gut.«

»Ja, aber wie immer haut sie, so schnell es geht, wieder ab.«

Nach dem Gespräch mit seiner Mutter hat Damian mich all den für mich fremden Gästen vorgestellt.

Zusammen laufen wir jetzt durch das Blumenhäuschen seines Anwesens, durch das ich nicht das erste Mal hindurchgehe. Es sieht aus wie ein buntes Meer aus Farben.

»Komm, ich will dir etwas zeigen, meine Kleine.« Er nimmt mich an der Hand und führt mich zu einem etwas abgelegenen Blumenbeet. Ich schnappe nach Luft und bleibe wie angewurzelt stehen. Die ganze Fläche ist voller Sonnenblumen und ich kann meinen Blick nicht von ihrer Schönheit abwenden.

»D-das ist wunderschön, Damian.«

»Nicht so schön wie du, mi flor.«

»Wie lange sind all diese Blumen schon hier? Und warum habe ich sie zuvor nie entdeckt?« Letzteres frage ich mehr mich selbst.

»Ich habe es direkt, als du zu mir gezogen bist, in Auftrag gegeben und freue mich, es dir endlich zeigen zu können.« Ich spüre Damians Augen auf mir, doch das Einzige, was ich sehen kann, sind die vielen Sonnenblumen vor mir.

»So etwas hat noch nie jemand für mich getan. Ich weiß nicht, wie ich dir danken soll, Damian.«

»Das musst du auch gar nicht, Kleines.« Er nimmt mich an der Hüfte. »Auch wenn mir da eine Art und Weise einfallen würde, wie du mir danken kannst«, knurrt er mir ins Ohr und ich stoße ihn lachend von mir.

»Du Idiot!« Ich schlage ihm spielerisch gegen den Arm.

»Ich kann einfach nicht genug von dir bekommen.« Sein Blick wandert meinen Körper entlang und ihm muss meine leichte Gänsehaut auffallen, da er mich jetzt an der Hand nimmt und den steinernen Weg zurück ins Haus führt.

Wir laufen den Weg zusammen entlang, der von den Seiten durch kleine Laternen beleuchtet wird. In Salamanca ist es tagsüber zwar angenehm warm gewesen, aber jetzt sorgt die kühle Nachmittagsluft für eine Gänsehaut auf meinen nackten Armen.

Damian nickt den bewaffneten Wachmännern vorm Eingang zu und führt mich dann ins Innere. Warme Luft strömt uns entgegen und ich seufze sofort wohlig auf. Zusammen bahnen wir uns einen Weg über die Treppen, hoch in den Wohnraum und als wir angekommen sind, lassen wir uns gemeinsam auf der großen Couch nieder und trinken Sekt.

Im Hintergrund spielt leise Musik. Ich kann nicht genau beschreiben, was ich gerade empfinde, aber ich weiß, dass ich nicht will, dass es aufhört. Trotz der Beerdigung fühle ich mich bei Damian so wohl wie noch nie zuvor.

Hier glaube ich, ich selbst sein zu können, ohne dafür verurteilt zu werden. Nicht wie bei meiner Mutter.

»Wie geht es dir jetzt nach der Zeremonie?«, frage ich ihn und dabei streichelt er meine Beine entlang, welche auf seinem Schoß liegen.

»Genauso wie vorher. Es macht keinen Unterschied, ob er tot

ist oder nicht, er war sowieso nie präsent«, antwortet er mir und seine Stimme klingt so neutral, als würde er über das aktuelle Wetter reden. Ich weiß, dass er keine gute Beziehung zu seinem Vater hatte. Sonst hätte er ihn nicht umbringen wollen, wie er mir damals im Club sagte. Aber was ist zwischen einem Vater und einem Sohn vorgefallen, das diesen Hass, diese Wut schürt?

Auch wenn Mutter und ich nie eins waren, würde ich ihr nicht den Tod wünschen.

Doch dass Damian so kalt reagiert, bedeutet, dass eindeutig mehr dahinterstecken muss.

»Deine Mutter wirkt nett«, flüstere ich, obwohl es in keiner Weise von Belangen ist.

»Ist sie. Nur seit dem Tod meines *Padres* hat sie sich kein einziges Mal mehr bei mir gemeldet. Es ist schwer für sie. Sehr schwer. Sie liebte ihn, obwohl …«

»Obwohl?«

»Er war ein grausamer alter Mann, Liana.«

»Sind das nicht alle, die der Mafia beitreten?« Damian sieht mich entsetzt an. »Was schaust du so? Ich habe dir so oft gesagt, dass ich die Welt kenne, und ich weiß auch, dass du grausam sein kannst, wenn du willst. Das gehört zum Job. Nur, und das vielleicht auch krankerweise, stört es mich nicht. Denn ich bin ja sicher bei dir, nicht?«

»Immer, mi flor. Immer.«

Ich sehe ihm an, dass er mir etwas sagen möchte. Er soll selbst entscheiden, wann er bereit ist, darüber zu sprechen.

»Ich habe meinen Vater nicht immer gehasst, weißt du?«

Ich sehe, wie er schluckt und wie viel Überwindung es ihn kostet, mir seine Gefühle und Gedanken anzuvertrauen. Deshalb lasse ich ihm genug Zeit, um sich zu sammeln und dann weiter zu reden.

»Erst seit ich vierzehn bin, wünsche ich ihm den Tod, weil …« Er atmet tief ein und aus. »Er hat mich nie als einen richtigen Sohn gesehen, sondern nur als den Erben seines größten Schatzes. Mein Leben lang wurde ich nur darauf vorbereitet, eines Tages alles zu übernehmen.«

In seinen Augen sehe ich den Schmerz und es tut weh, ihn so zu sehen.

»Ich hatte nie das Leben eines normalen Kindes. Mit acht Jahren habe ich mein erstes Tier erlegt und mit vierzehn da …« Er bricht erneut ab, um sich zu sammeln. »Mit vierzehn wurde ich dann von meinem Vater zu einem *richtigen* Mann gemacht.«

Ich schlucke schwer und kann mir denken, was darunter zu verstehen ist, doch ich muss es von ihm hören, um ganz sicher zu sein, dass ich mich nicht irre. Auch wenn ich mir wünschen würde, dass ich mit meiner Vermutung falschliege. Langsam streiche ich über seine Hand und fordere ihn stumm auf, weiterzureden.

»Er hat mich gezwungen, mit einer Prostituierten zu schlafen und so meine Jungfräulichkeit zu verlieren. Er hat dabei zugeschaut, um sicherzugehen, dass ich es auch wirklich durchziehe.« Damians Blick ist starr nach vorn gerichtet. Dabei wirkt er kühl und … regelrecht vereist.

»Damian, das ist –«

»Furchtbar. Ich weiß. Aber es blieb nicht bei diesem Mal. Es folgten noch viele weitere Male.«

Wie kann man seinem eigenen Kind so etwas antun? Jetzt kann ich verstehen, warum er seinem Vater gegenüber so kühl reagiert.

Ich verstumme, habe nicht die geringste Ahnung, was ich antworten soll. Dann wandert sein Blick zu mir.

Erst als er mir eine Träne von der Wange wischt, erkenne ich, dass ich weine.

»Es tut mir leid, ich –«

Warum weinst du Liana? Warum?

»Das sind Tränen, die ich nie zu weinen gewagt habe, Liana.«

Ich nehme Damians Hand in meine, spiele mit seinen Fingern und fixiere sie.

»Ich habe gelernt, damit umzugehen und jetzt, da er von uns gegangen ist, fühle ich mich das erste Mal frei.« Damian zieht scharf die Luft ein.

»Mit dir an meiner Seite gibt es mehr Licht als Dunkelheit in meinem Leben, mi flor.« Nun wendet er sich meinem Mund zu. Mit einer Hand an meiner Wange küsst er mich und in diesem einen Kuss liegt eine stumme Bitte, die ich ganz deutlich verstehe: Ich soll ihn niemals mehr verlassen. Und mit meiner Erwiderung gebe ich ihm zu verstehen, dass ich nicht vorhabe, zu gehen.

Ich merke, dass dieser Kuss auch das Ende dieses Gesprächs symbolisiert und als er sich von mir trennt, lächelt er mich an.

Dann überkommt es mich und ich spreche etwas aus, das ich bisher nie gewagt habe: »Ich bin bereit, Damian.«

»Bereit wofür?«, fragt er verwirrt und nachdem ich ihn etwas länger angeschaut habe, scheint er zu verstehen, was ich meine. »Du willst mein sein?«

»Ich denke, das bin ich schon längst. Ich will *dein* sein.«

Nachdem ich die Worte ausgesprochen habe, packt er mich am Nacken und drückt seine Lippen fest auf meine. Gierig, zufrieden und leidenschaftlich.

Kurz löst er sich von mir, blickt tief in meine Augen und lächelt. Das ist jetzt genau das, was ich will.

Für einen Moment gibt es nur Damian und mich.

Keine Probleme.

Keine Angst.

Nichts.

Damian, 11 Jahre alt

»Du weißt, Papá kann es nicht leiden, wenn wir hier Blumen pflücken«, flüstert Annabelle neben mir, während ich zur nächsten Tulpe greife. Sie hat recht. Er hasst es, wenn wir das Blumenhäuschen durcheinanderbringen, und am Ende stellenweise Blumen fehlen, doch es ist noch nicht Frühling und draußen sind keine Tulpen, die ich pflücken könnte. Also bleibt mir keine andere Wahl.

»Dann sollten wir uns lieber beeilen und kein Wort zu ihm sagen«, gebe ich zurück. Dabei fange ich schon an, die einzelnen Tulpen aneinander zu knoten, sodass sich eine Art Blumenkrone bildet.

»Was machst du da überhaupt?«, fragt meine Schwester und schaut neugierig auf die Blumen in meinen Händen.

»Du willst doch unbedingt Königin sein, oder?«

»Ich werde Königin sein oder Anführerin, wie man es nennen will. Ich bin nämlich älter als du.« Sie streckt mir spielerisch ihre Zunge entgegen und ich lächle. Normalerweise stimmt es, was sie sagt, und der Erstgeborene würde den Thron der Mafia übernehmen. Allerdings stimmt das nur für Jungs, wie Papá mir erklärt hat – und dazu zählt meine Schwester eindeutig nicht.

Papá hat ihr nie gesagt, dass sie die nächste Anführerin werden würde und betont auch immer vor Gästen, dass ich sein Nachfolger sei. Trotzdem hält sie an ihrem Wunsch fest, eines Tages die Königin von Papás Imperium zu werden.

Also gebe ich ihr genau das Gefühl.

»Das sieht aus wie ein Hut«, schlussfolgert Annabelle und betrachtet dabei die Blumenkrone, welche ich gerade zu Ende knote. Ich habe mir vorher extra Videos im Internet dazu angeschaut, um ihr eine basteln zu können.

»Es ist eine Krone.«

»Für wen?«

»Für dich. Heute bist du die Anführerin und darfst entscheiden, was wir den Tag über machen«, erkläre ich ihr und setze dabei die fertige Blumenkrone aus orangenfarbenen Tulpen auf ihren Kopf. Sie strahlt mich an und zieht mich dann in eine zu enge Umarmung.

»Danke! Du bist der beste Bruder auf dieser Welt!« Sie löst sich wieder von mir, richtet ihre Krone und schaut mich überglücklich an.

»Also, was sollen wir machen?«, frage ich, da sie ab jetzt bestimmt.

»Mhm.« Sie überlegt und legt den Kopf schief.

»Du könntest mir die geheimen Gänge im Keller zeigen!«, aufgeregt klatscht sie in die Hände und zieht mich am Arm raus aus dem Blumenhäuschen.

Das ist keine gute Idee, da diese Gänge nur dem Anführer und seinen engsten Männern bekannt sind, und Papá hat sie mir im Vertrauen gezeigt …

»Belle, ich weiß nicht …«

Sie bleibt stehen und schaut mich mit ihrem Welpenblick an. »Bitte, du hast versprochen, dass ich entscheiden darf.«

Seufzend schaue ich sie an und nicke schließlich. Fröhlich zieht sie mich weiter zum Anwesen.

Hoffentlich wird das keine Konsequenzen haben …

Kapitel 25

Liana

Hand in Hand laufen Damian und ich draußen im Garten des Anwesens herum. Es ist niemand da außer uns und den Wachmännern an jeder Ecke, die wie immer ihre schwarzen Anzüge tragen.

Wir schlendern durch das grüne flache Gras und ich genieße die leicht kühle Nachtluft, die mir durch die Haare weht. Die Fläche ist größer als gedacht und Damian zeigt mir Orte, die ich zuvor nur ein einziges Mal gesehen habe. Wir sind schon so weit draußen, dass man das angrenzende Waldstück erkennen kann, wo wir erst vor Kurzem unseren Spaß miteinander hatten. Überall sind hohe Bäume zu sehen und immer vereinzelt stehen Bänke zwischen den Bäumen, um sich setzen zu können.

Das machen auch Damian und ich jetzt. Wir lassen uns auf einer schwarzen Bank zwischen zwei Palmen bequem nieder und genießen einfach die Stille. Nichts ist zu hören außer das Atmen des jeweils anderen und das Zirpen der Grillen. Ich genieße diesen Moment und halte weiterhin Damians Hand. Er streichelt sanft über meine Handfläche, bevor er die Stimme erhebt.

»Weißt du schon, wie es mit dir und Elara weitergehen wird?«

Ich wusste, dass diese Frage irgendwann kommen wird, und oft genug habe ich mir selbst darüber Gedanken gemacht. Allerdings ist es auch einfach noch zu früh, um eine richtige Entscheidung treffen zu können.

»Nein, ich brauche noch Zeit.«

»Nimm dir die Zeit, die du brauchst, Kleine.« Jedes Mal habe ich das Gefühl, dass, wenn ich falle, Damian unter mir steht und mich auffängt. Genauso fühle ich mich auch jetzt.

»Ich habe mit Giuliano geredet und er hat sich bei mir entschuldigt für sein Misstrauen. Also die Allianz steht noch.«

»Gut, das ist wichtig in dieser schweren Zeit«, antworte ich und er nickt.

»Vor allem das mit uns, auch wenn es ungeplant war, stärkt sie ebenso. Unsere Familien sind nun verbunden. Das macht mich glücklich und dein Onkel scheint es auch gut zu finden, dass du in Sicherheit bist.« Er lächelt mich an und auch ich gebe ihm ein leichtes Schmunzeln zurück.

»Dann warte, bis du irgendwann meine wundervolle Mutter kennenlernst.« Mein Ton schreit geradezu nach Sarkasmus.

Damian zieht seine Augenbraue in die Höhe. »Du hast noch nie von ihr gesprochen. Das Einzige, was ich weiß, ist, dass sie dich weggestoßen hat, nachdem du die *Macinis* verlassen hast.«

»Das liegt daran, dass sie ein Biest ist und der Grund, dass ich aus Italien weggegangen bin.«

»Ich weiß, willst du drüber reden?«

»Es ist genauso wie bei dir, mi hombre. Meine *Madre* hat sich als Anführerin der *Macinis* ziemlich viel erarbeitet. Viel Respekt, viel Loyalität. Also glaube mir, dass ich durchaus weiß, wie viel Macht eine Frau haben kann. Deswegen sollte man deine Schwester wohl nicht unterschätzen.«

»Tue ich nicht, habe ich nie.«

»Jedenfalls wollte ich dieses Erbe nicht. Das hat sie gekränkt und sie hat mich zum Teufel gejagt, das weißt du ja bereits. Auf jeden Fall hat sie mich jeden Tag, bis ich endlich alt genug war, um zu verschwinden, verhöhnt.« Ich atme tief durch. »Dass ich nicht wüsste, was ich da tue und einen großen Fehler begehen würde … bla, bla.«

»Biest«, murmelt Damian.

»Und trotzdem kann man es verstehen, oder?«

»Wir sind stolze Wesen«, erwidert Damian. »Nichtsdestotrotz würde ich das meinen Kindern nie antun.«

»Deinen Kindern, ja?«

»Unseren Kindern.«

Ich muss lächeln bei dem Gedanken, doch gehe nicht weiter darauf ein. »Es sind alte Denkweisen. Diego ist etwas freier im Kopf, meine Mutter hingegen …«

»Verstehe. Aber vielleicht kommt alles wieder ins Reine? Wegen uns.«

»Das macht es nicht besser, wie sie denkt und handelt. Wenn du nicht der wärst, der du bist, würde es nichts ändern, weißt du? Sie liebt mich nicht um meinetwillen, sondern wegen dem, was ich für sie sein könnte.«

Ich nehme einen Schluck von meinem Sekt, den ich die ganze Zeit in der freien Hand halte und lasse ihn mir auf der Zunge zergehen. Damian hat die zwei kleinen Flaschen extra mit nach draußen genommen.

Eine Frage schwirrt schon seit gestern in meinem Kopf herum und ich weiß nicht, ob ausgerechnet jetzt der richtige Zeitpunkt ist, sie zu stellen.

»Rück raus mit der Sprache, mi flor. Dir geht noch etwas im Kopf vor. Ich sehe doch, dass dir etwas auf dem Herzen liegt.« Fordert er mich auf und schaut mich dabei neugierig an.

»Woher?«

»Ich will dich lesen lernen und übe. Täglich.«

Ich lächle. »Ich denke darüber nach, wie meine Wohnsituation weiterhin sein soll.«

»Du bleibst bei mir. Wenn du das willst«, antwortet er überzeugt. Ich habe zwar gehofft, er würde direkt verstehen, was ich meine, doch da habe ich mich anscheinend getäuscht. Ich drücke mich näher an ihn heran.

»Ich meine eigentlich, ob ich weiterhin die Rate für mein Haus bezahlen sollte oder ob ich demnächst woanders zu Hause bin. Ob ich mich mit dem Gedanken anfreunden sollte, es vielleicht zu verkaufen.« Es scheint verrückt zu sein, ausgerechnet jetzt danach zu fragen. Er dreht seinen Kopf zu mir, sodass sich unsere Lippen fast berühren.

»Du behältst dein Haus. Aber dein Zuhause ist da, wo ich bin, mi flor.«

»Das bedeutet?«, frage ich an seinen Lippen und hoffe, endlich eine klare Antwort von ihm zu bekommen.

»Du bleibst hier. Wenn du das willst, meine Kleine. Aber dein Haus ist dein Haus. Verkaufe es dann, wenn du es wirklich nicht mehr möchtest oder keinen anderen Zweck mehr darin erkennst.«

»Noch gehört es der Bank. Aber du hast recht, vielleicht ist es für uns mal eine willkommene Abwechslung, dort ein wenig … Du weißt schon.« Ich grinse ihn an und ziehe ihn etwas an mich. Dann küsse ich ihn.

»Der Gedanke … Du machst mich kaputt, mi flor«, keucht er an meinen Lippen. »Aber, es ist dein Haus.«

Ich kichere. »Nein, es gehört der Bank. Und ich denke, die kommenden zehn Jahre wird das noch so bleiben.«

»Nein, Liana. Es ist deins. Deine Schulden sind getilgt.«

Ich drücke ihn von mir und sehe zu ihm auf. »Was soll das heißen?«

»Du wirst mich vielleicht umbringen wollen, aber ich habe den Kredit vollständig getilgt. Vor wenigen Tagen.«

Vor Schreck lasse ich die kleine Sektflasche fallen. »Warum?«

»Weil du mir mehr gibst, als ich dir zurückgeben könnte. Und dir ist es nicht einmal klar. Das war das Mindeste. Du hast mir klar gemacht, dass du deinen Nebenjob nicht sonderlich gern machst, und ich wollte dir da raushelfen.«

»Damian. Ich weiß nicht, ob –«

»Du mich hassen oder lieben sollst?«

»Richtig.«

»Ich würde mich über Letzteres freuen. Sei hier zu Hause, Liana. Aber entscheide frei, was du mit dem Haus machen wirst. Ohne Stress im Nacken.«

»Ich danke dir.«

Er küsst mich. Unser Kuss ist so voller Hitze und Leidenschaft, dass ich glaube, hier und jetzt in seinen Händen zu schmelzen. Ich liebe diesen Mann und ich kann nicht aufhören, mich bei ihm fallen zu lassen, auch wenn es das Risiko mit sich bringt, am Boden aufzuschlagen.

»Du hast mir eine große Last genommen«, hauche ich.

»Du hast mir dafür viel mehr gegeben. Liebe. Glück.«

»Damian.« Ich lege meine Stirn an seine. »Dann werde ich morgen ein paar Sachen aus meinem Haus holen.«

»Aber nicht allein.«

»Mein Haus ist nicht weit weg und es wird auch nicht lange dauern«, nuschle ich zwischen unseren Küssen. Er gibt ein protestierendes Geräusch von sich, doch ich lasse ihn nicht sprechen. Ich umkreise seine Zunge mit meiner und kann nicht genug von seinem rauchigen Geschmack bekommen.

Zusammen gehen wir wieder den steinernen Weg durch den Garten zurück ins Anwesen und schmeißen uns küssend auf die Ledercouch im Wohnbereich. Es ist mir so was von egal, ob Dylan oder Grayson etwas mitbekommen. Ich brauche diesen Mann jetzt. Meinen Mann.

Draußen hat es angefangen, stärker zu winden und trotzdem ist es hier drinnen kuschelig warm. Auch wenn ich denke, dass ich das dem Mann zu verdanken habe, der gerade seine Hand unter mein Kleid gleiten lässt.

Kapitel 26

Liana

Am nächsten Morgen mache ich mich auf den Weg zu meinem alten Zuhause. Mit einem der Leibwächter namens Tom. Damian wollte nicht, dass ich ganz allein fahre. Und irgendwie kann ich es verstehen. Die Gefahr ist immer noch zu groß.

Es handelt sich um eine Fahrt von zwanzig Minuten und wir werden auch nicht lange brauchen, meine Klamotten zusammen zu sammeln. Auf der Fahrt hierher haben wir mein Lieblingslied gehört.

Tom ist nicht sonderlich gesprächig, aber er ist nett. Sehr nett. Mit seinen grauen Haaren wirkt er wie ein Mann mittleren Alters, doch seine Statur ist massiv. Und das Beste an ihm ist, dass er mir Sicherheit vermittelt. Seine Waffe trägt er immer bei sich, wie er mir erklärt hat, und laut Damian würde sogar jeder seiner Wachmänner sein Leben für meines opfern.

Wir parken links in der schmalen Einfahrt und ich betrachte das kleine, aber wunderschöne Haus. Es ist eines dieser Häuser in Madrid, die noch etwas altmodisch wirken, aber damals war es eben billiger als ein moderneres Haus.

Ich kann einfach nicht glauben, dass es jetzt ganz allein mir gehört. Wie lange habe ich auf diesen Moment gewartet?

Die Blumen, welche ich vor langer Zeit im Vorgarten gepflanzt habe, sind bereits verwelkt und ich befürchte, das wird fürs Erste auch so bleiben müssen.

Mit einem Lächeln im Gesicht steige ich aus, nachdem Tom mir die Wagentür geöffnet hat. Dicht neben mir läuft er an meiner Seite mit zum Hauseingang. Ich schließe auf und der vertraute Geruch nach altem Holz steigt mir in die Nase. Ein wenig habe ich mein altes Heim schon vermisst, immerhin habe ich hier viele Jahre verbracht.

Nun stehe ich vor meinem Kleiderschrank und packe meine Unterwäsche in den großen Koffer, welchen ich aus Damians Keller geholt habe. Sobald ich fertig bin, trage ich ihn die Stufen runter und schaue mich noch mal genau im Haus um.

Es gehört jetzt wirklich mir.

Grinsend bahne ich mir einem Weg zur Haustür, wo Tom schon auf mich warten müsste. Er meinte, er würde Wache halten, damit keine unerwünschten Gäste eintreten können.

»Tom? Ich bin so weit!«, rufe ich und trete nach draußen. Doch es antwortet mir keiner. Wo steckt er nur? Ist er doch nach drinnen gegangen?

Ich drehe mich noch mal um und schaue ins Haus. Ich kann ihn nirgends sehen. »Tom?«

Wieder keine Antwort. Beim erneuten Betrachten scheint es mir so unwirklich, hier teilweise auszuziehen. Es ist heute nicht mein letztes Mal hinter diesen vier Wänden und trotzdem fühlt es sich nach einem großen Moment an.

Mit einem leichten Lächeln im Gesicht verlasse ich das Haus. Ich werde im Auto auf Tom warten. Er wird schon auftauchen. Gerade als ich die Tür hinter mir schließen möchte, legt sich eine starke Hand von hinten auf meinen Mund.

»Hey, w–« Ich versuche zu schreien, doch meine Laute werden durch die große Hand auf meinem Mund gedämpft. Mit der anderen Hand packt mich der Fremde am Hals und drückt fest zu, sodass ich nicht mehr nach Luft schnappen kann.

Meine Gliedmaßen strampeln und ich versuche, mich mit großer Mühe zu wehren. Meine Gedanken gehen zu Tom.

Wo ist er? Wo ist Tom?

Und dann sehe ich ihn. Bewusstlos auf dem Boden liegend hinter dem Wagen. An seinem Kopf eine blutige Wunde. Das ist alles, was ich sehen kann.

O mein Gott. Tom.

Ich gerate in Panik und fange an, weiter wild um mich zu schlagen. Ich schreie so laut ich kann, doch alles wird durch die Hand an meinem Mund gedämpft. Mein Koffer ist mir schon längst aus der Hand gefallen.

Ein Tuch legt sich auf meinen Mund und ich rieche einen strengen süßlichen Geruch. Was zur Hölle ist das und was passiert hier gerade? Mir wird immer schwärzer vor Augen und ich kann mich nicht mehr auf den Beinen halten.

»Schlaf gut, Liana.« Die Stimme kommt mir furchtbar bekannt vor, da ich sie früher jeden Tag gehört habe.

Nein.

Das kann nicht sein!

Ich muss mich irren.

Kapitel 27

Damian

Ich laufe den Flur entlang und bin immer noch auf der Suche nach Liana. Sie müsste mit Tom längst zurück sein. Mittlerweile habe ich fast das ganze Anwesen nach ihr durchsucht und nirgends habe ich sie bisher finden können. In ihrem Zimmer ist sie nicht. In einem der Wohnbereiche auch nicht.

Als ich versuche, Tom auf dem Handy zu erreichen, reagiert er nicht. Untypisch und inakzeptabel.

Dann durchschleicht mich ein ungutes Gefühl. Es wird immer stärker und auch nach meinem neunten Anruf geht niemand ans Handy.

Ihr muss etwas passiert sein. Mein erster Instinkt.

Warum sollte sie sonst nicht auf meine Anrufe reagieren? Mit schnellen Schritten öffne ich die Tür zu Zades Büro, in dem sich gerade auch noch Grayson aufhält. Die Tür knallt mit Schwung gegen die Wand dahinter. Alarmiert stehen Zade und Grayson von ihren Stühlen auf und schauen mich an. Grayson hat sofort seine Waffe gezogen, wie immer perfekt vorbereitet auf einen Kampf, doch als er mich erkennt, senkt er sie direkt wieder.

»Alter, was stürmst du hier so rein wie ein Irrer?«, fragt Zade und schaut mich mit weit aufgerissenen Augen an.

»Ich kann sie nicht finden. Liana«, ist alles, was ich sage, und ich hoffe, dass einer meiner Männer eine gute Erklärung dafür hat. Zade schaut auf seine Armbanduhr.

»Das ist wirklich komisch. Sie ist schon seit über einer Stunde unterwegs.« Bedrohlich gehe ich auf ihn zu.

»Denkst du, das weiß ich nicht selbst?« Meine Worte hören sich gefährlich an und genau das sind sie auch. Ich habe schon viel erlebt und in vielen Situationen hatte ich Angst, doch das ist nicht vergleichbar mit dem, was ich jetzt fühle. Es fühlt sich an, als hätte mir jemand die Luft zum Atmen geraubt. Wenn ihr etwas passiert ist …

»Beruhig dich. Wir finden heraus, was los ist«, erklärt Zade und schaut mich ernst an.

»Schickt zwei Männer zu ihrem Haus! Zade, du suchst Dylan und Grayson, du wirst ebenso mit mir zu ihrem Haus fahren und dich bereit machen. Wenn irgendjemand ihr etwas antut, wirst du ihn leiden lassen, verstanden?«

»Nichts lieber als das. Endlich mal ein vernünftiger Auftrag.«

Nachdem ich meine Befehle ausgesprochen habe, macht sich Zade sofort an die Arbeit.

An Lianas Haus angekommen, können wir schon von Weitem den schwarzen Wagen sehen, mit dem Tom und sie hierher gefahren sind. Als wir noch näher treten, springt uns auch schon gleich der Grund für die vielen unbeantworteten Nachrichten entgegen.

Tom liegt bewusstlos auf dem Boden. Oder ist er schon tot? Er blutet aus einer Wunde am Hinterkopf und sieht nicht gerade lebendig aus. Wenn es Liana auch so ergeht … ich verwerfe den Gedanken. Wenn ich jetzt damit anfange, falle ich in ein tiefes Loch.

»Mach dich bereit«, flüstere ich Grayson zu, während wir beide unsere Waffen ziehen und in gebückter Haltung zu dem leblosen Körper herantreten.

Grayson hält mir den Rücken frei und behält weiterhin die

Umgebung mit den anderen beiden Wachmännern im Auge, während ich mit gerunzelter Stirn auf Tom herabsehe.

Etwas liegt auf ihm.

»Ein Brief?« In mir macht sich ein schreckliches Gefühl breit. Ich schnappe mir das Schriftstück und öffne es. Ein abgenutztes Stück Papier befindet sich darin. Ich fange an zu lesen und mit jeder weiteren Zeile wird mir schlechter.

Mi hermano,
ich hatte gehofft, wir könnten das Ganze anders klären, doch wie sich herausgestellt hat, bist du nicht daran interessiert zu kooperieren. Die Beerdigung war herrlich, oder? Es war wunderschön, diesen Mann, unseren Vater, endlich unter der Erde zu sehen. Obwohl er viel Schlimmeres verdient hätte, aber das weißt du ja. Es war wirklich lächerlich einfach, in das Anwesen zu kommen, um alle kaltzumachen. Du hättest mir als Kind nicht die Geheimwege unter dem Anwesen zeigen sollen, kleiner Bruder. Wirklich dumm, dass ausgerechnet dort keine Kameras sind. Die anderen in den Fluren konnte einer meiner Männer innerhalb von Sekunden manipulieren. Immerhin war das Passwort nicht schwer zu erraten.
Mein Geburtstag ernsthaft?
Deine Männer haben tapfer gekämpft, das muss ich ihnen lassen, aber trotzdem hatten sie keine Chance.
Kommen wir zum eigentlichen Anliegen: Ich habe sie beobachtet. Deine Geliebte.
Glaubst du, der Wachmann hätte sie vor mir beschützen können? Natürlich habe ich diese Chance ergriffen. Wirklich schade, dass sie so schnell in meine Falle

getappt ist. Jetzt, da du diesen Brief liest, befindet sie sich bei mir und ich werde ihr kein Haar krümmen, wenn du mir in den nächsten drei Tagen die Rechte an La Casa übergibst. Es wird Zeit, dass dieser Mafiaclan seinen wahren Anführer bekommt. Wenn du das nicht tun solltest, wird der nächste Brief erneut an dich gehen. Mit Lianas Augapfel darin. Und glaub mir: Danach wird sie nicht tot sein. Aber sie wird leiden. Versprochen.
Und du weißt, dass ich meine Versprechen halte.
– A & A

Ich zerknülle das Stück Papier in meiner Hand und setze mich frustriert auf den Rand der Treppe. Ich starre zu dem Leichnam vor mir, der eigentlich zum Schutz von Liana zuständig war.

Es ist das erste Mal, dass ich keine Ahnung habe, was ich tun soll. Ich reibe über mein Gesicht und versuche, mich zu beherrschen. Am liebsten würde ich alles in Schutt und Asche legen, um Liana zu finden, doch Annabelle wird es wissen, wenn ich auf der Suche nach ihr bin, und wird meiner Kleinen wehtun.

»Fuck!«, stoße ich wütend aus und keine drei Sekunden später steht Gray an meiner Seite.

»Was werden wir jetzt tun?«, fragt er und das erste Mal seit Jahren habe ich auf diese Frage keine passende Antwort. Es gibt nur einen Weg, Liana zurückzubekommen – ich muss alles aufgeben.

Aber was ist alles ohne Liana? Nichts. Es ist nichts wert.

»Ich weiß es nicht«, hauche ich und es vergehen mehrere Minuten, in denen wir alle einfach nur dastehen, schweigen und uns bewusst wird, was passieren muss.

Bis tief in die Nacht sind wir wach geblieben und haben nach möglichen Lösungen gesucht und letztendlich sind wir auf eine gekommen, die uns allen zwar nicht gefällt, aber die einzige Möglichkeit ist, Liana gesund zu uns zurückzubekommen.

»Das heißt, wir werden Annabelle in dem Glauben lassen, dass sie gewonnen hat, und beordern sie hierher, um ihr angeblich die Macht über *La Casa* zu überschreiben«, wiederholt Dylan den Anfang unseres Plans und schaut mich dabei an. Er ist sich dem Ausmaß unserer Situation genauso bewusst wie ich und ich weiß es zu schätzen, dass er in diesem Moment einen klaren Kopf behält.

Einer von uns muss das ja und Dylan lässt sich durch nichts aus der Bahn werfen.

»Genau, und wenn sie dann mit ihren Männern hier ist, werden wir sie allesamt –« Zade wird von Grayson unterbrochen.

»Töten. Wir werden sie alle umbringen. Das wird ein Gemetzel. Und da Annabelle nicht dumm ist, wird sie Ausweichmöglichkeiten schaffen.«

Doch wir sind besser. Wir werden sie überlisten. Egal, was dafür nötig ist – ich werde es tun. Für Liana.

Kapitel 28

Liana

Heute ist der zweite Tag, den ich in diesem Drecksloch verbringe … glaube ich. Ich kann mich nicht daran erinnern, wie ich hierhergekommen bin und seitdem ich in diesem kalten, leeren Raum sitze, ist die einzige Person, welche ab und zu vorbeikommt, Adam.

Dieses verdammte Arschloch!

Als ich aufgewacht bin, tat mir alles weh. Das liegt wahrscheinlich daran, dass man mich einfach auf diesem Steinboden gelegt hat und es auch nichts in diesem Raum gibt, das weich ist. Eine kleine Glühbirne in der Mitte des Zimmers und eine Toilette in der hinteren Ecke – das ist alles, was es in diesem Raum gibt.

Adam sitzt soeben auf einem Stuhl und sieht auf mich herab. Dabei versuche ich, seine Blicke nicht zu erwidern.

»Iss das verdammte Essen, Liana, oder ich stopfe es dir in den Mund«, droht er mir und ich habe in all der Zeit, die ich schon hier bin, kein Wort mit ihm gewechselt. Wie konnte sich mein Leben nur so verändern, dass ich jetzt auf einem dreckigen Boden sitze und mein Ex-Freund mir dabei zuschaut, wie ich das eklige Sandwich herunterwürge? Mein Magen protestiert und das schon, seitdem ich hier angekommen bin.

Vermutlich schreit er: Angst!

Nach wenigen Minuten verschwindet Adam und lässt mich in diesem Loch zurück. Ich kann nicht glauben, dass der Mensch, der gerade hier war, mal mein Freund war. Ich war glücklich mit ihm. Wie kann er mich so behandeln, als hätten wir uns nie gekannt? Als wären wir nicht jede Nacht zusammen eingeschlafen. Als wäre ich ein Tier.

Vorsichtig lehne ich mich an die Wand und schaue zur gegenüberliegenden Seite. Ich denke an all die schönen Momente mit Damian zurück, weil es irgendwie das Einzige ist, das mir Hoffnung gibt. Er ist vielleicht schon auf dem Weg hierher.

Ein Piepsen ertönt und die Tür geht wieder auf. Doch dieses Mal ist es nicht nur Adam, der eintritt. Eine Frau ist bei ihm. Eine wunderschöne Frau. Sie hat pechschwarzes Haar, welches bis zu ihren Brüsten reicht und auch wenn sie ziemlich schlank ist, sieht man deutlich ihre Rundungen. Sie fixiert mich und ihre Augen sehen aus, als würden sie mich in den Abgrund ziehen. Sie erinnert mich an einen *Todesengel*.

Adam kommt mit schnellen Schritten auf mich zu und packt mich an den Haaren, sodass ich zu ihm hochsehen muss.

Ich darf ihm nicht zeigen, wie schwach ich mich eigentlich fühle. Deshalb grinse ich ihn an und spucke ihm dann ins Gesicht.

»Du Schlampe!«, beleidigt er mich und möchte gerade ausholen, als die Frau ihn am Arm packt und aufhält.

»Nicht. Wir haben meinem Bruder versprochen, dass wir sie unverletzt zurückbringen werden.«

Annabelle. Das ist sie. Damians Schwester. In ihren Worten schwingt ein leicht genervter Unterton mit.

In einem anderen Leben hätten wir uns vielleicht gut verstanden, doch jetzt ist alles, was ich fühle, Wut.

»Ein einziger Schlag wird sie nicht umbringen. Das hätte ich viel früher machen sollen. Sie ging mir so unglaublich auf die Nerven«, widerspricht Adam und zieht noch fester an meinen

Haaren, doch ich beiße mir auf die Lippe, um keinen Laut von mir zu geben.

»Lass. Sie. Los. Adam. Und hab dich endlich unter Kontrolle.« Annabelles Worte wirken sofort und er löst seinen Griff.

»Natürlich.« Er senkt den Kopf und ich bin überrascht von dieser Szene. Noch nie habe ich Adam so unterwürfig gesehen. Noch nie habe ich einen Mann gesehen, der sich einer Frau so ergibt. Annabelle nähert sich mir und mit jedem Schritt, den sie geht, wird mir bewusster, *wie viel* Macht diese Frau wirklich hat.

»Du bist also die berühmte Liana.« Sie hebt leicht mein Kinn an und betrachtet mein Gesicht von allen Seiten. Ich antworte ihr nicht und es scheint sie auch nicht wirklich zu stören. »Tatsächlich. Du bist wunderschön.«

Ihr Kompliment verwundert mich und sie sieht es mir auch eindeutig an. Diese Frau ist schwer einzuschätzen. Auf der einen Seite sollte ich Angst vor ihr haben, aber auf der anderen Seite hat sie mir bis jetzt noch nichts getan. Aber das soll nichts heißen.

»Keine Ahnung, was du meinst.«

»Dir ist nicht bewusst, wie viele Menschen dich kennen, was? Wie viele dich wollen?«

»Was meinst du damit?«

»Wie dem auch sei. Es wird mich nicht davon abhalten, dir die Kehle aufzuschlitzen, wenn Damian sich nicht spätestens morgen meldet.«

Ihre Worte versetzen mir einen Schlag, denn es bedeutet, er hat bis jetzt noch nicht mit ihr verhandelt. Ich schlucke und würde am liebsten auf den Boden schauen, doch ihr Griff um mein Kinn hält mich davon ab.

»Warum tust du dir das an?«, fragt sie.

»Was meinst du?«

»Du hättest Damian verlassen können, nachdem du erfahren

hast, wer er ist, doch stattdessen begibst du dich bewusst in Gefahr. Für einen Mann wie ihn. Und wir wissen beide, dass du von der Gefahr weißt, die damit einhergeht.«

»Ein Mann wie er?«

»Er ist wie unser Vater. Skrupellos, besitzergreifend und …« Sie schluckt. »Gewalttätig.«

Ihre Worte überraschen mich, da der Damian, den ich kenne, überhaupt nicht so ist. Doch in ihren Augen kann ich den tiefen Schmerz sehen, der sich hinter dieser Frage verbirgt.

»Ich weiß nicht, warum du so denkst, doch Damian ist das komplette Gegenteil von dem, was du gerade gesagt hast. Ich liebe ihn und würde mit ihm in die Hölle gehen, wenn es der einzige Weg ist, bei ihm zu sein.« Meine Antwort scheint sie zu beeindrucken und sie nickt mir bewundernd zu. Ich bin selbst darüber verwundert, wie leicht mir diese Worte über die Lippen gekommen sind.

»Na, welch ein Glück, dass du in der Hölle angekommen bist, Liana Marshall.«

Sie lächelt mich an. Ein Lächeln, das ich nicht deuten kann. »Buenas noches.«

Gute Nacht. Wie ironisch. Und dann geht Annabelle. Vermutlich werde ich diese Nacht nicht schlafen können, da mein Kopf vor Gedanken zu platzen droht.

Kapitel 29

Liana

Ich wache durch einen lauten Knall auf und erst da wird mir klar, dass ich nicht wie in meinem Traum neben Damian liege. Stattdessen befinde ich mich auf einem wackligen Klappbett, das man mir letzte Nacht brachte, und Adam schaut von oben auf mich herunter.

»Frühstück«, knurrt er und schiebt mir einen Teller auf dem Boden entgegen, auf dem Rührei liegt.

Ich hebe den Teller auf und mache mich daran, jeden einzelnen Krümel zu essen. Denn jetzt übermannt mich der Hunger viel zu stark.

Der Kerl setzt sich mir gegenüber auf einen Stuhl und wartet, bis ich alles aufgegessen habe. Vielleicht ist das so was wie meine Henkersmahlzeit. Denn heute ist der letzte Tag, an dem Damian die Chance hat, einen Handel mit Annabelle auszufechten und wenn er das nicht tut … Dann weiß ich, wie groß seine Zuneigung zu mir wirklich war.

»Warum, Adam?«

»Was?«, erwidert er angsteinflößend.

»Was war das all die Jahre zwischen uns?« Ich schaue ihm ins Gesicht und er lehnt sich grinsend nach vorn.

»Nichts«, ist alles, was er sagt. Und auch wenn ich schon lange keine Gefühle mehr für ihn habe, wundert es mich, dass er so kalt sein kann. Denn normalerweise war er in unserer Beziehung derjenige, der mir zwanzigmal am Tag sagen musste, das er mich liebt – und jetzt das?

»Ich kann nicht glauben, dass ich so dumm war. Bei jedem Menschen, der mir etwas bedeutet, stellt sich am Ende heraus, dass er mir nur etwas vorgespielt hat.« Die Anspielung auf Elara wird er wahrscheinlich nicht verstehen, doch das muss er auch nicht. Bei ihm verletzt es mich nicht, dass er mich so hintergangen hat, da ich schon vor langer Zeit mit ihm abgeschlossen habe und nichts mehr für ihn empfinde als Hass. Doch bei Elara ist das etwas völlig anderes.

»Ich dachte wirklich zwei Jahre lang, dass du mich liebst. Dass du der nette Typ von nebenan bist, der als Automechaniker arbeitet, doch da habe ich mich geirrt. Was genau bist du? Annabelles Sklave? Warst du es immer?« Der Spott in meiner Stimme ist nicht zu überhören.

Adam steht wütend auf.

»Ich bin der größte Drogenboss Spaniens!«

»Also von Größe sehe ich hier gar nichts.« Ich mustere ihn herablassend. Gerade als er auf mich zugehen will, kommt Annabelle hinein und Adam hält inne.

»Sitz!«, befiehlt sie und wie ein Hund setzt er sich wieder auf den Stuhl.

»Du bist ein schrecklicher Mensch. Weißt du das, Adam?«, frage ich provokant und er schaut mich verwirrt an.

»Warum wirkst du dennoch so ruhig? Obwohl du jetzt weißt, was ich dir angetan habe.«

Ich lächle ihn an.

»Glaub mir, alles in mir will dich dafür genauso bluten sehen, wie ich geblutet habe. Doch der richtige Zeitpunkt für meine Rache wird noch kommen.«

»Dass ich nicht lache.« Adam wirkt bedrohlicher.

»Das, was wir haben, Damian und ich, wirst du niemals erreichen können. Selbst wenn ihr eure Ziele erreicht. Was habt ihr davon? Macht? Reichtum? Was bringt euch das alles, wenn ihr niemanden habt, mit dem ihr dieses Leben teilen könnt? Wenn ihr niemanden habt, der euch liebt? Ihr seid zwar Verbündete und teilt euch vielleicht ein Bett, aber Liebe? Das ist alles, aber keine Liebe. Wisst ihr, das Einzige, was ich euch beiden gegenüber fühle, sind Mitleid und Scham. Ich schäme mich dafür, dich einmal meinen Freund genannt zu haben, und ich bemitleide euch, da es niemanden geben wird, der euch so liebt, wie ich von Damian geliebt werde.« Meine Worte scheinen beide zu treffen, doch besonders Annabelle sind meine Worte sichtlich nahegegangen, denn auch wenn sie weit von mir entfernt steht, sehe ich, dass ihr Augenlid zuckt.

»Ist das so? Dann frage ich mich, wo ist dein Damian, Liana? Wo ist dein Wundermann?« Als Adam gerade ausholt, um mir ins Gesicht zu schlagen, öffnet sich erneut die Tür hinter ihm. Ein Wachmann kommt herein und stoppt Adam bei seiner Tat.

»Wir haben eine Nachricht von Ihrem Bruder erhalten. Morgen um diese Uhrzeit wird *La Casa* Ihnen gehören und die Übergabe der Gefangenen findet statt.«

Annabelles Miene erhellt sich und beide verlassen den Raum mit einem breiten Grinsen im Gesicht.

Ich wusste, Damian würde mich nicht zurücklassen…

Kapitel 30

Damian

Wir warten jetzt schon seit zwanzig Minuten auf die Ankunft von Annabelle und Liana. Ich kann nicht beschreiben, wie ich mich fühle. Mein Herz schlägt kräftig in meiner Brust und ich kann es kaum abwarten, Liana wieder in meinen Armen halten zu können, doch Annabelle nach all den Jahren wiederzusehen …

Es wird schwer. Denn sie ist immer noch meine Schwester. Eine kaltblütige, kranke Schwester.

Damals war sie das kleine Mädchen. Meine große Schwester, die ich zu beschützen versprochen habe. Doch von dem einen auf den anderen Tag war sie ein völlig anderer Mensch.

Wütend. Und irgendwie … Leer.

Das alles nur wegen der Tatsache, dass ich einmal *La Casa* übernehmen werde? Ich bin mir sicher, dass mehr dahinterstecken muss und wahrscheinlich wird heute der Tag sein, an dem ich mich damit auseinandersetzen werde.

All meine Angestellten, sowohl die Wachleute als auch Emilia, habe ich fortgeschickt, da ich mit dem Laufburschen meiner Schwester am Telefon ausgemacht habe, dass jeder von uns nur drei weitere Personen zum Schutz mitbringen darf. Mir war es wichtig, die Botschaft telefonisch zu überbringen, da ein Brief viel zu lange gebraucht hätte und ich ehrlich gesagt auch keine Geduld mehr habe, länger auf Liana zu warten.

Die Ungewissheit, wie es ihr geht, macht mich fertig.

Unser Plan ist, Annabelle weiterhin in dem Glauben zu lassen, dass sie gewonnen hätte, doch wenn ich sehen sollte, dass sie Liana auch nur einen Kratzer zugefügt hat, werde ich ihr auf der Stelle den Kopf abschlagen. Ich kann nicht leugnen, dass mir bei dem Gedanken, meine eigene Schwester zu töten, übel wird. Doch ich würde es tun. Für Liana.

Meine Gedankengänge werden durch das Erklingen der Fahrstuhltüren unterbrochen. Die Übergabe wird im Esszimmer stattfinden, da hier genug Platz ist, falls die Situation eskalieren sollte. Und auch schon früher wurden hier alle wichtigen Dinge geregelt.

Sie sind da.

Ich habe Dylan dazu beordert, meine Schwester und ihre Leute zu uns nach oben zu führen und jetzt, da sie hier sind, spüre ich die starke Präsenz von Grayson und Zade hinter mir. Wir haben beschlossen, unsere Waffen erst zu ziehen, wenn auf uns gezielt wird. Das ist ein Gesetz unseres Clans. *Ziele nur, wenn du das Ziel bist. Oder wenn man dein Vertrauen missbraucht.*

Zuerst Blicke ich in die Augen von Liana, die von jemandem grob am Arm hereingeführt wird. Sie sieht erschöpft aus. Meine kleine Blume …

Ich nicke ihr unauffällig zu, um mich zu vergewissern, dass es ihr gut geht, und als sie mir ebenfalls zunickt, bin ich schon viel beruhigter als zuvor. Der Mann, welcher sie am Arm festhält, ist niemand anderes als ihr Ex-Freund. Ihn zu sehen, wie grob er sie berührt, bringt die Wut von zuvor wieder in mir hoch. Wie kann er es wagen, zu berühren, was mir gehört? Ich gehe wütend auf ihn zu, doch da kommt aus dem Gang hinter den beiden meine Schwester hervor und ich bleibe abrupt stehen.

Sie ist es wirklich.

»*Hermana*«, flüstere ich und auch sie bleibt stehen, nachdem sie mich entdeckt hat.

»Hermano«, begrüßt sie mich und ich erkenne in ihr nicht das kleine Mädchen wieder, mit dem ich draußen Blumen gesammelt habe, um ihr eine Krone daraus zu basteln. Mit der ich gemeinsam auf irgendwelchen sinnlosen Partys war oder unsere Urlaube auf den Malediven. Das alles scheint so weit entfernt. Sie ist erwachsen geworden. Und dunkel.

Ihre schwarzen Haare liegen lockig auf ihren Schultern und ihre Augen, die so sehr meinen ähneln, sind von Kälte durchzogen. Langsam begibt sie sich zu mir und schirmt somit Liana von mir ab. Die zwei Männer, welche zuvor hinter ihr standen, stehen jetzt seitlich neben ihr und beobachten Grayson, Dylan und Zade ganz genau.

»Grayson«, begrüßt Annabelle ihn. Hier treffen ehemalige Freunde aufeinander.

»Annabelle.«

»Du stehst auf der falschen Seite.«

»Das glaube ich nicht.«

»Mein Bruder weiß deine Fähigkeiten gar nicht zu schätzen«, spottet sie. »Da sollte man meinen, uns hätte damals mehr verbunden.«

Grayson lässt bis heute niemanden an sich ran. Nicht einmal mich. Annabelle war der einzige Mensch, der jemals hinter die Fassaden von ihm blicken durfte. Er redete mit ihr über alles.

Annabelles Blick wandert wieder zu mir und dieses Mal sehe ich darin diesen kleinen Funken Zweifel. Sie will das hier nicht wirklich tun. Wir teilen immer noch dasselbe Blut.

»Du musst nich–« Ich werde sofort von ihr unterbrochen.

»Sag mir nicht, was ich muss und was nicht, Bruder.«

Ich schlucke und schaue sie eindringlich an. Die Mauer, die sie all die Zeit lang um sich herum aufgebaut hat, ist dicker, als ich vermutet habe. Früher hätte sie mir zumindest zugehört. Ich kann nicht verstehen, wie sie so werden konnte. Sie blinzelt und spricht dann weiter.

»Wo sind die Unterlagen? Ich bin hier, um die Besitzansprüche an *La Casa* zu unterschreiben, und erst dann wirst du deine Geliebte wieder bekommen.« Zade kommt von hinten und legt den Papierstapel auf den Tisch. Das sind die echten Papiere. Die echten Besitzansprüche und wenn ich zulasse, dass Annabelle sie wirklich unterschreibt, war's das mit meinem Erbe.

Aber Liana ist alles wert.

»Das sind sie.« Ich deute dabei auf den Haufen Papier. Gerade als ich denke, dass sie einen Schritt nach vorn geht, um zu den Unterlagen zu gelangen, gebe ich Zade ein Zeichen. Meine Männer richten die Waffen auf Annabelle.

Sie sieht in meine Augen. »Wir wissen beide, dass du mich nicht töten wirst.«

»Sei dir nicht so sicher. Du gibst mir einfach keine andere Chance. Glaub mir, ich will das nicht. Doch du willst mir alles nehmen, was mir lieb ist, und das kann ich nicht zulassen. Noch dazu kommt, dass du das alles hier nur wegen deines ewigen Machtgehabes tust!«

»Du glaubst wirklich, ich tue das alles deswegen?« Annabelle lacht auf und dabei zieht Adam ein Messer und hält es Liana an ihre Kehle. Er drückt ihr das Messer stärker gegen den Hals, sodass ein kleiner Tropfen Blut herunterläuft. Grayson, Zade und Dylan richten ihre Waffen, doch ich gebe ihnen mit einem Handzeichen zu verstehen, dass sie meine Schwester noch nicht erschießen sollen.

»Warum solltest du es sonst tun?«, frage ich sie verwirrt und breite dabei die Arme aus. Wut, gemischt mit Trauer und Angst, steigt meiner Schwester in die Augen und für einen klitzekleinen Moment kann ich sie wieder sehen. Das kleine Mädchen, das vor der Dunkelheit Angst hatte und deshalb immer zu mir gerannt ist, damit ich sie vor den bösen Geistern beschütze.

»Du weißt es noch immer nicht, was?«

»Was denn?«

»Du bist einfach nur ein elender, verdammter Lügner und gehörst in die Hölle, Damian. Dein Leid für meines. Deswegen will ich dir alles nehmen. *La Casa*, deine Geliebte. Lügen werden bestraft, Damian.«

»Was meinst du, Belle? Wovon sprichst du?«

»Unterlasse es, mich so zu nennen. Hör auf, dich so dumm zu stellen«, wütet sie und für einen kurzen Moment glaube ich, die Situation würde eskalieren.

»Belle, jetzt sag mir zur Hölle, wovon du sprichst.« Verwirrt runzle ich die Stirn und sie schaut mir verwundert entgegen. Wovon spricht sie verdammt noch mal?

Für ein paar Sekunden mustert sie mich genaustens und nachdem sie ihre Augenbrauen ein kleines Stücken nach oben zieht, weiß ich, dass sie begriffen hat.

Ich habe nämlich absolut keinen blassen Schimmer, worum es hier gerade geht.

Und gerade als ich denke, dass ihre kalte Fassade zu brechen droht, erhebt sie die Stimme.

»Du hast mir versprochen, mich vor ihm zu beschützen!«

»Vor wem?«

»Vor *Padre*.« Sie zieht die Luft ein. »Meine ganze verdammte Kindheit lang habe ich in Angst gelebt! Angst vor *ihm*!«, schreit sie voller Wut und noch nie in meinem Leben habe ich sie so gesehen. So gebrochen und stark zugleich.

»Erst fing er an, in mein Zimmer zu kommen. Da war ich acht. Jede Nacht lag ich in meinem Bett und habe gehofft, es würde endlich zu Ende gehen, doch jedes Mal kam er wieder und hat sich zu mir gelegt. Er meinte, es sei das, was brave Töchter für ihren Vater tun und natürlich habe ich ihm geglaubt. Er hat mir versprochen, mich zu lieben, Damian. Wie ein Vater eine Tochter liebt. Innig und aufrichtig. Ich war acht, Damian! Er hat mich überall berührt und auch als ich ihm daraufhin gesagt habe, dass es wehtut, hat er nicht aufgehört. Ich wusste mir nicht mehr zu helfen. Und als ich dann alt genug war, um zu verstehen, was er mir angetan hat, war es zu spät. Er hatte die Macht über mich längst gehabt. Also musste ich gehen. Verschwinden und … ich musste ihn töten. Für das, was er mir angetan hat. Nicht die Macht ist der Grund, Damian. Sondern die Sünden unseres *Padres* sind es, die mich so werden ließen.«

Ihre Worte verschlagen mir die Sprache und auch Liana hat bei ihrem Geständnis einen undefinierbaren Gesichtsausdruck.

Wie konnte ich das nur nie bemerken? Wie konnte ich zulassen, dass er meiner Schwester so etwas antut? Etwas, das er irgendwie auch mir angetan hat und doch auf solch andere Weise. Jede Nacht war sie zu mir gekommen, wegen eines Monsters in ihrem Zimmer … So konnte sie in einzelnen Nächten verhindern, was er ihr …

Ich schüttle leicht den Kopf, um diese Gedanken nicht weiterführen zu müssen.

»Annabelle, ich wusste das alles nicht. Warum bist du nie zu mir gekommen und hast es mir gesagt? Dann hätte ich dich beschützen können und all das hier hätte nie passieren müssen.« Ich hoffe, sie versteht, wie ernst ich es meine.

»Damals dachte ich, es wäre normal, dass Töchter so etwas machen.« Ihre Stimme bricht und Tränen laufen ihre Wangen hinunter.

»Ich hätte ihn eigenhändig umgelegt, wenn ich davon gewusst hätte«, gebe ich ihr zu verstehen.

»Woher sollte ich wissen, dass du nicht auch so wie *Padre* bist? Du hast alles getan, um ihm zu gefallen. Warum dann auch nicht so was?«

»Das denkst du von mir? Das ich ein vergewaltigendes Arschloch bin?«

»Ja! Nein! Keine Ahnung!« Sie atmet tief durch. »Ich kenne dich doch überhaupt nicht, Damian.«

»Und warum ist das so? Weil du einfach weggerannt bist, anstatt zu kämpfen und dich mit mir zusammen zu schließen!«

»Warum kämpfen, wenn es sich für nichts lohnt? Die Hoffnung auf ein schönes Leben habe ich schon vor Jahren aufgegeben.« Sie reibt sich über die feuchten Wangen und schaut mir mit glasigen Augen entgegen. Auch meine Augen brennen.

»Für uns, Belle. Du hättest für deine Familie und dich kämpfen sollen. Mit mir an deiner Seite.«

»Familie ist der Grund, warum ich hier überhaupt stehe. Mit dem Kapitel habe ich schon lange abgeschlossen, *Bruder*.«

»Warum tust du das alles hier dann noch? Hast du deine Rache nicht bekommen, als du ihn gefoltert und ermordet hast?«, frage ich aufrichtig, denn ich verurteile sie nicht dafür, dass sie das getan hat. Sie hat es verdient, Gerechtigkeit zu bekommen und wenn es diese Form der Gerechtigkeit ist, sei sie ihr *gegönnt*. Er war ein Tyrann. Ein Mistkerl. Abschaum.

Doch ich kann mir nicht erklären, warum sie das alles hier trotzdem macht. Außerdem wollte ich meinen Vater so oder so loswerden und sie hat mir somit nur die Arbeit abgenommen.

»Doch, ich habe meine Rache an unserem Vater bekommen, aber noch nicht an *ihr*.« Als sie mir ansieht, dass ich keine Ahnung davon habe, wen sie meint, fährt sie fort. »Auch wenn du es nicht wusstest, aber unsere Mutter wusste es. Sie hat ihn darin bestärkt, dass es okay sei, mir das anzutun, damit sie nicht mit ihm das Bett teilen musste. Sie liebt den Gedanken seiner Macht und des Reichtums so sehr, dass es ihr egal war, dass ihre eigene Tochter darunter leiden muss.«

Ich schlucke schwer und frage mich: Wusste Mutter auch, was mein Vater mir angetan hat?

Ich kann mir nur schwer vorstellen, dass unsere Mutter das alles gewusst und nichts unternommen haben soll. In meiner Vorstellung war sie immer der gute Elternteil.

»Warum bist du so sicher?«

»Sie war einmal dabei, Damian. Sie sah einmal dabei zu, als *Padre* …«

»Belle, das ist …« Was sagt man in diesem Augenblick?

»Ich will sie bluten sehen.«

»Du willst sie bluten sehen«, wiederhole ich. »Dann werde ich dir dabei helfen.«

»Warum solltest du das tun?«

Ich weiß, dass sie bei dieser Sache meine Hilfe brauchen kann. Denn Mutter vertraut mir.

»Du übergibst mir Liana und der Krieg wird ab heute ein Ende nehmen. Ob du getrennt in friedlicher Zusammenkunft leben möchtest oder zurückkehren willst, liegt bei dir.«

Ich sehe, wie schockiert Liana über meine Entscheidung ist, dass ich meiner Schwester wirklich eine zweite Chance geben will, obwohl sie für so viel Schlimmes verantwortlich ist.

»Senkt die Waffen«, befiehlt Annabelle ihren Männern und auch ich gebe Grayson, Dylan und Zade ein Zeichen, dass sie die Waffen senken sollen. Sie steckt ihr Messer wieder ein und schaut Liana an.

»Du vertraust doch diesem Mistkerl nicht ernsthaft! Er hat dir gedroht, dich umzubringen, wenn du seiner dummen Schlampe etwas tust!«, knurrt Adam neben ihr. Und bei dem Wort *Schlampe* verfestigt sich sein Griff noch mal mehr um Lianas Arm. Sie zischt auf und ich gehe bedrohlich einen Schritt auf ihn zu.

»Wag es nicht, ihr wehzutun, Torres.« Meine Stimme klingt bedrohlich.

»Von einem Bastard wie dir lasse ich mir gar nichts sagen«, gibt er zurück.

»Tu, was er sagt, Adam. Oder du wirst es bereuen.« Annabelle schaut ihren Mitläufer drohend an.

»Mach lieber, was sie sagt, Torres. Wie ich sie kenne, wird sie nicht lange fackeln und dir den hässlichen Schädel wegpusten«, mischt sich nun Grayson ein und der Blick meiner Schwester findet sofort seinen.

»Gut, dass du das nicht vergessen hast, Credence.«

»Eine aggressive Frau hinterlässt einiges an Eindruck, Belle.« Grayson lächelt sie verschmitzt an und Adam lockert seinen Griff. Sofort entspanne ich mich wieder etwas.

»Ich glaube dir, dass du von allem nichts wusstest, Damian. Aber ich werde es mir überlegen müssen. Familie ist nicht unbedingt … mein Ding.« Annabelle gibt Liana zu verstehen, dass sie zu mir kommen kann, und gleich darauf fällt sie mir um den Hals. Tief atme ich ihren Geruch ein und drücke sie an mich.

»Endlich«, stöhne ich an ihrem Ohr.

»Ich habe dich so vermisst, Damian.«

Ich lasse sie los und drücke meine Lippen auf ihre.

»Ich habe dich auch vermisst, mi flor. Wie geht es dir? Bist du okay?«

Hinter Liana sehe ich Annabelle lächeln und sie nickt mir zu. Ich nicke zurück und es ist ein stilles Dankeschön dafür, dass sie Liana zu mir zurückgebracht hat. Lebendig.

»Ich denke schon, ja.«

Dann ist es Adam, der seine Stimme erhebt. »Du willst das

doch nicht wirklich einfach so stehen lassen, oder?«, schreit er Annabelle an, doch sie schaut daraufhin nur finster zu ihm.

»Wag es nicht, mich noch einmal anzuschreien und meine Entscheidungen infrage zu stellen, verstanden? Sonst bist du der Nächste, der stirbt.«

Adam verstummt.

Meine Schwester blickt wieder zu mir und räuspert sich. »Also, ich werde mich bei dir melden, bezüglich meiner Entscheidung, ob ich zurückkehre oder lieber allein verkehre. Danach kümmern wir uns um Mutter.« Ihre Stimme klingt eindeutig und ich nicke ihr mit Liana im Arm zu.

»Ich werde warten, Hermana.«

Sie lächelt leicht auf meine Wortwahl hin und nickt Grayson zur Verabschiedung zu. »Man sieht sich, Grayson.«

»Hoffentlich nicht ganz so bald, aggressive Frau«, erwidert Gray sarkastisch und es gibt mir ein beruhigendes Gefühl, die beiden wieder so miteinander reden zu hören. Es gibt mir einen kleinen Funken Normalität.

Sie und ihre Leute drehen sich um und verlassen den Raum. Adam verschwindet als Letztes durch das offene Esszimmer-Gewölbe und wendet sich vor seinem Abgang noch mal zu uns.

»Es ist noch nicht vorbei.«

Mit diesen Worten verschwindet er und Liana schaut unsicher zu mir hoch. Ich versuche, sie mit einer leichten Berührung an ihrer Wange zu beruhigen, doch ich weiß, dass Torres recht hat.

Denn mich beschleicht das böse Gefühl, dass Adam Probleme machen wird.

Kapitel 31

Liana

Es sind zwei Tage vergangen, seit Annabelle mit der Wahl gegangen ist, sich Damian entweder anzuschließen oder in Frieden getrennte Wege zu gehen. Bis jetzt haben wir noch nichts von ihr gehört, aber es ist sicher, dass sie sich melden wird.

Immerhin braucht sie Damians Hilfe, um Rache an ihrer Mutter nehmen zu können. Damian möchte es mir zwar nicht sagen, aber ich sehe ihm an, dass es ihn mitnimmt, was sie getan hat. Und wer hätte das auch von ihr gedacht? Dass sie ihren Ehemann unterstützt, seine Tochter zu missbrauchen oder Damian zu Prostituierten zu bringen?

Wir haben noch nicht über die Stunden in Gefangenschaft geredet, was hauptsächlich an mir liegt, da ich bisher noch nicht bereit dazu war.

Adam war grausam und Annabelle eine Sache für sich.

»So, das sind jetzt alle Klamotten. Ich wusste ja, dass Frauen eine Menge davon haben, doch dass es *so viel* ist? Du solltest unbedingt mal ausmisten, Liana.« Grayson kommt schnaufend die Treppen meines alten Schlafzimmers herunter und schleift dabei drei volle Säcke mit sich.

Damian und seine Männer haben heute beschlossen, mir bei meinem Umzug ins Anwesen zu helfen. Ich habe mich dafür entschieden, vollständig aus meinem alten Haus auszuziehen und es vorerst nicht mehr zu bewohnen. Ob ich es verkaufe oder nicht, muss ich mir noch überlegen, aber ich weiß, dass ich bei Damian bleiben möchte.

Meine Jobs kann ich auch von seinem Anwesen aus tätigen.

»Ach komm! Stell dich nicht so an. Ich dachte, du seist ausdauerfähig? Doch da habe ich mich wohl getäuscht. Du schnaufst wie ein kleines Mädchen«, provoziere ich Grayson von der kleinen Couch aus, auf der ich verweile.

»Schlepp du erst mal sechs Säcke hintereinander die Treppe herunter. Sechs Säcke! Und ich würde meine Ausdauer lieber für ganz andere Tätigkeiten nutzen«, beschwert er sich und legt sich daraufhin in den Sessel vor uns.

»Scheint ja auch schon lange her zu sein bei dir«, mischt sich Dylan ein und alle Blicke wandern sofort zu ihm. Er ist gerade aus dem Badezimmer gekommen mit einer weiteren Tasche, die meine Drogerieartikel beinhaltet.

Jeder von uns konnte gestern Nacht die Schreie von oben hören und so langsam verstehe ich, warum er eine ganze Etage für sich hat. Immerhin war ich ein Stockwerk unter ihm und konnte trotzdem die Unbekannte seinen Namen stöhnen hören!

Zade schnaubt und gibt ebenfalls seinen Senf dazu: »Da hat er wohl nicht ganz unrecht, Gray. Wenn mich nicht alles täuscht, war das letzte Mal, dass du eine Frau mitgebracht hast, noch bevor wir Liana kennengelernt haben.«

Wir alle schmunzeln und natürlich lässt Grayson das nicht einfach so auf sich sitzen.

»Das liegt daran, dass Damian, seitdem er mit Liana zusammen ist, keine Frauen mehr mit mir teilt, ihr Arschlöcher!«

Ich wusste von den Geschichten von Grayson und Damian, die sich gelegentlich Frauen geteilt haben – und ich kann mir nicht vorstellen, wie das sein muss.

»Ich will davon nichts hören, also haltet alle eure Klappe«, protestiere ich.

»Oh, ist da jemand eifersüchtig?«, stichelt Gray. »Nur auf was? Dass Damian schön öfter einen Dreier hatte oder dass sie noch nicht auf den Geschmack kommen durfte?«

»Halt einfach die Klappe.«

»Du weißt, wenn du es mal versuchen willst, stehe ich Damian und dir frei zur Verfügung«, fügt Grayson noch hinzu und mustert mich dabei spielerisch von oben bis unten.

»Du klingst wie eine verzweifelte Jungfrau, Gray.« Auf Zades Worte hin schaut Grayson ihn finster an und ich lache auf. Es tut gut, endlich mal wieder frei lachen zu können und etwas Ablenkung zu haben. Mit den dreien fühlt es sich schon fast normal an und ich könnte mich an solche Situationen eindeutig gewöhnen.

»Du hast es nicht anders verdient, du elendige Schlampe!« Adam erhebt seine zur Faust geballte Hand, doch bevor sie mich treffen kann, schrecke ich hoch.

Schwer atmend sitze ich nun aufrecht im Bett. Es war nur ein Traum. Ein Albtraum. Erschöpft lasse ich mich wieder zurück in die Kissen fallen und als ich meinen Kopf zur Seite drehe, um zu schauen, ob Damian etwas von meinem Albtraum mitbekommen hat, schauen mich bereits zwei dunkle Augen an. Wie lange beobachtet er mich schon?

Es ist nicht das erste Mal, dass ich nachts schweißgebadet aufwache und nicht wieder einschlafen kann. Doch bis jetzt hat er es immer hingenommen und mich, ohne etwas zu sagen, in seine Arme geschlossen. Aber sein Blick zeigt, dass es Zeit ist, endlich Licht ins Dunkle zu bringen und mit ihm darüber zu reden.

»Wann erzählst du mir, was bei Annabelle passiert ist, mi flor?« Die Frage kommt flüsternd über seine Lippen.

Ich weiß, dass nun der richtige Zeitpunkt dafür gekommen ist und auch ich möchte endlich meine Gedanken mit jemandem teilen können. Und wenn nicht mit Damian, mit wem dann?

Elara. Ihr Name taucht unerwartet in meinem Kopf auf und bei der Erinnerung an sie durchzuckt mich ein leichter Stich.

Aber nein. Es gibt keine Elara mehr und Damian ist der Einzige, dem ich vollkommen vertrauen kann.

»Komm her.« Damian gibt mir einen Kuss auf die Stirn.

»Ich bin bereit, Damian. Ich werde dir alles sagen«, flüstere ich an seiner Seite und ich kann hören, wie er erleichtert aufatmet. Bestimmt war es auch für ihn nicht leicht, zu wissen, was bei Annabelle geschehen ist.

Ich erzähle ihm jedes Detail. Je länger ich erzähle, umso wütender wird Damian. Nachdem ich fertig bin, atme ich laut aus und warte auf eine Reaktion von ihm, doch er schaut mich nur an.

»Was ist?«, frage ich daher verwirrt.

»Du bist so stark, mi flor. Aber ich bringe Adam um. Irgendwann«, ist alles, was er sagt und die Wut von zuvor kehrt wieder in sein Gesicht zurück. Er weiß ja gar nicht, *wie oft* ich schon darüber nachgedacht habe, und irgendwann werde ich meine Rache bekommen.

»Ich kann einfach nicht fassen, dass er dich wirklich mehrmals schlagen wollte. Wie kann man das jemandem antun wollen, den man geliebt hat?«

»Für mich war es auch ein heftiger Schock. Immerhin habe ich ihn, auch wenn ich es ungern zugebe, eine Zeit lang wirklich geliebt. Und zu erfahren, dass er bereit dazu wäre …« Ich schlucke, und bringe die Worte nicht über die Lippen, aber das ist auch nicht nötig.

»Er hat deine Liebe nicht verdient, mi flor. Früher nicht und jetzt schon gar nicht.«

»Und du hast das?«, frage ich spielerisch und schaue im Bett zu ihm auf.

»Ich würde dir niemals wehtun, Liana.«

»Ich weiß. Aber früher hätte ich das auch nicht von ihm erwartet.«

»Er wird büßen für das, was er dir angetan hat. Und wenn ich dafür die gesamte Welt niederbrennen muss.« Damians Worte bedeuten mir viel und ich gebe ihm einen innigen Kuss.

Ich weiß, dass es nicht das letzte Mal war, dass ich meinen Bastard von Ex-Freund gesehen habe. Doch das nächste Mal wird er nicht mehr lebend herausstolzieren können.

Denn meine Rache beinhaltet eines ganz sicher.

Seinen Tod.

Kapitel 32

Liana

»Annabelle hat unser Angebot angenommen und wird zurückkehren«, verkündet Zade, als wir alle am Frühstückstisch sitzen.

»Das ist doch gut, oder?«, frage ich in die Runde.

»Ja, das ist gut. Jedoch müssen wir jetzt besprechen, wie es hier mit ihr weitergeht. Und nichtsdestotrotz wird sich Annabelle ein Teil unseres Vertrauens zurückerarbeiten müssen.«

Zade hat recht.

Ich atme tief ein und bringe dann eine Antwort hervor. »Vertrauen ist wichtig, ja. Doch im inneren Kreis ist sie damit doch noch nicht, oder? Wir wissen nicht, ob sich ihre bösen Absichten vollständig gelegt haben.«

»Ich weiß ehrlich nicht, ob sie es jemals wieder sein wird«, murmelt Damian.

»Grayson, ich weiß, dass Annabelle und du eng wart. Aber wenn sie hier ist, behalte sie im Auge.«

Damian und Grayson schauen sich einen Augenblick lang an und als Grayson nickt, scheint die Sache beschlossen zu sein. »*La Casa* zuliebe. Wenn ich sie töten muss, werde ich nicht zögern.«

Anders kennen wir Grayson auch nicht.

»Morgen wird sie eintreffen«, informiert uns Zade und wie immer hat er einen genauen Plan für alles.

»Ich sage Emilia, dass sie ein Zimmer vorbereiten soll«, gebe ich zurück.

»Annabelle wird unter permanenter Beobachtung stehen«, fügt Damian noch hinzu. Und alles andere wäre auch dumm gewesen. Immerhin braucht es Zeit, bis wir ihr vollkommen vertrauen können. Wenn es überhaupt so weit kommt.

Ich erhebe mich und schaue mich im Esszimmer um. »Dann suche ich mal Emilia und gebe ihr Bescheid.«

Die anderen nicken in die Runde und ich begebe mich zum langen Flur, doch als ich um die Ecke biege, springt Emilia mir förmlich in die Arme.

»Oh! Entschuldige, Liana. Ich wollte dich nicht anrempeln.« Sie trägt einen Berg Wäsche auf den Armen und lächelt mich zuckersüß an.

»Kein Problem. Ich war gerade sowieso auf der Suche nach dir.«

»Nach mir? Habe ich etwas getan?« Nun wirkt sie angespannt.

»Nein, nein.« Ich fahre leicht über ihre Schulter und sofort beruhigt sie sich wieder. Sie macht ihren Job wirklich ausgezeichnet und lässt sich nie von etwas ablenken. Außer Grayson kommt ihr in die Quere.

Er kann es nämlich immer noch nicht lassen, sie zu ärgern.

»Ich wollte dir nur Bescheid geben, dass du ein Zimmer für Damians Schwester vorbereiten sollst. Sie trifft morgen ein.«

Sie nickt. »Wird erledigt.«

Für kurze Zeit sagt keiner von uns etwas und sie schaut mich einfach nur aufmerksam an.

»I-ich weiß, ich bin nur das Hausmädchen, aber wenn du über die Sache reden möchtest, bin ich immer da.« Sie meint die Situation mit Annabelle und ich weiß zu schätzen, dass sie sieht, dass diese ganze Sache mir nicht so behaglich ist.

Nervös schiebt sie ihre schwarze Brille auf der Nase wieder zurecht und schaut mich an.

»Du bist nicht nur das Hausmädchen, Emilia.« Ich streichle ihr erneut über den Arm und sie lächelt. »Ich weiß dein Angebot zu schätzen und werde auf jeden Fall darauf zurückkommen. Vielleicht bei einem Spaziergang durch den Garten?«

Sie lächelt und nickt eifrig. »Sehr gern! Wenn Damian es mir erlaubt.«

»Ich erlaube es dir. Du bist immer noch ein freier Mensch und kannst machen, was du willst in deiner Freizeit. Vergiss das nicht, ja?«

»Ja. Danke, Liana.«

»Nichts zu danken, Em.« Der Spitzname bringt sie zum Lächeln und ich grinse ihr ebenfalls entgegen.

Denn ich habe das Gefühl, dass Emilia und ich noch gute Freundinnen werden.

Der nächste Tag ist angebrochen und Damian und ich spazieren mit seiner Schwester auf dem Anwesen herum. Emilia hat schon fleißig ihr Zimmer hergerichtet und gleich werden wir es ihr zeigen.

Wir haben Annabelle bereits darüber aufgeklärt, wer wo seine Zimmer hat. Nur ihr eigenes hat sie noch nicht gesehen.

Seitdem das mit Damian und mir nämlich offiziell ist, haben wir uns dazu entschieden, sein Zimmer zu teilen. Natürlich habe ich es etwas aufgepeppt und gemütlicher gestaltet.

Nun laufen wir zu Annabelles Zimmer, welches sich in der Nähe von meinem alten und Graysons befindet. So kann er sie nämlich besser im Auge behalten und bekommt es auch schneller mit, wenn sie etwas im Schilde führen sollte. Zu sagen, es wäre leicht für mich mit ihr hier, wäre gelogen. Ich gebe mein Bestes, sie zu akzeptieren, für Damian, doch ich bin in ihrer Nähe immer noch sehr angespannt und achte auf jeden ihrer Schritte. Vermutlich ist das auch besser so und mit der Zeit wird sich diese Anspannung dann auch bestimmt legen.

»So, da sind wird. Das ist dein Zimmer.« Damian übergibt Annabelle den Schlüssel für den Raum, vor dem wir gerade stehen und zusammen treten wir ein. Annabelles Koffer stehen bereits hier und sonst sieht das Zimmer aus wie jedes andere Gästezimmer im Gebäude. Kahl und unpersönlich. Es ähnelt eher einem spärlich eingerichteten Hotelzimmer.

»Darf ich nicht in mein altes Zimmer ziehen?«, fragt Annabelle und schaut sich dabei in ihrem neuen Heim um.

»Nein. Die obere Etage gehört vollständig Dylan.« Das bedeutet, früher muss dort ihr Zimmer gewesen sein. Schon seltsam zu wissen, dass mein Zuhause auch einmal ihres war.

»Verstehe, dann gebe ich mich wohl hiermit zufrieden. Und wie sieht es mit meinen Männern aus?« Seine Schwester durfte zwei ihrer Leibwächter mitbringen, da es nur fair ihr gegenüber ist. Immerhin wäre sie sonst ganz allein bei ihren vor Kurzem noch Feinden und die bekannten Gesichter sollen ihr etwas vertrauen und Normalität übermitteln.

»Die beiden werden im Angestellten-Trakt wohnen, allerdings darf einer von ihnen täglich Wache vor deinem Zimmer halten, falls du diese Sicherheit benötigst«, erklärt Damian und Annabelle atmet hörbar beruhigt aus.

»Gut, denn versteh mich nicht falsch, ich freue mich darüber, dass du mir eine zweite Chance gibst, aber vollständig vertraue ich hier keinem.«

»Du teilst Damians Blut und auch wir können dir noch nicht vertrauen, aber es geht darum, dass du dich …« Ich atme tief durch. »Wie zu Hause fühlst.«

Damian nimmt meine Hand in seine, nachdem ich die Worte ausgesprochen habe, und drückt sie leicht. Ihm muss aufgefallen sein, dass das Ganze hier nicht sonderlich einfach für mich ist.

Zögerlich geht Annabelle einen Schritt auf mich zu. »Wegen dem, was passiert ist, Liana: Es tut mir leid. Mittlerweile ist mir klar geworden, dass ich dich zu Unrecht so behandelt habe.«

Ich schaue sie mit einem aufrichtigen Lächeln an und gebe zurück: »Es wird dauern, bis ich mich mit dieser Situation abgefunden habe, aber deine Entschuldigung ist schon mal ein großer Schritt in die richtige Richtung.«

»Das freut mich zu hören«, erwidert seine Schwester.

»Zade wird dir sagen, wie dein Alltag hier aussehen wird«, informiere ich sie noch, bevor Damian und ich ihr Zimmer verlassen, um Annabelle etwas Zeit für sich zu geben. Heute Abend werden wir dann besprechen, wie es mit der Rache an seiner und auch ihrer Mutter weitergehen wird.

Auch wenn ich weiß, dass Annabelle ihren kompletten Mafiaclan aufgegeben und ihren Männern die Entscheidung überlassen hat, sich entweder Damian anzuschließen oder auszutreten, um bei uns in Frieden zu leben, kenne ich sie nicht. Ich weiß nicht, ob es üblich für sie ist, sich doch noch gegen uns zu wenden. Damian meinte zwar, dass er das nicht von ihr erwartet, aber ich kann mein Misstrauen trotzdem noch nicht völlig ablegen. Schließlich hat sie mich weggesperrt und Adam überlassen.

Und nun wohnt sie unter meinem Dach.

Vor ihrer Zimmertür angekommen, atme ich hörbar aus und Damian packt mein Handgelenk. Ich schaue ihn überrascht an und er mustert mich.

»Was ist?«, hake ich nach.

»Wenn dir nicht wohl dabei ist, dass sie da ist, sag es.«

»Falls sie weiterhin unser Feind sein sollte, Damian, ist es gut, sie hier zu wissen. Ich werde das schon schaffen. Ich will es schaffen. Für uns.«

Erleichtert lächelt er mich an und streicht über mein Handgelenk.

»Eine Bedingung hätte ich aber.«

»Und die wäre?«

»Eine Waffe. Eine eigene.«

»Was?«

»Das hier ist mein Zuhause, Damian. Du bist mein Zuhause. Ich will mich sicher fühlen und uns alle sicher wissen.«

»Mi casa«, erwidert er und gibt mir einen Kuss auf die Stirn.

Sein zu Hause. Genau hier, bei ihm, möchte ich für immer bleiben.

Komme, was wolle.

»Dann nimmst du aber Schießstunden. Lernst, richtig mit der Waffe umzugehen.«

»Zu Befehl«, antworte ich grinsend und küsse ihn.

»Also, kommen wir zu dem Thema, warum wir hier sind. Unseren Plan kennst du ja bereits, richtig? Zade sollte ihn dir am Morgen deines Einzugs mitgeteilt haben«, fragt Damian Annabelle und daraufhin nickt sie nur.

Es ist bereits am Abend und wir sitzen zu dritt, mit jeweils einem Glas Sekt, im privaten Wohnbereich. Annabelle sitzt uns gegenüber und hört ihrem kleinen Bruder gespannt zu.

»Wenn das dann erledigt ist, Annabelle, erwarte ich, dass du Frieden schließt.«

»Wer sagt, dass ich das noch nicht habe?«, erwidert sie.

»Vergiss nicht, ich bin noch immer dein Bruder. Halte mich

nicht für dumm. Dein Inneres brodelt und nur, weil du ruhig wirkst, bist du es nicht.«

»Richtig, am liebsten würde ich jemanden umbringen. Einen bestimmten Jemand.« Wir wissen genau, wen sie damit meint und ihr Verlangen nach Rache ist nicht zu übersehen.

»Dann würde ich sagen, rufe ich unsere *Madre* mal an. Ich stelle sie auf Lautsprecher, sodass ihr mithören könnt. Einverstanden?«

»Ja«, antworten seine Schwester und ich synchron.

Das Telefon klingelt noch zwei weitere Male, bis endlich jemand abnimmt, und Annabelle ist anzusehen, dass sie eine leichte Nervosität in sich trägt. Ob es einfach nur die Situation ist oder die Angst, dass der Plan schiefgehen könnte, weiß ich nicht.

Nach wenigen Freizeichen geht eine Stimme an das andere Ende. Ich umklammere das Smartphone fester.

»Hola?«

»Hola, Abuela. Könnte ich Ma sprechen?«

»Damian, mein lieber Junge. Aber natürlich.« Man hört es im Hintergrund rascheln und nach wenigen Sekunden ertönt die Stimme seiner Mutter am anderen Ende.

»Damian?«

»Ja, ich bin es.«

»Was ist passiert?« Es wundert mich nicht, dass sie sofort davon ausgeht, es sei etwas geschehen. Immerhin kommt das in dieser Welt nicht gerade selten vor.

»Nichts. Ich brauche dich gerade einfach.« Damians Stimme klingt überraschend überzeugend und er scheint ganz in seiner Rolle zu sein. Es herrscht Stille am anderen Ende der Leitung.

»Wie kann ich dir helfen, Hijo?«

Damian atmet tief ein, bevor er weiterspricht: »Es gibt ein neues Bündnis mit Giuliano und ich …« Er zögert und schluckt hörbar. »Ich weiß nicht, wie ich damit umgehen soll. Was ich tun soll. Wie ich dieses Leben stemmen soll. Wie hat *Padre* das geschafft? Wie hat er das alles unter einen Hut bekommen?«

»Ich weiß, das ist nicht leicht, Damian. Aber du schaffst das.« Kurz sehe ich Panik in Annabelles Augen aufsteigen. Was, wenn sie jetzt einfach auflegt? Doch Damian macht schon seinen nächsten Zug.

»Erinnerst du dich noch an unsere täglichen Gespräche am Abend? Jede Nacht bist du zu mir gekommen und hast gefragt, ob ich heute stark genug war. Immer wenn ich mich nicht so gefühlt habe, hast du mir über den Kopf gestreichelt und mir Mut zugesprochen. Genau das brauche ich jetzt, Ma. Ich brauche dich an meiner Seite, brauche Ratschläge von dir, wie ich mit all dem umgehen soll. Denn momentan fühle ich mich alles andere als stark.«

Selbst mir verschlägt es bei seinen Worten die Sprache und ich weiß nicht, was ich denken, geschweige denn fühlen soll.

Er hat seine Mutter wirklich geliebt und jetzt verspürt er auch ihr gegenüber Hass, da es sein könnte, dass sie nicht nur von Annabelles Missbrauch wusste, sondern auch von Damians Erlebnissen.

Seine Mutter scheint zu überlegen und wir alle drei warten gespannt auf eine Antwort. Ich lächle Damian leicht zu, als er zu mir blickt und er lächelt ebenso leicht zurück.

»Dito, ich komme im Laufe des nächsten Monats vorbei und wir reden über alles, sí?«

Mit einem siegessicheren Grinsen schaut Damian seine Schwester an. »Sí, danke. Ich bereite schon mal alles vor.«

»Wir schaffen das, Hijo. Gemeinsam.« Das sind die letzten Worte seiner Mutter, bevor sie auflegen.

»Dann steht es also fest.« Ich schaue Annabelle an und danach

Damian. »Nächsten Monat werdet ihr eure Rache bekommen.« Beide nicken zustimmend und ich lächle Damian zufrieden an. Ich weiß, dass das auch für ihn ein großer Tag werden wird, da er endlich Gewissheit findet, was seine Mutter betrifft.

Ob sie wirklich die gesamte Zeit über alles wusste. Doch ob ihr das von Damian bewusst war oder nicht, spielt bei einer Sache keinerlei Rolle: Sie wird für das bezahlen, was sie getan hat. Ihr Tod ist beschlossene Sache.

Kapitel 33

Liana

Es ist bereits das dritte Mal diese Woche, dass ich mit Damian zum Schießen gegangen bin. Wir gehen jedes Mal an denselben Übungsstand und der Weg dorthin ist auch nicht wirklich weit. Tatsächlich macht es mir sogar richtig Spaß, mit Damian zusammen zu üben und auch wenn Dylan, Zade oder Grayson meistens dabei sind, haben wir eine gute Zeit miteinander.

Doch anders als sonst, sind Damian und ich heute allein hier. Schon beim Betreten des Gebäudes ist mir aufgefallen, dass nur ein einziger Angestellter da war und auch dieser ist dann schnell wieder verschwunden. Vermutlich hält er sich drinnen an der Rezeption oder im Lager auf.

Auf die Frage hin, warum hier heute keiner sei, meinte Damian nur, dass er etwas Zeit für uns allein wolle. Ob das nun etwas Gutes ist, weiß ich nicht. Immerhin hat es ihn die letzten Wochen auch nicht gestört, dass noch andere bei uns waren. Ich dachte, vielleicht will er das mit seiner Mutter ansprechen und mit mir darüber reden, da ich die letzten Tage öfters gemerkt habe, wie er verstohlen dreinblickt.

Macht ihm das Ganze vielleicht doch mehr zu schaffen?

Gerade stehe ich am Schießstand und lade meine *Beretta M9* auf. Anfangs hat Damian mir mehrere Waffen zur Verfügung gestellt, doch diese lag mir am besten in der Hand.

Der eigentliche Bereich, in deren Richtung ich schieße, ist

durch eine hüfthohe, schmale, braune Theke von mir getrennt. So besteht keine Gefahr, dass auf einmal jemand ins Schießfeld läuft, und ich kann die Waffe in den Pausen hier ablegen.

Vor mir, im Feld, reihen sich drei Metallfiguren in Form eines Menschen auf. Auf diese schieße ich, doch bis jetzt habe ich es noch nie geschafft, die rote Mitte auf der Zielscheibe zu treffen, welche sich auf der Brust des Metallmenschen befindet. Damian meinte, das brauche etwas Zeit, doch das ändert nichts daran, dass es mich deprimiert.

Hinter mir sitzt Damian in der Lounge auf einem braunen Ledersofa. An seiner linken Seite steht auch noch eine kleine Bar, an der wir uns heute ausnahmsweise frei bedienen dürfen. Allerdings gibt es dort nur alkoholfreie Getränke, immerhin wäre es dumm, betrunken in der Gegend rumzuschießen.

Damian steht auf und kommt zu mir rüber. Meine Waffe habe ich gesichert, wieder auf die Theke vor mir gelegt und schaue ihn nun trübselig an.

»Was ist los, meine Kleine?« Mit seiner rechten Hand streichelt er über meine Wange und schaut mich fragend an.

»Warum kann ich das nicht?«

»Du kannst es doch. Für deine achte Stunde bist du wirklich schon verdammt gut.«

Mit schräg gelegtem Kopf schaue ich ihn an.

»Das braucht einfach viel Übung, Liana. Und du bist auf einem guten Weg.«

»Wie lange hast du gebraucht, um ins Rote zu treffen?«, frage ich ihn, doch ich kann mir denken, wie die Antwort ausfällt, da er schelmisch grinst.

»Sag schon!«

»Zwei Tage.«

»Siehst du! Ich bin einfach schlecht.« Ich schüttle den Kopf und will mich von ihm wegdrehen, doch er packt mich an der Hüfte und zieht mich zu sich. Er trägt eine schwarze Jeans und ein enges Sportshirt in derselben Farbe.

Auch ich trage nur eine dunkle Leggings mit weißem T-Shirt und kann dadurch umso mehr seine Bauchmuskeln durch den dünnen Stoff spüren.

»Hör auf, das zu sagen. Du hast ja keine Ahnung, wie besonders du bist, mi flor.« Seine Worte gehen mir nahe und ich schaue mit verträumten Augen zu ihm auf. Er beugt sich dicht an mein Ohr, welches durch meinen Zopf perfekt frei liegt und flüstert mir zu: »Vielleicht brauchst du nur die richtige Motivation.«

»Und die wäre?«, frage ich ebenso leise zurück und als er antwortet, kann ich die Gänsehaut spüren, welche sich auf meiner Haut breit macht.

»Dreh dich um, nimm deine Waffe in die Hand und mach dich bereit.« Ich tue, was er sagt, und richte meinen Blick nach vorn, als ich mit der Waffe bereit dastehe.

Damian kommt von hinten so nah an mich ran, dass ich seinen Atem in meinem Nacken spüren kann, und flüstert mir dann zu: »Du schaffst das.«

Ich mache mich bereit und atme noch mal tief durch, bevor ich abdrücke.

Der Schuss geht ins Blaue, die Farbe kurz vor dem roten Ziel.

»So eine Scheiße!« Ich will mich umdrehen und Damian verärgert anschauen, um ihm zu sagen, dass seine Hilfe rein gar nichts gebracht hat, doch mit einem festen Griff um meine Hüfte sorgt er dafür, dass ich weiterhin nach vorn blicke. Erneut beugt er sich dicht zu mir.

»Wenn du es das nächste Mal schaffst, dann ficke ich dich hier auf dieser Theke.«

Ich lecke mir über die Lippen und lege ein wissendes Lächeln auf. Deshalb hat er dafür gesorgt, dass wir heute allein sind. Es war schon die gesamte Zeit lang sein Plan, mich hier zu vögeln.

»Ist das so? Gefällt dir der Anblick so sehr?«

»Und wie. Du mit dieser Waffe in der Hand ist das Schärfste, was ich je gesehen habe.« Als würde er seine Aussage untermauern wollen, drückt er von hinten seinen harten Schwanz an meinen Po. Ich gebe ein lustvolles Seufzen von mir.

»Konzentrier dich, mi flor.«

Ich richte die Waffe in meinen Händen wieder nach oben. Ziele ins Rote, atme tief durch und schieße.

Ins Rote.

Ich brauche ein paar Sekunden, um zu realisieren, dass ich es wirklich geschafft habe, und lege dann mit einem stolzen Lächeln im Gesicht die Waffe ab.

»Ich habe es geschafft!« Glücklich drehe ich mich zu Damian um und sofort zieht er mich wieder an sich, um mich zu küssen.

»Du weißt, was das bedeutet.« Er wird mich flachlegen. Hier direkt auf der Theke. Mit einer schnellen Bewegung hebt er mich hoch und setzt mich darauf ab.

»War das dein Ziel? Weshalb du das alles hier für uns allein gemietet hast?«

»So was von.«

»Wie viel hat es dich gekostet?«, hake ich nach.

»Du bist mir jeden Cent wert, Liana.« Erneut küsst er mich und drängt sich dabei zwischen meine gespreizten Beine. Schon wieder kann ich seine harte Erektion an mir spüren und gebe ein wohliges Seufzen von mir.

»Ich dachte zuerst, du wolltest mit mir über deine Mutter reden«, gebe ich zu, nachdem er sich von mir gelöst hat.

»Warum das?«

»Du wirkst in letzter Zeit etwas abwesend.«

»Weil ich an nichts anderes denken kann als daran, in dir zu sein. Es ist schon viel zu lange her.« Er schaut mir in die Augen und ich blicke ihm mit ebenso viel Begierde entgegen.

»Können wir bitte aufhören, über meine Mutter zu reden, wenn ich steinhart bin?«

Lachend ziehe ich ihn wieder an mich und küsse ihn. Dann scheint ihm das Thema mit seiner *Madre* wohl doch nicht so nahe zu gehen – und das erleichtert mich sehr.

Verlangend küssen wir uns weiter und fangen an, uns die Oberteile gegenseitig auszuziehen. Mein BH folgt ziemlich schnell und immer wieder fallen wir uns dabei stürmisch um den Hals.

»Bist du dir auch sicher, dass uns keiner sehen kann? Auf Kameras oder so?«, frage ich schwer atmend zwischen unseren Küssen.

»Sicher. Und selbst wenn – so lange ich in dir bin, ist mir der Rest egal.« Nachdem er seinen Satz zu Ende geführt hat, greife ich nach seiner Hose und ziehe sie samt Boxershorts herunter. Sein harter Schwanz springt mir entgegen und ich fange an, ihn langsam auf und ab zu reiben.

»Hüfte hoch, mi flor«, haucht Damian und ich hebe sie für ihn an. Er greift nach dem Bund meiner Leggings und zieht sie mit einer schnellen Bewegung von meinen Beinen. Nun sitze ich nur noch in einem schwarzen Spitzen-Slip vor ihm und streife ihn mir selbst über die Beine, da ich nicht mehr lange warten kann.

Ich brauche ihn in mir. Damian.

Er küsst sich meinen Hals entlang, während ich meine Beine um ihn schlinge. Er beißt auch leicht hinein, als ich ihm meinen Hals nur noch mehr anbiete. Ich stöhne kurz auf und liebe das Gefühl, welches mich dabei durchströmt. Der kurze Schmerz gepaart mit meiner Lust fühlt sich einfach unbeschreiblich an.

»Bitte sag mir, dass du nichts dagegen hast, wenn ich dich ohne etwas zwischen uns ficke.« Seine Stimme ist rau und jagt mir eine Gänsehaut über meinen gesamten Körper.

Schweratmend antworte ich: »Nein, habe ich nicht.« Ich schlucke. »Außerdem nehme ich seit Kurzem die Pille.« Ich lächle ihn an und ziehe seine Lippen wieder an meine. Es ist nicht das erste Mal, dass wir ohne Gummi vögeln und die Pille ist für uns sowieso die bessere Lösung. Im Moment kann ich an nichts anderes denken als daran, dass Damian mich endlich fickt.

»Perfekt, dann ficke ich dich ab sofort nur noch ohne Kondom, meine Kleine.«

Gerade als er sich vor mir hinknien will, um mich zu schmecken, halte ich ihn auf. »Nein, ich brauche dich jetzt. Sofort.«

Er erhebt sich wieder und küsst mich ein weiteres Mal, bevor er sich vor mir positioniert. »Kannst du mir einen Gefallen tun, Kleines?«

»Alles.«

»Nimm die Waffe währenddessen in die Hand.« Zuerst schaue ich ihn überrascht an, doch dann greife ich nach der *Beretta M9*.

»Mierda! Wie ich diesen Anblick liebe.« Mit diesen Worten vergräbt er sich bis zum Anschlag in mir und fickt mich mit immer schneller werdenden Stößen.

»Damian«, stöhne ich seinen Namen und das sorgt nur dafür, dass er meinen Hals packt, meine Stirn an seine legt und mich noch härter vögelt. Ich schreie lauter vor Lust und weiß, dass es nicht mehr lange dauern wird, bis ich komme.

»Bring uns ja nicht um, mi flor.« Er nimmt mich weiter und drückt meinen Hals dabei so fest zu, dass man morgen bestimmt noch Spuren von unserem kleinen Spiel sehen wird.

Damian stöhnt an meinem Ohr.

»Obwohl, das wäre es wert.« Seine Worte gehen unter durch meinen lauten Schrei, als ich um seinen Schwanz komme. Auch

Damian atmet immer hektischer und ergießt sich keine Minute später in mir. Stirn an Stirn schauen wir uns schwitzend von unserem Orgasmus an.

»Zum Glück hast du ins Rote getroffen«, haucht er an meinen Lippen.

»Was, wenn ich es noch mal schaffe?« Und so kommt es, dass auf die erste Runde direkt eine zweite folgt.

Ein neuer Tag und eine neue Trainingseinheit, in der ich das Schießen übe. Anders als letztes Mal sind wir nicht allein, denn Annabelle ist dabei. Sie trainiert schon die ganze Zeit fleißig und trifft dabei, egal mit welcher Waffe, ins Rote.

Ich vermeide es, gleichzeitig mit ihr vorn zu stehen, und versuche in dieser Zeit, mich in der Lounge etwas zu entspannen. Gerade ist Damian zusammen mit ihr vorn und die beiden unterhalten sich.

Ich weiß, dass es längst wieder Zeit für mich wäre, auch zu üben, doch ich fühle mich einfach nicht wohl dabei, neben einer bewaffneten Annabelle zu stehen. Dafür ist einfach noch nicht genug Zeit vergangen.

Damians Handy klingelt neben mir und ich sehe, dass seine Mutter ihn versucht zu erreichen. Sobald er das Klingeln hört, kommt er auf mich zu geschlendert und hebt es sich an sein Ohr.

»Ja? Natürlich.« Er gibt mir ein Handzeichen, dass er kurz rausgehen wird, um zu telefonieren, und ich erhebe mich. Vielleicht ist das mein Zeichen, meine Unsicherheit seiner Schwester gegenüber zu legen und auch zu trainieren.

Ich stelle mich neben sie und als sie mich erkennt, lächelt sie mir leicht zu. Danach widmet sie sich wieder dem Schießen. Auch ich greife nach meiner Waffe und fokussiere die Zielscheibe vor mir.

Du schaffst das, Liana, mache ich mir Mut und drücke letztendlich den Abzug. Ich treffe nicht mal in die Nähe der roten Mitte, sondern direkt an den schwarzen Rand. Annabelle scheint es gemerkt zu haben und dreht den Kopf zu mir. Ihre langen schwarzen Haare sind zu einem strengen Zopf gebunden, mit dem sie noch einschüchternder wirkt.

»Versuch, die Waffe nicht so steif zu halten.«

Wahrscheinlich meint sie es nur gut, doch ich nehme ungern ausgerechnet von ihr Tipps an. Wo bleibt Damian nur?

Annabelle schießt neben mir weiter und trifft jedes Mal die Mitte. Es wundert mich wirklich, dass sie durch die Stelle noch kein Loch gebrannt hat. Erneut richte ich mich und versuche dieses Mal, mir meine Nervosität nicht zu sehr ansehen zu lassen. Vermutlich liegt es an Annabelle, dass ich mich nicht richtig konzentrieren kann. Ich drücke den Abzug und treffe dieses Mal sogar ins Blaue.

Stolz lächle ich vor mich hin.

»Nicht schlecht für eine Anfängerin«, erwidert Annabelle neben mir und sofort vergeht meine Freude. Wie soll ich das jetzt verstehen?

»Danke«, antworte ich unsicher. Für einen Moment sieht sie mich schweigend an und hält dabei weiterhin ihre Waffe in der Hand. Sofort gleitet mein Blick genau dorthin und sie scheint es an meinem unsicheren Gesichtsausdruck zu bemerken.

Sie legt die Waffe zur Seite und schaut mich ebenso leicht ungewiss an.

»Ich glaube, es ist besser, wenn ich für heute aussetze.« Als hätte sie gewusst, was die Waffe in ihrer Hand mit mir macht, lächelt sie mich beruhigend an. Vielleicht hatte ich sie doch falsch eingeschätzt und mein Misstrauen ihr gegenüber, nach den paar Wochen, ist noch zu groß.

Immerhin haben sich bereits auch schon einige ihrer Männer Damian angeschlossen und sind ihr gefolgt. Natürlich gehört Adam nicht dazu und nicht zu wissen, was er gerade im Schilde führt, macht mir Angst. Jeden Tag könnte es wieder so weit sein und er steht mit gehobener Waffe vor uns. Genau für diesen Fall bereite ich mich vor.

Ich richte meine Waffe in die Höhe, ziele und drücke ab. Dieses Mal treffe ich ins Rote und lege danach zufrieden die Waffe ab. Also habe ich es doch nicht völlig verlernt.

»Gut gemacht. Da wird es mir nächstes Mal wohl nicht so leichtfallen, dich zu schnappen«, lacht Annabelle und ich schlucke heftig. Sie merkt wohl, dass ich es nicht besonders witzig finde, und verstummt abrupt. Sie kann doch nicht wirklich glauben, dass ein Witz in diese Richtung okay wäre. Ich bin immer noch nicht vollständig über diese Nacht hinweggekommen und sie macht sich einen Spaß daraus.

Muss ich Angst davor haben, dass es vielleicht doch kein Witz war?

Gerade als ich etwas erwidern möchte, betritt Damian den Raum. »Am Samstag wird das Training ausfallen müssen.«

»Warum?«, hake ich neugierig nach.

»Unsere *Madre* wird bereits in drei Tagen in Madrid eintreffen«, informiert er mich und seine Schwester. Dann ist es wohl in weniger als einer Woche so weit und die beiden bekommen ihre ersehnte Rache.

Ich nicke und gehe zu ihm in die Lounge rüber. Annabelles Blick ist weiterhin auf mich gerichtet.

Können wir ihr wirklich vertrauen?

Über diese Frage kann ich mir auch noch die nächsten Tage

Gedanken machen. Jetzt zählt erst mal nur, was in drei Tagen genau passieren wird. Doch eine Frage stelle ich mir trotz allem: Wann wird der Zeitpunkt für *meine* Rache wohl sein?

Zurück im Anwesen, habe ich mich mit Emilia im Trainingsraum verabredet. Hier haben wir uns auch das erste Mal gesehen und immer noch ist der sportlich gehaltene Raum gigantisch. In der Mitte hängen Boxsäcke von der Decke und in jeder Ecke steht ein anderes Trainingsgerät. Es ist das erste Mal, dass ich diesen Raum so sehe und sofort wird mir klar, dass ich öfters hier vorbeischauen muss.

Wer weiß, vielleicht werden die Trainingseinheiten mit Emilia auch zur Routine? Wir hatten uns zwar spontan dazu verabredet, als wir gemeinsam durch den Garten gelaufen sind, aber ich hätte nichts dagegen, noch öfter Zeit mit ihr zu verbringen.

Ein Schlag von ihr mitten in meine Magengrube reißt mich aus meinen Gedanken.

»Abwehr. Du musst deine Abwehr auf jeden Fall verbessern.« Schwer atmend schaut Emilia mich an und springt dabei wie eine professionelle Boxerin vor mir hin und her. Selbst beim Sport trägt sie ihre große Brille und bis jetzt habe ich es nicht einmal geschafft, mit meiner Faust auch nur in die Nähe davon zu kommen.

»Wie soll ich auf alles gleichzeitig achten können?«, frage ich sie völlig ausgepowert und sie lächelt mich verschmitzt an.

»Nur viel, viel Übung wird dich dorthin bringen.«

»Das heißt, du wirst mich öfter aushalten müssen«, gebe ich leicht lachend zurück und sie steigt sofort mit ein.

»Sehr gern. Du bist keine schlechte Schülerin«, antwortet sie und greift mich im nächsten Moment wieder an. Ich hasse ihre überraschten Angriffe, doch dieses Mal gelingt es mir tatsächlich, sie abzuwehren.

»Sehr gut«, lobt sie mich und ich lächle, um im nächsten Moment auszuholen. Doch auch den Schlag wehrt sie leider ab. »Deine Angriffe sind nicht schlecht, aber du musst schneller werden. Sonst sieht man all deine Versuche kommen.«

»Können wir eine kurze Trinkpause machen?«, frage ich erschöpft und sie nickt. Zusammen gehen wir an den Rand der Halle zu unseren Flaschen. Gierig trinke ich meine bis zum letzten Tropfen leer und stelle sie dann wieder ab.

»Woher hast du das alles eigentlich gelernt? Das Kämpfen?«, hake ich schnaufend nach, da sie mir bis jetzt noch nicht viel über sich erzählt hat – und nicht oft trifft man auf ein so junges Mädchen, welches sich so gut verteidigen kann.

»Ich hatte keine Wahl.« Verwirrt schaue ich sie an. »Ich bin in einem Heim aufgewachsen und musste mit achtzehn dann alles allein auf die Reihe bekommen.«

Mehr sagt sie nicht und ich schaue sie schockiert an. Das ist gerade mal ein Jahr her und sie redet darüber, als wäre es nichts.

Ich kann ihr ansehen, dass sie nicht darüber reden will, und frage deshalb auch nicht weiter nach.

»Na ja, jetzt bist du hier bei uns.«

»Ja.« Fröhlich schaut sie mich an und richtet dabei ihre Brille auf der schwitzigen Nase.

»Machen wir weiter? Ich habe noch ein, zwei Griffe, die ich dir zeigen möchte.« Eifrig nicke ich und nachdem sie ihre Flasche wieder abgestellt hat, begeben wir uns wieder auf die Trainingsfläche.

Kapitel 34

Damian

Nun ist der Tag wohl gekommen. Es ist Samstag und meine Mutter sollte in wenigen Minuten eintreffen. Vorgestern hatte Liana Geburtstag und ich habe eine Überraschungsparty für sie geplant, die in wenigen Tagen stattfinden wird.

Sie selbst scheint es völlig vergessen zu haben.

Ihren eigenen Geburtstag.

Auch wenn wir erst noch feiern werden, konnte ich immer wieder sehen, wie Liana die Bilder von sich und Elara auf ihrem Smartphone angeschaut hat. Sie scheint ihr trotz allem sehr zu fehlen und ich glaube, es wird Zeit, dass die beiden endlich miteinander reden.

Ich habe da auch schon eine Idee …

Ich sitze im Wohnbereich mit Dylan und Liana an meiner Seite. Annabelle wartet im Nebenzimmer auf ihren Einsatz, da wir sie erst reinholen werden, wenn der richtige Zeitpunkt dazu gekommen ist. Vor uns, auf dem kleinen Tisch, liegen zwei große Mappen. Sie sollen den Schein wahren und meine *Madre* glauben lassen, dass ich wirklich ihre Hilfe benötige. Immerhin wollen wir nicht gleich mit der Tür ins Haus fallen und so viele Informationen wie möglich aus ihr rausbekommen.

Zum Beispiel, ob sie wusste, zu was Vater mich gezwungen hatte.

Seitdem Annabelle mir davon erzählt hat, dass unsere Ma

angeblich alles von ihrem Trauma wusste, mache ich mir Gedanken darüber, ob sie wohl auch das von mir die ganze Zeit über gewusst hatte. Allein der bloße Gedanke daran macht mich wütend und ich würde am liebsten auf irgendetwas einschlagen.

»Sie ist da«, spricht Dylan zu meiner Linken und schaut dabei auf den Bildschirm seines Handys. Darüber hat er Zugriff auf die Kameras in allen Fluren und kann somit auch sehen, wer ein- und ausgeht.

»Vergiss nicht: Halte dich bedeckt und im Notfall zieh deine Waffe«, flüstere ich Liana rechts neben mir zu und sie nickt. Sie muss mitspielen und nur, wenn es gewaltig schiefgehen sollte, darf sie zu ihrer Waffe greifen. Sie hat sie unter ihrem leichten Kleid versteckt und natürlich lässt mich das nicht ganz kalt …

Doch jetzt ist der falsche Moment, um an Sex zu denken. Obwohl ich wirklich Spaß daran hätte, mal wieder zu der Ghostface-Maske zu greifen.

»Wir schaffen das.« Sie legt ihre Hand in meine und lächelt mich an. Unglaublich, dass das ausgerechnet von der Frau kommt, die mit all dem nie wieder etwas zu tun haben wollte.

Gestern haben wir stundenlang über Adam spekuliert. Was er wohl vorhat? Ob er das alles einfach so auf sich beruhen lässt oder ob er uns angreifen wird. Ich hasse diese Ungewissheit und das Einzige, was mich beruhigt, ist, zu wissen, dass Liana sich nun zu verteidigen weiß.

Ich höre bereits die hohen Schuhe auf dem Boden klackern, als die Stimme meiner Mutter ertönt und sie um die Ecke kommt.

»Damian, ich habe mit Giuliano geredet und er meinte, es gibt kein neues Bündnis, also was um alles in der Welt willst du von mir?«

Ich erhebe mich und führe sie zu einem der Sessel vor uns. »Auch schön, dich zu sehen, Mutter.«

Das letzte Wort schmeckt faul auf meiner Zunge und die Wut von zuvor brodelt wieder in mir auf. Wer ist diese Frau eigentlich? War sie jemals wirklich eine Mutter? Das werde ich heute erfahren.

Aber ich glaube kaum.

»Dylan, Liana«, begrüßt sie die beiden und nachdem sie ihr zugenickt haben, gebe ich Dylan ein Zeichen, meiner Schwester zu schreiben.

»Du bist hier, da wir etwas mit dir bereden müssen«, erkläre ich und dabei umklammert meine *Madre* ihre Handtasche auf ihrem Schoß fester. Ich weiß, dass sie immer eine Waffe darin mit sich rumträgt, doch solange sie geschlossen ist, besteht keine Gefahr.

Ich könnte nicht damit leben, wenn Liana meinetwegen etwas zustößt.

»Ich kann es mir schon denken«, gibt meine Ma zurück und mustert Liana dabei abfällig.

Mir gefällt es nicht, wie sie sie ansieht, und ich balle eine Hand zur Faust. »Das glaube ich nicht.«

»Du hast sie geschwängert, oder? Herzlichen Glückwunsch zu einem unehelichen Kind.« Schnaubend schüttelt sie den Kopf und blickt im Augenwinkel zu Dylan, auch ihm scheint es aufzufallen. Was soll das?

»Nein, und selbst wenn, wärst du die letzte Person, die davon Wind bekommt.« Der Hass in meiner Stimme überrascht sie und sie zieht eine Augenbraue nach oben. Hinter ihr betritt Annabelle leise den Raum und meine Mutter erhebt sich.

»Was geht hier wirklich vor sich, Damian?«

»Ich finde, das sollte *sie* dir sagen.« Ich schaue hinter meine Mutter, zu Annabelle, und sofort dreht sie sich mit ihrer Tasche in der Hand um. Als sie ihre Tochter entdeckt, keucht sie auf und zieht den Reißverschluss ihrer Handtasche auf.

»Das würde ich an deiner Stelle lieber lassen.« Dylan richtet seine Waffe auf den Hinterkopf meiner Mutter und ich nicke ihm bestätigend zu. Sie dreht sich wieder zu uns um, als sie das Einrasten der Patronen hört.

»Damian … du arbeitest doch nicht mit dieser Verräterin zusammen?«

Eiskalt schaue ich sie an und warte auf eine Erklärung. Auf ein Zeichen, dass sie von allem wirklich Bescheid wusste.

Sie blickt zwischen meiner Schwester und mir hin und her.

»Ich bin hier nicht die Einzige, die ihre Familie verraten hat, *Mutter*«, zischt Annabelle ihr entgegen und geht näher auf sie zu.

»Bleib mir bloß vom Leib!« Unsere *Madre* weicht vor ihr zurück.

»Schluss mit den Heimlichtuereien.« Ernst schaue ich sie von oben bis unten an und kann dabei sehen, wie sie zittert.

»Wir wissen es. Wir alle«, flüstert Liana neben mir und meine Mutter fixiert sie. Als würden ihr Schuppen von den Augen fallen, reißt sie sie auf.

»Wie? D-das kann nicht sein.«

»Du hast es all die Jahre lang zugelassen.« Annabelles Stimme ist gefährlich leise. »All die Nächte. All diese Schmerzen.«

»Was hätte ich denn tun sollen? Er war mein Mann!«

»Und das rechtfertigt irgendetwas davon?«, zische ich zurück.

»N-nein, aber es musste sein. Du«, sie deutet auf mich, »musstest lernen, stark zu sein und du …« Sie zeigt auf Annabelle. »Du musstest lernen, wo dein Platz ist. Nämlich nicht an der Spitze.« Ihre Stimme zittert und wir alle starren sie fassungslos an.

Sie wusste es also. Und das ist ihre Erklärung?

»Du bist ein Monster«, spucke ich ihr entgegen. Dylan richtet seine Waffe, doch bevor es zu mehr kommen kann, zieht sie blitzschnell ihre eigene aus der Tasche und richtet sie auf ihren eigenen Kopf.

»Wenn es schon mit mir zu Ende geht, dann so. Aber davor muss ich noch etwas loswerden.« Unter Tränen schaut sie zu mir auf. Ihr Blick huscht zu mir und schlussendlich bleibt er an Dylan hängen.

»Ich war zwar keine besonders gute Mutter, aber eine gute Sache kann ich noch tun.«

Das bezweifle ich zwar, aber trotzdem schaue ich sie abwartend an. Egal, was jetzt kommt – es wird den Hass in mir nicht mehr zum Schweigen bringen. Ich kann es kaum abwarten, dass Annabelle ihr den Kopf wegpustet, wenn sie es nicht selbst tun sollte.

»Dylan ist nicht nur dein bester Freund, Damian.«

Mit gerunzelter Stirn schaue ich sie an. Was meint sie damit?

»Dylan ist euer Bruder.« Das sind ihre letzten Worte, bevor der Schuss ertönt und meine Mutter auf dem Boden zusammensackt. Liana schreit erschrocken auf. Das Blut meiner Mutter spritzt auf den Ledersessel in der Nähe und wenige Sekunden später ist auch der Boden mit ihrem Blut getränkt.

Ich schaue Dylan an. Er schaut mich an. Annabelle schaut ihn an. Und Liana sorgt letztendlich dafür, dass die Stille ein Ende nimmt.

»Das kann nicht sein, oder? Sie muss gelogen haben.«

»Anders kann ich es mir nicht erklären«, flüstert Dylan vor sich hin und fixiert dabei den Boden vor sich.

»Du bist ein Hernández?« Annabelles Stimme klingt zittrig.

»All die Jahre über sollen wir Brüder gewesen sein?«, spreche ich ungläubig vor mich hin. Keine Frage, Dylan war schon immer wie ein Bruder für mich, aber so *richtig* jetzt auch nicht.

»Es gibt nur eine Möglichkeit, das herauszufinden. Euren Vater können wir ja nicht mehr fragen«, schlussfolgert Liana und nimmt dabei meine Hand in ihre. Beruhigend streichelt sie über meinen Handrücken.

»Wir müssen einen Test machen. Einen DNA-Test«, spricht Dylan das Offensichtliche aus.

»Ja.« Mein Kopf ist zu mehr Worten gerade nicht imstande. Ist das erneut nur eine dumme Lüge? Oder wirklich die Wahrheit? Ist Dylan mein Bruder?

Dabei fällt mir noch etwas anderes ein: die Abmachung mit Annabelle. Sie hat ihre Rache nicht so bekommen, wie sie es wollte.

»Scheiße, du hättest sie erschießen sollen.« Ich schaue zu meiner Schwester.

»Kein Ding. Hauptsache, sie ist tot und findet in der Hölle ihre gerechte Strafe.«

Ich nicke meiner großen Schwester bestätigend zu. Wir werden sehen, ob ihr das wirklich reicht oder nicht. Aber zuerst muss ich den Kopf wieder freibekommen.

»Das kann doch alles nicht wahr sein«, flüstert Liana.

»Aber was sollte ihr diese Lüge bringen?«, fragt Dylan laut.

»Ich habe keine Ahnung.« Annabelle fährt sich seufzend übers Gesicht.

»Wir müssen die Wahrheit herausfinden«, ist alles, was ich noch sage, bevor ich Liana hinter mir aus dem Raum ziehe. Ich brauche jetzt etwas Ruhe und die bekomme ich am besten mit ihr an meiner Seite.

Grayson wird sich um die Leiche kümmern.

Kapitel 35

Damian

Ich werde von einer sehr leichten, aber trotzdem starken Berührung an meiner Hand geweckt. Zuerst brauche ich ein paar Sekunden, um überhaupt zu realisieren, wo ich gerade bin, doch dann wird mir bewusst, dass ich mit Liana sicher in unserem Bett liege.

Sofort entspanne ich mich und drücke mich von hinten an sie. Meine Hand liegt immer noch genauso da, wie wir eingeschlafen sind, auf ihrem Bauch. Sie so in meinen Armen zu halten, ist einer der größten Segen, den ich spüren kann. Und ich werde niemals genug davon bekommen.

»Ich liebe dich, Damian.« Jedes Mal, wenn sie es zu mir sagt, fühle ich mich, als wäre ich angekommen. Zu Hause angekommen.

»Ich liebe dich auch, mi flor.« Langsam stütze ich mich über sie, um sie zu küssen, und als unsere Lippen sich treffen, meldet sich sofort meine Morgenlatte wieder. Ein Mann zu sein ist schwer. Besonders, wenn man die ganze Nacht lang neben einer so hübschen Frau gelegen hat. Um genau zu sein, hinter ihr. An ihrem kleinen, aber für mich perfekten Hintern. Liana nimmt mein Gesicht in beide Hände und vertieft den Kuss. Wie kann es sein, dass diese Frau es nur mit einem Kuss schafft, mich um den Verstand zu bringen?

»Ich will, dass du mich heiratest, Liana. Irgendwann.«

»Und ich werde es auch wollen. Egal wann. Es wird immer so sein«, haucht sie zwischen unseren Küssen und ich löse mich schwer von ihren Lippen. Meint sie das ernst?

»Du willst mich heiraten? Meine Frau werden? Egal wann?« Und mit einem Mal ist mir die Tragweite ihrer Worte bewusst.

Egal wann.

»Auch jetzt?«

Sie schaut mich an und nickt. »Also jetzt ist es gerade schlecht, weil du auf mir liegst und ich noch duschen müsste, aber ja. Im Grunde wäre ich auch jetzt bereit.«

Ich hieve mich auf und für einen Moment sitze ich einfach nur da. Ich fühle zu viel, um es richtig zu zeigen, und weiß nicht, was ich machen soll.

»Ja, Damian. Ich möchte für immer an deiner Seite sein.« Ihre Antwort überwältigt mich nur noch mehr und ich kann nicht anders, als sie anzustrahlen. Ich packe sie an der Hüfte und setze sie auf mich. Sofort lege ich meine Lippen wieder auf ihre.

»Trotz dieses Lebens?«

»Vor allem wegen dieses Lebens. Es ist unser Leben.«

»Du machst mich zum glücklichsten Mann auf dieser Welt, mi flor«, flüstere ich zwischen ihren Lippen und ich kann spüren, wie sie mich anlächelt.

Liana

Ich bin wieder eingeschlafen, nachdem Damian und ich uns irgendwie verlobt haben.

Das haben wir doch oder habe ich das geträumt?

Ich werde durch ein befriedigendes Gefühl geweckt. Das fühlt sich so gut an. Dieses Gefühl ist so kribbelig, als würde Damian mich verwöhnen. Ich will nicht aufwachen. Bitte, ich will nicht!

»Oh, weiter«, murmle ich. Langsam schlage ich die Augen auf und dann sehe ich Damian. Zwischen meinen Beinen. Gott, er leckt mich!

»Gefällt dir das, meine Kleine?«

Natürlich tut es das. Natürlich. Ich muss es nicht aussprechen, denn meine Körperreaktion sagt hoffentlich alles.

Bald ist es so weit. Ich spüre es. Ich bin kurz davor zu explodieren. Eine Welle überfährt mich, von der ich mir wünsche, dass sie mich mit sich reißt.

»Ja, hör nicht auf, Damian«, stöhne ich und greife dabei in sein Haar, um ihn noch näher an meine Mitte zu drücken. Seine Finger gesellen sich zu seiner Zunge und ich spüre, wie sich der Orgasmus in mir aufbaut.

»Ja!«, schreie ich und kurz darauf explodiere ich auf Damians Zunge.

Erschöpft falle ich zurück in die Kissen und Damian kommt zu mir hoch, um mir einen Kuss zu geben. »Guten Mittag, mi flor.«

»So könnte ich jeden Tag aufwachen«, schnurre ich an seinen Lippen und küsse ihn ebenfalls. Aufzuwachen und Damian zu sehen, ist immer wunderschön – und ich möchte das nie wieder missen.

»Tja, das war eines deiner Geburtstagsgeschenke. Feliz cumpleaños, Kleine.«

Mein Geburtstag.

Ich habe meinen eigenen Geburtstag bei dem ganzen Stress völlig aus den Augen verloren! Wie zur Hölle kann man seinen eigenen Geburtstag vergessen? Und jetzt fällt es mir ausgerechnet an dem Tag ein, an dem wir uns verlobt haben. Zwei gute Gründe für das, was soeben geschehen ist.

»Deinem Gesichtsausdruck nach zu urteilen, hast du deinen

eigenen Geburtstag vergessen?« Er stellt es als Frage, obwohl er die Antwort kennt. Ich drehe mich um und stöhne erschöpft gegen seine Brust. Damian fängt an zu lachen und streichelt mir über den Kopf.

»Woher wusstest du, dass ich Geburtstag hatte?«

»Dylan.«

»Wer sonst?«

Nachdem wir erfahren haben, dass Dylan angeblich ein Hernández sein soll, haben wir sofort einen DNA-Test eingeschickt und die Ergebnisse sind bereits da, wie uns Zade informiert hat, bevor wir uns wieder hingelegt haben.

Später werden wir also Gewissheit haben, wenn wir uns gemeinsam das Ergebnis anschauen.

»Ich wusste viel über dich, bevor das mit uns Fahrt aufgenommen hat. Ich habe auch etwas für dich.«

»Noch mehr?«

»Als Erstes das hier.« Er reicht mir die kleinere Schachtel von beidem, die er gerade vom Boden aufgehoben hat, und schaut mich abwartend an.

»Öffne es, mi flor. Ich wollte es dir schon vorhin geben, aber ich dachte, nun wäre besser.« Neugierig öffne ich die kleine Schachtel und mir blitzt ein silberner Ring mit einem riesigen Diamanten obendrauf entgegen.

O mein Gott.

Der muss ein Vermögen gekostet haben!

»Ich wollte dir demnächst ganz klassisch einen Antrag machen. Vielleicht im Blumengarten. Daher hatte ich ihn schon. Als meine Verlobte verdienst du einen Verlobungsring. Ich hoffe, er gefällt dir.« Sanft nimmt er den Ring und schiebt ihn auf meinen Ringfinger. Er passt wie angegossen. Tränen steigen mir in die Augen.

»Stand irgendwo auch meine Ringgröße?«, schluchze ich vor Freude und falle Damian um den Hals. Ich gebe ihm einen leidenschaftlichen Kuss und löse mich dann von ihm.

»Nicht ganz. Aber du schläfst recht fest.« Ich lächle ihn an und schaue dann auf den Ring an meinem Finger.

»Er ist wunderschön, Damian. Danke.« Ich gebe ihm erneut einen Kuss und strahle ihn an.

»Ich werde dir die ganze Welt zu Füßen legen, mi flor. Ich werde dich beschützen und lieben. Immer.« Er atmet tief ein. »Aber das war es tatsächlich noch nicht.«

Verdutzt blicke ich ihn an. Er greift schon zur nächsten Schachtel, die er hinter sich hervorholt, und reicht sie mir.

»Das war eigentlich für deinen Geburtstag geplant.«

Als ich auch diese öffne, schlage ich mir die Hand vor den Mund. Das ist wohl das süßeste Geschenk, was ich jemals bekommen habe. Ich hole die dünne Kette mit der kleinen gelben Sonnenblume daran heraus und lächle Damian an.

»Sie ist so wunderschön.«

Damian nimmt mir die Kette ab, um sie mir anzuziehen. »Ich weiß, dass ich anfänglich nicht alles ganz traditionell angegangen bin. Mit dem Beobachten und den –«

»Blumen.«

»Genau. Aber ich dachte mir, wir sollten es trotzdem festhalten, da es zu unserer Geschichte gehört.«

Erneut schlinge ich meine Arme um ihn. »Nichts bei uns läuft normal oder traditionell. Ich liebe die Kette. Ich liebe sie wirklich. Auch wenn ich anfangs Angst hatte, bin ich froh, dass es passiert ist. Immerhin wusste ich ziemlich schnell, dass du es bist.«

»Ich liebe dich.« Ich lecke mir über die Lippen und schaue ihn an.

»Ich liebe dich auch, Damian.« Küssend legen wir uns hin.

»Da ist noch etwas«, haucht er. »Wir werden deinen Geburtstag heute nachfeiern …« Jetzt schaut er mich an und wartet auf eine Antwort.

»Werden wir das, ja?« Ich hätte das zwar nicht erwartet, aber trotzdem freue ich mich. Das erste Mal in meinem Leben macht sich jemand wirklich Gedanken darüber, was ich möchte, und das bedeutet mir eine Menge.

»Dir würde es doch gefallen, oder?«

»Sehr. Wen hast du denn alles eingeladen?«

»Harper, Noah, Diego, natürlich dann auch Giuliano. Also die ganze italienische Mafia. Dylan, Grayson, Emilia, Zade, Annabelle und …« Ich ziehe eine Augenbraue nach oben. »Elara.«

Ich schaue ihn verwirrt an. Warum sollte er sie einladen? Er weiß doch ganz genau, dass wir seit dem Vorfall keinen Kontakt mehr haben. Natürlich habe ich sie nicht völlig vergessen, aber ich habe versucht, damit klarzukommen, und das hat auch ganz gut geklappt. Natürlich, tief im Inneren vermisse ich sie. Ich vermisse meine beste Freundin, die mit mir zusammen jeden Tag Burger im *Jenkins* gegessen hat und bei der ich mich ausweinen konnte. Doch ist sie diese Frau überhaupt noch? Oder gab es sie nie? Weil alles nur eine Lüge war …

»Ich weiß –«

Ich unterbreche Damian: »Es ist okay. Ich glaube, ich will mit ihr reden. Irgendwann sollten Elara und ich das miteinander klären. Es wird Zeit, dass wir uns aussprechen. Danke, mi hombre.«

Damian rückt zu mir vor und gibt mir einen Kuss auf die Stirn.

Nachdem Damian und ich aufgestanden sind und uns etwas Alltagstaugliches angezogen haben, haben wir uns auf den Weg zu Dylan gemacht. Mit dabei haben wir den ausgewerteten DNA-Test und als wir im oberen Stockwerk, wo ich noch nie zuvor war, an die massive Holztür klopfen, öffnet uns Dylan.

Der Flur sieht genauso aus wie unten, doch Dylans Zimmer, welches ich hinter ihm leicht erkennen kann, ist eher dunkelblau gehalten und minimalistisch eingerichtet. Dylan selbst trägt ein einfaches schwarzes Oberteil und seine braunen Haare, welche Damians etwas ähneln, sind verwuschelt.

Ob er gerade beschäftigt war?

»Ihr habt das Ergebnis?«

Kein *Hallo*. Kein *Wie geht es euch?* Nichts.

»Ja, können wir reinkommen?«, fragt Damian zu meiner Rechten und Dylan nickt. Gleich danach geht er auf die Seite, sodass Damian und ich eintreten können. Nachdem er die Tür hinter uns geschlossen hat und wir es uns auf der grauen Couch, welche in der Mitte seines Zimmers steht, gemütlich gemacht haben, atmet Dylan hörbar aus.

»Wisst ihr es schon?«, hakt er nach.

»Nein, ich wollte, dass wir es zusammen erfahren«, erwidert Damian und Dylan nickt verstehend. »Willst du ihn öffnen?« Damian reicht ihm die Testergebnisse, doch dieser schüttelt den Kopf.

»Soll ich es für euch tun?«, frage ich leise und sofort schauen mich beide zufrieden an. Ich nehme Damian den Briefumschlag aus der Hand und blicke beiden noch mal entgegen, bevor ich ihn aufreiße. Auch wenn es nicht um mich geht, bin ich nervös, und als ich das Stück Papier auffalte, auf dem das Ergebnis steht, schaue ich noch mal zu beiden hoch. »Bereit?«

»So was von«, antwortet Damian und fixiert dann Dylan, der bis jetzt nichts erwidert hat. »Dylan?«

»Ja. Bereit«, gibt er schließlich zurück und ich widme mich wieder dem rauen Blatt zwischen meinen Fingern.

Jetzt ist es wohl so weit. Ich drehe das Blatt um und lese, dann schlucke ich heftig.

»Und?«, hakt Damian neugierig nach und schaut mir über die Schulter. Ich gebe den Brief an Dylan weiter und sehe meinen Verlobten neben mir direkt an.

»Halbbrüder.«

»Väterlicherseits«, fügt Dylan noch hinzu und reicht das Dokument an Damian weiter, der es nach schnellem Lesen auf dem kleinen schwarzen Tisch vor uns ablegt. Dylans Blick sagt mehr als tausend Worte, wie so oft. Er hat nicht damit gerechnet und ist genauso überwältigt wie wir.

Für einen Moment herrscht Stille und die beiden Männer schauen sich einfach nur an. Dann stimmt es nun also wirklich: Dylan ist ein Hernández.

»Wie geht es jetzt weiter?«, frage ich nach einigen Minuten.

»Wir werden es den anderen sagen«, erklärt Dylan und Damian gibt noch hinzu: »Annabelle und die anderen sollten es erfahren, aber sonst würde ich es erst mal geheim halten.«

»Richtig, wir wissen nicht, welche Türen sich alles mit diesem Wissen öffnen könnten«, bestätigt Dylan und ich nehme Damians Hand in meine, um beruhigend drüber zu streicheln.

»Dann ist es wohl offiziell«, werfe ich ein und Damian blickt zu seinem Halbbruder. »Willkommen in der Familie.«

Dylan lächelt ganz leicht und nickt. Nun ist er ein Teil von uns. Ein Teil von Damian. Ein Hernández.

Mittlerweile ist es schon neun Uhr abends und die Party ist im vollen Gange. Alle sind bereits da. Es fehlt nur noch Elara. Und als mir das auffällt, kommt sie sichtlich angespannt durch den Eingang des Wohnbereichs, in dem die Feier stattfindet. Emilia hat das gesamte Anwesen mit bunten Luftballons und Geburtstagsdeko geschmückt. Jedes Glas hat eine kleine Sonnenblume an sich und das ist so eine unauffällige, aber trotzdem bedeutsame Geste von Damian, dass mir fast die Tränen gekommen sind, als ich sie entdeckt habe. Allgemein sieht all die farbenfrohe Dekoration falsch in den dunklen Gängen aus, aber gerade, dass es so anders aussieht, macht es noch viel schöner.

Damian nähert sich mir, drückt mir ein Glas Sekt in die Hand und klopft mit einer Kuchengabel gegen seines.

Somit ziehen wir die Aufmerksamkeit von allen auf uns. Alle Blicke liegen auf mir. Nein. Auf uns. Sie schauen uns an und ich versuche, wie Damian mir gesagt hat, zu lächeln, anstatt mich hinter ihm verstecken zu wollen. Wahrscheinlich sehe ich bei dem Versuch völlig bescheuert aus, doch Emilia lächelt mich von gegenüber an und etwas an ihr lässt mich herunterfahren.

»Neben dem Geburtstag von Liana gibt es heute Nacht noch etwas anderes zu feiern. Wie der ein oder andere vielleicht schon bemerkt hat, sind wir frisch verlobt.« Betont halte ich meine rechte Hand hoch, um den Ring daran zu präsentieren, und daraufhin bricht Geklatsche aus.

»Ich wusste es! Du lässt sie nicht mehr gehen«, ruft Zade durch den Raum und alle anderen lachen auf. Zade schafft es immer wieder, das Offensichtliche so darzustellen, dass es den gesamten Raum zum Schmunzeln bringt. Auch Damian und ich können ein Auflachen nicht unterdrücken.

»Nein, niemals! Und sie wird an meiner Seite sein. In allen Dingen. Auch was *La Casa* betrifft.« Damian löst sich von mir, um auf mich zu deuten, und Giuliano ist der Erste, der vortritt. Er streckt seine Hand aus und als ich ihm meine gebe, haucht er einen Kuss darauf. Dabei spüre ich Damians scharfen Blick auf mir.

»Du hast eine Königin wie sie verdient. Ich wünsche euch nur das Beste und du weißt, Damian, Liana wird die Macht über dich haben, auch wenn ihr eigentlich gleichgestellt seid.« Damian und ich lachen wegen Giulianos Feststellung.

»An sie verliere ich gern all meine Macht«, murmelt Damian.

»Lasst uns anstoßen. Auf Liana!« Sobald Damian die Worte ausgesprochen hat, fangen die Gespräche wieder an und nachdem mir jeder seine Glückwünsche ausgesprochen hat, bin ich wieder allein mit meinem Verlobten.

Währenddessen schaue ich durch den Raum und versuche, mir einen Überblick zu verschaffen. In der Ecke sehe ich Dylan mit einem Drink stehen und sein Blick ist eindeutig auf eine ganz bestimmte Person gerichtet.

Harper.

Er scannt sie von oben bis unten und was er sieht, scheint ihm nicht ganz zu missfallen. Denn er leckt sich, wenn auch nur sehr kurz und unauffällig, über die Unterlippe. Als er bemerkt, wie ich ihn anschaue, wende ich schnell den Blick ab und scanne weiter den Raum.

Heute Abend ist schon viel passiert, aber das intensivste Gespräch kommt erst noch. Das Gespräch mit Elara. Durch ein Räuspern hinter mir werden meine Gedanken unterbrochen. Als ich mich umdrehe, stehe ich Elara gegenüber und hinter ihr sehe ich Damian, der mir aufmunternd zunickt.

»Hey, Lia. Können wir reden?« Sie schaut mich hoffnungsvoll an und ich bin froh, dass ich jetzt nicht mehr den ersten Schritt machen muss.

»Okay, aber lass uns woanders hingehen, wo es ruhiger ist.« Sie nickt und zusammen gehen wir in die Eingangshalle. Wir setzen uns hier auf die Sofas und vorerst herrscht Stille. Ich glaube, keine von uns beiden weiß, wie sie das Gespräch richtig beginnen soll.

»Es tut mir alles so unendlich leid, Liana. Ich weiß, das ist nicht das, was du hören möchtest, aber ich weiß nicht, wo ich anfangen soll.«

Ich schlucke und atme tief ein und aus. Ich will das hier klären, ohne Tränen zu vergießen, nur fällt mir das ziemlich schwer, da mich ihre Stimme an all die schönen Momente erinnert, die wir miteinander teilten.

»War das alles nur eine große Lüge? Oder war unsere Freundschaft echt, Elara?« Ich wollte nicht weinen, doch jetzt läuft mir trotzdem eine Träne über die Wange.

»Natürlich war sie echt! Du bist meine beste Freundin. Warst es von Anfang an.«

Es klingt logisch, was sie sagt, aber trotzdem fühlt es sich anders an.

»Du hättest mir trotzdem davon erzählen sollen. Wenn ich doch deine beste Freundin bin. Ich meine, du hast im *Dark Hollow* zugelassen, dass ich mit Damian in die Kiste gehe. Obwohl du alles über ihn wusstest. Letzten Endes bin ich froh, dass du es zugelassen hast. Aber du hast mich der Gefahr ausgesetzt.«

»Du hast recht.« Sie atmet hörbar aus.

»Ich habe gesehen, wie Damian dich im *Dark Hollow* angeschaut hat. Als wäre er am Verdursten und du wärst der letzte Tropfen Wasser auf Erden. Ich konnte es einfach nicht verhindern. Ich wusste, dass er dich glücklich machen würde. Zumindest für eine Nacht.«

»Und was ist mit Adam? Was sollte das? Warum hast du mir nichts gesagt? Du hättest mich warnen können.«

»Ich wusste nicht von Anfang an, wer er war. Erst nachdem ich etwas nachgeforscht habe – und damals warst du so glücklich.« Sie seufzt und fährt sich mit gesenktem Kopf über den Arm. »Ich wollte dich einfach nicht wieder in die Welt zurückwerfen, aus der du geflohen bist.«

Sie hat es zwar nur lieb gemeint, doch trotzdem war es ein Fehler und das ist ihr bewusst. Daher ist es für mich auch in Ordnung, wenn wir es dabei belassen. Länger über alles zu diskutieren, bringt uns sowieso nicht weiter.

»Hör zu, Ella. Wir lassen den Streit hinter uns. Aber sollten wir noch einmal unehrlich zueinander sein, dann –« Ich schaue sie abwartend an.

Ihre Augen strahlen und sie lächelt mich an.

»Du verzeihst mir?«

»Ja, ich verzeihe dir. Aber mehr als eine zweite Chance gibt es nicht.« Ich möchte nicht erneut so verletzt werden.

»Danke, Lia. Ich hätte verstanden, wenn du nie wieder etwas von mir wissen willst. Aber ich bin dankbar, denn die letzten Wochen ohne dich waren die reinste Hölle.«

Ich nehme sie in den Arm und obwohl es immer noch einen kleinen, festen Ball in mir gibt, der ihre Lügen nicht vergessen hat, genieße ich die Berührung. Eine Umarmung von Elara hat sich schon immer wie ein sicherer Hafen angefühlt und ich hoffe, es wird keinen Grund mehr geben, das nicht so zu sehen.

»Wie sieht es eigentlich mit deinem Job im *Dark Hollow* aus?« Ich wusste, dass auch Zade ihretwegen ziemlich hin- und hergerissen war.

»Ich arbeite immer noch im Club, da Zade mir eine zweite Chance gegeben hat. Er meint, er würde das tun, was auch Damian tun würde. Ich bin ihm dankbar. Denn nach Italien will ich nicht zurück, daher ist es für mich nicht sonderlich einfach, einen neuen Job zu finden, der mir Spaß macht.«

»Das freut mich, Ella. Tut es wirklich.« Doch warum sie nicht nach Italien will, ist mir ein Rätsel. Sie gehört doch zu der Mafia ihres Bruders, da lässt es sich, glaube ich, kaum vermeiden, dorthin zu reisen.

Sie scheint meinen fragenden Ausdruck zu bemerken und erklärt: »Ich bin keine *Diabolo dei Santi* mehr.«

Mit gerunzelter Stirn schaue ich sie an.

Sie gehört nicht mehr zum italienischen Mafiaclan ihres Bruders?

»Hast du dich mit Giuliano gestritten?«, hake ich nach.

»Nein, er hat mich bei meinem Austritt unterstützt. Ich konnte das alles nicht mehr. Das Spionieren und Lügen …« Verständnisvoll schaue ich sie an. Wenn jemand genau das nachvollziehen kann, dann ja wohl ich.

»Und dein Vater?« Ich weiß, dass die beiden gut aufeinander zu sprechen sind, doch ich habe keinen blassen Schimmer, warum sie ihn nie erwähnt.

»Er weiß es noch nicht. Ist noch auf Entzug.«

Damian hat mir erzählt, dass Sergio nach seiner Zeit als Mafiaboss drogenabhängig wurde. Schämt sie sich dafür und spricht deshalb nie über ihn?

»Verstehe.« Ich belasse es dabei und frage nicht weiter nach. Ich kann mir vorstellen, dass das kein leichtes Thema für sie ist und da wir uns gerade erst wieder haben, ist es vielleicht auch nicht der beste Zeitpunkt für so was.

Ich hoffe nur, dass es ihrem Vater bald besser geht und Elara jetzt wieder zu sich selbst findet.

Kapitel 36

Liana

Zusammen mit den anderen haben wir die ganze Nacht lang meinen Geburtstag nachgefeiert. Es war schön, sowohl von meinen Freunden als auch von ein paar aus meiner Familie umgeben zu sein. Ich konnte endlich mit meinem Onkel Diego und Noah etwas länger reden und es hat gutgetan zu wissen, dass ich doch noch jemanden von meinem eigenen Blut an meiner Seite habe. Menschen, die mich so akzeptieren, wie ich bin.

Nun bin ich mit Damian in unserem Zimmer und völlig ausgelaugt. Wir haben schon früh am Morgen und auch wenn die Party Spaß gemacht hat, bin ich mehr als nur froh darüber, jetzt endlich etwas Ruhe zu haben. Giuliano und die anderen schlafen heute in den Gästezimmern und Harper und Ella sind bereits nach Hause gefahren worden.

Ich schaue von unserem kleinen Balkon aus in den dunkeln Himmel hinauf. Ganz Madrid scheint noch zu schlafen und ich fand es schon immer besonders toll, dann aktiv zu sein, wenn es kein anderer ist. Von hier aus kann ich das lange Waldstück überblicken, welches das Anwesen umrandet. Sofort kommen mir wieder Erinnerungen hoch, wie Damian mich wenige Wochen nach meinem Einzug genau durch diesen Wald gehetzt hat und mich anschließend auf dem Waldboden …

Dieser Moment hat mir dasselbe Gefühl gegeben, wie als er mich das erste Mal mit der Maske gevögelt hat.

Es war … berauschend. Natürlich liebe ich unseren normalen Sex, der auch nicht gerade zart vonstatten geht, doch die Augenblicke, in denen er seine Hemmungen vollkommen fallen lässt und mich einfach so hart und gnadenlos nimmt, wie er will, sind mir die liebsten. Die vereinzelten Sterne am Himmel strahlen in ihrer vollen Pracht, als ich eine raue Stimme hinter mir vernehme.

»Ist alles okay, Kleine?«

Ich drehe mich mit einem fröhlichen Gesichtsausdruck zu ihm um. Er trägt nur seine Boxershorts und seine Haare sind leicht verwuschelt. Nichts auf dieser Welt könnte diesen Anblick noch verbessern.

Damians Bauchmuskeln könnte ich stundenlang betrachten, ohne das mir dabei langweilig wird.

»Ja, ich genieße nur den Ausblick.«

»Das tue ich ebenfalls.« Hungrig mustert er mich und ich schüttle schmunzelnd den Kopf. Als ich mich wieder zum Geländer umdrehe, stellt er sich neben mich.

»Sicher, dass alles in Ordnung ist, mi flor?«

»Sicher. Heute war nur ein überwältigender Tag. Ich konnte meinen Streit mit Elara endlich klären und es hat gutgetan, endlich wieder etwas Spaß zu haben.«

»Wie wäre es dann, wenn wir den Abend noch angemessen ausklingen lassen?«, fragt er mit dunkler Stimme und streichelt dabei leicht meinen Unterarm entlang.

»Und was haben Sie sich dabei gedacht, Señor Hernández?«, gebe ich spielerisch zurück und schaue zu ihm auf.

»Etwas in dieser Richtung, wenn es Liana Hernández gestattet.« Damian zieht mich am Nacken zu sich und drückt seine Lippen hart auf meine. Ich genieße seinen minzigen Geschmack und vertiefe den Kuss, indem ich mit meiner Zunge über seine streichle. Er stöhnt an meinem Mund und packt mich zusätzlich noch an meiner Hüfte, um mich zu sich zu ziehen. Schwer atmend löse ich mich von ihm.

»Ich glaube, ob ich es gestatte, spielt keine Rolle, oder?«, lache ich leicht an seinen Lippen.

»Richtig. Du gehörst mir.« Erneut küsst er mich, bevor er noch etwas hinzufügt: »Und ich will das alle es hören.« Er packt mich fester und drückt mich gegen das Geländer.

»Unter einer Bedingung.«

»Ja?« Er schaut mich mit lustvollen Augen an.

»Du trägst die Maske.«

Nun sieht er überrascht aus, doch es ist die positive Art von Überraschung. Grinsend leckt er sich über die Lippen.

»Vermisst du das etwa? Wie ich dich damit ficke?« Er flüstert es so nah an meinem Ohr, dass sich überall auf meinem Körper eine Gänsehaut ausbreitet und ich nur noch ein ersticktes »Ja« hervorbringen kann.

Sobald ich die Worte ausgesprochen habe, verschwindet er nach drinnen und als er wenige Minuten später wieder nach draußen auf den Balkon tritt, trägt er dabei die Ghostface-Maske. Die Mischung aus seiner muskulösen Statur, den Tattoos an seinen Armen und der Maske lässt es in meinem Slip feucht werden. Am liebsten würde ich mir sofort das Kleid vom Leib reißen, doch ich beherrsche mich, denn er hat nun das Sagen.

Und ich werde es genießen, mich für wenige Momente fallen zu lassen.

Langsam kommt er auf mich zu und drängt mich dabei immer mehr ans Geländer, bis ich letztendlich nicht weiter zurückkann, denn hinter mir geht es tief hinunter.

»Was hast du vor, Damian?«

»Wenn ich in zwei Minuten nicht in dir bin, werde ich sterben«, keucht er. Schwer atmend schauen wir uns an, wobei ich nur leicht seine Augen hinter der Maske erkennen kann.

»Ich will nicht, dass du stirbst«, flüstere ich und schlinge dann die Arme um ihn. Er presst dabei seinen harten Schritt an mich und ich keuche lustvoll auf.

»Dreh dich um und stell dich ans Geländer.«

Ich folge seinem Befehl und strecke ihm meinen Arsch entgegen. Es wird leicht sein, mein Kleid einfach hochzuheben und in mich einzudringen. Und ich wünsche mir nichts sehnlicher als Damian, meinen Verlobten, in mir.

»Beug dich vor und schrei meinen Namen, wenn du kommst, verstanden?« Seine Worte klingen hart, doch trotzdem sorgen sie dafür, dass ich es kaum noch abwarten kann. Als ich nicht sofort antworte, packt er von hinten fest meinen Hals und zieht mich so zurück, dass ich ihn anschauen kann.

»Verstanden?«

»Ja.« Mehr hat er nicht gebraucht. Mit einem Ruck zieht er mein Kleid nach oben und klatscht hart auf meinen nackten Arsch. Ich zische leicht auf, da es überraschend kommt, doch der brennende Schmerz hat auch etwas unfassbar Erregendes an sich, sodass ich sofort mehr will.

»So schön, meine Kleine. Warte kurz.« Ich bleibe so stehen, wie ich bin und nachdem ich etwas rascheln gehört habe, steht Damian wieder hinter mir.

»Hände«, ist alles, was er sagt, und ich gebe sie ihm über meinen Rücken. Das Geländer drückt sich schmerzhaft in meinen Oberkörper, doch es ist das, was gleich kommt, auf jeden Fall wert. Ich kann spüren, wie er seinen Gürtel um meine Hände fest zusammenzieht und ich keine Chance mehr dazu habe, sie zu bewegen.

Uns könnte jeden Moment jemand sehen.

Er schlägt mir erneut auf den Hintern, bevor er meinen Slip nach unten zieht, durch meine Mitte streichelt und an meinem Ohr haucht: »So nass für deinen Verlobten.« Langsam lässt er beide Finger in mich gleiten und ich stöhne auf.

»Nur für dich«, bringe ich keuchend hervor und spüre dabei, wie sich mein Inneres bereits zusammenzieht. Ich war schon den gesamten Abend lang feucht und habe nur noch auf diesen Moment gewartet. Bevor ich auf seinen Fingern kommen kann, zieht er sich zurück und ich höre, wie Stoff auf den Boden fällt. Seine Boxershorts. Mit einem einzigen kräftigen Stoß dringt er bis zum Anschlag in mich.

Keine Vorwarnung. Nichts.

»Fuck, mi flor. Du fühlst dich so gut an«, stöhnt er und auch ich beginne, mit jedem Stoß lauter zu werden. Als seine Stöße weiter an Geschwindigkeit aufnehmen, packt er mit einer Hand meinen Hals, sodass ich seine Lippen an meiner Ohrmuschel spüren kann.

»Sag mir. Wer fickt dich gerade?«

»Damian«, stöhne ich und daraufhin stößt er weiter kräftig in mich.

»Und wer ist das?« Er will es von mir hören. Er will, dass es jeder weiß.

»Mein Verlobter!«, schreie ich und er lässt meinen Hals los, um meine Hüften mit beiden Händen zu packen.

»Braves Mädchen. Jetzt darfst du kommen.«

Gemeinsam kommen wir nach drei weiteren Stößen und nachdem er sich in mir ergossen hat, löst er seinen Gürtel von meinen Händen.

Nach einer weiteren Sekunde, in der ich durchatmen musste, erhebe ich mich und schaue ihn verschwitzt an. Er trägt immer noch die Maske und kommt langsam auf mich zu.

»Was machst du?«

»Ich trage dich ins Badezimmer. Ich möchte mein erstes Bad mit meiner Verlobten nehmen.« Er nimmt mich auf die Arme und trägt mich nach drinnen. Sofort lasse ich mich in seinen Armen fallen und atme erschöpft ein und aus.

»Schon schlapp?«, fragt er belustigt.

»Niemals.« Das ist eine Lüge.

»Gut, denn ich bin noch lange nicht fertig mit dir.« Mit diesen Worten betritt er das Badezimmer und schließt die Tür hinter uns.

Es ist bereits nachmittags am nächsten Tag. Damian und ich liegen noch immer eingekuschelt im Bett. Er hat seine Worte von gestern beziehungsweise heute Morgen in die Tat umgesetzt und ich spüre, wie wund ich zwischen den Beinen bin.

Erst in der Badewanne hat er seine Maske wieder abgenommen und ich habe gemerkt, wie er für einen Moment ziemlich nachdenklich auf sie geschaut hat. Anfangs dachte ich, es wäre einfach nur eine außergewöhnliche Vorliebe von ihm, doch seinem gestrigen Ausdruck nach zu urteilen, steckt viel mehr dahinter.

Ich habe es nicht für den richtigen Zeitpunkt angesehen, ihn darauf sofort anzusprechen, doch nun, da ich in seinen Armen liege und er mir leicht über den Bauch streicht, scheint es mir passend zu sein.

»Damian, kann ich dich etwas fragen?«

»Alles, mi flor.«

Ich atme tief ein, bevor ich anfange zu sprechen. »Nach gestern habe ich das Gefühl, dass mehr hinter der Maske steckt. Ich verlange nicht von dir, es mir zu sagen, doch ich hoffe, irgendwann kannst du es vielleicht.«

Seine Hand hat aufgehört, meinen Bauch zu liebkosen, und er setzt sich aufrecht hin. Ich tue es ihm gleich und warte auf eine Antwort.

»Wenn ich jemandem alles über mich preisgeben würde, dann dir, Liana.« Ich lächle ihn verliebt an und greife nach seiner Hand.

»Du erinnerst dich an das, was ich dir über meinen Vater und mich erzählt habe? Das mit den …« Er schluckt. »Frauen.«

»Sí.«

»Als es zum zweiten Mal passiert ist, konnte ich meinen Ekel nicht mehr zurückhalten und Vater hat mir angesehen, dass es mir absolut keinen Spaß macht.«

Ich streichle über seine Hand, die auf meinem nackten Oberschenkel liegt.

»Du kannst dir denken, dass er mich dafür hat bestrafen lassen. Mein Vater war schon immer besser mit seiner Faust als mit Worten.«

Ich presse die Lippen zusammen. Damian sagt immer, ich sei die Starke von uns, dabei ist auch er ein Kämpfer. Ein Überlebender, der sich aus den Klauen seines Vaters hatte kämpfen müssen.

»Das ist furchtbar, Damian.«

»Auf jeden Fall hat das dazu geführt, dass ich mich am liebsten verkriechen wollte. Und so kam es, dass ich bei manchen Frauen, mit denen ich danach schlief, die Maske trug. Hätte mein Vater davon gewusst, hätte er mich als Feigling bezeichnet, doch ich konnte einfach nicht anders. Die Maske gab mir die Möglichkeit mich zu verstecken. Meinen Gefühlen freien Lauf zu lassen, da man mein Gesicht so oder so nicht sehen konnte.«

»Bei mir musst du dich nicht verstecken.« Ich schaue ihn ernst an und er antwortet mir mit einem kleinen Lächeln, welches mir Bestätigung darin gibt, mir keine Sorgen machen zu müssen.

»Das ist auch schon lange nicht mehr so. Es ist eher zu einer

Vorliebe geworden, das Monster in mir dann freilassen zu können, doch wie du dir denken kannst, sind viele Frauen nicht geblieben, als sie von der Maske erfahren haben. Oder sie sind es nur, da sie für Geld alles tun würden.«

»Ich bleibe, Damian. Komme, was wolle.«

Er führt meine Hand zu seinem Mund und drückt einen sanften Kuss darauf. »Du und ich gegen den Rest der Welt, mi flor.«

»Du und ich für immer«, gebe ich zurück und krabble auf seinen Schoß, um ihm einen Kuss zu geben.

Er fährt dabei meinen Rücken entlang und ich verliere mich in seiner Berührung. Trotz unserer wilden Küsse ist auf dem Flur Gepolter zu hören und sofort lösen wir uns voneinander. Kurz lauschen wir in die Stille und als ich schon denke, wir hätten uns das nur eingebildet, ist ein leises Stöhnen zu hören. Danach fällt eine Tür ins Schloss.

»War das?«

»Grayson, der nach Monaten mal wieder jemanden abgeschleppt hat«, beendet Damian meinen Satz und ich lache auf.

»Sei es ihm gegönnt.«

»Na ja, sie weiß noch nicht, was sie erwartet.«

Ich schaue den Mann vor mir fragend an und er atmet tief durch, bevor er erklärt: »Grayson hat nicht oft Sex und das hat einen guten Grund.«

Ich ziehe eine Augenbraue hoch und fordere ihn so auf weiterzusprechen.

»Er steht auf speziellere Dinge, da sind die Maske und das Fesseln hingegen noch nichts.«

»Zum Beispiel?«

»Muss das jetzt sein, mi flor?«

»Ja! Ich bin neugierig.«

Seufzend fährt er sich übers Gesicht. »Ich sage nur ein Wort und dann hörst du auf zu fragen, verstanden?«

Ich nicke und schaue ihn abwartend an.

»Schmerzen.«

Schmerzen? Was meint er damit? Etwa Messerspielchen und so krankes Zeug? Ich reiße die Augen auf. Bedeutet das etwa, er tut den Frauen beim Sex weh? Ich weiß, das geht mich nichts an und genau deswegen werde ich es auch dabei belassen. Solange es für beide Parteien okay ist, sollen sie ihren Spaß haben.

Damian beugt sich wieder zu mir und küsst meinen Hals entlang. Doch Graysons Gepolter vor der Tür hat mich so sehr aus der Bahn geworfen, dass mir noch etwas einfällt, was ich Damian sagen wollte.

»Damian.«

»Nein. Wir haben gesagt, wir belassen es bei einem Wort.«

»Aber es geht um etwas anderes.«

Schmunzelnd lehnt er sich zurück und schaut mich an. »Na dann, schieß los.«

»Auf der Party habe ich gesehen, wie Dylan Harper angeschaut hat.«

»Okay, und weiter?«

Gespielt genervt verdrehe ich die Augen. »Das war kein normales Anschauen, sondern … intensiver.«

»Dylan hält nichts von Liebe, tat er noch nie.«

»Vielleicht hat sich das ja geändert?«

Damian fährt sich mit einer Hand durch sein dunkles verwuscheltes Haar. »Niemals. Dylan und ich haben viel miteinander durchgemacht, daher kann ich mit genauer Sicherheit sagen, dass das, was du gesehen hast, nichts Bedeutsames war. Ich weiß, wie er tickt und so, wie du es beschreibst, klingt es nicht nach Dylan.«

Vielleicht hat er recht und ich interpretiere da zu viel hinein. Er kennt Dylan schon so lange und wird wissen, was er sagt. Dabei fällt mir wieder ein, dass die beiden tatsächlich Halbbrüder sind. Die Information hat Damian ziemlich umgehauen, doch so wirklich geändert hat das nichts zwischen den beiden. Wahrscheinlich, weil sie schon immer so was wie Brüder füreinander waren.

»Ihr seid so unterschiedlich und doch seid ihr Brüder. Kaum zu glauben, oder?«

»Dylan ist zwar ruhig, aber in vielen Situationen war er für mich da, als es kein anderer war. Und auch ich war so was wie ein Anker für ihn, als alles um ihn herum untergegangen ist.«

»Wie meinst du das?« Ich setze mich aufrechter hin und er fährt mit seinen Händen meine Oberschenkel entlang, als er weitererzählt.

»Er kommt aus nicht so schönen Verhältnissen, aus denen ich ihn letztendlich befreit habe. So hat er seinen Job bei meinem Vater bekommen und gerade wegen seines … unschönen Umfeldes damals, hat er kein Händchen für Zuneigung, die über Freundschaft hinausgeht.«

Das klingt schrecklich und ich bin mir sicher, dass Dylan es genauso schwer hatte wie Damian, wenn nicht sogar schlimmer. Falls das überhaupt möglich ist.

»Du bist ein guter Mensch.«

Er verzieht belustigt das Gesicht. »Also das bekomme ich selten zu hören, Kleine.«

»Na ja, neben deinem Job als Mafiaboss bist du ganz okay.«

»Ach, bin ich das?« Damian packt meine Hüften und wirft mich unter sich, sodass ich zwischen ihm und dem Bett gefangen bin.

»Ja, manchmal«, provoziere ich ihn und er lacht leise auf.

»Zu den richtigen Menschen kann ich auch nett sein, wenn ich will. Besonders dann, wenn es darum geht, die beschissene Kindheit eines Freundes ruhen zu lassen.«

Auch wenn Damian es nicht sieht, sehe ich es. Er hat Dylan damals geholfen und ich bin mir sicher, dass er es immer wieder für ihn tun würde. Da sie schon immer mehr waren als nur beste Freunde.

Sie sind Brüder.

»Te amo«, hauche ich an seinen Lippen.

»Ich liebe dich auch, mi flor. Aber …«

»Aber was?«, hake ich nach und Damian schaut mir ernst in die Augen. Was kommt jetzt?

»Erwähne nie wieder die Namen anderer Männer, wenn du auf meinem Schwanz sitzt.«

Ich schmunzle und nehme sein Gesicht in beide Hände, bevor ich zurückgebe: »Verstanden, mi hombre.«

Ich drücke meine Lippen sanft auf seine und genieße es, ihn einfach bei mir zu haben.

Schon krass, wie sich mein Leben innerhalb kürzester Zeit so umgeworfen hat. Nachdem Damian und ich uns verlobt haben, habe ich endgültig meine beiden Jobs gekündigt und wohne jetzt tatsächlich so richtig bei ihm. Ich bin wieder Teil einer Mafia und trotzdem fühlt es sich so anders an als damals.

Das hier ist nämlich mein wahres Zuhause. Mit meinen wahren Freunden und meiner wahrhaftig großen Liebe.

Kapitel 37

Damian

Als ich heute Abend das erste Mal unser Zimmer verlassen habe, hat eine böse Überraschung auf mich gewartet. Ich hatte gedacht, Giuliano und seine Männer wären schon längst gegangen, doch da habe ich mich zu früh gefreut. Denn als ich in den Wohnraum gekommen bin, haben mich nicht nur er und seine Anhänger begrüßt, nein. Auch Lianas Mutter hat er im Schlepptau.

Zade war schon vor mir hier, doch so vernünftig, wie er ist, hat er auf mich gewartet, damit ich mir wenigstens anhöre, was ihre Schlange von Mutter zu sagen hat. Nun stehe ich mit verschränkten Armen vor Lianas Verwandten und Giuliano. Was hat er sich dabei nur gedacht?

Abgesehen davon, dass Liana sich nicht gerade über den Besuch ihrer Mutter freuen wird, habe ich auch schon eine leise Vorahnung, was sie hier will.

»Ich hoffe, du weißt, dass dich das hier deinen Kopf kosten könnte, Giuliano.« Er erhebt sich und kommt mit offenen Armen auf mich zu.

»Damian, Amigo. Diego, hier«, er deutet auf Lianas Onkel, »hatte vorgeschlagen, dass ein klärendes Gespräch zwischen deiner Verlobten und ihrer Mutter vielleicht nicht schlecht wäre. Wir könnten zu dritt eine Einheit bilden, die unschlagbar ist.«

Brüderlich schlägt er mir gegen die Schulter und ich schaue ihn gefährlich an. Das Einzige, an was ich denken kann, ist, wie es

Liana hiermit gehen wird. Und wenn es um sie geht, ist mir selbst die Allianz mit Giuliano gleichgültig.

»Wenn ich etwas dazu sagen dürfte –«

»Darfst du nicht«, unterbreche ich die etwas ältere Frau, welche sich gerade erhoben hat. Ihre Mutter ist mir nach dem, was Liana mir erzählt hat, keinen Funken Respekt mehr wert.

»Damian, hör sie dir doch wenigstens mal an«, wirft Diego ein und ich schaue ihn missbilligend an.

»Ich schätze, es wäre das Beste, wenn wir Liana erst mal dazu holen und dann –« Zade wird von einer weiblichen Stimme unterbrochen, die aus dem Flur kommt.

»Mich für was dazu holen?«

Nachdem Liana eingetreten ist, bleibt sie abrupt stehen. Sofort gehe ich zu ihr und berühre sie am Arm, doch sie zuckt zurück.

Ihr Blick ist auf ihre Mutter gerichtet. »Was tut sie hier?«

»Liana, mein Mädchen. Ich bin hier, um mit dir und deinem Verlobten zu reden.«

Bevor ich dazu auch nur etwas sagen kann, schaut Liana mich wütend an. »Wusstest du davon?«

»Natürlich nicht. Giuliano hat sie herfliegen lassen.«

Nun gleitet ihr von Zorn durchzogener Blick zu Giuliano.

»Zu meiner Verteidigung, es war die Idee deines Onkels«, gibt der italienische Mafiaboss dazu und Liana schaut ihren Onkel enttäuscht an. Dabei schüttelt sie den Kopf und hakt sich bei mir unter.

»Wir wollen nur reden, Liana. Zu dritt könnten wir uns unangreifbar machen. Niemand würde es wagen, drei Mafiaclans auf einmal anzugreifen«, erklärt Diego.

»Angesichts der Tatsache, dass ihr immer noch nicht wisst, was der Drogenboss vorhat, würde euch das nur gelegen kommen«, fügt ihre Mutter hinzu und sofort tritt Liana bedrohlich nach vorn.

»Woher weißt du davon?«

»Wir haben es ihr erzählt.« Noah, Lianas Cousin, hat bis jetzt noch nichts gesagt, doch allein dieser eine Satz lässt mich rotsehen. Liana und ich haben Giuliano im Vertrauen über das Geschehene aufgeklärt, da er gefragt hatte, wie es mit meiner Schwester aussieht.

»Das verstößt gegen den Kodex«, gibt Zade zurück.

»Nicht, wenn es innerhalb desselben Blutes weitergereicht wird. Und auch wenn ihr es nicht sehen wollt, aber Liana und Raquel sind Mutter und Tochter.« Giuliano hat recht und normalerweise steht Familie auch immer auf derselben Seite, weshalb es noch nie Probleme deswegen gab. Es wird Zeit, dass dieses Gesetz geändert wird. Es ist veraltet und wenn ich etwas die letzten Jahre gelernt habe, dann, das Blut keine Rolle spielt, wenn es um Vertrauen geht.

»Das heißt? Was willst du, Mutter?«

»Ich möchte eine Allianz mit *La Casa*. Mit Damian. Es würde unser aller Gebiete vergrößern und wir wären unbesiegbar, wenn es irgendwann zu einem Krieg kommen sollte.«

»Nur blöd, dass *La Casa* genauso Lianas Mafiaclan ist. Sie ist meine Verlobte und somit entscheidet auch sie, mit wem wir eine Verbindung eingehen.« Es herrscht Stille und alle schauen Liana an. Die Entscheidung liegt ganz bei ihr. Ich weiß, die Allianz wäre sehr gut für uns, da sie uns in einigen Fällen absichern würde, doch wenn sie sich damit nicht wohlfühlt, werde ich darauf verzichten.

Für sie würde ich auf alles verzichten. Hauptsache, ich bin bei ihr.

»Inwiefern würde es uns helfen? Abgesehen vom eben Genannten«, fragt Liana an mich gerichtet.

»Falls Polen in Zukunft doch wieder Probleme machen sollte,

wegen der nicht erfolgten Hochzeit mit Annabelle, wären wir zahlentechnisch überlegen.«

Liana nickt verstehend und kommt schließlich zu einem Entschluss. »Stört es dich gar nicht, dass ich in einer anderen Mafiafamilie bin und nicht bei den *Macinis*?«

Die Frage ist an ihre Mutter gerichtet und ich kann verstehen, warum sie es wissen will. Immerhin war ihre Mutter jahrelang deswegen wütend, da sie kein Teil der Mafia sein wollte. Hat sie sogar verstoßen und nun ist sie Mafia-Königin einer völlig anderen Mafia und ihrer Mutter macht es nichts aus?

»Es hat mir gereicht, zu wissen, dass wenigstens etwas aus dir geworden ist. Damian wird dich wieder auf den richtigen Weg bringen.« Ihre Antwort muss wie ein Schlag in den Magen für Liana sein, doch sie lässt sich nichts ansehen. Ihr verzeihen wird sie sowieso nie. Hier geht es nur um eine Allianz, die von Vorteil wäre.

Die beiden schauen sich einfach nur an und ich glaube, Liana verstehen zu können. Sie ist an einem Punkt angekommen, an dem es sie nicht mehr interessiert, was ihre Mutter von ihr hält. Sie bedeutet ihr nichts mehr und kann deswegen auch damit leben, von ihrer Mutter als *vom Weg abgekommen* angesehen zu werden.

Denn Liana hat alles richtig gemacht. Sie ist ihrem Herzen gefolgt und hat das gemacht, womit sie am glücklichsten ist – und das ist letztendlich, was zählt.

»Gut, dann steht es wohl fest.«

»Bist du dir sicher, mi flor?« Ich will, dass ihr klar ist, dass sie das hier nicht wegen mir machen muss.

»Ja, die Allianz steht. Nur tut mir einen Gefallen und bringt diese Frau aus meinem Zuhause.«

Gesagt, getan. Ich gebe Zade ein Zeichen, ihre Mutter hinauszubegleiten, und auch Giuliano verlässt hinter ihr den Wohnraum.

Bleiben nur noch Liana und ich übrig.

»Ich bin stolz auf dich, Liana«, flüstere ich ihr zu und berühre leicht ihre Wange.

»Warum? Ich habe getan, was eine Mafia-Königin tun würde.«

»Du bist der Frau, die dir dein Leben vorschreiben wollte, gegenübergetreten, als wäre sie ein Nichts.«

»Sie ist auch ein Nichts. Im Gegensatz zu uns.«

Schmunzelnd fahre ich mit dem Daumen über ihre Lippe und antworte dann: »Du weißt gar nicht, wie stolz ich darauf bin, dich bald meine Frau nennen zu dürfen, mi flor.«

Sie grinst mich an und geht dann auf Zehenspitzen, um mir einen leidenschaftlichen Kuss zu geben.

Kapitel 38

Liana

Es sind bereits weitere Tage vergangen, die Damian und ich zusammen genossen haben. Gerade liege ich im Bett und genieße die Stille. Damian treibt sich anderweitig im Anwesen rum. Wahrscheinlich arbeitet er wieder an etwas oder kümmert sich um seine Schwester.

Es gab die letzten Stunden noch einiges zu unterschreiben wegen der neuen Allianz und auch wenn ich jetzt ein Teil von *La Casa* bin, ist es ungewohnt mir meiner Macht, die ich nun habe, bewusst zu sein.

Nachdem ich meine Mutter hier gesehen habe, dachte ich, sie will mich wieder zwingen, zurückzukommen, doch das hat sie nicht. Mit einer Entschuldigung hatte ich zwar auch nicht gerechnet, aber trotzdem wäre es schön gewesen. Allerdings reicht es mir auch, zu wissen, dass wir die Allianz gut gebrauchen können und somit auch keine Gefahr auf einen Krieg mit meiner Mutter besteht. Dass sie immer noch glaubt, ich sei damals den falschen Weg gegangen, interessiert mich recht wenig. Schon vor langer Zeit habe ich damit aufgehört, Wert in den Worten meiner Mutter zu sehen, und genau deshalb kann ich damit leben.

Etwas, das mir hingegen nicht mehr aus dem Kopf geht, ist das, was mir Damian über Dylan erzählt hat. Ich wusste, dass es einen Grund dafür geben muss, warum er so ruhig ist.

Allerdings habe ich nicht erwartet, dass es so schlimm war.

Damian musste ihn daraus retten. Ich kann mir denken, wie … schmerzhaft es dann wirklich gewesen sein muss und das beschäftigt mich.

Wir sind zwar keine dicken Freunde, doch er ist Damians Halbbruder und gehört somit auch zur Familie. Dass er nicht an die Liebe glaubt, kann ich wiederum nicht glauben. Jeder möchte doch einmal diese eine Person finden, mit der man sein restliches Leben verbringt, oder?

Meine Gedanken werden durch laute Sirenen unterbrochen. Was zur Hölle ist das? Ruckartig setze ich mich im Bett auf und schnappe mir meine Klamotten von gestern, um sie schnell anzuziehen. Plötzlich fällt es mir wie ein Blitzschlag ein.

Die Alarmanlage.

Das ist die Alarmanlage, die Damian nach dem Vorfall mit seinem Vater eingebaut hat.

Mein erster Instinkt ist es, Damian aufzusuchen, der vor wenigen Minuten erst den Raum verließ. Also zerre ich die Tür auf, renne durch den Flur, suche einen der Wohnbereiche ab und …

Erstarre.

Vier Männer richten die Waffen auf Damian und unsere Leute. Alle sind hier. Annabelle, Damian, Grayson, Dylan, Zade und Emilia. Anscheinend hat mich noch niemand bemerkt und da ich in einer Art Schockstarre bin, kann ich mich auch nicht bewegen, doch als Damians Blick auf mich fällt und seine Augen größer werden, drehen sich die vier bewaffneten Männer sofort zu mir um.

Diese kurze Ablenkung nutzen Damian und seine Männer, um ihre Waffe zu ziehen und sie auf die Angreifer zu richten. Mein Gehirn bekommt alles viel zu langsam mit und erst als einer der Männer mit mir redet, realisiere ich, wer es eigentlich ist.

»Na, wen haben wir denn da? Meine wundervolle Ex.« Adams

Worte triefen nur so vor Spott. Mein Herz schlägt so schnell in meiner Brust, dass ich glaube, es wird gleich aus mir springen. Warum macht denn keiner etwas?

Ich schließe meine Augen und atme tief aus. Als ich meine Augen wieder öffne, wird mir erst das richtige Ausmaß der Situation bewusst. Damian und die anderen konnten ihre Waffen ziehen, da Adam und seine Männer ihre Waffen auf mich gerichtet haben. *Nur auf mich.*

Mein Herz sagt mir: Lauf weg.

Doch die Königin in mir sagt: Zeig ihnen, wer du bist.

»Adam.« Ich darf ihm nicht zeigen, dass er mich überrumpelt hat.

»Hör zu, Liana, Süße. Ihr macht mir alle so viele Probleme. Was haltet ihr davon, endlich *La Casa* einzustampfen. Gebt auf.« Adams Drohung sollte mich normalerweise nicht so treffen, doch das Schlimme ist, ich weiß, dass er nicht davor zurückschrecken wird, mich zu erschießen. Dieser Mann hat alles, aber kein Mitgefühl – und schon mal gar keine Gnade. Er wird es tun, ohne mit der Wimper zu zucken.

»Du willst doch nicht wirklich auf sie schießen, Adam!« Es ist Annabelle, die ihn versucht, auf irgendeine Weise zu überreden, doch das hat alles keinen Zweck.

»Sei leise! Du hast mir gar nichts mehr zu sagen, Schlampe«, schreit Adam sie zurück an und ich kann sehen, wie Annabelle bei seiner Beleidigung ihr Messer fester umklammert. Ich versuche, ihr aufmunternd ein kleines Lächeln zu geben, doch angesichts der Situation erscheint mir das lächerlich. Denn ich habe absolut gar nichts unter Kontrolle.

»Du weißt, ich werde nicht zögern, dich zu erschießen, Liana.« Bei seinen Worten zucke ich zusammen.

»Pass auf, was du sagst, Adam«, knurrt jetzt auch Damian, doch auch er könnte, wenn er wollte, nicht auf Adam schießen. Denn Adams Finger liegt bereits auf dem Abzug und es braucht keine Sekunde, bis er diesen betätigt hat.

»Warum? Warum tust du das, Adam? Warum lässt du es nicht einfach gut sein?«

»Ich dachte, Liana, du könntest mir aus meiner Situation helfen.«

»Ich?«

»Glaubst du, ich wusste nicht, wer du bist? Wer du von Anfang an warst? Mit dir an meiner Seite, und wenn du dich nicht so gegen dein Dasein gewährt hättest, hätten wir regieren können. Italien ist ein guter Ort, um zu leben.«

»Was? Du –«

»Nicht nur ich bin verlogen, meine Süße.«

»Ich bin nicht deine Süße.«

»Stimmt, du bist jetzt seine Schlampe. Meine Zeit mit dir war reine Verschwendung. Du machtest keinerlei Anschein, als würdest du dein Erbe irgendwann annehmen wollen. Dann habe ich Annabelle kennengelernt. Habe meine Chance gesehen. Wie naiv von mir, das zu glauben! Du bist genau solch ein Abschaum, Annabelle.« Dann hatte unser belangloser Streit vor seinem Verschwinden also keinerlei Bedeutung.

»Und du bist eine gewaltig große Lachnummer, wenn du glaubst, dass du jemals eine Führungsposition erhalten könntest«, spottet Annabelle.

»Bringt jetzt eh nichts mehr zur Sache. Ergebt ihr euch oder nicht?«, fragt Adam mit einem großen Grinsen im Gesicht. Damian und ich schauen uns an und antworten dann gleichzeitig.

»Niemals.« Alles, was ich dann noch höre, ist ein Schuss und jemanden der ein »Nein« schreit. Sekunden vergehen, doch ich bin noch hier.

Als ich wieder realisiere, was gerade passiert ist, schaue ich zu Damian. Er nickt und wirft mir seine Waffe zu. Das haben wir im Training geübt und ich weiß sofort, was zu tun ist. Ich fange die Waffe, entsichere sie, ziele und schieße.

Mitten in Adams Brust.

Er fällt zu Boden und weitere Schüsse fallen. Dylan, Grayson und Zade haben jeweils einen von Adams Männern erschossen. Mitten in den Kopf. Ich halte die Waffe immer noch in meinen Händen und mir wird schlagartig bewusst, was in den letzten zehn Sekunden passiert ist.

Annabelle war es, die Nein geschrien hat. Sie hat sich vor mich geschmissen, um den Schuss von Adam abzufangen, und liegt jetzt schwer verletzt auf dem Boden. Dieses Arschloch wollte mich doch tatsächlich erschießen!

Emilia kniet zusammen mit Damian neben Annabelle, um die Blutung zu stoppen. Ich gehe um die drei herum und senke mich neben Adam, der mit einer Kugel in der Brust auf dem Boden liegt.

Jetzt bin ich die, die grinst.

Erneut schieße ich, doch dieses Mal in sein Bein. Ich will, dass er verblutet. Er soll Schmerzen haben. Eine Hand berührt mich an der Schulter und als ich hochschaue, sehe ich in Dylans Gesicht.

»Es ist okay«, flüstert Dylan und hilft mir wieder auf die Beine. Ich fühle mich so frei wie noch nie zuvor. Es fühlt sich an, als wäre eine riesige Last von meinen Schultern gefallen.

Das war meine Rache. Meine Rache für all die Schmerzen, die ich wegen dieses Mannes erleiden musste. All den Verrat. All das, was er mir während meiner Entführung antat. Ich lasse die Waffe auf den Boden fallen und renne zu Damian, Emilia und Annabelle, die stöhnend auf dem Boden liegt.

»Wird sie wieder?«, frage ich verzweifelt und kann irgendwie nicht ganz fassen, dass sie sich für mich wirklich vor eine Kugel geschmissen hat. Sie verliert so viel Blut …

»Sie blutet sehr stark, aber Emilia hat es, so weit es geht, abgebunden. Die Ärztin ist schon unterwegs«, erklärt mir Damian und als wir uns anschauen, sehe ich vieles in seinen Augen. Sorge wegen seiner Schwester. Sorge wegen mir.

»Geht es dir gut?«

»Ja, mir geht es gut. Ich kann nicht leugnen, dass das alles gerade sehr überwältigend war, aber ich fühle mich frei, Damian. Endlich.« Ich meine das vollkommen ernst und nach ein paar Sekunden, in denen Damian mich nur angeschaut hat, wird auch ihm klar, dass ich die Wahrheit sage.

»Du oder er – und du hast die richtige Entscheidung getroffen.« Damian streichelt über meine Wange und schaut mich intensiv an. Ich küsse seine Hand und nicke.

Ich habe jemanden umgebracht. Die Welt von einem Monster befreit.

Und das vor allem aus Selbstverteidigung, aber trotzdem habe ich ihn getötet und ich bin mir sicher, dass es nicht mein letzter Mord gewesen sein wird. Damian legt seine Stirn an meine.

»Ziele nur, wenn du das Ziel bist. Das warst du, Liana. *Du warst das Ziel.«*

Ich weiß, dass das eines der Gesetze von La Casa ist und ich weiß auch, dass ich das Ziel war. Ich habe es getan, um mich zu schützen, und das war das einzig Richtige.

Kapitel 39

Damian

Sobald die Ärztin gekommen ist und Annabelle mit sich ins Krankenhaus genommen hat, habe ich Liana in unser Zimmer getragen. Ich weiß, sie hätte selbst laufen können, aber nach dem, was passiert ist, hat es sich richtig angefühlt, sie wie die Königin zu behandeln, die sie ist. Um die Sauerei werden sich Grayson und die anderen kümmern. Ich werde in dieser Zeit meine kleine Blume versorgen.

In unserem gemeinsamen Badezimmer angekommen, befreie ich Liana von den blutigen Klamotten und werfe sie in die Mülltonne. Auch nackt und mit Blut verschmiert sieht Liana immer noch wunderschön aus und etwas an ihrem sanften Körper macht mich auf dunklere Weise an.

Und jetzt weiß ich auch, warum Grayson das hier so liebt.

Langsam kommt sie auf mich zu und zieht auch mich aus. Sobald wir nackt voreinander stehen, nehme ich sie an die Hand und ziehe sie in die große Regenwald-Dusche. Ich schiebe sie sacht vor mich und betrachte erneut ihren gottgleichen Körper.

»Du bist die schönste Frau, die ich jemals gesehen habe, mi flor.« Ich knurre die Worte an ihrer Halsbeuge und drücke meinen Körper an ihren. Das Gefühl von meiner Haut an ihrer wird mir nie zu viel und ich kann nicht abwarten, endlich den Rest ihres Körpers zu spüren und zu schmecken.

»Ja? Auch mit so viel Blut an mir?« Sie drückt ihre nackten Brüste an mich und schaut von unten zu mir hoch.

Ich liebe es, wenn sie mich so anschaut wie jetzt. Als gäbe es nur uns und alles andere auf dieser beschissenen Welt wäre egal.

»Besonders dann, meine Kleine.« Ich drücke sie an die Wand hinter ihr und stelle das Wasser an. Kräftig fließt das warme Wasser über unsere Körper und etwas an dieser Situation ist besonders intim. Ich kann nicht beschreiben warum, aber sie von dem Blut unserer Feinde zu reinigen, hat eine heftige Wirkung auf mich.

»Ist es komisch, dass ich dich nehmen will, solange das Blut deiner und meiner Feinde noch an dir klebt?«, frage ich und lege dabei meine Stirn an ihre. Einen Arm habe ich über ihrem Kopf abgestützt und kann spüren, wie ihre Brüste mit jedem ihrer Atemzüge an mich stoßen.

»Nein, ich will auch, dass du mich nimmst, Damian.« Mit einer Hand greift sie zwischen uns und massiert meine harte Erektion. Ich stoße ein raues Knurren aus und fange an, mich in ihre Hand zu stoßen. Diese Frau hat keine Ahnung, was sie mit mir anstellt.

Ich löse mich von ihr, nur um sie im nächsten Moment anzuheben, an die Fliesen zu drücken und in sie zu stoßen.

»Ah!«

Ich packe sie am Hals, während ich weiterhin härter werde.

»Gefällt dir das, mi flor? Wie dein Verlobter deinen blutverschmierten Körper fickt?«, flüstere ich ihr ins Ohr und beiße dabei leicht in ihren Hals. Sie gibt ein leises Zischen von sich und antwortet mir dann mit abgehackten Worten.

»Rede weniger.«

So frech, meine Kleine. Ich nehme sie, so hart ich kann, gegen die Wand und zwei Minuten später ergieße ich mich tief in ihr.

»Fuck, was machst du nur mit mir?«, stöhne ich an ihrem Ohr

und gleite aus ihr. Mein Sperma tropft aus ihrer Pussy und ich schiebe es, mit meinem Schwanz, zurück in sie.

»Du bist mein«, knurre ich dabei und sie gibt ein befriedigendes Geräusch von sich.

Gemeinsam waschen wir uns und ich reibe ihr das Blut vom Körper. Nachdem wir beide frisch geduscht und befriedigt sind, legen wir uns zusammen ins Bett. Von hinten schlinge ich die Arme um meine Verlobte, atme ihren Duft ein. Dann falle ich in einen tiefen, verdorbenen Schlaf.

Ich werde mir keine Chance entgehen lassen, sie in meinen Armen zu halten. Als wir zwei Stunden später wieder aufwachen, sehen wir uns an. Stumm.

So lange, bis ich meine Lippen öffne und ihre Wange streichle.

»Wie geht es dir damit, dass Adam nun tot ist?«

Ich weiß, dass die meisten nicht gleich mit der Tür ins Haus gefallen wären, aber so bin ich nun mal. Ich muss wissen, wie es ihr geht – und das geht nur, wenn ich sie mit meiner Frage unerwartet treffe. Denn dann kann ich ihren ersten Gesichtsausdruck lesen und der sagt meistens die wahren Gefühle aus. Doch ihr Gesicht bleibt neutral und ein wirklich sehr kleines Lächeln legt sich auf ihre Lippen.

»Ich fühle mich so frei wie noch nie und bin bereit, die Frau zu sein, die du brauchst.«

Der Tod von Adam hat sie erleichtert und so böse das auch klingt, aber ich freue mich darüber, dass sie ihn getötet hat. Denn falls wir in Zukunft wieder einen Krieg führen müssen, sind Leichen kaum zu vermeiden.

»Du kannst die Frau sein, die du sein willst, mi flor. Ich habe keine Erwartungen an dich.« Ich musste das einfach klarstellen, da es mir wichtig ist, dass sie das weiß.

»Ich weiß, Damian, und ich bin jetzt die Frau, die ich sein will.«

Ihre Antwort erleichtert mich und ich nehme sie in den Arm, um ihr einen leidenschaftlichen Kuss zu geben.

»Es ist jetzt vorbei, Liana. Der, der uns tot sehen wollte, ist tot.«

»Ich weiß, aber wenn es irgendwann wieder so sein sollte, bin ich bereit«, erwidert sie und ich lächle sie an. Genau das habe ich von meiner Kleinen erwartet und ich kann gar nicht beschreiben, wie stolz ich auf sie bin.

»Wie geht es deiner Schwester?« Zade hat mir geschrieben, dass die Ärzte im Krankenhaus immer noch operieren und man nicht sagen könne, ob sie wieder aufwachen wird.

»Sie wird operiert. Mehr kann man noch nicht sagen und ich kann auch immer noch nicht glauben, dass sie sich wirklich für dich geopfert hat«, gebe ich zurück und Liana murmelt ein zustimmendes »Ja«.

»Dafür werde ich ihr immer etwas schuldig sein, weißt du?«

»Nein, damit hat sie ihre Schuld beglichen. Noch mehr kann sie nicht beweisen, dass sie es ernst meint, oder? Mit dir und mir und dem Rest. Dass sie loyal ist. Irgendwie.«

Liana stützt sich über mich und schaut mich abwartend an.

»Sie ist hier zu Hause. Wenn das für dich okay ist, mi flor.« Ich nehme ihr Gesicht in meine Hände und schaue sie ernst an. Ich will, dass sie sich dabei sicher ist, denn ich mache nichts, womit sie sich nicht wohlfühlt.

»Ja, ist es«, antwortet sie mir und küsst mich. Verdammt, dann steht es jetzt wohl fest. Annabelle gehört wieder zu uns. Zu mir. So wie damals, vor all den Tragödien.

Aber bevor das passieren kann, muss sie aufwachen …

Kapitel 40
Damian

Ich hasse diesen Geruch. Es stinkt geradezu nach Desinfektionsmittel und verschiedenster Ausscheidungen alter Menschen. Krankenhäuser waren noch nie mein Ding und das liegt vor allem daran, dass auch immer eine große Gefahr besteht, als Mafiaclan erwischt zu werden, wenn jemand von uns eingewiesen wird. Aber im Fall meiner Schwester konnte es nicht vermieden werden und da die behandelnde Ärztin von Annabelle regelmäßig dafür bezahlt wird, uns im Notfall zu helfen und alles zu vertuschen, ist das auch kein Problem.

Als Vorwand hat Grayson angegeben, es handle sich um eine Straßenschießerei, an der wir nicht beteiligt waren, und Annabelle sei einfach nur zufälligerweise zur falschen Zeit am falschen Ort gewesen.

Die korrupten Polizisten, die wir auf unserer Seite haben, haben das ziemlich schnell abgetan und sind letztendlich gegangen. Immerhin passiert in Madrid immer mal wieder so ein kranker Scheiß.

Vor der großen weißen Tür angekommen, atme ich noch mal tief durch, bevor ich das viel zu helle Krankenhauszimmer meiner großen Schwester betrete.

Liana wartet mit dem Fahrer und Zade draußen im Auto. Sie kann immer noch nicht fassen, dass Annabelle sich wirklich vor eine Kugel für sie geworfen hat, und braucht daher etwas Klarheit, bevor sie ihr wieder gegenübertreten kann. Auch ich bin immer noch schockiert, doch auf eine kranke Art und Weise beruhigt es mich auch.

Ich habe meine Schwester lieb, keine Frage, aber ihr Tod wäre mir immer noch lieber als Lianas. Denn ein Leben ohne Liana möchte ich mir nicht mehr vorstellen.

Die Ärztin hatte mich heute Morgen angerufen und meinte, dass Annabelle wieder ansprechbar sei. Also bin ich hier.

Langsam gehe ich auf ihr Bett zu und schaue auf sie hinab. Sie hat die Augen geschlossen und sieht seit Langem mal wieder vollkommen … ruhig aus. Wie damals, als sie bei mir geschlafen hat, da sie zu viel Angst vor der Dunkelheit hatte und wollte, dass ich sie beschütze. Natürlich haben wir dafür gesorgt, dass sie ein Einzelzimmer bekommt, denn jemanden in ihrer Nähe, der vielleicht auf dumme Ideen kommt und Fragen stellt, können wir nun echt nicht gebrauchen.

Ich streiche ihr das schwarze, leicht fettige Haar aus der Stirn und sobald meine Finger ihre kalte Wange streifen, öffnet sie zittrig ihre Augen.

»Damian?« Ihre Stimme klingt kratzig und ihre braunen Augen, welche so sehr meinen ähneln, sind glasig. Vermutlich wegen der ganzen Medikamente, die sie in sich hat.

»Belle, wie geht es dir?« Sie versucht sich, im Bett aufzusetzen, doch zuckt dabei schmerzerfüllt zusammen und hält sich die Hand auf ihren Bauch.

»Ich fühle mich … als hätte ich einen miesen Kater.«

Ich lache auf. »Wie auf den Malediven? Nach der Party?«

»Schlimmer.«

Wir beide lächeln einander an. Wie viel sich seit diesem Urlaub geändert hat. Hätte mir vor einem halben Jahr jemand gesagt, dass meine Schwester angeschossen im Krankenhaus liegt, hätte ich mich gefreut. Doch jetzt will ich einfach nur, dass es ihr besser geht.

»Du weißt gar nicht, wie dankbar ich dir bin, Belle.«

»Ach, keine Ursache«, stöhnt sie gequält und hält sich den Bauch.

»Soll ich die Ärztin rufen?«

»Nein, nein, geht schon.«

Ich schlucke und fahre dann wieder fort: »Du hättest das nicht tun müssen und trotzdem hast du dich dafür entschieden, dein Leben für Liana zu riskieren.«

»Das war das Mindeste, Hermano.« Sie schaut mich ernst an. »Du hast mir eine zweite Chance gegeben, obwohl ich dir jahrelang im Weg stand, Dealer geklaut und am Ende sogar deine Freundin entführt habe.«

Was soll ich dazu noch sagen? Ja, das alles stimmt. Und früher wäre ich glücklich darüber gewesen, meine Schwester bluten zu sehen für all das, doch sobald die Kugel sie getroffen hatte, sind mir all unsere schönen Momente vor Augen gekommen. Das Blumenhaus, die Nächte, in denen wir stundenlang geredet haben, und die verrückten Partys …

Sie hat Fehler gemacht, die sie nie wieder vergessen wird, doch mit ihrer Retter-Aktion hat sie einiges wieder in die richtige Richtung gelenkt. Daher ist das Einzige, was ich dazu noch sage: »Danke.«

»Ich habe dir zu danken, Damian.« Ich schaue auf meine Hände, die ich verschränkt vor mir halte, und schaue dann wieder zu ihr.

»Schon heftig, wie viel sich innerhalb weniger Monate verändert hat, oder?«

»Du meinst wegen dem, was uns unsere fantastischen Vorzeigeeltern verschwiegen haben?«

»Wegen allem, Belle. All das hier.« Ich deute auf uns beide und sie nickt zustimmend.

»Etwas Gutes hat die Sache«, fügt sie hinzu.

»Die wäre?«

»Ich mochte Dylan schon damals gern. Zwar nicht auf diese Weise, aber jetzt darf ich ihn wie einen Bruder lieben. Ohne, dass mir etwas nachgesagt wird.«

Ihre Freundschaft zu Grayson damals hatte dazu geführt, dass alle dachten, die beiden würden eines Tages ein Paar werden, doch zu dem Zeitpunkt wusste noch niemand, dass Annabelle nur auf Frauen steht.

Mittlerweile ist es allerdings offensichtlich.

Also hat sie damals aufgehört, sich mit Dylan und Zade anzufreunden, denn das hätte nur noch zu mehr Gerüchten geführt. Die Freundschaft zu Gray war ihr aber zu wichtig, um sie aufzugeben.

»Ein Hernández mehr kann ja nicht schaden«, lache ich und sie steigt mit ein.

»Ihr habt mir gefehlt. Ihr alle.«

»Du uns auch, Belle. Aber jetzt ruh dich etwas aus, ja?« Sie nickt und macht es sich wieder bequemer in den Kissen. Ich laufe zur Tür, öffne sie und mache mich wieder auf den Weg nach draußen.

An der frischen Luft angekommen, kann ich Zade und Liana schon an meinem schwarzen Wagen lehnen sehen. Ich mache mir, während ich zu ihnen laufe, eine Zigarette an und nehme einen tiefen Zug.

»Und? Wie geht es ihr?«, fragt Liana mit verschränkten Armen und besorgtem Blick. Ihr Haar hat sie heute zu einem lockeren Zopf gebunden und ich liebe es, wie einzelne Strähnen in ihr Gesicht fallen.

»Soweit ganz gut. Sie hat zwar noch Schmerzen, aber erholt sich langsam.«

Liana nickt zufrieden.

»Weißt du schon, wann sie ungefähr entlassen wird?«, fragt Zade links vor mir.

»Nein, aber ihrem Zustand nach zu urteilen, wird das noch dauern.«

»Gut, dann kümmere ich mich darum, dass es keine Umstände bei ihrem Aufenthalt geben wird.«

»Mach das«, antworte ich und Zade begibt sich wieder auf den Rücksitz.

Liana kommt mit einem leichten Lächeln auf mich zu und ich schnipse die Kippe auf den Boden, um ihre Hüften zu packen.

»Dann geht es jetzt wohl los.«

Fragend schaue ich sie an. »Was geht los, meine Kleine?«

»Unser normales Leben miteinander.« Sie schaut auf Zehenspitzen zu mir hoch. »Na ja, so normal wie es nun mal geht.«

»Ich kann es kaum abwarten«, flüstere ich und beuge mich hinunter zu ihren rosigen Lippen. »Du bist mein.«

Ich gebe ihr einen harten Kuss und kann sie dabei grinsen spüren. Nur schwer löse ich mich von ihr, um folgende Worte gegen ihre feuchten Lippen zu hauchen: »Du bist mein. Jetzt und für immer, mi flor.«

Epilog

Damian

4 Wochen später

Dylan: Komm sofort in den privaten Wohnbereich. Schnell.

Ich bin gerade mit Liana draußen im Blumenhäuschen, als mich Dylans Nachricht erreicht. Was könnte an einem Sonntag bitte so wichtig sein, dass es nicht warten kann?

Da ich nicht weiß, um was es sich handelt, bitte ich Liana darum, bei den Blumen auf mich zu warten. Ich gehe zwar nicht von einer Gefahr aus, doch wir leben immer noch in der Mafia und sollten auf Nummer sichergehen.

Mit schnellen Schritten gehe ich die Treppen hoch, und im Flur oben angekommen, kann ich bereits eine mir nur zu bekannte Stimme vernehmen.

»Wo bleibt er denn? Ich werde nicht ewig warten.« Als ich um die Ecke biege, sehe ich auch sofort die Person, zu der die Stimme gehört.

Valerio. Harpers Vater. König Spaniens.

Dios mio, was will er hier?

»Hier bin ich. Ihr wolltet mich sprechen?«

Der König dreht sich zu mir um und kommt mit einem ernsten Blick auf mich zu. Dylan stellt sich sofort hinter mich an meine Seite und beobachtet das ganze Geschehen.

»Ich werde gleich zum Eigentlichen kommen, Damian. Liana und du werdet heiraten? Das wurde mir zugetragen.«

»Werden wir.« Und daran wird sich auch nichts ändern. Komme, wer wolle.

»Dann tut es mir leid, dass ich die Vorfreude dämmen muss.«

»Warum?«

»Dein Vater hat eine Vereinbarung unterzeichnet, die unser Bündnis stärken soll, und ob du willst oder nicht, aber diese wird eingehalten werden müssen. Jemand deines Blutes wird meine Tochter in die Ehe begleiten. Sonst schwöre ich, wird *La Casa* alle Freiheiten verlieren, die ich in all den Jahren gewährt habe.«

Ich versuche mir die Überraschung, die seine Worte in mir auslösen, nicht ansehen zu lasse. Er will was tun? Ich dachte tatsächlich, ich hätte noch etwas Zeit, um mir ein gutes Bündnis für den König auszudenken, doch da lag ich wohl falsch.

Der Bonus des toten Vaters scheint nicht mehr zu gelten.

»Dann werden eure Einnahmen durch uns ebenso dahin sein«, erwidere ich mit kräftiger Stimme.

»Glaubst du wirklich, ihr seid unsere einzige Option?«

Ich ziehe eine Augenbraue hoch. Will er *mir*, Damian Hernández, wirklich drohen? Denn so hat es sich angehört.

»Was soll das heißen?«

»Dein Vater wollte die Sicherheit von mir. Privilegien. Was glaubst du, wie es werden wird, wenn ich diese Privilegien entziehe? Eure Lieferanten werden an der Grenze auffliegen. Jeder einzelne Mord, der durch *La Casa* zustande kam, wird ans Licht kommen. Du wirst ins Gefängnis kommen und das für lange Zeit. Deine kleine Geliebte wird mit all dem ebenfalls in Verbindung gebracht und ihr werdet einander höchstwahrscheinlich nie wiedersehen.«

Schwer schluckend schaue ich zu Boden. Verdammt. Ich sitze

ziemlich tief in der Scheiße, denn all das, was er androht, zu tun, wird genauso vonstatten gehen.

Doch ich reiße mich zusammen und recke das Kinn in die Höhe. Schwäche ist das Letzte, was ich zeigen sollte. Und niemand sagt mir, was ich zu tun habe. Nicht mehr.

»Das kann nicht dein Ernst sein. Mein Vater ist tot und ich gehe auf so etwas nicht ein. Ich werde Liana heiraten.«

»Dann wirst du jemanden finden müssen, der das tut und meine Harper heiraten wird. Entweder jemand anderes deiner Familie – ich gebe mich auch mit einem Cousin zufrieden – oder du. Aber Vereinbarungen sind da, um sie einzuhalten.«

Für einige Minuten herrscht Stille. Aus dieser Situation kann ich uns nicht mit Geld oder Drogen rauskaufen. Valerio wird alles tun, um zu bekommen, was er will, und ich habe nichts in der Hand, um ihn vom Gegenteil überzeugen zu können. Wenn ich ihm nicht gebe, was er will, wird er seine Einnahmen durch eine andere Mafiafamilie bekommen und das darf ich nicht riskieren. Es würde bedeuten, dass wir in wenigen Monaten vielleicht nicht mehr an der Spitze stehen, da einige Geschäfte im Sande verlaufen werden und ein anderer Mafiaclan unseren Platz einnehmen wird.

Das kann ich auf keinen Fall zulassen. Doch ich werde auch nicht nachgeben und Liana nicht heiraten. Sie ist alles, was ich will, alles, was ich begehre. Meine Gedanken werden durch Schritte hinter mir unterbrochen.

Dylan tritt an meine Seite. »Dann werde ich sie heiraten.«

Ich sehe zu ihm. »Was? Was erzählst du da?«

Das kann er doch nicht wirklich ernst meinen? Klar, technisch gesehen wäre es möglich, da er genauso das Blut meines Vaters in sich trägt wie ich, aber Dylan und heiraten?

»Ah, Dylan Darling III, der verheimlichte Sohn von *La Casa*.«

»Davon weißt du also?«, spotte ich dem König entgegen.

»Ich erfahre alles.«

Ich fixiere wieder Dylan. Warum sollte er das machen? Noch dazu freiwillig, ohne dass wir nach einer anderen Alternative gesucht haben. Die Situation scheint so oder so aussichtslos zu sein, doch ich würde alles versuchen, um ihn vor dem Fehler, den er kurz davor ist, zu begehen, zu schützen.

»Da ich nichts von der Liebe halte, dir jedoch etwas schuldig bin, Damian, werde ich derjenige sein, der Harper heiratet.«

Seufzend fahre ich mir durch die Haare. Er glaubt doch nicht ernsthaft, weil ich ihn damals von seiner Adoptivmutter befreit habe, ist er mir etwas schuldig?

»Du bist mir gar nichts schuldig, Dylan. Vor allem so etwas nicht.«

»Lass gut sein, Damian. Bruder. Ich werde Harper heiraten und damit alles dem *La Casa* sichern. Ich werde die Vereinbarung einhalten.« Er will es also ehrlich durchziehen.

»Dylan.« Meine Stimme klingt schon fast verzweifelt.

»Ich will es so.«

»Aber –« Er unterbricht mich mit einem Blick, der keine Widerworte erlaubt.

»Noch mal: Ich. Will. Es. So.«

»Aber Harper wird es nicht wollen«, werfe ich in den Raum und schaue dabei wieder zum König. Warum will er das seiner Tochter unbedingt antun?

»Dann wird sie damit leben lernen müssen.« Dylans Antwort kommt barsch über seine Lippen. Ist das sein Ernst?

»Das klingt mir nach einem richtigen Mann für meine Tochter. Zügle sie ruhig. Sie ist sich ihrer Stellung nicht bewusst.« Valerio lächelt zynisch und geht auf Dylan zu, um ihn auf die Schulter zu klopfen. »Willkommen in der Familie.«

»Sie wird sich ihrer Stellung bewusst werden. Ganz sicher«, gibt Dylan ebenso ernst zurück.

»Dylan, weißt du, was du da tust?« Es ist mein letzter Versuch, ihn davon abzuhalten, vielleicht den größten Fehler seines Lebens zu begehen.

»Ja, Bruder. Ich werde Harper de Martel zur Frau nehmen.«

Kein Ende …

Danksagung

An dieser Stelle möchte ich mich bei allen bedanken, die mich auf dem Weg dieser Geschichte unterstützt haben. Ich kann es immer noch nicht glauben, dass ich eine komplette Geschichte geschrieben habe …

Es gab Höhen und Tiefen beim Schreiben und manchmal war ich wirklich kurz davor aufzugeben. Besonders geholfen hat mir dabei aber die Unterstützung meiner besten Freundin. *Helya.*

Ich danke dir für all deine aufbauenden Worte und die vielen Gespräche.

Ebenfalls bedanken möchte ich mich bei drei weiteren sehr guten Freundinnen von mir: Emma, Emily und Dijana

Mit euch hat es wirklich immer superviel Spaß gemacht, über die Geschichte zu reden, und Emmas Fragen waren immer die Besten! Danke für alles, ihr drei.

Besonders danken möchte ich an dieser Stelle auch noch:
Fabienne. Mit dir über meine Charaktere zu reden, macht einfach so viel Spaß und deine Ratschläge sind immer die besten, da man merkt, wie viel Mühe du da reinsteckst. Danke.

Natürlich möchte ich mich auch bei all meinen treuen Lesern auf Wattpad bedanken, die das hier überhaupt erst möglich gemacht haben.

Ganz viel Liebe.

Alexa

Folge uns auf:

Instagram: www.instagram.com/vajona_verlag
Facebook: www.facebook.com/vajona.verlag
TikTok: www.tiktok.com/vajona_verlag
Website: www.vajona.de
Shop: www.vajona-shop.de